브로크백 마운틴

브로크백 마운틴

애니 프루 | 전하림 옮김

보통의 현실은 이곳에 해당되지 않는다.

－은퇴한 와이오밍 목장주

차례

가죽 벗긴 소

어깨 힘이 단단히 들어간 양모 양복 차림의 젊은 사기꾼으로 샤이엔을 뜨는 기차에 오른 순간부터 노인성 절름발이를 앓는 근래의 힘 빠진 신세가 되기까지, 긴 생애를 살아오는 동안 메로는 그가 태어난 곳에 대한 생각만은 마음속 깊숙한 곳에 눌러 놓았다. 그곳은 빅혼산맥 남쪽 끄트머리쯤에 위치한, 기이한 땅에 있는, 이른바 목장이라고 불리던 곳이었다. 그는 1936년에 그곳을 떠났고, 전쟁에 나갔다가 돌아왔고, 결혼을 했고 그리고 (또 한 번) 결혼을 했고, 보일러와 통풍기 청소 사업 및 영리한 투자를 통해 돈을 벌었고, 은퇴를 했고, 지역 정치판에 발을 들였다가 별 스캔들 없이 잘 빠져나왔고, 그러는 동안 내내, 그가 아는 한, 파산하고 몰락했음이 뻔한 아버지와 롤로를 보러 돌아간 적은 한 번도 없었다.

그들은 그곳을 '목장'이라고 불렀고, 한때는 정말로 목장이기도 했지만, 어느 날 아버지는 이딴 황량한 땅에서는 도저히 소를 칠 수 없다고 선포했다. 허구한 날 소들이 낭떠러지로 떨어지질 않나, 웅덩이로 빠지질 않나, 사자들이 와서 송아지를 대규모로 약탈하질 않나, 흰대극이나 캐나다엉겅퀴만 무성하게 번질 뿐 건초는 제대로 자라지 못했고, 세찬 바람이 모래를 휘몰아 와서 자동차 유리를 뿌옇게 덮기가 일쑤인 곳이었다. 그 후, 아버지는 우편배달 일을 구해서 했지만, 이웃집 우편함에 대금 청구서를 집어넣으며 마냥 죄짓는 얼굴이 되곤 했다.

메로와 롤로에게 우편배달 일은 그들에게 주어진 일, 즉 목장 일에 대한 회피로 보였다. 사육하는 가축은 여든두 마리로 줄었고, 소 한 마리 가격은 잘 쳐줘야 15달러가 될까 말까 했으나, 그들은 계속 울타리를 고쳐 나갔고, 귀를 자르거나 낙인을 찍었고, 진흙탕에서 소들을 몰아냈고, 사자를 사냥했다. 이는 머지않아 아버지가 여자와 술병을 끼고 텐슬립으로 이사 나가지 않을까, 하는 희망 때문이었다. 그렇게 되면, 예전에 제이컵 콘이 자기들의 할머니 올리브를 실망시켰을 때 할머니가 그랬던 것처럼, 자기들의 힘으로 목장을 다시 한 번 일으켜 세울 생각이었다. 그러나 그 꿈은 성사되지 못했고, 60년이 지나서 메로는 매사추세츠주의 울풋이라는 곳의 식민지 시대풍 가옥 거실에 앉아, 엑서사이클의 페달을 열심히 밟는 팔십 대의 채식주의자 홀아비가 되어 있었다.

평소와 다를 것 없이 눅눅한 어느 날 아침, 틱의 아내인 루이즈라는, 거슬리는 목소리를 가진 어떤 여자가 전화를 걸어와 그를 와이오밍으로 소환해 냈다. 메로는 그 여자도 틱도 누군지 전혀 몰랐다. 그 여자는 틱 콘이 자기 동생 롤로의 아들이며, 최근 그 롤로가 저세상으로 떠났다고 말했다. 성질이 고약한 에뮤한테 잘못 걸려 죽임을 당했다고, 그런데 또 그게, 그가 전립선암에 걸려 언제 어떻게 될지 모르는 때였다고도 했다. 네, 맞아요, 하고 그 여자가 말했다. 목장은 여전히 아버님 소유였어요. 절반의 소유권이긴 하지만 어쨌든. 그 여자는 또 말했다.

지난 10년간은 사실상 저하고 남편이 운영하다시피 했답니다.

에뮤라고? 지금 내가 맞게 들은 건가?

네. 그 여자가 말했다. 하긴, 알고 계실 턱이 없죠. '다운언더와이오밍'이라고 들어 본 적 있으세요?

없었다. 그리고 메로는 생각했다. '틱'*이라니, 무슨 이름이 그래? 그의 머리에 떠오르는 건 개털에서 떼어 내는, 몸이 빵빵하게 부어오른 거무스름한 벌레뿐이었다. 이 '틱'이라는 자가 그 빌어먹을 목장을 차지하고 앉아서 빵빵하게 몸을 불려 볼 생각인가 보군. 그가 물었다. 그런데 대체 에뮤가 뭐 어쨌다는 거요? 그쪽 사람들, 단체로 정신이 어떻게 된 거 아니야?

그게 지금 목장 이름이에요. 그 여자가 말했다. 다운언더와이오밍. 원래는 롤로가 한참 옛날에 목장을 걸스카우트에 팔았는데, 한 학생이 사자한테 잡혀가는 사건이 일어나는 바람에 걸스카우트 본부에서 그곳을 옆집의 배너 목장에 팔았고, 거기서 몇 년 정도 가축을 치다가 결국 호주의 한 부자 사업가에게 떠넘기다시피 처분했는데, 그렇게 '다운언더와이오밍'이 시작되었고, 주인이 워낙 먼 거리에 사는 데다 기껏 고용한 매니저가 알고 보니 전당포에서 산 로데오 버클을 내세운 아이다호 출신의 작자로 영 신통치 않아서, 롤로를 수소문해 목장을 경영해 주는 대가로 지분의 절반을 준다는 제안을 했다는 것이다. 그게 벌써 1978년의 일이에요. 목장은 순조롭게 운영되고 있답니다. 물론 지금은 문을 닫았지만요. 그 여자가 말했다. 겨울이라 관광객이 없거든요. 가엾은 아버님. 글쎄, 틱이 에뮤를 다른 건물로 옮기는 일을 도와주겠다고 나가 있었는데, 한 놈이 갑자기 몸을 휙 틀어서 면도날 같은 커다란 발톱을 세우고 돌진하는 바람에 말이죠. 에뮤는 발톱이 고약하기로 유명하

---

* Tick, '진드기'라는 뜻이 있다.

답니다.

알고 있소, 메로가 말했다. 비슷한 걸 텔레비전 자연 프로그램에서 본 적이 있었다.

그 여자는 전화선이 온 나라를 거쳐 가기라도 하는 것처럼 큰 소리로 외쳤다. 틱이 컴퓨터로 큰아버님의 번호를 알아냈어요. 아버님이 늘 연락을 해 봐야지, 해 봐야지, 하고 입버릇처럼 말씀하셨거든요. 이렇게 일이 잘 풀린 것을 늘 보여 주고 싶어 하셨어요. 아버님도 어떻게든 지팡이를 들고 싸워 보려고 하셨는데, 결국은 그놈한테 배를 깊게 배여서 아침으로 먹은 것까지 나올 정도였지 뭐예요.

어쩌면, 그는 생각했다. 결국은 일이 잘 풀렸다고 할 수 없는지도. 눈치 게임 같은 대화에 짜증이 난 그는 장례식에 참석하겠다고 말해 버렸다. 비행 편이니 공항 마중이니 하며 난리를 피울 필요 없소. 그가 말했다. 그는 비행기를 타지 않았다. 몇 해 전 우박이 쏟아지는 날에 한번 비행기를 탔다가 진탕 고생을 한 이후로는. 착륙한 그 비행기는 무슨 와플 굽는 틀처럼 보였다. 그는 차를 몰고 갈 생각이었다. 물론 그도 그게 얼마나 먼 길인지는 잘 알고 있었다. 그는 끝내주는 고급 차, 캐딜락을 몰았다. 이슬라베드 타이어를 장착한 캐딜락을 타고 주간州間 고속도로를 질주하는 게 그의 일상이었다. 그는 운전에 능했고, 살면서 한 번도 사고를 낸 적이 없었다(이런 말 했다가 부정 타는 건 아니겠지). 나흘이면, 그러니까 토요일 오후에는 도착할 수 있을 것이다. 그는 여자의 놀란 목소리를 감지했다. 모르긴 몰라도, 속으로 한참 그의 나이를 계산하고 있을 것이다. 롤로의 나이에 한 살 정도를 더하면 여든세 살, 그 여자는 아마도 침을 흘리며 지팡이를 짚고 다니는 그의 모습을 상상하고 있을 것이다. 그러면서 자기 자신의 하얗게 센 머리를 손으로 만지작거리고 있겠지. 그는 근육으로 단단한 팔뚝과 무릎을 굽혔다 펴면서, 자기가 같은 상황에 처했었다면 에뮤를 피하고도 남았을 거라고 생각했다. 그는 와이오밍의 붉은 땅속에 묻힌 동생을 보게 될 예정이었다. 그 일은 그를 과거로 돌려놓을지도 모르겠다. 구름을 관통하는 번개의 눈부신 빛줄기는 아래를 향하는 것이 아니다. 가열된 창공을 뚫고 위로 솟구쳐 오르는 것이다.

문득 그는 (지금은 이름도 기억나지 않는) 아버지의 애인이 갑자기 그들의 삶에 뛰어들어 왔던 그때 당시로 돌아가 있었다. 피가 날 정도로 잘근잘근 씹어 댄 손가락, 속살이 보이도록 물어뜯은 손톱, 전선을 떠올리게 하는 목의 정맥, 머리카락 그림자가 드리운 바깥 팔뚝, 불붙인 담배와 동그랗게 말려 올라가는 담배 연기, 그 연기에 깜박거리던 불쑥 튀어나온 야생마 같은 눈 그리고 욕이 난무하는 거친 이야기를 즐겨 하던 그녀를 롤로는 뚫어져라 쳐다보곤 했다. 아버지는 머리가 듬성듬성 빠지고 있었고, 메로는 스물셋, 롤로는 스물이었다. 그녀는 세 명 모두를 한 벌의 카드처럼 가지고 놀았다. 말을 경애하는 자라면, 그녀에게 절로 눈길이 가지 않을 수 없을 것이다. 아치 모양으로 구부러진 목, 뒤에서 철썩 때리고 싶게 만드는 봉긋 솟은 말 엉덩이. 집 전체를 휩싸고 불던 바람이 차가운 눈송이를 뒤틀어진 통나무 문의 잔금 사이로 마구 몰아넣던 그날, 그들은 어떤 강렬한 목적에 사로잡힌 것처럼 부엌에 모여 앉아 있었다. 그녀는 개 사료 상자 모서리에 그 널찍한 엉덩이를 아슬아슬하게 걸치고 앉아서는, 아버지와 롤로를 보고 있다가, 이따금씩 그 번쩍이는 두 눈을 돌려 메로를 흘끗 훔쳐보았고, 네모난 앞니로 손톱 끝을 질근질근 물어뜯어 솟아난 피를 빨면서 담배를 빨아들였다.

아버지는 에버클리어에 쓴맛을 내기 위해 껍질을 벗긴 버드나무 막대를 휘저어 마셨다. 복도에 있는 옷장 앞에 서서 어떤 모자를 고를까 골몰하고 있노라니, 그때의 아버지 이미지가 메로의 마음속에 뚜렷하게 떠올랐다. 장례식에 쓸 모자를 하나 가져가는 게 좋겠지? 아버지는 모자챙을 터무니없이 돌돌 말아서 썼다. 모자를 쓰고 벗을 때마다 손에 잡히는 오른쪽 챙은 바짝 말아 올리고, 왼쪽 챙은 경사진 지붕처럼 가파르게 기울여서 말이다. 그런 아버지의 모습은 3킬로미터 떨어진 곳에서도 쉽게 알아볼 수 있었다. 그는 그렇게 모자를 쓰고 탁자에 앉아 그 여자가 들려주는 '틴 헤드'라는 남자 이야기에 귀를 기울였다. 연신 잔을 비우며 코가 삐뚤어질 정도로 취해 가는 동안 사나웠던 그의 표정은 누그러졌고, 술이 들어갈수록 로데오로 뭉개진 코와 세로로 흉터가 새겨진 눈썹, 뭉툭한 귀도 사르르 녹아 내렸다. 그가 우편배달부로 죽어 땅에 묻힌 지도 이제 50년은 넘었을 것이다.

그 애인이 이야기를 시작했다. 그러니까, 우리 아버지가 어렸을 적에 뒤부아 부근에서 틴 헤드라는 이름의 남자가 살았어. 작은 목장에 말이랑 소를 좀 키웠다지. 아이들과 부인도 있었고. 그런데 그에게는 특이점이 하나 있었어. 언젠가 시멘트 계단 밑으로 굴러떨어지는 바람에 머리에 금속판을 심게 된 거야.

그런 사람들은 안 그래도 꽤 있잖아. 롤로가 도전적으로 말했다.

그녀가 머리를 저었다. 이건 좀 달라. 그 남자 건 아연도금으로 만들어진 거라, 뇌를 좀먹어 가는 그런 종류였거든.

아버지가 에버클리어 병을 들어 올리며 그녀를 향해 눈썹을 치켜세웠다. 한 잔 어때, 자기? 그녀는 고개를 끄덕이며 그에게서 받은 잔을 한 모금에 꿀꺽 들이켰다. 이 정도에 내가 넘어갈 줄 알고? 어림도 없지. 그녀가 말했다.

메로는 그녀가 '히이힝' 하고 우는 모습을 상상했다.

그래서 무슨 일이 있었다는 건데? 부츠 굽 밑에 붙은 말똥을 떼어 내며 롤로가 물었다. 틴 헤드라는 남자하고 그 아연도금 해골 판이 뭐 어쨌다고?

내가 들은 이야기는 이래. 그녀가 말했다. 그녀가 잔을 내밀자 아버지가 그 잔에 에버클리어를 가득 따라 주었고, 그녀는 이야기를 계속 이어 나갔다.

이제는 옛날 옛적처럼 느껴지는 그날 밤, 메로는 교배하는 말의 신음 소리인지 쉰 목에서 나는 숨소리인지 섹스를 하는 건지 유혈 사태인지, 뭔지 모를 뒤숭숭한 꿈으로 밤새 몸을 뒤척였다. 다음 날 아침, 온몸이 냄새나는 땀으로 흠뻑 젖어 잠에서 깬 그는 천정을 바라보며 큰 소리로 외쳤다. 계속 이런 식이라면 어떡하지! 그 말은 다른 무엇만큼이나 소나 날씨를 염두에 두고 한 말이기도 했고, 어디라도 두서너 개 다른 주로 넘어가 운을 시험해 보고 싶다는 의미이기도 했다. 울퉁에서 엑서사이클을 타며, 그는 진실은 그것과 다소 거리가 있다고 생각했다. 실은 아버지가 쓰다 버린 찌꺼기나 탐내는 대신 온전히 자기 것이라고 부를 수 있는 여자를 가지고 싶었던 거였다.

뒷좌석에 홈부르크 모자를 싣고 여기저기 갈라지고 패인 아스팔트 길을 덜컹거리며 지나면서, 그는 속으로 너무도 궁금해졌다. 롤로는 결국 아버지의 그 애인을 가로채 그녀 위에 안장을 얹고 행복한 결말을 맞이했을까?

*　　*　　*

　교통 통제용 주황색 원뿔이 한쪽 차선을 막고 있는 탓에 주간 고속도로 차량이 한 차선으로 쏠렸고, 덕분에 그의 예상 소요 시간에 큰 차질이 생겼다. 그의 캐딜락은 쉭쉭 에어브레이크 소리를 내는 대형 트레일러들 사이에 꼼짝없이 끼여, 앞 유리창은 거대한 트럭의 뒷바퀴들로, 뒤 유리창은 위협적인 기세로 다가온 대형 피터빌트 트럭으로 꽉 들어차 버렸다. 잔뜩 얽히고설킨 마음속 응어리에 걸려 더 이상 내려가지 않는 빗처럼, 그의 생각의 회로가 꽉 막혀 버렸다. 이윽고 체증이 풀리는 듯한 모양새에 속도를 좀 내려던 순간, 고속도로 순찰차가 뒤를 쫓아와 그의 차를 멈춰 세웠다. 짝눈에 여드름 나고 콧수염을 기른 경찰관이 그의 이름과 행선지를 물었다. 순간, 그는 자신이 어디를 향해 가고 있던 건지 생각이 나지 않았다. 경찰관은 뭔가를 휘갈겨 써넣으면서, 까칠까칠한 콧수염을 혀로 연신 적셨다.

　장례식에 가는 길이오. 그가 불현듯 말했다. 동생 장례식이오.

　그러신가요. 할아버지, 그러면 좀 살살 가시죠. 안 그랬다간 할아버지 장례식도 치를 판이네요.

　이 족제비 같은 새끼. 그는 한심한 필체로 휘갈겨 쓴 딱지를 노려보며 중얼거렸다. 그러나 그 콧수염 경찰관은 이미 차량을 저만치 뚫고 한참 앞서 나가 있었다. 마치 오래 전 옛날, 메로가 모래바람에 긁혀 뿌연 유리창 때문에 찡그린 눈을 가늘게 뜨고 목장 길을 스쳐 지나갔던 것처럼. 그는 보다 우아한 퇴장법을 택할 수도 있었지만, 그땐 팔꿈치를 부딪칠 때 팔 전체를 찌르르 관통하는 날카로운 통증처럼 다급함이 그를 엄습했다. 그는 그게 다, 상자에 기대앉은 말 엉덩이의 그 여자와 그녀에게서 눈을 떼지 못하던 롤로, 또 아무것도 알아차리지 못했거나 알고도 전혀 신경 쓰지 않고 에버클리어만 벌컥벌컥 들이마시던 아버지 때문이라고, 그런 것들이 그에게 시동을 거는 열쇠로 작용했다고 믿었다. 그녀는 흰머리가 섞인 머리를 길게 땋아 늘어뜨리고 다녔다. 어쩌면 롤로는 그 땋은 가락을 고삐로 사용했을지도 모르겠다.

알았어, 그녀가 그럴듯한 거짓말쟁이 같은 특유의 낮은 목소리로 말했다. 말해 주면 되잖아. 틴 헤드의 목장에서는 이상한 일들이 일어났어. 닭들이 하루 밤사이에 색깔이 변하는가 하면, 세 발 달린 송아지가 태어나기도 했고, 아이들 살에는 얼룩덜룩한 반점이 생겼고, 그의 아내는 허구한 날 파란 접시 타령을 해 댔어. 틴 헤드는 한번 시작한 일을 제대로 끝마치는 법이 없었고, 매번 하던 일을 중간에 내팽개치기 일쑤였지. 바지 지퍼도 반쯤 올리다 만 채 거시기를 덜렁덜렁 밖으로 내놓고 다니지를 않나. 아무튼 아연도금 판이 그의 뇌를 좀먹는 통에 그는 엉망진창이었고, 그의 목장과 가족도 엉망진창이었어. 아무튼 그래도, 그녀가 말했다. 그 사람들도 먹고는 살아야 될 거 아냐, 그렇지?

그 사람들은 그쪽이 만든 파이보다는 나은 것을 먹었길 바라요. 롤로가 말했다. 그는 파이를 삼킬 때마다 입안 가득 나오는 산벚나무 열매 씨를 질색했다.

그에게 여자에 대한 관심이 처음 생기기 시작한 건, 아버지가 어떤 낯선 사람을 고갯짓으로 가리키며 '이 사람을 데려가서 인디언들이 그린 그림을 보여 주어라.'라고 한 날로부터 며칠 후였다. 메로가 열한 살인가 열두 살밖에 안 되던 해였다. 그들은 말을 타고 시냇물을 따라 올라갔다. 그들의 인기척에 놀란 청둥오리 한 쌍이 개울 아래로 날아가는가 싶더니, 별안간 박수 소리 같은 큰 소리를 내며 수오리 뒤를 쫓는 참매로부터 도망치느라 다시 그 모습을 드러냈다. 매는 암오리가 수풀 사이 나뭇가지 더미로 떨어지기 무섭게 날쌔게 채 갔다.

그들은 사방이 바위로 둘러싸인 곳을 통과해 지나갔다. 바람의 풍화 작용으로 인해 석회암 지층은 기막히게 아름다운 가구로, 긁어 먹다 남은 상한 빵 부스러기로, 흐트러진 뼛조각으로, 켜켜이 포개진 더러운 담요 더미로, 빛에 허옇게 바랜 게의 집게발로 혹은 개 이빨 모양으로 깎여 있었다. 그는 소나무 군락으로 생긴 그늘막에 말들을 묶어 두고, 뻣뻣이 뻗은 마운틴마호가니의 가지들을 지나 오버행*으로 인류학자를 인도했다. 그들 머리 위로 까마득히 높은 절벽이 우뚝 솟아 있었다. 절벽 표면은 햇빛에 반짝이는 주황색 이끼와 숭숭 뚫린 구멍, 겹겹이 쌓인 맹금의 분뇨로 검게 변색된 바위 결이 이랑을 이루었다.

인류학자는 부지런히 오가며 검붉은 그림이 그려진 천연 암석 동굴 벽화를 열심히 살폈다. 들소의 해골, 일렬로 늘어선 산양, 긴 창을 든 전사, 올가미 안으로 발을 내딛는 칠면조, 막대에 거꾸로 매달려 죽은 남자, 붉은 황토색 손, 인류학자의 말에 따르면 깃발 장식이라고 하는 갈퀴 비슷한 것을 머리에 쓴 사나워 보이는 사람들, 뒷다리로 일어서 몸을 흔들며 앞으로 걷는 거대한 붉은 곰, 동심원들과 십자가들, 격자무늬. 그는 알 수 없는 말들을 연신 중얼거리며, 그 그림들을 노트에 베껴 그렸다.

저건 바로 태양이란다. 그 자신도 하나의 미완성 그림 같아 보이는 인류학자가 각다귀를 잡듯 연필을 허공에 연거푸 내려치면서 과녁 같

---

* 바위의 일부분이 수직 이상의 경사를 지닌 채 지붕처럼 튀어나온 부분.

은 그림을 가리키며 말했다. 저건 고대의 창 발사기란다. 그리고 저건 잠자리란다. 어디 보자, 여기 있구나. 너 이게 뭔지 알겠니? 그는 가운데 부분이 갈라진 타원형 그림을 발견하고는, 흙 묻은 손가락으로 그 갈라진 중간 틈새를 문질러 댔다. 그러고는 네발로 넙죽 엎드리더니, 그 모양과 똑같은 수십 개나 더 되는 그림들을 가리켰다.

말편자인가요?

편자라! 그 인류학자가 웃었다. 아니란다, 얘야, 이건 바로 음문陰門이란다. 여기 있는 전부가 다 그거야. 너, 그게 뭔지 모르는구나, 그렇지? 월요일에 학교에 가면 사전에서 한번 찾아봐라.

이건 그것의 심벌이야. 그가 말했다. 심벌이 뭔지는 아니?

네. 메로는 고등학교 마칭밴드에서 본 양쪽 금속판을 부닥쳐 소리 내는 악기를 떠올리며 대답했다. 인류학자는 웃으면서 그의 미래가 참 밝겠다고 말하고는 자기를 그곳에 데려온 대가로 1달러를 쥐여 주었다. 잘 들어라, 얘야, 인디언들도 다른 사람들처럼 다 그걸 하고 살았단다. 그가 말했다.

그는 학교에 있는 사전에서 그 단어를 찾아보고는, 당황한 나머지 황급히 사전을 덮었지만 바위에 그려져 있던 뭉툭한 문양의 황토색 그 이미지만은 (우레와 같은 군악대 음악을 배경으로) 머릿속에 깊이 뿌리박혔고, 그 후로 살덩이로 이루어진 그 어떤 것도 지하 동굴에 있던 그 암석 형상의 여성 생식기, 치골에 대한 그의 신앙을 능가하지 못했는데, 아버지의 그 애인만은 예외로, 그는 머릿속에서, 네발로 엎드린 그녀를 뒤에서 밀고 들어가면 암말처럼 히힝대는 그녀의 모습을 상상했고, 그건 지질학적 대상이 아닌 살덩이에 대한 것이었다.

건설 현장과 우회로의 방해로 그는 목요일 밤이 되도록 디모인 외곽까지밖에 가지 못했다. 콘크리트 블록으로 지어진 모텔 방에서 그는 알람을 맞추어 두고 잠에 들었지만, 식식거리는 자신의 숨소리 때문에 알람이 울리기도 전에 깨고 말았다. 그는 다섯 시 십오 분에 일어나 벌게진 눈을 하고 비닐 커튼 틈으로 '**슬립 슬립**SLEEP SLEEP'이라는 모텔 사인 밑에서 눈에 살짝 덮인 채 푸르스름한 빛을 내고 있는 자기 차를 바라보았다. 그는 욕실로 들어가, 모텔에 비치된 인스턴트커피를 물에 타 인공 감미료나 가공 크림 없이 블랙으로 마셨다. 카페인이 절실했다. 그의 마음이 뿌리째 시들어 바짝 메말라 버린 느낌이었다.

옅은 눈이 비스듬히 내리는 추운 아침이었다. 그는 캐딜락 문을 따고 시동을 건 후, 세미 트레일러, 더블트레일러, 트리플트레일러 등이 길게 늘어선 차량들 사이로 합류했다. 눈부신 헤드라이트의 불빛에 그는 서쪽 경사로의 진입로를 깜박 놓치고 진흙탕같이 상태가 엉망인 도로로 들어서고 말았다. 우회전, 또 우회전, 그는 모텔의 '**슬립**' 사인을 기준으로 삼아 다시 돌아갔다. 그런데 이번에는 진입하고 보니 고속도로의 반대 방향이었다. 그가 본 건 다른 모텔의 사인이었다.

여기저기 움푹 패여 있는 또 다른 도로를 지나니, 계기판에 페이스트리를 던져두고 보온통에 담아 온 커피를 홀짝이며 통근하는 운전자들로 꽉 찬 회전교차로가 나왔다. 회전교차로를 반쯤 돌던 그는 고속도로 진입로를 발견하고 갑자기 운전대 방향을 획 틀었고, 순간 '**금연! 최면으로 성공할 수 있습니다!**'라는 문구가 새겨진 소형 밴에 코를 들이박고 말았다. 동시에 뒤에서는 스트레치 리무진이 달려와 그의 차 뒤꽁무니를 들이받았고, 또 하품하며 차를 몰던 하이드로 블라스팅 기술자의 업무용 픽업트럭이 그 리무진의 후면을 받아 버렸다.

입안은 고무인지 흙인지 모를 텁텁한 맛으로 가득 차고, 코에는 깨진 안경 유리 조각이 박힌 그는 운전자석 에어백에 끼어 버려 정작 이 광경을 거의 볼 수 없었다. 그에게 가장 먼저 떠오른 생각은 아이오와와 거기에 사는 사람들에 대한 원망이었다. 셔츠 소매 끝자락에 생긴 둥근 핏자국 몇 점이 눈에 들어왔다.

그는 반짝이 별무늬의 반창고를 코에 붙이고 박살 난 자기 차가 고속도로에 검은 액체를 흩뿌리며 견인차에 끌려가는 모습을 지켜보았다. 경찰관들이 와서 몇 가지 질문을 던졌고, 조사가 끝나자마자 그는 트렁크와 장례식용 홈부르크 모자를 손에 들고 택시를 잡아탄 후 파시모터스로 가서, 궤도를 이탈한 인공위성마냥 나사가 풀린 세일즈맨을 통해, 색깔은 망가진 전 차와 같은 검은색이었으나, 연식이 3년 더 되고 아이보리색 가죽 대신 햇빛에 바랜 벨루어 재질의 시트커버를 씌운 중고 캐딜락을 샀다. 그는 파손된 차에서 멀쩡한 타이어를 가져다 그 차에 끼웠다. 담배를 사 피우는 것만큼이나 쉽게, 차도 그렇게 살 수 있었다. 고속도로에 들어선 그는 그 차의 핸들링이 영 마음에 들지 않았다. 핸들을 조금만 움직여도 옆으로 획 틀어지는 것이, 아마도 프레임이 휜 것 같았다. 빌어먹을. 그는 돌아오는 길에 다른 차를 한 대 사야겠다고 생각했다. 그는 자신이 원하는 건 뭐든 할 수 있었다.

네브라스카주 커니 시市를 삼십 분 정도 지났을 즈음, 반듯한 백미러에 보름달이 그 현실감 없는 얼굴을 불쑥 내밀었고, 달 위로는 곱슬머리 가발 같은 구름이 가장자리에 가느다란 은빛 머리카락을 달고 서성였다. 그는 부어오른 코와 턱을 손으로 더듬었다. 에어백이 터질 때 받은 충격으로 욱신대며 아팠다. 그날 밤 잠자리에 들기 전, 그는 뜨거운 수돗물에 위스키를 타서 한 잔 가득 마셔 넘기고, 축축한 침대로 기어들었다. 하루 종일 아무것도 먹지 않아 속이 텅 비었으나, 휴게소 음식은 생각만 해도 역겨웠다.

그는 목장의 집으로 돌아간 꿈을 꾸었는데, 방에 있던 가구는 어디론가 다 사라지고, 마당에서 더러워진 흰 군복을 입은 군인들이 전투를 벌이고 있었다. 괴성이 울리는 치열한 총격전 속에서 유리창이 박살 나고 마룻장이 갈라져 그는 들보 위로 걸어 다녀야 했다. 붕괴되는 마룻바닥 아래로, 검게 응고된 액체로 가득 찬, 아연도금이 된 양철통이 보였다.

토요일 아침, 앞으로 갈 길을 650킬로미터 남겨 두고, 그는 누렇게 말라붙은 달걀과 통조림 표 살사 베르데로 떡칠을 한 감자, 희묽은 커피를 한 잔 마신 후, 팁을 남기지 않고 모텔을 나와 다시 여정에 나섰다. 그는 그런 음식을 원한 게 아니었다. 그는 아침 식사로 늘 생수 두 잔과 마늘 여섯 쪽, 배 하나를 먹었다. 서쪽 하늘에는 침울한 기운이 서려 있었고, 뒤쪽으로는 눈부신 빛줄기 사이에 밝은 주황빛이 어른거렸다. 곧이어 태양의 두터운 가장자리가 지평선을 뚫고 불룩 튀어나왔다.

주 경계선을 지나, 그는 60년 만에 두 번째로 샤이엔 땅을 밟았다. 네온사인이 들어섰고 차량이 늘어났고 콘크리트 건물들이 생겨났지만, 그곳은 수많은 기복을 거친, 여전히 그가 알던 철도 마을이었다. 마지막으로 이곳에 왔을 적에 그는 고통스러울 정도로 배가 고파, 외식의 경험이 생소했음에도 불구하고 대뜸 유니온퍼시픽 역내에 있는 식당으로 들어가 스테이크를 주문했다. 종업원 여자가 내온 스테이크를 칼로 잘랐을 때, 고기에서 피가 새어 나와 하얀 접시 가득 퍼져 나갔다. 그때 그는 목격하고 말았다. 입을 벌리고 소리 없이 고함을 내지르는 그 짐승의 모습을, 그로 인해 그가 느낀 혐오감의 우스꽝스러운 일면을, 그리고 길을 잘못 들어선 한 명의 카우보이를.

그는 공중전화 부스 앞에 차를 세우고, 일곱 걸음밖에 안 되는 거리임에도 차 문을 걸어 잠근 후 틱의 부인이 알려 준 번호로 전화를 걸었다. 박살 난 예전 차에는 카폰이 장착되어 있었다. 그 여자의 목소리가 수화기 밖으로 쩌렁쩌렁 울려 나왔다.

아무 소식이 없어서 마음이 바뀌신 건 아닌가, 하고 궁금해하던 참이었어요.

아니오. 그가 말했다. 오늘 오후까지는 늦게라도 도착할 거요. 지금 샤이엔이오.

바람이 무척 세게 불고 있어요. 눈이 올지도 모른다고 하네요, 특히 산 쪽으로는. 여자는 영 못미더운 눈치였다.

조심해서 가겠소. 그가 말했다.

그는 시내를 벗어나 곧장 북쪽으로 달려갔다.

거대한 자연이 사방에서 쏟아져 내려와 그의 캐딜락을 보잘것없이 작게 만들었다. 아무것도 변한 게 없군, 빌어먹을 아무것도. 황량하고 공허한 땅, 포효하는 바람, 저 멀리에서 쥐새끼만큼이나 작게 보이는 영양, 예전과 다를 게 하나 없는 지형지세까지. 스리슬쩍 과거로 되돌아간 기분이었다. 여든세 해를 살면서 쌓아 온 평온함은 물처럼 사르르 빠져나가고, 그 자리에 바보 같은 세상과 그 안에 사는 바보들을 향해 끓어오르는 젊은이의 분노가 밀려들었다. 내가 그때 집을 나와서 얼마나 고생했는지 알아? 당신은 그게 어떤 건지 몰라. 그는 전처들에게 몇 번이고 말했다. 그녀들이 확실히 알겠다고 할 때까지, 이백 번도 넘게 귀에 못이 박이도록. 어린 나이에 일자리를 구하기 위해 표지판을 들고 길거리에 서 있던 것부터, 용광로에서의 일에, 기타 등등 기타 등등. 샤이엔을 지나 50킬로미터 정도 더 가자 처음으로 '**다운언더와이오밍, 서부를 서부 식으로 즐기세요!**'라고 쓴 커다란 광고판이 보였다. 문구 밑에는 산쑥 덤불 사이를 폴짝폴짝 뛰어다니는 캥거루들과 즐거운 척 환한 웃음을 과장되게 짓고 있는 금발의 아이가 찍힌 커다란 사진이 있었고,

사진 위에 '개장은 5월 31일'이라고 쓰인 띠가 대각선으로 붙어 있었다.

　그래서 어쨌다고요. 그때 롤로가 아버지의 애인에게 물었다. 그 틴 헤드가 어쨌다는 거예요? 그는 그녀의 얼굴만이 아니라 온몸을, 다리미로 셔츠 다리듯, 위아래로 연신 눈을 굴리며 훑어보았고, 배달부 스웨터를 입고 모자를 비스듬히 눌러쓴 아버지는 거듭 에버클리어를 홀짝이며, 모르는 건지 알고도 신경을 안 쓰는 건지, 이따금씩 자리에서 일어나 휘청거리며 바깥 현관으로 나가 잡초에 물을 뿌렸다. 그가 바깥으로 나갈 때마다 방안의 긴장감은 썰물처럼 빠져나갔고, 그들은 아무 일도 일어난 적 없는 것처럼 평범한 사람이 되었다. 롤로는 여자를 향했던 시선을 접고 고개를 숙여 '스날료 스내퍼야.' 하고 어르며 개의 귀를 긁적였고, 여자는 싱크대에 접시를 가져다 넣고 물을 틀어 헹구며 하품을 했다. 그러다가 다시 아버지가 올리브유 같은 에버클리어를 잔에 따라 의자로 되돌아오는 순간, 오가는 시선에는 다시금 날이 서렸고 말투와 어조에는 복합적 메시지가 담겼다.
　그러니까 말이지, 땋은 머리를 뒤로 휙 넘기며 그녀가 말을 시작했다. 매년 틴 헤드는 수송아지 한 마리를 잡는데, 그걸로 그들은 겨울 동안 일용할 양식을 삼았어. 삶고 튀기고 지지고 훈제를 하고 바비큐를 하거나 날것으로 먹기도 하고. 그렇게 하루는 헛간으로 나가서 좋은 놈을 하나 골라 도끼로 힘껏 내려쳤어. 그놈이 기절해서 쓰러지자 뒷다리를 묶어서 끌어올려 고정시킨 다음 그 아래에 양동이를 두고 피를 받았지. 피가 웬만큼 빠지고 난 다음부터는 소를 밑으로 끌어내려서 가죽을 벗기거든. 머리 쪽부터 시작하는데, 뒤통수부터 칼로 가르면서 눈하고 코 쪽으로 가죽을 계속 뒤집어 벗기며 내려오는 거야. 틴 헤드는 머리통을 몸통에서 떼지 않은 채로 가죽을 계속 벗겼는데, 곁발굽부터 뒷무릎, 허벅지 안쪽 윗부분, 그다음에 불알을 떼고, 배 가운데 아래쪽에서 가슴팍 그리고 꼬리로 나아갔어. 이제는 옆구리 차례였는데, 그 부분 가죽이 워낙 질기단 말이지. 다들 옆구리 가죽은 고난도 작업이라고 해. (이때 아버지는 고개를 끄덕였다.) 아무튼 그렇게 가죽을 반쯤 벗겨 놓은 상태로 문득 저녁 식사 생각이 난 거야. 그는 반쯤 벗기다 만 수송아지를 땅에다 그대로 놔두고 부엌으로, 아니다, 먼저 소 혀를 잘라 냈는데, 그게 생으로 바로 먹을 수 있는, 그가 제일 좋아하는 요리였거든. 그는 보통 그것을 물망초 꽃무늬 찻잔에 담아 놓은, 틴 헤드 부인이 만든, 머스터드소스에 찍어서 차가운 상태 그대로 먹었는데, 틴 헤드는 그것도 그대로 바닥에 두고 저녁을 먹으러 들어갔어. 저녁은 닭고기와 만두였는데, 하얗던 살색이 푸르스름하게 변색된 닭고기였어. 그렇지, 맞아. 바로 너희들 아버지 눈 색깔 같은 파란색.

그녀는 순 거짓말쟁이였다. 아버지의 눈동자 색깔은 암갈색이었다.

＊　＊　＊

고원 위로 고운 눈이 시야를 살짝 흐리며 떨어져 사락사락 쌓여 갔다. 보기 드문 눈가루군. 비단 천을 드리운 듯 아름다워. 그는 생각했다. 그러나 바람은 제법 거세어서, 차체가 꽤 묵직한데도 그의 차를 사방으로 뒤흔들었다. 하늘로부터 제트기류가 강하게 요동치며 내려와 땅 위로 내리꽂혔다. 연기 기둥이 하늘 높이 수십 미터 이상 솟아오르며, 우아한 분수대, 비틀린 눈의 악마, 베일을 쓴 아랍 여인, 유령의 기수들을 만들어 냈다가 이내 하얀 연기로 변해 사라져 버렸다. 아스팔트 위에는 추위에 몸부림치던 눈 뱀들이 막대처럼 딱딱하게 굳어 있었다.

그는 눈보라가 굽이쳐 내려오는 급류처럼 사방을 하얗게 지워 버린 길을 운전해 가고 있었다. 아무것도 제대로 보이지 않았다. 바람은 차체를 덜컹덜컹 흔들어 댔고, 눈발은 강철과 유리를 세차게 때려 댔고, 그 와중에 그는 브레이크에 발을 얹었다. 차가 전율하듯 마구 흔들렸다. 그러더니 또 언제 그랬냐는 듯, 불던 바람이 갑자기 뚝 멈추더니 시야가 확 트였다. 저 멀리까지 훤히 텅 빈 도로가 보였다.

어떤 일을 그만둘 때가 되었음은 어떻게 알게 되는 걸까? '정지' 표지판을 들어 올리는 지렛대의 스위치를 누르게 하는 것은 무엇일까? 어떤 장소를 완전히 떠날 결정을 내리는 것은 뇌 안에 있는 어떤 전류에 의한 작용일까? 그가 그녀의 그 빌어먹을 이야기를 들었던 순간, 주사위는 던져졌다. 오랜 세월 동안 그는 자신이 그렇다할 이유도 없이 고향을 등지고 떠났다고 믿으며 괴로워했다. 그러나 그는 당시 텔레비전에서 자연 프로그램들을 보다가 이제 자신만의 영역과 자신만의 여자를 찾아야 할 때가 왔다고 깨달았던 것이다. 바깥세상에는 얼마나 많은 여자들이 있었던가! 그는 그중 세 명인가 네 명인가와 결혼을 했고, 충분히 많은 여자들을 맛보았다.

찰랑거리며 감질나게 밀려드는 밀물처럼, 그의 머릿속에 옛날 목장의 모습이 조금씩 밀려들어 왔다. 팽팽하게 늘린 철사와 완벽한 모서리 작업으로 그가 직접 세워 올렸던 정겨운 울타리, 마른 골짜기와 암석의 노두露頭, 계곡을 따라 가파르게 흘러내리는 물줄기, 하늘 높은 줄 모르고 솟은—뼈다귀에 붙은 살점처럼 생긴 절벽들, 순식간에 땅속으로 급락해 눈먼 물고기의 암흑 같은 지하로 사라져 버렸다가 정작 그들 목장의 땅은 부싯돌만큼이나 메마른 황무지로 남겨 둔 채 서쪽으로 16킬로미터나 떨어진 이웃집 영역의 산에서 솟아나던 개울물, 사자들이 살기에 적격인 높은 동굴들로 덮인 가파른 협곡들. 그해 겨울 초, 음문이 그려진 바위산 근처에서 그는 롤로와 함께 사자 두 마리를 총으로 잡기도 했다. 사자의 관점에서 볼 때 그 위에는 좋은 동굴들이 꽤 많았다.

그는 멍울진 하늘을 등지고 계속 이동했다. 마지막 100킬로미터를 앞두고 눈이 다시 내리기 시작했다. 그는 버펄로 시를 벗어나 오르막길로 들어섰다. 새하얀 눈송이들이 은하수만큼이나 서로 멀리 떨어져 드문드문 내려오는가 싶더니, 그 양이 점점 더 불어났다. 그렇게 10분 정도 지났을 즈음, 계단에서 끌려 내려오는 지팡이 소리 같은 둔탁하게 탁탁대는 와이퍼 소리를 들으며, 그는 도로를 시속 30킬로미터로 기어가고 있었다.

그가 고갯길에 다다랐을 때는 날이 저물어 갈 무렵이었고, 앞에는 질척한 급커브 길과 눈 속에 가려진 산이 있었다. 그는 기어를 낮추고 살금살금 찬찬히 차를 몰았다. 아직 겨울 산길에서 운전하는 법을 잊지 않고 있었다. 다시금 바람이 거세지더니 차를 이리저리 때리고 흔들었다. 눈앞에 보이는 것은 사정없이 휘갈겨 내리는 눈뿐이었다. 그는 조바심에 식은땀을 흘리며, 높은 고도로 인해 머리가 어지러운 중에도 도로를 이탈하지 않으려고 진땀을 뺐다. 미끄러지고 허우적거리더라도 이대로 20킬로미터만 더 가면 텐슬립이 나올 것이다. 그곳에는 반 고흐의 태양을 닮은, 팽글팽글 돌며 둥근 빛을 발하는 가로등이 있었다. 그가 떠나던 때만 해도 그곳에는 전기가 들어오지 않았다. 그 당시 시내에서 목장으로 가는 길은, 빛이라고는 찾아볼 수 없는 27킬로미터의 암흑 길이었는데, 지금은 그 거리 사이에 굴곡 많은 긴 세월이 압축되어 있었다. 헤드라이트 불빛이 길 위에 있는 표지판을 비췄다. '다운언더 와이오밍까지 앞으로 30킬로미터', 그 문구 위로 들소와 에뮤 들이 음흉한 미소를 짓고 있었다.

그는 일 차선으로 된, 눈 내리는 도로로 접어들었다. 차선이 흐릿하긴 해도 식별은 아직 가능했다. 윙윙거리며 도는 히터, 아무 소리도 나오지 않는 라디오, 헤드라이트 너머는 모든 것이 흐릿했다. 그럼에도, 아프도록 익숙한 도로의 모양새와 한창 때처럼 높이 솟아 있는 암벽들을 포함해, 예전과 달라진 것은 아무것도 없었다. 60년 전 풍경과 변함없이 여전히 동쪽으로 기운 페리에 흉가를 보고 있노라니, 왠지 섬뜩한 꿈을 꾸고 있는 기분도 들었다. 그가 늘 드나들던 정겨운 길 끝에 자리 잡은 배너 목장의 입구는, 하얀 눈 속에서 얼핏 유령 같아 보이기도 했지만 세월의 손이 닿지 않은 듯 그때 그 철기鐵旗를 여전히 휘날리고 있었고, 다섯 줄기로 팽팽하게 엮은 담장과 희미하게 보이는 소 떼의 움직임도 그대로였다. 이제 곧 오르막길 꼭대기를 넘어서 좌측으로 돌면, 그들의 목장으로 향하는 길이 나올 차례였다. 그는 지금 캄캄한 암흑 속에서 차선도 없는 도로를 달리고 있었다.

그 애인은 롤로를 향해 윙크를 날리며 말했다. 맞아, 정말이라니까. 틴 헤드는 저녁을 반쯤 먹다 말고 잠을 좀 자야 했어. 얼마 후 잠에서 깬 다음에, 밖에 나가서 하품을 하고 기지개를 펴면서 이렇게 말했지. 가죽 벗기는 일을 마저 끝내야겠군. 그런데 글쎄 가 보니까, 그만, 소가 없어진 거야. 사라져 버렸다고. 땅 위에는 지푸라기와 흙을 뒤집어쓴 혓바닥 조각만 덩그러니 남아 있었고, 양동이에 담긴 피는 개들이 와서 핥아 먹고 있었어.

그녀의 목소리에는, 특유의 콧소리가 섞인 그 나지막한 목소리에는 사람을 절로 끌어들이는 뭔가가 있었다. 그녀가 하는 말이 단지 에이, 비, 씨로 이어지는 알파벳에 불과하더라도, 듣는 이의 귀에는 바스락거리는 건초 소리로 들릴 수 있었다. 그녀에게는 상상 속의 불로도 연기 냄새를 맡게 하는 그런 힘이 있었다.

어쩌다가 목장으로 접어드는 샛길을 알아보지 못한 걸까? 흙먼지가 일던 울퉁불퉁한 모퉁이, 바람에 휩쓸려 온 눈이 쌓인 낮은 지대, 트럭 옆구리를 철썩철썩 때리는 버드나무 가지로 무성한 비탈길이 그토록 선명하게 그의 마음속에 남아 있는데! 그는 기억 속의 그 길이 보이기를 바라며 1킬로미터 이상을 더 갔으나 끝내 찾지 못했고, 3킬로미터를 더 가면 나오던 밥 키친의 건물이라도 보이길 바라며 더 갔으나, 아무리 더 나아가도 보이는 것은 아무것도 없었다. 그는 유턴을 해서 되돌아갔다. 원래 있던 길이 없어진 걸로 보아, 롤로가 옛 진입로를 버린 모양이었다. 밥 키친 건물은 화재나 바람으로 인해 없어져 버린 거겠지. 만에 하나 주 진입로를 찾지 못한다 해도 그렇게 큰 문젯거리는 아니었다. 텐슬립으로 돌아가서 모텔을 찾으면 되니까. 하지만 그는 이렇게 코앞까지 와서 중간에 포기하기는 싫었다. 목장에서 20분밖에 안 되는 거리까지 겨우겨우 찾아왔는데, 또다시 악천후를 뚫고 그 먼 길을 돌아가야 하는 것도 싫었다.

그는 매우 천천히 차를 몰며 왔던 길을 되돌아갔다. 문득, 우측으로 목장의 입구가 나타났다. 다만, 대문도 없었고 간판도 내려진 상태였다. 그가 못 보고 지나친 이유가 바로 그거였다. 게다가 조그맣게 열린 그 틈새에 산쑥 덤불이 자라서 막고 있으니 더할 수밖에.

그는 일종의 승리감을 느끼며 그 길로 들어섰다. 그러나 덮인 눈 아래로 도로 상태는 갈수록 험악했고, 울퉁불퉁한 돌밭 위에서 차는 걷잡을 수 없이 출렁거리기 시작했다. 그제야 그는 모르긴 몰라도 뭔가 한참 잘못되었음을 깨달았다.

길이 너무 좁은 나머지 차를 돌릴 수가 없자, 그는 창문을 내린 뒤에 뻣뻣한 목을 밖으로 길게 빼고, 미등에 비친 붉은 눈을 노려보면서 살살 후진을 시도했다. 그러던 중, 우측 뒤 타이어가 돌 위를 구르다 미끄러지는 바람에 그만 질벅한 수렁에 빠지고 말았다. 타이어가 눈 속에서 빙빙거리며 헛돌았지만, 그에게는 지렛대가 없었다.

여기에 그냥 앉아 있어야겠다. 그가 소리 내어 말했다. 이대로 앉아 있다가 날이 밝으면, 배너네 집으로 가서 커피나 한 잔 달라고 해야지. 좀 춥기는 하지만 얼어 죽을 정도는 아닐 거야. 상상하는 내용이 머릿속에서 한 편의 연극처럼 흘러갔다. 밥 배너가 문을 열면서 이렇게 말하겠지. 어라, 이거 누군가. 메로 아니야, 어서 안으로 들어오게. 자바 커피와 방금 구운 비스킷 좀 들게나. 그러다 문득 그는 밥 배너가 살아서 그 역할을 하려면, 지금 나이가 백스무 살은 되어야 한다는 사실을 깨달았다. 아마도 지금 있는 곳에서 배너 목장의 입구까지는 5킬로미터 정도, 또 입구에서 목장 안의 집까지는 10킬로미터 정도를 더 가야 할 것이다. 이런 고지高地의 눈보라 속에서 15킬로미터 거리를 걸어야 한다는 얘긴가. 한편 차에 기름은 반 정도 남아 있었다. 반복해서 차의 시동을 켰다 껐다 하면 밤새 버틸 수 있을 것이다. 오늘은 운이 안 좋았지만 어쩌랴. 이 상황에서 중요한 건 참고 견디는 것임을.

바람에 흔들리는 차 안에서 반 시간 정도 깜빡 졸던 그는 경련과 복통으로 인해 잠에서 깼다. 편하게 드러눕고 싶었다. 빌어먹을 타이어 밑에다 납작한 돌을 하나 구해다가 끼워 넣으면 어떨까, 그는 생각했다. 죽는다는 생각은 하지 말자. 이렇게 말하며 그는 응급 가방 안에 있을 손전등을 찾아 뒷좌석 바닥을 손으로 더듬거렸지만 바로 그때, 신호탄도 카폰도 그리고 AAA 카드와 손전등, 성냥, 양초, 초콜릿 바, 생수도 몽땅 가방에 담긴 채로 망가진 차와 함께 견인되어 갔다는 사실을, 그래서 지금쯤은 그 망할 견인차 운전수 마누라의 차에 실려 있을 거라는 사실을 깨달았다. 어쩌면 눈에 반사된 빛으로 어느 정도는 시야를 확보할 수 있을지 몰랐다. 그는 장갑을 끼고 코트의 단추를 채운 다음, 밖으로 나가 차 문을 잠그고는 미끄러운 바닥을 타고 차체 뒤로 가서 바닥에 엎드렸다. 차 뒤편으로 눈 위에 비친 미등의 붉은 빛이 마치 갓 생긴 혈흔 같았다. 타이어가 공회전을 했던 통에 땅이 움푹 패여 아기 요람만 한 구덩이가 파여 있었다. 납작한 돌 두서너 개 혹은, 둥그런 거 몇 개를 구해 끼우면 나갈 수 있을지 모르겠군, 그는 완벽한 돌을 고집하지는 않을 생각이었다. 세찬 바람이 그를 휘갈겼다. 눈은 확실히 차곡차곡 쌓이고 있었다. 그는 움직일 만한 돌을 찾아 더듬더듬 땅을 발로 짚었다. 엔진의 규칙적인 진동 소리가 아직은 이곳에서 벗어날 수 있음을 약속하는 듯했다. 날카로운 바람에 귀가 아렸다. 그의 털모자는 빌어먹을 그 응급 가방 안에 있었다.

어머나, 세상에. 그녀가 이어서 말했다. 수송아지가 보이지 않자 틴 헤드는 깜짝 놀라서 펄쩍 뛰었어. 처음에는 누군가가, 그를 싫어하는 이웃 중 한 사람이 몰래 와서 (그런 사람이라면 충분히 많았으니까) 훔쳐 갔다고 생각했지. 그래서 주위에 발자국이나 바퀴 자국이 있는지 살펴봤지만, 오래된 소 발자국밖에는 아무것도 보이지 않았어. 그는 눈 위에 손을 얹고 먼 곳을 살펴보았어. 북쪽, 남쪽, 동쪽, 아무것도 없었지. 그런데 서쪽, 저 멀리 산이 있는 쪽으로 무엇인가가 뻣뻣하게 천천히 비틀거리며 걸어가는 모습이 눈에 보이는 거야. 그것은 살갗이 벗겨진 것으로 보였고, 움직이는 뒷부분에는 묵직하게 젖은 뭔가가 덜렁거리고 있었어. 맞아, 바로 그 수송아지였던 거야. 찍소리도 내지 않고 가던. 그런데 바로 그때, 그것이 갑자기 멈춰 서서 뒤를 돌아보았어. 그리고 거리가 그렇게 멀리 떨어져 있는데도, 틴 헤드는 가죽이 벗겨져 생살이 드러난 소의 머리통과 어깨판 근육, 혓바닥이 빠져 힘없이 벌어진 텅 빈 입과 그를 째려보는 붉게 충혈된 두 눈, 그를 향해 쏜 화살처럼 날아오는 절대적인 증오를 느낄 수 있었어. 그때 그는 깨달았지. 모든 게 끝장나 버렸다는 걸. 그 자신도 그의 아이들도, 그 아이들의 아이들도, 그의 아내도, 그녀의 파란 접시도, 접시는 모조리 다 부서져 버릴 테고 그 피를 핥아 먹던 개들은 끝장이 날 테고, 그들이 살던 집은 그 안에 사는 파리 한 마리, 쥐 새끼 한 마리까지 모조리 다 날아가 버리거나 불에 타 없어져 버릴 거라는 사실을 말이야.

잠시 침묵이 이어졌고, 그녀가 덧붙이듯 말했다. 이게 끝이야. 그리고 그 뒤로는 정말로 모든 일이 잘 안 풀렸대.

그게 다야? 롤로가 말했다. 정말 그걸로 끝이야?

*　　*　　*

적어도 그는 자신이 목장 가까이에 와 있음을 알았다. 그는 느낄 수 있었다. 이 길도 그가 알던 길이었다. 목장으로 이어지는 주요 도로는 아니지만, 강 아래쪽으로 비집고 들어가는, 다소 낮은 입구라는 게 희미하게나마 기억으로 남아 있었다. 이제야 정문 입구가 배너 목장으로 가기 한참 전에 갈라지는 샛길에 있었다는 사실이 기억났다. 그는 자신이 지금 와 있는 곳이 어디쯤일까 궁금해하며 쓸 만한 돌을 하나 그리고 하나 더 찾았다. 그의 기억 속에 남아 있는 목장 지도는 누군가의 발에 짓밟힌 것처럼 여기저기 지워지고 흠집이 나서, 예전처럼 결코 선명하지 않았다. 그렇게 기억 속의 입구는 무너져 내렸고 담장은 너덜거렸지만, 그와 반대로 고향 황무지의 온갖 악조건은 엄청난 존재감으로 부풀어 올라 그를 압박해 왔다. 하늘 위로 불쑥 솟아오른 절벽, 이빨을 드러내며 으르렁거리는 사자들, 무서운 기세로 바위굴을 뚫고 내려오는 강줄기, 높은 곳에서 폭포처럼 쏟아져 내리는 돌 더미. 그때 가시철조망 너머로 무언가가 움직였다.

그는 차 문의 손잡이를 움켜잡았다. 문은 굳게 잠겨 있었다. 차 안을 들여다보니 시동을 켜놓으려고 점화 스위치에 꽂아 놓은 차 키가 계기판 불빛에 비추어 보였다. 이건 무슨 코미디도 아니고! 그는 묵직한 돌을 주워 올려 두 손으로 꼭 쥐고 운전석 유리창을 향해 내리쳤다. 창문이 와장창 소리를 내며 깨졌고, 그는 깨진 구멍 사이로 차 안의 탐나는 온기를 향해 팔을 집어넣은 후, 곡예사라도 된 것처럼 몸을 뒤틀며 팔을 비비 꼬아 핸들 위아래로 움직였다. 그간 운동을 게을리 하지 않고 녹색 채소와 너트커틀릿*을 먹어 유연한 몸을 유지했으니 망정이지, 그게 아니었다면 절대 이런 식으로 차 키를 빼지 못했을 것이다. 손가락이 스칠 듯 말 듯, 약간의 실랑이 끝에 그는 키를 손에 넣는 데 성공했다. 이것이 바로 진짜 남자와 애송이를 구분하는 차이점이지. 그가 소리 내어 말했다. 손으로 키를 움켜잡는데 조수석 창문이 흘끗 보였다. 잠금 장치가 위로 쑥 올라와 있었다. 그리고 설사 그 문이 잠겨 있었다 해도, 운전석 쪽의 잠금 장치만 그냥 위로 올리기만 하면 되는 걸, 그는 왜 그토록 힘들게 열쇠를 잡아 **빼려고** 했단 말인가? 욕지거리를

---

* 견과류, 빵, 허브를 넣어 고기 덩어리처럼 요리한 음식.

내뱉으며 그는 바닥의 고무 깔개를 끄집어냈고, 돌 위에 잘 얹은 다음 다시 한 번 비틀거리며 차 쪽으로 돌아갔다. 머리가 어질어질했고, 목이 엄청 마르며 배가 고팠다. 그는 눈송이를 향해 입을 벌렸다. 그가 이틀 내내 먹은 음식이라고는 그날 아침 식사로 먹은 말라붙은 달걀이 전부였다. 지금이라면 아무리 바싹 말라붙은 달걀이라도 열두 개는 더 먹을 수 있을 텐데.

깨진 유리창으로 눈이 휘몰아쳐 들어왔다. 그는 후진 기어를 놓고 천천히 액셀을 밟았다. 차가 출렁거리며 균형을 잡는 듯했다. 그는 다시 한 번 목을 비틀어 뒤로 돌려서 붉은 빛을 내는 미등을 쳐다보며 후진을 시도했다. 6미터쯤, 아니 9미터쯤 갔나. 이번에는 차가 미끄러지며 빙빙 돌았다. 눈이 너무도 많이 쌓여 있었다. 아까 들어올 때까지만 해도 편편해 보이던 길이 지금은 무자비한 오르막길로 바뀌어 있었고, 지금 그는 눈 덮인 바위투성이 언덕의 경사면을 후진해서 올라가려 하고 있었다. 바닥에 생긴 바퀴 자국이 밧줄처럼 어지럽게 꼬여 있었다. 억지로 6미터 정도를 더 가자, 타이어가 헛돌며 연기가 나더니 뒷바퀴 하나가 옆으로 빠지며 60센티미터 정도 파인 구덩이 안으로 돌돌돌 굴러 들어갔다. 엔진이 멈췄고, 그걸로 끝이었다. 하늘이 그의 명을 끊으려 작정한 것이 분명한 시점에 이르렀다는 데에, 그는 차라리 안도감이 들었다. 그는 배너 목장까지의 거리가 15킬로미터도 넘는다는 생각을 애써 떨쳐 냈다. 막상 가다 보면 그렇게 멀지 않을지 몰라. 아니면 그들이 목장을 도로 쪽으로 더 가까이 옮겼을지도 모르는 일이지. 혹은, 지나가는 트럭을 마주칠지도 몰라. 신발은 미끄럽고 코트 단추는 어긋 끼워져 있지만, 혹시 모르지, 어쩌면 산쑥 덤불 사이에서 신화 속에 등장하는 웅장한 호텔을 발견할 수 있을지도.

대로에 새겨진 타이어 자국이 휘몰아치는 눈구름 뒤에 숨어, 깜박이며 떠오르는 달빛에 반사되어 반짝이는 살구빛의 희미한 무늬를 그려내고 있었다. 이따금씩 바람이 누그러질 때마다, 흐릿했던 그의 그림자가 선명해졌고 난폭한 자연이 그 모습을 드러냈다. 달을 향해 포효하는 절벽, 초원 위에 수증기처럼 솟아올라 흩날리는 눈발, 하얀 울타리로 경계선이 쳐진 목장의 옆구리, 빛을 번쩍이는 산쑥 덤불, 죽은 머리카락처럼 개울가를 따라 엉클어져 있는 검은 버드나무 가지. 길옆의 들판에서는 가축들이 만화책의 말풍선 모양을 닮은, 달빛 품은 입김을 뿜어냈다.

그는 바람에 맞서 걷고 있었다. 눈이 신발 안을 가득 메웠고, 종이 인형처럼 금방이라도 찢겨져 나갈 것 같았다. 걷는 도중 그는 문득, 울타리 안의 가축 떼 중 한 마리가 그와 보조를 맞춰 움직이고 있음을 알아차렸다. 그가 발걸음을 늦추면 그것도 따라서 속도를 늦추었다. 그는 걸음을 멈추고 뒤를 돌아보았다. 그것 또한 멈추어 서서, 콧바람을 내뿜으며 그를 바라보았다. 그것의 등에는 리넨 천을 얹은 것처럼 눈이 살짝 덮여 있었다. 그것이 고개를 불쑥 치켜들었고, 그 황량하고 냉혹한 겨울빛 속에서 그는 깨달았다. 그가 또 한 번 틀렸음을, 가죽 벗긴 그 수송아지의 붉은 눈은 여태껏 그를 계속 응시해 오고 있었음을.

진흙탕 인생

로데오 나이트의 열기 속 오클라호마의 한 작은 마을, 다이아몬드 펠츠는 그가 고향이라 부르는 와이오밍 땅으로부터 멀리 떨어진, 철제 대기실에서 82N이라는 이름의 황소 등 위에 앉아 있었다. 프로그램에 '리틀 키세스'로 기재된, 늘어진 가죽의 얼룩무늬 브라마 잡종이었다. 후텁지근한 느낌이 드는 날씨였다. 그는 한쪽 엉덩이를 뒤로 죽 빼고 앉아서, 양발을 철제 난간 위에 올려놓았다. 그래야만 황소가 그의 다리를 난간에 으스러뜨리거나 갑자기 그를 받아 내꽂아 버리는 일을 방지할 수 있었고, 소가 요동치는 경우가 생겨도 재빨리 난간을 넘어 도망칠 수 있었다. 결전의 시간이 점점 다가왔다. 그는 양쪽 뺨을 손바닥으로 세게 쳐서 아드레날린 샘을 자극시키고, 옆에 있는 소몰이꾼을 내려다보며 "된 것 같아요."라고 말했다. 흘러내리는 땀으로 리토의 목덜미가 번뜩였다. 그는 아무것도 달려 있지 않은 밧줄 한쪽 끝을 쇠갈고리에 걸어 황소의 배 밑으로 밀어 넣어 뺀 뒤 다이아몬드의 손에 조심스레 쥐여 주고는 난간 위로 올라가 줄을 팽팽하게 당겼다.

"어휴, 이놈 만만치 않은걸. 여기 샘플 카드 함 봐 봐."

리토가 말했다.

다이아몬드는 밧줄의 한쪽 끝을 잡고 손등과 손바닥에 두 번을 둘둘 돌려 감은 후 중지와 약지 사이에 끼워 엮고서, 송진을 묻힌 장갑의 손가락 부분으로 손등과 손바닥을 탁탁 소리 내어 두드렸다. 그리고 밧줄의 꼬리 부분을 황소의 등에 가로질러 걸쳐 놓고 남는 부분을 고리 모양으로 만들었다. 하고 보니, 뭔가가 딱 안 맞는 듯, 좀 느슨하게 된 느낌이 들었다. 그는 감았던 줄을 풀고 처음부터 다시 시작해 고리를 더 작게 만들었다. 경기가 재개되기를 기다리는 동안 경기장에서는 광대가 나와 분홍색 대포를 쏘았다. 쉬익 소리를 내며 발사된 대포 탄은 남쪽에서 몰려오는 천둥 번개를 동반한 텍사스 폭풍의 요란한 굉음에 묻혀 잦아들었다.

야간 경기에는 나름의 뜨거운 열기가 있다. 그 현란함, 뻣뻣한 다리에 반짝이는 술이 달린 카우보이 가죽 바지를 입고 퍼레이드 행진을 펼치며 경기장으로 들어오는 카우보이 광대들, 참가 선수들의 눈을 찡그리게 만드는 눈부신 조명, 반쯤 넋이 나가 있는 관중. 그들은 이제 오늘밤의 마지막 순서인 황소타기만을 남겨 두고 있었다. 그는 두 번째 차례였다. 그가 올라탄 황소가 거칠게 몸을 흔들며 콧김을 내뿜었다. 그는 손가락을 쫙 편 손으로 가슴팍을 가로질러 오른쪽 어깨를 감싸 안고 자신을 진정시켰다. 왜 그런 행동이 그의 고질적 불안감을 진정시켜 주는지는 알 수 없었다. 그러나 모르긴 몰라도 정황상, 이번 경기를 끝까지 버텨 내기 위해선 의지할 뭔가가 확실히 필요했다.

1차전에서 그는 아는 황소를 뽑았고, 그 황소에게 뜨거운 맛을 제대로 보여 줄 수 있었다. 요 몇 주 슬럼프에 빠져, 잔뜩 긴장해 움츠러들어 있었지만, 다시금 자기 쪽으로 전세가 역전되고 있었다. 그는 황소 등에서 훌쩍 뛰어 가볍게 착지했고, 금세 사그라들긴 했지만 관중들의 박수를 어느 정도 이끌어 내는 데 성공했다. 관중들만큼이나 그 자신도 잘 알고 있었다. 일단 호루라기 소리가 울리고 나면, 그가 경기장에서 화염에 휩싸여 오페라 아리아를 부르든 뭘 하든 달라질 게 별로 없다는 사실을.

2차전에서 그는 그럭저럭 괜찮은 황소를 뽑았고, 그를 떨어뜨리려 안간힘을 쓰는 웰링턴 소의 바깥 어깨에 시선을 고정시키며 끝까지 버텨 70점대 후반을 득점했다. 그런데 그다음 결승전 추첨에서, 바로 이 석탄 수송차만큼이나 거대하고 거칠며 다루기 힘들기로 악명 높은 리틀 키세스를 뽑은 것이다. 이런 소를 뽑은 이상, 그가 할 수 있는 최선은 온 힘을 다하여 버티면서 조금의 운이 따라 주기만을 바라는 것뿐이었다. 그 운만 따라 준다면, 그는 돈방석에 앉을 수 있게 될 것이다.

사회자의 금속성 목소리가 실내 경기장 위에 달린 스피커를 통해 쩌렁쩌렁 울려 퍼졌다.

"자, 여러분, 우리나라가 위대한 나라가 된 건 헌법 때문도 권리장전 덕분도 아닙니다. 산과 평야와 저녁의 석양을 지으시고 우리를 모두 이곳에 모으시어, 그 모든 것을 보게 하신 하느님의 은혜입니다. 오늘 경기에 신의 가호가 함께하기를 바랍니다, 아멘. 지금 이 순간, 와이오밍 레드슬레드에서 온 스물세 살의 젊은 청년, 다이아몬드 펠츠 선수가 대기하고 있습니다. 그는 지금 자신이 과연 살아서 다시 이 아름다운 경치를 볼 수 있을까, 하고 마음 졸이고 있을지 모르겠습니다. 여러분, 몸무게로 따지면 다이아몬드 펠츠 선수는 60, 리틀 키세스는 912킬로그램에 육박합니다. 이 녀석은 어마어마한 몸집의 황소로 38 대 1의 전적을 자랑하며, 작년 〈도지시티불라이더Dodge City Bullrider〉지가 선정한 우승 우½이기도 합니다. 이 거대한 소의 등에 붙어 팔 초간 버틸 수 있었던 선수는, 지금까지 리노 출신의 마티 케이스볼트, 단 한 명뿐이었습니다. 두말할 것 없이 상금은 그자가 싹쓸이해 갔겠지요? 과연 오늘 밤이 소가 등을 내줄까요? 여러분, 그 결과는 잠시 후 우리의 카우보이가 준비되는 대로 알게 될 것입니다. 자, 그리고 이 빗소리가 들리십니까? 우리가 실내 경기장에 있다는 사실에 감사합시다. 그렇지 않았다면 저 밑의 땅이 온통 질퍽한 진흙탕일 테니 말입니다."

다이아몬드는 옆에 서 있는 몰이꾼에게 다시 한 번 눈짓을 보내며, 부여잡은 밧줄을 위로 추어올리고 고개를 끄덕였다. 그의 머리가 위아래로 세차게 들썩였다.

"자, 가자."

대기실의 문이 열림과 동시에, 황소는 몸을 웅크리는가 싶더니 그들을 기다리고 있는 침묵 속으로 힘차게 뛰어올랐다. 그리고 발작적으로 이리저리 날뛰는가 하면 앞뒤로 양옆으로 빙빙 돌거나 펄쩍펄쩍 뛰기도 하고 온몸을 세차게 뒤흔들면서 그를 땅으로 내팽개칠 기세로 내리꽂기도 하며 할 수 있는 모든 것을 그에게 선사했다.

짧게 깎은 검은 머리에 왼쪽 뺨에는 별자리 모양의 점이 있는 다이아몬드 펠츠는, 말끔히 씻고 빗질을 하고 깨끗한 셔츠를 입고 파란 별무늬 스카프를 하고 나타나면, 사실 꽤 보기 좋은 미남이었다. 그러나 평생 살면서 그 자신은 그 사실을 자각하지 못했다. 162센티미터의 키에, 여기저기를 툭툭 치거나 손가락을 물어뜯는 버릇이 있는 그는 불안한 기색을 온몸으로 드러냈다. 열여덟 살에 아직 숫총각이었던 그는 (남자든 여자든 그가 속한 졸업반 안에 그런 경우는 결코 많지 않았다.) 그 사태를 어떻게든 전환시켜 보고자 노력했지만 늘 어긋나기 일쑤였고,

게다가 암담하게도 그는 늘 키 큰 여자만을 꿈꾸었다. 세상에는 분명 작은 여자도 많고 많건만, 그가 상상 속에서 은밀히 올라타는 여자들은 죄다 180센티미터가 넘는 장신들뿐이었다.

평생 동안 그는 늘 반 통, 애새끼, 숏 다리, 꼬맹이, 난쟁이, 쪼그만 녀석, 반 토막 등으로 불렸다. 장작불에 기름 붓는 격으로 그의 엄마는 한 술 더 뜨곤 했는데, 한번은 2층 복도에 올라왔던 엄마가 목욕탕에서 벌거벗고 나오는 그와 마주치곤 "그래, 적어도 그쪽으로는 안 자라지 않았으니 다행이다."라고 말한 적도 있었다.

고등학교 졸업반이던 어느 봄날, 그는 윌리스 윈터의 픽업트럭을 손가락으로 연신 툭툭 치면서, 백조같이 목이 긴 차주가 웃겨 보려고 용을 쓰며 지어내는 이야기에 귀를 기울이고 있었다. 그때, 리실('루실'이라고 불렀다가는 큰일 난다.)이라는, 이름만 알다 뿐이지 잘 모르는 한 얼간이가 다가와서 말했다.

"너희 중 이번 주말에 일하고 싶은 애 없니? 우리 아버지가 낙인 찍는 일을 하는데 일손이 부족해서 말이야. 그런데 아무도 구할 수가 없네."

그는 단추만 한 눈으로 윙크를 했다. 둔해 보이는 그의 얼굴은 울긋불긋한 여드름으로 덮여 울퉁불퉁했고, 개중에 퉁퉁 부르튼 여드름 몇 개에서는 희끄무레한 수염이 삐쭉 솟아나 있었다. 다이아몬드는 그가 면도를 하다가 과다출혈로 죽지 않은 게 신기했다. 그에게서는 가축 냄새가 진동을 했다.

"날을 한참 잘못 잡으셨네. 이번 주는 농구 경기에다, 파티, 섹스, 술, 마약, 차 망치기, 경찰, 식중독, 몸싸움, 발작하는 부모 등등…… 아버지한테 말씀 안 드렸어?"

윌리스가 말했다.

"안 물어보길래 말 안 했어. 그냥 일할 사람만 좀 구해 오라고 했지. 그건 그렇고 겨우 날씨가 좋아졌다. 한 달 내내 주말마다 비바람이 불었잖아."

리실이 침을 뱉었다.

윌리스는 심각하게 고민하는 척했다.

"음, 돈 버는 일이라면, 주말 한 번쯤은 제쳐도 될 것 같은데."

그가 다이아몬드를 향해 윙크를 날리자, 다이아몬드는 리실이 장난을 걸 만한 애가 아니라는 뜻으로 얼굴을 찌푸려 답했다.

"맞아, 너희들은 일인당 6달러씩 받게 될 거야. 나나 우리 집 형제들은 한 푼도 못 받고 목장 일을 하는데 말이지. 아무튼, 일은 얼추 저녁 시간쯤 끝나니까, 너희가 뭘 하든 그때부터라도 충분히 할 수 있을 거야. 파티를 하든, 뭘 하든."

시내에 놀러 나갈 계획 따윈 그와는 먼 얘기였다.

"나, 목장 일은 한 번도 해 본 적 없는데. 우리 엄마가 목장에서 자라서 끔찍이도 싫어했거든. 딱 한 번 우리를 데려간 적이 있었는데, 정말 한 시간도 못 버티고 바로 나왔을걸."

다이아몬드가 말했다. 머릿속에서 사방이 말굽에 휘저어진 진흙탕 같은 땅, 그들을 외면하던 외할아버지, 카우보이 가죽 덧바지와 더러운 모자를 쓴 근육질의 존 외삼촌이 땀을 흘리며 그의 엉덩이를 철썩 때리던 일, 외삼촌이 엄마한테 뭔가 화날 만한 말을 했던 일 등이 스쳐 갔다.

"상관없어. 일은 그냥 일이니까. 송아지들을 기구에 몰아넣고 낙인을 찍고 거세하고 백신 주사를 놓은 다음 꺼내기만 하면 돼."

"거세라."

다이아몬드가 말했다. 그러자 리실이 자기 가랑이에 손을 대고 생생한 시늉을 해 보였다.

"이거 왠지, 매우 괴상하지만 재미있는 일일지도 모르겠는걸. 잘하면 완전 괴상하고 흥미진진한 일로 만들 수 있겠어."

월리스가 말했다.

"낙인 찍는 일은 별로 안 하고 싶을걸. 질퍽거리는 땅 위에 누워서 해야 하거든."

리실이 단호하게 말했다.

"윽, 그래, 그런 엿같은 건 안 하고 싶다. 아무튼 알았어, 일할게. 그딴 게 다 뭐라고." 월리스가 말했다.

다이아몬드도 고개를 끄덕였다.

리실이 가지런한 이를 훤하게 드러내며 웃었다.

"우리 목장 위치를 알기는 하니? 비슷비슷해 보이는 갈림길이 많아서 헷갈리거든. 어떻게 오는지 내가 알려 줄게."

이렇게 말하며 그는 빨간 'F'자로 채점된 시험지를 뒤로 돌려 그 뒷면에 복잡한 지도를 그리기 시작했다. 그러던 참에 의문점 한 가지가 풀렸는데, 바로 리실의 성이 '부드'라는 사실이었다. 월리스가 다이아몬드를 의미심장하게 쳐다보았다. 파하스카에서 파인블러프 일대에 흩어져 사는 부드 일가는 그 지역 말썽꾸러기들을 배출하는 데 있어서 둘째가라면 서러울, 악명 높은 집안이었다.

"그럼, 아침 일곱 시다."

리실이 말했다.

다이아몬드는 지도가 그려진 종이를 다시 돌려 앞면의 시험지를 살펴보았다. 정답을 써넣어야 하는 칸에는 샤프펜슬로 정교하게 그린 소의 낙인들이 가득 채워져 있었다. 학교에서는 그 시험지를 편협하게도 상부 교육기관에 회부시켰다.

좋았던 날씨는 물에 씻기듯 지나가 버렸다. 그 주 주말은 바람이 불고 구름이 잔뜩 껴 우중충한 데다 울음소리, 퇴비가 덕지덕지 묻은 가축들, 진흙, 먼지, 힘껏 들기, 주사 놓기, 절대 없어지지 않을 것만 같은 털 타는 고약한 냄새가 한데 뒤섞인 불협화음이었다. 같은 학교에 다니는 다른 얼간이 두 명도 목장 일을 하러 나타났다. 다이아몬드는 지나다니며 그들을 본 적은 있으나 누군지는 잘 몰랐다. 그저 말을 어눌하게 하며 더러운 길바닥이나 목장 밖을 전전하며 산다는 이유로, 또 리실의 친구들이라는 대수롭지 않은 이유로 한심한 찌질이라고 치부하던 애들이었다. 머리가 희끗희끗하게 센 코모 부드는 두꺼운 복대를 매고 여기저기를 가리키면서, 리실과 그의 형제들이 송아지들을 목초지에서 울타리로, 우리에서 낙인 찍는 기구로, 노랗게 달구어진 전기인두로, 또 목장 일꾼인 로비스가 절개 수술대 위로 몸을 숙이고 서서 한 손에는 칼을 들고 또 음낭의 가죽을 쥔 다른 한 손으로는 고환을 바깥쪽으로 팽팽하게 잡아당겨 가죽과 막 사이에 길쭉한 외부 절개선을 만들고 뜨거운 고환을 끌어내 양동이에 던져 넣은 뒤 다음 송아지를 기다리는, 총 절차를 관장했다. 개들이 킁킁거리며 돌아다녔고, 어디를 가도 파리들이 윙윙거리며 어수선하게 날아다녔고, 안장을 얹은 말 세 마리가 나무 밑에서 어슬렁거리며 걷다가 이따금씩 히힝, 하고 울었다.

다이아몬드는 코모 부드를 자꾸만 흘끔흘끔 쳐다보았다. 그의 이마에는 가시철조망 모양의 허연 상처가 지그재그로 길게 나 있었다. 그가 시선을 의식하고 윙크를 했다.

"내 훈장들을 보는 거냐? 내가 네 나이였을 때 우리 형이 나를 트럭으로 쳐서 생긴 거다. 귀에서부터 여기까지 얼굴 가죽이 다 벗겨졌었지. 완전히 얽히고 뜯기고."

그들이 일을 모두 마쳤을 때는 일요일 늦은 오후 시간이었고, 코모 부드는 그들의 일당을 천천히 조심스럽게 세어 각자의 몫에 5달러씩 더 얹어 주면서 그들이 일을 꽤 만족스럽게 해냈다고 말했다. 그리고 리실을 향해 물었다.

"그건 어떻게 하기로 했니?"

"너희 재미 좀 볼래?"

리실 부드가 다이아몬드와 윌리스에게 물었다. 다른 이들은 벌써 저 만치 앞장서서 작은 우리를 향해 걸어가고 있었다.

"무슨 재미?"

윌리스가 말했다.

다이아몬드의 머릿속에 문득 우리에 여자가 있는 걸까, 하는 생각이 스쳤다.

"황소타기. 우리 아버지한테 로데오용 황소가 좀 있거든. 지난달에 로데오 학교에서도 와서 타고 갔어. 제대로 탄 사람은 하나도 없었지 만."

"나는 그냥 구경만 할게."

윌리스가 입가를 가늘게 만들곤 비꼬듯 대꾸했다.

다이아몬드는 로데오를 농구공 하나도 제대로 잡지 못하는, 머저리들이 할 게 없어서 최후의 수단으로 선택하는 종목 정도로만 생각하고 있었기에, 늘 무술이나 레슬링 같은 수업만 들었다. 그것들은 결국 불필요한 종목이라는 이유로 폐지되어 버렸지만.

"아, 글쎄. 황소라, 별로 안 끌리는데."

그가 말했다.

리실 부드가 앞장서서 가축우리로 뛰어갔다. 그 옆의 우릿간에 황소가 세 마리 있었는데, 그중 두 마리가 땅을 발로 거칠게 차고 있었다. 우릿간 앞으로 난 쪽문은 안쪽으로 열리게 되어 있었다. 얼간이 두 명 중 한 명이 기수가 바닥에 떨어지면 그들에게서 황소를 쫓아내는 소몰 이꾼 역할을 하려는 모양인지, 경기장 안에서 펄쩍펄쩍 뛰며 몸을 풀고 있었다.

다이아몬드의 눈에 그 황소들이 살기등등한 맹수로 보이는 건 당연 하다 치더라도, 황소 등에 올라타는 일은 목장 일꾼들에게도 번번이 실 패로 끝나고 있었다. 로비스는 울타리로 내팽개쳐졌고, 리실의 아버지 는 3초 만에 튀어 올랐다가 바닥에 곤두박질치며 엉덩방아를 찧었다. 땅에 떨어졌을 때 그의 복대는 가슴팍까지 끌려 올라가 있었다.

"너도 한번 해 봐."

바닥에 얼굴을 박아 피범벅이 된 입으로 리실이 침을 퉤 하고 뱉으며 말했다.

"어우, 난 됐어. 내 인생 오래 살고 싶거든."

월리스가 말했다.

"그래, 그럴까? 한번 해 보지 뭐."

다이아몬드가 말했다.

"그렇지, 그래."

코모 부드가 말하며, 그에게 송진을 칠한 왼쪽 장갑을 건네주었다.

"황소를 한 번이라도 타 본 적 있나?"

"없습니다."

부츠도, 박차도, 카우보이 가죽 덧바지도 입지 않고, 모자도 없이 달 랑 티셔츠만 걸친 다이아몬드가 답했다. 리실의 아버지는 그에게 장갑 을 끼지 않은 손을 위로 높이 들라고 말했다. 그 손은 황소나 자신의 몸 에 닿아서는 안 되며, 또 어깨는 계속 앞으로 내밀고 턱은 아래로 내리고, 양발과 다리와 왼손으로만 매달려 있어야 한다고 했다. 또, 무엇보다 머리로는 아무 생각도 하지 말아야 하며, 소에서 떨어질 경우에는 몸이 부서지든 말든 상관없이 무조건 빨리 일어나 울타리로 죽어라 뛰어야 한다고 말해 주었다. 그는 다이아몬드가 밧줄을 감고 황소를 진정시키도록 도와준 다음, '머리를 흔들며 앞으로 나가!' 하고 외쳤다. 그러자 핏자국이 얼룩덜룩한 로비스가 이 샌님은 얼마나 또 금방 땅으로 내팽개쳐질까, 하고 기대하며 씩 웃는 얼굴로 칸막이 문을 열어 주었다.

그러나 그는 누군가 숫자를 여덟까지 세고, 파이프로 난간을 두드려 시간이 다 되었음을 알릴 때까지 황소 위에서 버텼다. 그러고는 풀쩍 뛰어 두 발로 착지한 다음, 고꾸라질 것처럼 비틀거리긴 했지만 끝까지 넘어지지 않고 난간을 향해 달렸다. 마침내 멈춰 선 다음에도 그는 격렬한 움직임과 강렬한 흥분으로 인해 숨을 헐떡였다. 마치 대포에서 쏘아져 나온 느낌이었다. 난폭한 몸놀림에서 전해지던 그 충격 그리고 번개처럼 맞춰지던 몸의 균형, 소 위에 올라탔다기보다 자신이 소 자체가 된 것 같은, 그 강렬했던 힘의 감각은 어떤 두려움도 그리고 미처 존재하는지도 몰랐던 자신 안의 탐욕스러운 육체적 허기도 가득히 채워 주었다. 그건 이루 말할 수 없이 짜릿하고 참을 수 없이 은밀한 경험이었다.

"자네 말이야, 잘하면 로데오 선수로 뛰어도 되겠는걸."

코모 부드가 말했다.

＊　　＊　　＊

분수령의 서쪽 경사면에 위치한 레드슬레드에는 온천 수맥이 흐르고 있어서, 관광객들을 비롯해 스노모빌이나 스키를 타는 사람들, 땀과 먼지투성이의 목장 일꾼들, 50달러짜리 지폐를 팁으로 남기고 가는 오토바이 타는 은행가들이 꽤 드나들었다. 지옥 같은 유황 냄새와 습한 열기를 더 이상 견딜 수 없을 때까지 최대한 참았다가 강으로 풍덩 뛰어드는 것, 쿵쾅쿵쾅 터질 것만 같은 심장을 안고 그 어두운 물줄기로 온몸을 던지는 것, 레드슬레드에 좋은 점이 하나 있다면 바로 그것이었다.

"온천에 들렀다 가자."

돌아가는 길에 다이아몬드가 말했다. 아직도 분출되고 있는 아드레날린을 충족시키려면 뭔가가 더 필요했다.

"안 되겠는데. 난 할 일이 있어."

월리스는 한 시간 만에 처음으로 입을 열어 말했다.

"그러면 나 좀 거기에 내려 줘."

다이아몬드가 말했다.

거센 물결 속에서 그는 미끌미끌한 바위에 몸을 기대고 좀 전의 그 경험을 머릿속으로 몇 번이고 재생하며, 인생이 두 배는 넓어진 느낌을 받았다. 물속에서 파르르 흔들리는 그의 하얀 다리에 털 하나하나마다 물방울이 송골송골 맺혔다. 혈관을 타고 희열의 감각이 그의 몸속을 휩쓸고 지나갔다. 그는 예전에도 황소를 타 보았던 일이 한 번 있었음을 기억하며 소리 내어 웃었다. 그가 다섯 살이었던 그때, 아직은 그의 아빠였던 아빠와 또 엄마와 함께 어딘가로 여행을 떠났었다. 엄마 아빠는 오후가 되면 회전목마가 있는 시골 축제로 그를 데려가곤 했다. 그는 회전목마에 열광했다. 그것은 그를 토할 것 같게 만드는 빙글빙글 회전하는 느낌 때문도 아니었고, 짓궂은 건달들이 장난삼아 뽑아낸 바람에 나일론 꼬리가 있던 자리를 대신하게 된 음흉한 구멍이 난 엉덩이나, 섬유유리로 된 모형 말의 통통한 뒤태 때문도 아니었다. 그건 단지,

윤이 나던 검고 작은 한 마리의 황소 때문이었다. 훼손된 말들 가운데 홀로 완전하게 붙어 있는 꼬리를 흔들며 붉은 안장을 얹고 눈에 미소를 띤, 눈가에 하얀색 페인트가 살짝 그려진, 반짝이는 눈빛의 황소였다. 그때 아빠는 그를 번쩍 들어 올려 그 황소 위에 앉히고, 소가 빠른 음악에 맞추어 위아래로 움직이며 가는 동안 계속 옆에서 다이아몬드가 떨어지지 않도록 어깨에 손을 얹고 붙들어 주었다.

그는 월요일 아침 등교 버스에서 얼간이 하나와 뒷자리에 함께 앉아 있는 리실에게로 다가갔다. 리실은 엄지와 집게손가락으로 원을 만들어 보이며 윙크를 했다.

"할 얘기가 있어. 그거 시작하려면 어떻게 해야 해? 황소타기 말이야, 로데오."

"어이, 아서라. 한 번 떨어지고 나면 엄마를 찾으며 징징댈 거면서."

옆에 있던 얼간이가 말했다.

"얘는 아니야."

리실이 이렇게 말하며, 다이아몬드를 쳐다보았다.

"그렇지만 그 일이 장난이 아니라는 건 알아 두는 게 좋아. 놀이쯤으로 생각했다가는 큰코다칠 테니까."

나중에야 밝혀진 사실이지만, 그것은 결국 그에게 놀이이기도 했고 또한 큰코다치는 일이기도 했다.

그의 엄마 케일리 펠츠는 덴버에 본사를 둔 관광 용품 체인점 하나를 운영했다. 빈티지 카우보이 장비, 서부 골동품, 박차 등 수집품을 취급하는 하이웨스트라는 이름의 가게였다. 다이아몬드는 열두 살 때부터 줄곧 박스를 개봉하거나 진열대의 먼지를 닦거나 녹슨 박차를 솔질하는 등의 가게 일을 도왔고, 그의 엄마는 줄곧 그가 대학을 졸업하고 이 방면으로 자리를 잡으면 좋겠다고 말해 왔다. 행여 그가 더 큰 세상에 나가 보고 싶다면 다른 지점에서 근무를 할 수도 있다고 말이다. 아무튼, 그는 그렇게 하든 안 하든 그건 자신이 선택할 일이라고 믿어 왔지만, 그가 캘리포니아에 있는 황소타기 학교에 가겠다고 말한 날, 엄마는 노발대발했다.

"아니, 그럴 순 없어. 너는 대학에 가야 해. 그게 뭐니, 지금까지 혼자서 끙끙 앓고 있던 무슨 유치한 꿈이라도 되는 거니? 내가 바보도 아니고, 이렇게까지 일하는 건 전부, 너희 형제들을 진흙탕에 굴리지 않고 도시에서 키워서 훗날 뭐라도 스스로 이루어 볼 기회를 만들어 주기 위해서라는 걸 몰라서 그래? 그런데 지금 그깟 로데오 부랑아가 되려고 모든 것을 다 내던져 버리겠다는 거니? 맙소사, 내가 너를 위해 어떻게 살아왔는데, 그것도 모르고 내 얼굴을 이렇게 짓밟다니."

"뭐, 어쨌거나 나는 로데오를 할 거예요. 소를 탈거라고요."

그가 대답했다.

"이 독사 새끼 같으니라고. 네가 지금 나를 욕보이려고 그러는 거 내가 모를 줄 아니. 어떻게 그렇게 미운 짓만 딱 골라서 하니. 이번 일만큼은 절대 내 응원을 바랄 생각 말거라."

"괜찮아요. 그런 거 필요 없을 테니까요."

"아니, 필요할 거다. 필요해, 알겠니? 너, 정말 몰라서 이러는 거니? 로데오는 너랑은 달리 좋은 기회를 얻을 수 없는 목장 촌뜨기들이나 하는 짓이야. 그중에서도 가장 바보 같은 게 바로 황소 타는 사람들이지. 매주 우리 가게에 그런 작자들이 와서는 자기들이 쓰던 더러운 카우보이 덧바지라든가 무쇠 버클 장식 따위를 제발 사 달라며 구걸하는 거 몰라서 그러니?"

"어쨌든 난 할 거예요."

그가 말했다. 이건 말로 설명할 수 있는 성질의 것이 아니었다.

"달리는 열차를 내가 무슨 수로 막겠니. 이 애물단지 같은 놈. 꼬맹이, 넌 늘 그랬지. 처음부터 말썽거리였어. 지금 이 일, 넌 언젠가 반드시 그 대가를 치루고 말 거다. 두고 봐. 아무튼 고집 하나는 알아주지."

그녀는 이렇게 말하고 나서 덧붙여 말했다.

"누구랑 꼭 닮았다니까. 진짜 판박이야. 이 말, 절대 칭찬 아니다."

씨발 그 입 닥쳐. 그는 속으로 생각했지만 소리 내어 말하지는 않았다. 그는 엄마에게 그런 거짓말은 당장 집어치우라고 외치고 싶었다. 그는 그 남자와 하나도 닮지 않았고, 닮을 수도 없었다.

"날 꼬맹이라고 부르지 말아요."

그가 말했다.

캘리포니아 황소타기 학교에서 그는 일주일에 40마리의 동물을 탔고, 거금을 들여 스포츠 테이프를 한 상자 샀고, 앉은 채로 잠들 때까지 비디오를 보고 또 보았다. 강사는 지치지도 않고 코맹맹이 소리로 버텨라, 진다는 건 절대 생각도 하지 마라, 골 안을 들여다보지 마라, 몸의 균형점을 찾아라, 튕겨 올라가면 바로 다시 포켓 안으로 들어가라, 절대 포기하지 마라 등의 말을 연신 반복했다.

와이오밍으로 돌아온 그는 샤이엔에 방을 잡고 허접한 일을 하나 구한 다음, 면허를 사서 마운틴 서킷*에 출장하기 시작했다. 그는 한 달 만에 PRCA프로 로데오 카우보이 협회 티켓을 따내고는 자신이 천운을 타고났다고 생각했다. 누군가는 그에게 초심자의 행운일 뿐이라고 말했다. 그

---

* 로데오 리그 중 하나.

는 로데오 경기에 나갈 때마다 거의 매번 리실 부드와 우연히 마주쳤고, 두 번은 함께 취하도록 마셨다. 살아야 하는 날은 많은데 쓸 돈은 턱없이 부족한 빈털터리 신세로 둘은 따로 밤샘 운전을 하고 다니며 한동안 지내다가, 결국 의기투합하여 같이 여행 동반자가 되기로 했고, 작은 로데오 경기를 여기저기 전전하면서 소를 타거나 흙먼지를 먹거나 했다. 그가 선택한 이런 멍투성이의 거친 삶은, 이기려고 안간힘을 쓰지만 일단 이기고 나면 그 승리에 대해 용서를 비는, 혼란스러운 철학을 동반했지만 누가 뭐라 해도 소를 탈 때만큼은 그의 내부 어딘가에 검은 번개가 내리쳤고 진정한 존재감이 타오르는 걸 느꼈다.

리실은 프레임이 휜 데다 사방에 땜질을 하고 배선과 엔진과 머플러 모두 한 번씩은 교체한 적이 있는 30년도 더 된 쉐보레 픽업트럭을 몰고 다녔는데, 핸들이 말을 안 들어서 툭하면 우측 방향으로 휘었다. 트럭은 불친절하게도 꼭 결정적인 순간에 퍼지곤 했는데, 그러다 한 번은 콜로라도 스프링스로 열나게 가는 도중에 65킬로미터 정도를 남겨 두고 멈춰 버렸다. 그들은 후드를 열고 안을 들여다보았다.

"제길, 난 이렇게 기름 덕지덕지 묻은 내장 뒤적거리는 건 빌어먹게 질색이란 말이야. 아무리 봐도 그게 다 그거 같잖아. 그런데 어째 너도 아는 게 하나도 없냐?"

"순전히 운이지 뭐."

그들 뒤로 트럭 한 대가 멈춰 섰다. 조수석에는 카프 로핑* 선수인 스위츠 머스그로브가, 운전석에는 머리를 땋아 내린 그의 아내 니브가 앉아 있었다. 스위츠가 차에서 내려 분홍색 롬퍼스를 입은 아기를 품에 안고 다가왔다.

"문제 있어?"

---

* 말에 타서 줄로 송아지를 옭아매는 경기.

"문제인지 아닌지도 모르겠어. 우리 둘 다 정말 아무것도 몰라서 문제가 아니라 해도 도무지 알 방법이 없거든."

"내가 이런 일로 돈도 벌긴 하는데."

머스그로브가 아기를 품에 안은 채 후드 안을 들여다보며 트럭의 내선들을 잡아당겼다 놓았다 했다.

"로데오로 먹고살겠다고 이쪽 방면으로 나가지 않았지만 말이야. 그렇지 않니, 아가야?"

니브가 느긋한 걸음으로 어슬렁거리며 걸어와서, 부츠 굽에 성냥을 그어 담배에 불을 붙이고 머스그로브의 몸에 옆으로 기대섰다.

"혹시 칼 필요해? 자를 거 있으면 말해."

리실이 말했다.

"이러다 아기가 더러워지는 거 아냐?"

니브가 아기를 받아 주길 내심 바라며 다이아몬드가 말했다.

"외로운 아기보다는 기름때 묻은 아기가 훠어얼씬 나아요, 그렇지 않니? 쪼옥!"

그가 토실토실 살찐 아기 목에 입술을 대면서 말했다.

"한번 시동 걸어 봐."

그러나 시동은 걸리지 않았고, 더 이상 차를 붙들고 있을 시간도 없었다.

"너희 둘이 우리랑 끼여 가는 건 불가능한 데다, 우리 안주인께서 자기 트레일러에 다른 사람을 태우는 걸 딱 질색하셔서 말이야. 그렇지만 곧 사람들이 잔뜩 몰려올 테니 문제없을 거야. 설마 태워 줄 사람 하나 없겠어? 무사히 갈 수 있을 거야."

그는 (분홍색, 주황색, 보라색이 섞인) 마우스가드를 입안에 끼우고, 그 모습을 재미있다는 듯 쳐다보는 아기를 향해 씩 웃어 보였다.

두 명의 버클 버니*를 끼고 오픈카를 타고 가던 네 명의 로데오 선수가 그들을 거두어 주었고, 다이아몬드는 내내 여자 한 명 옆에서 어깨부터 발끝까지 딱 붙어 가야 했다. 그렇게 경기장에 도착했을 때, 그는 확실히 황소가 아닌 다른 것에 올라타고 싶은 충동에 휩싸여 있었다.

1년간 꽤 잘나간다 싶더니, 리실이 중도 포기를 선언했다. 타는 듯이 찌는, 소나기조차도 완전히 말라 버린, 어느 날 오후였다. 그들은 콜로라도의 한 축제장에 있었다. 리실은 주유소에 있는 호스로 자기 머리와 목에 물을 흠뻑 적신 후 창문을 열어 놓고 차를 몰았다. 눈 깜짝할 사이에 건조한 바람이 불어와 그 물기를 모두 말려 버렸다. 독을 품은 파란 하늘이 열기를 뿜어 댔다.

"글쎄, 두 번 크게 튕겨 나간 다음에 완전히 깔려 죽을 뻔했지 뭐야. 정말, 나를 잡아먹을 기세로 달려들었다니까. 거기다, 또 돈도 떨어져 버렸어. 쓰레기 같은 놈을 타기에는 오늘은 영 힘이 달리는데 말이지. 그거 알아? 난 이 일로 더 이상 얻을 게 없는 것 같아. 땅에서 구르면서 결심했어. 예전에는 내가 로데오를 세상 그 무엇보다도 더 원한다고 생각했었는데 말이지. 그런데 제길, 이제는 싫어. 끝없이 여행하는 것도, 차를 타는 것도, 냄새 나는 모텔도, 전부 싫어. 몸이 성할 때가 없는 것도 싫고. 나한테는 네가 가진 스타일이랄까, '난 이게 열나 좋아 죽겠어!' 하는 그런 것도 없거든. 목장이 그리워. 아버지도 계속 마음에 걸리고. 건강에 문제가 생기셨다고 들었거든. 소변도 제대로 못 누시나 봐. 형이 그러는데, 그게, 거시기, 그러니까 불알에 피가 고였대. 검사를 받고 있다는데, 아, 그리고 레나타 문제도 있어. 아무튼 내가 지금

---

* 로데오의 여성 팬.

너한테 하려는 말은 나 이 짓 그만두겠다는 거야. 그리고 있지, 나 결혼한다."

리실이 말했다.

트럭에 비친 그림자가 너울너울 타오르며 강둑을 따라 빠르게 가로질러 갔다.

"무슨 말이야? 너 레나타한테 임신이라도 시킨 거야?"

모든 것이 빠르게 움직이고 있었다.

"어어, 응, 그렇게 됐어."

"이런 빌어먹을, 리실. 이제 재미없겠는걸."

그는 그 말이 진심이라는 데에 스스로도 깜짝 놀랐다. 그는 우정이니 애정이니 하는 것들에 대해 자신이 젬병이라는 사실을 알고 있었고, 사랑이라는 것에 대해서도 마음을 굳게 무장하고 있었다. 비록 훗날 그에게 진짜 사랑이 찾아왔을 때는 그 사랑이 그를 도끼처럼 내리꽂아 무참히 짓이겨 버렸지만.

"나한테는 어떤 여자도 두 시간 이상은 붙어 있으려고 하질 않던데, 네가 그 두 시간을 어떻게 넘겼는지 참 신기하다."

그가 말했다. 리실이 그를 쳐다보았다.

그는 커다랗고 누런 황소가 주둥이에, 늘어진 밧줄 같은 침을 질질 흘리며 돌격할 태세를 취하고 있는 엽서를 남동생 펄에게 보냈지만, 전화는 하지 않았다. 리실이 그만둔 뒤, 그는 텍사스로 본거지를 옮겼고, 부풀어 올랐다가 사라지고 어두워졌다가 밝아지기를 반복하는 도로 위에서 멀리 보이는 헤드라이트 불빛을 응시하며, 밤새 벌건 눈으로 서둘러 운전해 다니면서 매일 밤 로데오 경기에 참가했다.

이듬해 그는 조금씩 이름을 알리기 시작했고, 7월 4일 독립기념일이 낀 주말의 하루 혹은 이틀 전까지는 돈도 좀 벌었다. 그는 경기는 멋지게 치렀으나 착지를 무겁게 하는 바람에 오른쪽 무릎이 극심히 수축해 인대가 찢어지고 연골이 손상되는 부상을 입었다. 그는 회복이 빠른 체질이었음에도 여름 동안은 경기에 출전할 수 없게 되었다. 목발 신세에서 벗어나 지루하게 지팡이를 짚고 절뚝거리며 다니던 어느 날, 그는 레드슬레드를 떠올렸다. 의사도 온천수가 회복에 도움이 될 거라고 추천했다. 그는 텍사스 출신 로데오 선수인 티 도브의 차를 얻어 타고 밤샘 길에 올랐다. 큰 차들이 앞 다투어 추월해 가는 컴컴한 밤길을 지나, 눈부신 아침 해가 지평선을 넘어 떠오른 지 한 시간이 지나도록, 둘 사이에 대화라고는 몇 마디도 채 오가지 않았다.

"이건 뼈로 하는 게임이야."

티 도브가 이렇게 말했을 때, 다이아몬드는 그가 부상을 의미하는 거라고 생각하며 고개를 끄덕였다.

2년 만에 처음으로 그는 엄마와 한 상에 마주 보고 앉았다. 엄마가 말했다.

"이 음식을 축복하소서, 아멘. 어머, 내 안 그래도 이쯤 돼서 네가 돌아올 줄 알았다. 저런, 네 모습 좀 봐라. 네 꼴 좀 보란 말이야. 도랑에서 막 기어 나온 것 같은 몰골이구나. 손은 또 어떻고, 엉망이구나. 게다가 아마 넌 빈털터리겠지."

엄마는 바짝 공들인 차림이었다. 금발 섞인 긴 머리를 중국식 국숫발처럼 곱슬곱슬하게 말아 길게 늘어뜨리고, 눈에는 반짝거리는 파란 아이섀도를 바르고 있었다.

다이아몬드는 손가락을 길게 뻗어 조심스레 문질러 닦은 손등과 손바닥을 아래위로 뒤집어 보였는데, 근육질 손의 손가락 마디에는 찢어진 흉터와 자잘한 흉터가 나 있었고, 손톱 두 개에는 검붉은 피멍이 들어 뿌리부터 들려 올라가 있었다.

"이것 봐요. 깨끗하잖아요. 그리고 나 빈털터리 아니에요. 내가 언제 엄마한테 돈 달라고 한 적 있어요?"

"오, 그러셔. 샐러드도 좀 드시지."

엄마가 말했다. 그들은 침묵 속에서 묵묵히 저녁을 먹었고, 오이와 토마토 조각들 사이에서 포크가 접시에 부딪히는 소리만 간간이 들렸다. 그는 오이를 싫어했다. 엄마가 자리에서 일어나, 쨍그랑거리며 금색 테두리를 두른 작은 접시들을 탁자 위에 올려놓고, 슈퍼마켓에서 사온 레몬 머랭 파이를 꺼내 은제 파이 나이프로 자르기 시작했다.

"오, 이건 송아지 침으로 만든 파이인가요? 끝내주는데요."

다이아몬드가 말했다.

열 살 난 남동생 펄이 키득거렸다.

엄마는 파이를 자르다 말고 그를 노려보았다.

"로데오 부랑아들하고 어울릴 때는 그런 막말을 써도 되는지 모르겠지만, 집에 있을 때는 말조심하는 게 좋을 거다."

그는 엄마를 바라보았고, 차가운 비난의 시선을 느꼈다.

"나 그 파이 안 먹을래요."

"너뿐 아니라 우리 모두 못 먹을 것 같구나. 네가 말한 이미지가 머릿속에 새겨졌으니. 커피나 한 잔 마시던지."

엄마는 그가 집에 있을 때 커피가 성장을 방해한다며 마시지 못하게 했던 일은 잊어버린 모양이었다. 게다가 커피는 병에 든 인스턴트였다.

"그러죠."

집에 온 첫날부터 말씨름하는 건 아니다 싶어 가만히 있었지만, 그는 제대로 된 커피를 마시고 싶었고 그 엿같은 파이는 냅다 천장에 집어던져 버리고 싶었다.

엄마는 레드슬레드 여관에서 열린다는 뭔지 모를, 서부 어쩌고 하는 모임에 참석해야 한다면서 설거지를 그에게 떠넘기고 나갔다. 마치 그가 집을 떠난 일이 결코 없었던 것처럼.

다음 날 오전, 그는 느지막이 아래층으로 내려왔다. 펄이 부엌 탁자에 앉아 만화책을 읽고 있었다. 그는 전에 다이아몬드가 보내 준 티셔츠를 입고 있었다. '헌혈을 하세요, 소를 타세요Give Blood, Ride Bulls.'라는 문구가 쓰여 있는 티셔츠였는데, 사이즈가 너무 작았다.

"엄마는 가게에 나갔어. 형보고 달걀 먹지 말고 시리얼 먹으래. 달걀에는 콜레스테롤이 많거든. 나, 형이 TV에 나온 거 한 번 봤어. 소에서 튕겨져 떨어지는 거."

다이아몬드는 버터에 달걀 두 개를 깨뜨려 계란 프라이를 부친 다음 프라이팬에 담긴 채로 바로 먹어 치우곤, 또 달걀 두 개를 깨뜨렸다. 커피가 있는지 찾아보았지만 병에 든 인스턴트커피밖에 없었다.

"나도 열여덟 살이 되면 형한테 있는 것 같은 벨트 버클을 딸 거야. 그리고 나는 형처럼 소에서 떨어지지 않을 거야. 왜냐하면 난 죽을 힘을 다해 꼭 붙잡고 버틸 거거든. 이렇게."

그러면서 펄은 손가락 마디가 하얗게 되도록 주먹을 꼭 쥐어 보였다.

"이건 댓다 좋은 것까진 아닌데, 너는 꼭 좋은 거 따라."

"엄마한테 일러야지. 형이 '댓다'라고 말했다고."

"맙소사, 그건 다들 쓰는 말이야. 딱 한 놈, 그 구닥다리 카프 로핑 선수만 빼고. 너 자꾸 그러면 완전 무섭게 만들어 준다. 그냥 지껄이는 말 아니야. 너도 달걀 하나 줄까?"

"난 달걀 싫어해. 건강에 안 좋거든. 건강에 댓다 안 좋아. 그럼 그 구닥다리 선수 아저씨는 보통 어떤 식으로 말해? 그 사람도 파이를 보고 송아지 침으로 만든 거냐고 해?"

"달걀이 아무도 먹어선 안 되는 음식이라면, 엄마가 대체 왜 사다 놓았겠니? 그 구닥다리는 예수쟁이야. 툭하면 기도하고 뭐하고, 만날 예수에 대한 책자 같은 거나 들여다보고 있지. 사실 그 자식, 나이도 많지 않아. 어쩌면 나보다도 안 많을 걸. 나보다 어릴 수도 있어. 그런데 그 자식은 절대 쌍욕 같은 거 안 써. 빌어먹을, 엿같은, 씨발, 좆같은, 망할, 이런 욕도 안 하지. 화가 날 때도, 누가 머리를 한 대 세게 갈겨도, '오, 주여!' 이러는 게 전부니까."

엄마의 부엌에서 금지된 단어들과 상스러운 말들이 폭주하듯 쏟아지자 펄은 흥분을 주체하지 못하고 뒤로 넘어갈 듯이 크게 웃어 댔다. 바닥 타일이 물결치듯 일어나며 연기로 타오를 것만 같았다.

"로데오 판에는 예수쟁이 광신도들이 바글바글해. 어중이떠중이들이 다 모여서는 형제입네 마네 하지. 온갖 종류의 텍사스 사촌들이지. 개중엔 좆나 이상한 녀석들도 있어. 어떨 때는 기도에 부적에 십자가니 액막이니 하는 미신적인 게 하도 많아서, 무슨 마술 쇼를 보는 기분까지 든다니까. 이자들은 자기가 뭐라도 괜찮게 해내는 날이면, 그러니까 소를 정말 잘 타거나 하면, 그게 자기들이 잘해서 그런 게 아니래. 무슨, 자기들을 도와주는 신비로운 힘 덕분이래. 브라질, 캐나다, 호주, 다른 데서 온 사람들인데 한결같이 전부 그러고들 있어. 손을 물에 찍고는 고개 숙여 절을 하지를 않나, 무슨 사인을 만들지를 않나."

그는 하품을 했다. 그리고 안 좋은 쪽 무릎을 손으로 살살 문지르며,

머리 위로 파란 하늘을 이고 유황 물속에 깊이 들어가 턱까지 물에 담그고 있는 장면을 상상했다.

"그러니까, 너는 죽도록 꼭 붙들고는 절대 안 떨어질 거란 말이지?"

"응, 정말로 꽉."

"나도 그 말 꼭 기억했다가 그대로 해야겠다."

다이아몬드가 말했다.

그는 리실한테 안부라도 전할까 하여 부드 목장에 전화를 했지만 더 이상 사용되지 않는 번호라는 안내가 흘러나왔다. 그 대신 전화국에서 알려 준 번호는 질레트 지역 번호였다. 그는 이상하다고 생각하면서 하루 종일 전화를 걸었다. 계속 아무도 받지 않았다. 그러다 그날 밤 늦게야 리실이 하품을 하며 쉰 목소리로 전화를 받았다.

"어이, 너 왜 목장에 없는 거야. 어떻게 된 거야? 목장 번호가 끊겼다던데, 대체 웬일이야?"

그는 리실이 입을 열기도 전에 안 좋은 소식이 터져 나올 것임을 직감했다.

"어휴, 그게 말이야, 일이 잘 안 풀렸다고 해야겠지. 아버지가 돌아가시고 나서 목장 감정을 받았는데, 글쎄 우리보고 상속세로 200만 달러를 내라는 거야. 200만 달러, 그게 누구 애 이름이냐? 배보다 배꼽이 더 크다고. 우리 오줌 눌 요강도 없는 판에, 세상에 무슨 수로 그런 돈을 마련하란 말인지. 아버지가 처음 목장을 맡았을 때는 생판 아무것도 없는 허허벌판이었는데 말이야. 너 요즘 소고기 팔아서 얼마나 벌 수 있는지 알아? 1파운드*에 50센트밖에 안 돼. 머리를 굴릴 대로 굴려 봤

---

* 약 453그램.

지만, 결국 파는 수밖에 없었어. 이제는 진저리가 나. 망할, 진짜 짜증 난다고. 그리고 지금은 여기 광산에서 일하고 있어. 정말이지, 이 나라 는 뭔가 잘못돼도 크게 잘못됐어."

"더러운 수작이로군."

"맞아. 내가 돌아온 후로 계속 그 모양이었어. 엿같은 정부 놈들."

"그래도 목장을 팔았으면 돈은 꽤 생기지 않았어?"

"내 몫까지 형제들한테 같이 맡겨 놨어. 지금 목장을 알아보러 BC 브리티시컬럼비아주에 가 있거든. 목장을 사서 동물을 채우려면 있는 돈을 다 끌어 투자해도 모자랄 참이야. 곧 나도 슬슬 따라가서 합류할까 해. 와이오밍하고는 확실히 끝나 버리는 거지. 그건 그렇고, 너 요즘 잘나 가던걸? 가끔 나도 다시 돌아가고픈 생각이 들기도 하더라. 그 생각은 금방 접고 말지만."

"그럭저럭 잘되고 있었지. 무릎을 다치기 전까진 말이야. 그런데 애 는 어때? 아들이야, 딸이야? 그 뒤로 아무것도 못 들었네. 소식도 좀 전하고 그랬어야지."

"너 정말 아픈 곳을 콕콕 찌르는 질문만 하는구나. 그 일도 그만, 잘 안 풀렸어. 그리고 그 얘기는 별로 하고 싶지 않다. 후회할 짓을 좀 하 고 말았거든. 아무튼, 장례식에 병원에 이혼 법정에 부동산 처분, 여기 까지가 내 근황이야. 이번 주말에 여기 와서 같이 한잔 안 할래? 내 생 일이야. 이제 스물네 살인데, 어째 50년은 더 산 것 같지 뭐냐."

"아, 힘들겠는데. 무릎 때문에 아직 운전을 못하거든. 또 전화할게. 꼭 전화할게."

리실 근처에 갔다가는 최악의 불운을 부르는 일이 될 것만 같았다.

목요일 밤, 닭 가슴살을 전자레인지에 집어넣으며 엄마는 펄에게 은그릇을 꺼내 오라고 재촉했다. 그리고 감자 가루에 뜨거운 물을 부어 휘휘 젓고는, 탁자에 음식을 모두 올려놓고 의자에 앉아 다이아몬드를 쳐다보았다.

"어디서 유황 냄새가 나는데. 너 온천 갔다 와서 샤워 안 한 거니?"

엄마가 물었다.

"네, 이번에는요."

"악취가 코를 찌르네."

엄마가 냅킨을 흔들어 펴며 말했다.

"원래 로데오 카우보이들한테서는 다 조금씩 특유의 톡 쏘는 냄새가 나는 거예요."

"카우보이라고? 너 웃긴다. 넌 진짜 카우보이 근처에도 못 가. 콩알만 한 가죽 날개를 단 박쥐 새끼라면 모를까. 우리 할아버지가 목장을 하시면서 줄곧, 그 카우보이인지 카우보이입네 하는 작자들을 데려다 '고용'했었거든. 그 뒤에 아버지는 가축 판매업을 하려고 목장을 접고 대신 목장 일꾼들을 썼고. 뭐, 오빠는 그저 망나니에 불과했지만. 아무튼, 아무도 정식 카우보이는 아니었지만, 로데오에서 소 타는 놈들에 비교하면 훨씬 더 카우보이에 가까웠다. 좀 이따, 저녁 먹고 나서,"

엄마는 희끄무레한 닭 가슴살을 접시에 담아 다이아몬드에게 건네며 말을 이었다.

"저녁 먹고 나서 너한테 보여 주고 싶은 게 있어. 같이 어디 좀 갔다 오자."

"저도 같이 가도 돼요?"

펄이 물었다.

"아니, 이건 너희 형한테 보여 주려는 거야. 넌 집에서 TV 보고 있어. 한 시간 후에는 돌아올 테니까."

"뭔데요?"

수년 전 엄마가 이런 식으로 데려가서 보여 주었던 차도의 검은 얼룩을 떠올리며 다이아몬드가 물었다. 그때 엄마는 손가락으로 가리키며 말했다. 저 사람은 양쪽을 잘 살피지 않아서 저렇게 된 거다. 그는 이번에도 그런 부류의 일이라는 것을 직감했다. 그의 접시에 놓인 닭 가슴살이 퉁퉁 분 부낭浮囊 같아 보였다. 애초에 집으로 돌아올 생각을 하는 게 아니었다.

엄마는 인적이 뜸한 변두리로 차를 몰고 갔다. 고철 더미와 벤토나이트 공장을 지나고, 마을 경계선에 닿아 있는 철도를 건너자 넓은 평원을 가로지르는 비포장도로가 나왔다. 오른편으로 노랗게 물들어 가는 태양 아래 낮은 금속 빌딩 몇 채가 보였다. 서부의 일몰이 창문에 반사되어 밝은 벌꿀 빛으로 반짝였다.

"아무도 없는데요. 여기가 어딘지는 모르겠지만."

다이아몬드가 말했다. 그는 다시금 어린아이가 되어 엄마가 운전하는 자동차 조수석에 앉아 있는 느낌이었다.

"여긴 바제이 마구간이야. 걱정 마라. 누군가 있을 테니까."

엄마가 말했다. 핸들을 쥐고 있는 엄마의 손과 팔뚝 위로 금빛 줄기가 쏟아져 내려와 곱슬곱슬한 머리카락 위에서 찰랑거렸다. 그늘 속에 드러나 보이는 엄마의 얼굴은 비밀스럽고 완고했다. 엄마의 목 주변에 늘어진 피부가 새삼스레 눈에 띄었다.

"혼도 건쉬라는 이름, 들어 본 적 있니?"

엄마가 물었다.

"아니요."

어디에선가 그 이름을 들어 보았다는 생각이 얼핏 들었지만, 그는 우선 아니라고 했다.

"다 왔다."

엄마는 가장 큰 빌딩 앞에 차를 세웠다. 수천 마리는 될, 티끌만 한 곤충들이 진한 주황빛 공기 속에서 부유하고 있었다. 엄마는 빠르게 걸어서 앞서갔고, 그는 그 뒤를 종종걸음으로 따라갔다.

"계세요."

엄마가 어두운 복도 안을 향해 소리쳐 불렀다. 불이 켜졌다. 볼펜 꽂는 플라스틱 케이스를 집어넣어 앞주머니가 빵빵하게 부푼 하얀 셔츠를 입은 남자가 문을 열고 밖으로 나왔다. 까마귀 날개 모양으로 챙을 말아 올린 검은 모자 밑에 주근깨와 안경, 콧수염과 턱수염까지 여러 가지로 복잡한 얼굴의 그 남자가 모습을 드러냈다.

"어, 왔네. 케일리."

남자가 엄마를 무슨, 방금 구워 버터를 바른 토스트라도 되는 것처럼 바라보았다.

"여기가 우리 꼬맹이예요. 로데오 스타가 되고 싶어 하는. 꼬맹아, 이분은 케리 무어 씨란다."

다이아몬드는 그 남자의 뜨거운 손을 잡고 악수했다. 사실, 악수라기보다 오히려 적의의 교환이라 부를 만한 것이었다.

"혼도는 저 뒤, 마구 보관소에 있어요."

남자가 엄마를 보며 말했다. 그리고 소리 내어 웃으며 덧붙였다.

"언제나 거기에 있지요. 아마 허락만 해 주면 잠도 거기서 자려고 할걸요. 이쪽으로 와요."

그가 마구간 끝에 달린 커다란 사각형 방으로 이어지는 문을 열었다.

태양이 발하는 금속성을 띤 그날 하루의 마지막 빛이 높이 나 있는 창문을 통과해 들어와 벽에 걸린 굴레와 고삐 등을 노랗게 물들였다. 다른 쪽 벽에는 안장을 걸어 두는 선반이 길게 늘어서 있었고, 반듯이 접힌 담요들이 반들반들한 안장 위에 놓여 있었다. 책상 뒤에서 작은 냉장고가 낮은 소리로 웅웅거리며 돌고 있었고, 그 위쪽 벽에 걸린 액자에는 〈부츠앤브롱크Boots 'N Bronks〉 잡지의 표지가 끼워져 있었다. 몸을 크게 뒤틀며 높이 뛰어오른 말 위에, 꼿꼿하고 늠름한 자세로 앉아 박차를 안장 꼬리까지 닿도록 대고 한쪽 팔을 앞으로 곧게 뻗은 새들 브롱크* 선수가 찍힌 1960년 8월호 표지였다. 쓰고 있던 모자는 어디로 떨어졌는지 없어졌고, 크게 벌린 입으로 열광적인 미소를 짓고 있는 얼굴이었다. '건쉬, 샤이엔 새들 브롱크의 왕관을 차지하다.'라는 표제가 쓰여 있었다. 등을 곧추 세운 말은 코를 아래로 향하고 뒷다리를 쫙 펴서 힘차게 뛰어오른 자세였으며, 착지자세 앞발의 말굽과 땅 사이에는 1.5미터 간격의 밝은 일광日光이 자리하고 있었다.

방 한가운데에 나이 지긋한 한 남자가 가죽용 크림을 안장에 바르고 있었다. 그는 밀짚모자를 쓰고 있었는데, 양옆으로 높이 말려 올라간 모자의 챙 때문에 그의 기다란 두상이 더욱더 두드러져 보였다. 그는 엉덩이 위부터 몸통이 앞쪽으로 삐뚜름하게 틀어져 있었는데, 양쪽 어깨가 뭔가 잘못된 듯했다. 방에서는 얼핏 사과 향기가 났고, 다이아몬드는 바닥에 사과 바구니가 놓여 있는 것을 보았다.

"혼도, 손님이 찾아왔소."

그 남자가 고개를 들어 그들 뒤의 텅 빈 허공을 물끄러미 응시했다. 그 바람에 그의 얼굴에 붙은 뭉그러져 납작해진 코와 움푹 꺼진 광대뼈, 시력을 잃은 듯한 좌측 눈과 눈 위로 깊게 패인 흉터가 보였다. 그

---

* 말에 안장을 얹고 타는 경기.

는 집중하느라 오므렸던 입 모양을 그대로 유지하고 있었다. 그의 셔츠 앞주머니에는 담배 한 갑이 들어 있었다. 그에게서는 세상을 등지고 사는, 오랜 세월 섹스 없이 금욕적으로 살아온 사람들에게서 흔히 나는, 일종의 목각 같은 정적이 풍겼다.

"여기, 케일리 펠츠와 그 아들내미가 인사차 잠깐 들렀소. 이 녀석이 요즘 로데오에 흠뻑 빠져 있다지 뭐요. 로데오라면 당신이 좀 알잖소. 안 그렇소, 혼도?"

그는 그 남자가 귀머거리인 양 온 방이 쩌렁쩌렁 울리게 큰 소리로 말했다.

전직 새들 브롱크 선수는 아무 대꾸도 하지 않고, 그 차갑고도 따뜻한 시선을 다시 안장으로 돌렸다. 그리고 오른손으로 양털 조각을 들고 가죽을 앞뒤로 문지르기 시작했다.

"말이 별로 없는 친구라네. 고생이 많지만, 노력을 멈추지 않는 친구지. 노력에 대해서라면 그 누구에게도 뒤떨어지지 않아. 그렇지 않소, 혼도?"

무어가 말했다.

그 남자는 말없이 가죽 작업에만 몰두했다. 그가 마지막으로 두 발을 동서로 쫙 뻗고 말의 어깨에 박차를 가한 것은 얼마나 오래 전 일일까?

"혼도, 조만간 그 낡아 문드러진 등자 가죽을 갈아야 할 것 같소이다."

무어가 명령조로 말했다. 브롱크 선수는 그 말을 알아들은 건지 아닌지, 아무런 기척도 보이지 않았다.

"자, 그럼."

힘줄이 불거진 그의 손을 한참 동안 바라보던 다이아몬드의 엄마가 말을 꺼냈다.

"만나서 반가웠습니다, 혼도. 행운을 빌어요."

그러면서 엄마는 무어 쪽을 흘끔 바라보았는데, 다이아몬드는 둘 사이에 뭔가 무언의 메시지가 은밀히 오가는 것을 느낄 수 있었다. 무슨 의미인지 가늠할 수는 없었지만.

그들은 밖으로 나왔다. 앞에서 함께 걷는 그 남자와 여자를 다이아몬드가 뒤에서 따라가는 형세였다. 주체할 수 없이 분노가 끓어오르며 몸이 비틀거렸다.

"맞아요, 그자는 귀가 거의 멀었어요. 불쌍한 혼도. 한때는 정상을 코앞에 두고 날리던 새들 브롱크 선수였답니다. 2년 연속 샤이엔 경기에서 상금을 따기도 했으니까. 그런데 어느 날 미티츠 근처에서 벌어진 별 시답잖은 로데오 경기에 나갔다가, 타고 있던 말이 대기실 안에서 발작을 일으키며 뒷발질하다 혼도를 바닥에 떨어뜨리고 머리를 발로 밟았지 뭐요. 아, 그러니까 그게 1961년의 일이었으니, 그때부터 줄곧 여기 바제이에서 안장 닦는 일을 하고 있는 거요. 37년 동안 말이요, 그 길고 긴 세월을. 그 당시 혼도의 나이가 스물여섯이었다오. 누구 못지않게 똑똑한 친구였지. 그도 그럴 게, 로데오라는 게 말이지, 화요일만 해도 으스대며 잘난 척 하던 수탉이 수요일에는 먼지떨이 깃털 나부랭이로 전락해 버리는 것이라오. 그렇지만 아까도 말했듯이, 그는 포기라는 것을 모르는 사람이오. 우리 모두는 확실히, 혼도를 매우 높이 사고 있어요."

그 둘은 아무 말 없이 서서 다이아몬드가 먼저 차에 타는 모습을 지켜보았다.

"전화할게요."

남자가 말하자, 엄마가 고개를 끄덕였다.

다이아몬드는 차창 밖을 노려보았다. 철도를 지나 전당포, 세이프웨이마트, 브로큰에로우 술집, 커스텀 카우보이 상점, 진공청소기 가게 등이 슥슥 스쳐 지나갔다. 황옥색이던 빛은 붉게 물들며 사그라져 갔다. 그렇게 시나브로 일몰이 찾아오고 벨벳 같은 땅거미가 내려오면서, 즐거운 시간을 약속하는 술집 네온사인들에 하나둘 불이 들어오기 시작했다.

그녀가 강둑 도로로 접어들면서 말했다.

"로데오를 그만두게 할 수만 있다면, 죽은 시체라도 찾아가 보여 줄 거다."

"다시는 나한테 어떤 것도 보여 줄 일 없을 거예요."

어둑하게 보이는 버드나무들 사이로 검은 강물이 잔잔하게 흘러갔다. 엄마는 매우 느리게 차를 몰았다.

"세상에, 네가 어떻게 나한테 이럴 수 있니?"

엄마가 갑작스레 큰소리로 외쳤다.

"뭘요? 내가 대체 뭘 어떻게 했다는 건데요?"

불 먹는 묘기를 하는 사람의 입에서 나오는 화염처럼 그에게서 말이 쏟아져 나왔다.

그들을 향해 달려오는 차들의 낮은 전조등 불빛에 뺨을 타고 흘러내리는 엄마의 눈물이 비쳤다. 맨 마지막 길에 들어설 때까지도 엄마는 말이 없었다. 그러다가 전에는 한 번도 들어 본 적 없는, 목 뒷부분에서 터져 나오듯 낮게 깔린, 나이 든 여자의 거칠고 쉰 목소리가 내뱉듯이 터져 나왔다.

"이 고집불통 난쟁이 같으니라고…… 뭐든 다 그런 식이지!"

차가 완전히 멈추기도 전에 그는 차에서 내려 절뚝이며 계단을 올라가 가방을 열고 되는 대로 꾸역꾸역 옷가지를 집어넣었다. 그는 펄이 부르는 소리에도 응답하지 않았다.

"형, 아직 가면 안 돼. 2주 동안 있을 거라고 했잖아. 아직 나흘밖에 안 됐는데 어디 가려고. 같이 로데오 연습 통 만들기로 한 거 기억 안나? 거기다, 아빠 얘기도 아직 못 했잖아. 단 한 번도."

그는 옛날부터 펄에게 '옛날에 아빠랑 나랑 너랑, 네가 아직 아기였을 때'로 시작하는, 그 또래 아이들이 듣고 싶어 하는 이야기를 지어내서 해 주곤 했다. 그러나 아직까지 한 번도 그가 알고 있는 사실에 대해서는 말해 준 적이 없었고, 영원히 모른 채 있을 수 있다면 그편이 최선일 거라고 생각하고 있었다.

"금방 다시 돌아올게."

그는 거짓말을 했다.

"그때 돌아오면 우리 함께 엄마랑 끝장을 내자."

아직은 어린 동생이 안됐다는 생각도 들었지만, 어쩌면 힘들더라도 일찍 아는 편이 나을지 몰랐다. 하지만 한편으로는, 펄이 알아야 할 것은 애초에 아무것도 없는지 몰랐다. 어쩌면 그 불행한 진실은 그에게만 해당하는지도 몰랐다.

"엄마는 형보다 날 더 좋아해!"

허물어지는 모래성을 조금이라도 붙들어 보려는 듯 펄이 소리쳤다. 그러면서 입고 있던 티셔츠를 획 벗어서 다이아몬드에게 집어 던졌다.

"그건 나도 알아."

그는 택시를 불러 타고서 작고 허름한 공항으로 갔다. 그리고 캘거리를 경유해서 가야 하는 비행편이 출발할 때까지 공항 의자에 앉아 다섯 시간을 기다렸다.

의기양양하던 첫해에 그는 허벅지 사이에 묵직한 뭔가가 매달려 있기라도 한 것처럼 다리를 쩍 벌리고 으스대며 걸어 다녔다. 그는 자신 안에 살고 있는 황소의 존재를 느끼고 있었지만, 그 사나운 짐승과 그 짐승을 타는 사람을 구별 짓는 명백한 차이점은 아직 식별하지 못한 상 태였다. 그는 없이 지냈던 세월에 대한 보상이라도 받으려는 듯, 쉬운 여자라면 누구든 앞뒤 가리지 않고 덤벼들었다. 그는 키 큰 여자들을 좋아했다. 그리고 한번은 그런 우쭐한 기분으로 그의 두 번째 여행 파 트너인 마이런 새서의 아내와 얽혀 들고 말았다. 그들은 마이런의 트럭 에 타고 샤이엔을 지나던 중이었고, 그녀는 트럭 뒷좌석에 타고 있었 다. 세 사람 모두 배가 고팠다. 마이런은 버거 바 앞에 차를 세웠다. 차 의 시동이 켜진 채, 라디오에서는 지지직거리는 소음과 함께 어두운 텍 사스 억양의 목소리가 시끄럽게 울리고 있었다.

"몇 개나 먹을래, 다이아몬드. 두 개 아니면 세 개? 론다, 당신은 양 파 넣어 달라고 할까 빼 달라고 할까?"

그들은 그 전날 푸에블로에 사는 마이런 부모님의 집으로 가서 그녀 를 데리고 나온 길이었다. 180센티미터의 키에 버펄로 빌 같은 긴 갈색 곱슬머리를 한 그녀는 다이아몬드를 처음 보고서는 마이런에게 '자기 친구가 이렇게나 작다고 왜 말 안 해 줬어. 어이, 안녕, 꼬마 양반.'이라 고 말했다.

"그래, 내가 원래 몽당연필보다도 더 작거든."

그는 살의를 감추고 미소 지으며 말했다.

그녀는 요전에 벼룩시장에서 샀다며 하트 모양으로 생긴 와플 팬을 그들에게 보여 주었다. 전기용품이 아니라 나무에 땔감을 때워서 요리 하던 시절의 살림살이로, 손잡이도 철사를 꼬아서 만든 것이 달려 있었 다. 그녀는 마이런에게 밸런타인데이에 그것으로 아침밥을 해 주겠다 고 약속했다.

"이건 내가 살게."

마이런이 말하며 버거 바로 갔다.

그녀와 함께 트럭에서 기다리고 있던 다이아몬드는 그녀의 짙은 암컷 냄새에 흥분하고 말았다. 유리창 너머로 아직도 긴 줄의 끝자락에 서 있는 마이런의 모습이 보였다. 그는 요전에 그녀가 했던 말을 떠올리며, 앞자리에서 뒷자리로 옮겨 가서는 그녀를 꼼짝 못하도록 누르고, 몸 씨름 끝에 그녀가 입고 있던 36인치 청바지를 발목까지 벗겨 내렸다. 그러고선 까칠까칠하기 짝이 없는, 사포 같은 그녀의 몸속으로 무작정 밀고 들어갔는데, 그러는 내내 그의 배에서는 꼬르륵 소리가 났다. 그녀는 저항하며, 몸을 이리저리 비틀고 밀치고 기를 쓰며 그에게 온갖 욕을 퍼부었다. 그녀는 메마른 상태였지만 그를 멈추게 하지는 못했다. 그때 둔탁한 소리가 나며 뭔가가 의자 밑으로 떨어졌다.

"내 와플 팬!"

그녀가 외치며 그를 거의 밀쳐 내는 데 성공할 뻔했다. 그러나 그는 그대로 계속 밀어붙이며 다섯 번인가 여섯 번 만에 절정에 달했고 그렇게 끝을 냈다. 그가 앞좌석으로 돌아왔을 때도 마이런은 아직 줄에 서 있었다.

"내 참, 거시기를 여러 가지 이름으로 부르는 건 알고 있었지만, 와플 팬은 생전 처음 들어 보네."

그는 이렇게 말하고는 사레가 들릴 정도로 웃어 댔다. 그는 기분이 썩 좋았다.

그의 뒷자리에서 그녀가 바지를 끌어 올리며 분노에 찬 울음을 터뜨렸다.

"어이, 좀 조용히 하지 그래. 별로 아프지도 않았잖아? 그쪽 같은 큰 여자를 나같이 작은 놈이 어떻게 아프게 할 수나 있겠어, 안 그래? 울어야 하는 건 내 쪽이라고, 가시 바늘에 긁혀 나가는 줄 알았다니까."

그녀가 문을 열고 차에서 내려 쏜살같이 버거 바 안으로 들어가 마이런의 품에 뛰어드는 것을 보고 그는 아연실색했다. 마이런은 머리를 기대고 그녀의 말에 귀를 기울이다가 아무것도 보이지 않는 주차장을 힐끗 쳐다보고는 카운터에서 종이 냅킨을 집어다가 그녀의 얼굴에 흐르는 눈물을 닦아 주었다. 그러고는 꾹 다문 입으로 으르렁거리며 문밖으로 돌진해 나왔다. 다이아몬드가 트럭에서 내렸다. 어차피 닥칠 일이라면 정면으로 맞서는 게 나은 법이다.

"론다에게 무슨 짓을 한 거야?"

"지난번에 네가 그 벌레 같은 텍사스 버클 버니에게 했던 짓이랑 똑같은 짓."

다이아몬드는 마이런 새서가 코를 후빈 뒤에 젖은 코딱지를 자동차 핸들에 붙여 놓는, 유머 감각이라고는 눈곱만치도 없는, 파시스트라는 점 외에는 그에게 별달리 억한 감정도 없었지만, 적어도 덩치 큰 그의 마누라에게만은 그가 어떤 놈인지 확실히 알게 해 주고 싶었다.

"이런 개 같은 새끼."

마이런이 이렇게 말하며 팔을 높이 쳐들고 그에게 달려들었다. 다이아몬드는 그를 때려눕히고 밀크셰이크가 쏟아진 길바닥에 그의 얼굴을 처박았지만, 곧바로 와플 팬에 얻어맞아 정신을 잃고는 그 옆에 나란히 뻗어 버렸다. 훗날 듣기로는 마이런이 그 아마존 부인 없이 하와이로 도망가 로데오를 한다거나 했다. 뭐, 두 사람 다 죽든지 말든지 알게 뭐람. 그 여자는 드세도 지나치게 드셌다. 다시 한 번만 그의 눈에 띈다면 그 점을 확실히 깨우쳐 줄 수 있을 텐데.

오래 전, 모든 게 무너져 내렸던 그날은, 어느 한 일요일이었다. 일요일은 보통 블랙체리 시럽을 뿌린 팬케이크를 먹는 날이었지만, 그날은 엄마가 팬케이크는커녕 그에게 알아서 시리얼을 챙겨 먹고 펄에게 이유식을 먹이라고 시켰다. 당시 그는 3주 후로 예정된 엘크 사냥 생각에 마냥 부풀어 있는 열세 살 소년이었다. 펄은 고약한 냄새를 풍기는 더러운 기저귀를 차고 꼼지락거리고 있었고, 그때 엄마 아빠는 이미 심각한 싸움을 벌이는 중이었다. 다이아몬드는 아기 울음소리를 듣다 못해 손수 기저귀를 갈아 주었고, 더러운 기저귀를 악취 나는 플라스틱 양동이에 던져 버렸다.

그들은 종일 싸웠다. 낮고 공격적인 엄마의 목소리 사이사이로 언성을 높이며 다그쳐 묻는 아빠의 목소리가 들렸고, 그 물음들은 대답 대신 방망이를 휘두르는 듯한 강력한 침묵으로, 보복처럼 되받아쳐졌다. 다이아몬드는 위층에서 들리는 힐난하는 소리와 격노에 찬 온갖 욕설들을 모두 묻어 버릴 수 있도록 텔레비전의 볼륨을 키웠다. 울음소리와 고함 소리, 농구 경기라도 하듯 급한 발자국 소리가 머리 위에서 휘몰아쳤다. 싸움의 주제는 그와는 아무런 관련이 없는 것이었다. 그는 괴로움에 찬 엄마의 흐느낌이 위층에서 들려올 때마다 큰 소리로 울어 대는 펄이 안쓰러웠다. 한 번인가 두 번 정도 침묵이 깔릴 때도 있었지만, 그건 절대 평화로 오인될 수 있는 성질의 것이 아니었다. 오후 늦게, 결국 펄은 거실 소파 위에서 손가락으로 담요를 꽉 진 채 잠이 들었다. 다이아몬드는 마당으로 나가 정처 없이 헤매고 다니다가 뭐라도 할 일을 찾아 자동차 앞 유리를 닦기 시작했다. 춥고 바람 부는 날이었다. 서쪽으로 60킬로미터 정도 떨어진 산둥성이 위에는 길쭉한 구름이 걸쳐져 있었다. 그는 돌멩이 몇 개를 주워 들고 그게 엘크를 향해 날리는 총알이라도 되는 양 구름을 향해 힘껏 내던졌다. 집 안에서는 아직도 싸우는 소리가 들렸다.

쾅 하고 문 닫히는 소리가 나고, 아빠가 한쪽 모서리에 작은 말 모양의 빨간 트레이드마크가 붙은 갈색 트렁크를 끌며 현관 밖으로 나와서는, 서둘러 갈 데가 있는 것처럼 차를 향해 성큼성큼 걸어갔다.

"아빠, 엘크 사냥은요……?"

다이아몬드가 말했다.

아빠가 그를 노려보았다. 실룩거리는 그 얼굴 위에 동공이 검게 팽창하더니 녹갈색 눈동자를 전부 삼켜 버렸다.

"절대, 다시는 날 그렇게 부르지 마라. 난 네 아빠가 아니고, 그랬던 적도 없어. 꼴도 보기 싫으니 내 앞에서 썩 꺼져, 후레자식 같으니."

그 말은 그의 귀에서 고음으로 연속해 맴돌았다.

마이런 새서와 갈라선 후 그는 두 명의 주인을 거친 중고 트럭을 한 대 샀다. 리실의 고물차에 비해 별로 나을 것 없는 낡은 텍사스 트럭이었다. 그는 몇 달 동안 고독을 만끽하며 홀로 도로를 누비고 다니면서 뿔과 혹처럼 툭툭 튀어나오고 고깃덩어리처럼 쌓여 있는 붉은 산들과 메사*를 지나거나, 고속도로에서 겨울 잔디색 털에 피가 말라붙은 사막, 혹은 갈라진 붉은 땅 같은 살갗을 가진 거대한 뮬사슴 떼를 만나기도 했다. 모텔 방을 잡을 여유가 있을 때면 그는 거의 늘 여자와 함께 침대에 들었는데, 그것은 황소를 탈 때 느끼는 흥분과 전율이 빠진 30분짜리 진통제와도 같은 것이었다. 관계를 가진 뒤의 달콤한 시간 따위는 그의 사전에 없었다. 그는 여자가 한시라도 빨리 떠나 주기를 바랐다. 시시때때로 들락거리던 여자들은 그가 너무 빨리 끝내 버린다며 시

* 꼭대기는 평평하고 등성이는 벼랑으로 된 언덕.

끄럽게 징징거렸고, 거만하고 재수 없는 놈이라며 욕설을 퍼부었으며, 그 잘난 별무늬 스카프나 매고 지옥에 떨어지라고 말했다.

"너 같은 놈은 없었던 일로 지워 버리겠어!"

매춘부 같은 금발의 한 여자가 펄펄 뛰며 말했다.

그들이 무슨 말을 하든 그는 개의치 않았다. 그런 여자들은 마음만 먹으면 얼마든지 구할 수 있었기 때문이고, 또 자신이 이제는 본문을 넘어 이런 식의 생활에 대한 실체가 빼곡히 적힌 약관 부분으로 접어들고 있다는 사실을 잘 알았기 때문이다. 그의 삶에 있어, 사랑이라는 이름으로 브레이크를 걸어 줄 사람은 아무도 없었다. 때로 황소를 타는 일은 삶의 가장 작은 영역이 되기도 했으나, 오직 그 사나운 황소 등 위에 타고 있는 순간에만 그는 형용할 수 없는 흥분과 그를 미치게 만드는 마약 같은 환희 그리고 희열을 느낄 수 있었다. 죽을 수도 있다는 가능성 외에는 아무것도 현실로 느껴지지 않았기에, 경기장의 모든 것은 현실 그 자체였다. 포화된 번갯불이 내려와 꽂힌다.—그는 그렇게 생각했다. 왜냐하면 그 자신으로서는 그렇지 못했기 때문이다. 그를 둘러싼 사방에서 거친 야생의 것들이 땅으로 떨어져 내리고 있었다.

* * *

코디에서의 어느 날 밤, 차가 막히기 전에 서둘러 주차장을 빠져나오려는데, 커다란 몸집의 예수쟁이 스티어 로핑 선수 페이크 비츠가 그를 큰 소리로 불러 세웠다.

"혹시 로즈웰로 가는 길이야?"

"그런데."

비츠가 차 옆에서 나란히 달리면서 말했다. 그는 붉은 혈색에 밝은 금발, 크고 강건한 체구를 한 남자였다. 그의 짐 가방에 '주를 찬양하라!'라고 쓰인 스티커가 떨어질듯 말듯 덜렁덜렁 붙어 있는 게 보였다.

"나 좀 태워다 주면 안 될까? 그게, 내 트럭이 리빙스턴에서 퍼져 버렸거든. 그래서 시원찮지만 렌터카를 빌렸더니 이게 내 트레일러를 끌고는 잘 달리지를 못하더라고. 그러다가 이제는 변속장치까지 나가 버렸지 뭐야. 그런데 자네가 로즈웰로 갈지도 모른다고 티 도브가 말하는 걸 들었어."

"맞아, 같이 가자. 그럼, 준비된 거지?"

그들은 비츠의 말을 실은 트레일러를 트럭 뒤에 연결하고, 렌터카는 있던 자리에 그냥 내버려 두었다.

"그냥 놔두고 가자고, 친구. 시간이 없으니까."

비츠가 옆 좌석에 올라타며 말했다. 다이아몬드는 그가 문을 닫기도 전에 벌써 자갈을 튕기며 앞으로 나아가고 있었다.

시도 때도 없이 하늘을 보고 기도하는 건 아닌가, 하는 염려로 처음에는 그 동행 길이 불편하게 끝날지도 모르겠다고 생각했으나, 페이크 비츠는 의외로 묵묵하게 연료 계기판을 살피거나 자기 일에만 신경 쓰며 설교도 하지 않았다.

그럭저럭 그들은 함께 몰러, 터스카, 로즈웰, 거스리, 케이시, 베이커, 벤드 등지를 함께 훑고 다녔다. 몇 주 정도 지나자 페이크는 만일 다이아몬드가 정식으로 여행 파트너를 원한다면 자신이 그럴 용의가 있다고 말했다. 다이아몬드는 그와 같이 다니면 스티어 로핑을 여전히 허용하는, 몇 안 되는 가축 기반의 주들, 즉 오클라호마주, 와이오밍주, 오리건주, 뉴멕시코주를 종횡무진 오가며 인적 드문 길을 오래오래 운전해야 한다는 사실을 알고 있었지만, 그럼에도 아무튼 그의 제안을 받아들였다. 둘의 스케줄은 인내심을 가지고 연신 조절하지 않으면 맞추기가 꽤 힘들었다. 그러나 페이크는 비포장도로를 비집고 가는 수많은 지름길에 도통했고, 둘은 불모의 화산 용암 지대나 구릉지 등을 통과해 다니거나, 여기저기 눈에 띄는 호랑이 똥과 청교도의 짐마차 자국이 여전히 남아 있는 황갈색 평원들을 지났고, 빙판길 위로 불어닥치는 첫 폭풍우와 이른 어둠을 헤쳐 짙은 주황색 일몰을 맞기도 했고, 사방에 자욱한 연기와 맨땅에 불어닥치는 모래바람 사이를 오가거나 상판의 페인트를 녹일 정도로 뜨겁게 이글거리는 태양열을 견뎌 가며, 비가오지 않아 거미줄처럼 갈라진 메마른 땅이나, 작은 마을의 차들이나 도로 위의 가축들 그리고 아침 안개 속의 말 떼 사이를 헤집고 열심히 돌아다녔다. 한번은 두 명의 빨간 머리 카우보이가 집 하나를 통째로 들어 옮긴답시고 도로를 가득 막는 통에 성질 급한 페이크가 우회하려다 웅덩이에 빠진 일도 있었고, 쓰레기장이나 멕시코 카페들을 지나 한밤중에 '사무실 초인종을 울리시오.'라는 팻말이 붙은 모텔 입구를 서성이기도 했고, 어두운 평원 위에서 기절하듯 쓰러져 잠시 눈을 붙이기도했다.

롤린스 출신이었던 페이크는 늘 다음 로데오 스케줄에 맞추어 바삐 다니며 돈을 버는 데만 열중했고, 자기 아내 외에는 어떤 여자에게도 일체 관심을 갖지 않았다. 임신 중으로 하체가 풍만한 그의 아내 낸시 역시 독실한 기독교인이었는데, 비츠의 말에 의하면 지질학 학위를 따기 위해 공부하는 중이라고 했다.

"제대로 된 대화를 하고 싶으면 낸시하고 대화를 해 봐. 세상에, 정말이지, 암석 형성에 대해서라면 뭐든 답해 줄 수 있는 여자야."

"지질학자가 되어서 어떻게 세상이 7일 만에 창조되었다고 믿을 수가 있지?"

"참내, 낸시는 기독교 지질학자야. 신에게 불가능한 것은 없어. 7일 만에 온 세상을 온전하게, 화석까지 다 만들어 낼 수 있는 분이지. 삶은 기적으로 가득 차 있다고."

그의 뺨에 깊게 패인 기다란 흉터가 보였다. 그와 같은 사람에게도 어딘가 결함은 있는가 보다.

"어쩌다가 애초에 이 일에 발을 들여놓게 된 거야? 목장에서 자라났다거나?"

다이아몬드가 물었다.

"뭐, 로데오? 어렸을 때부터 죽 해 왔거든. 목장에서 살았던 적은 없어. 그리고 싶지도 않고. 난 텍사스의 헌츠빌에서 자랐어. 자네, 거기에 뭐가 있는 줄 알아?"

"큰 교도소."

"맞아. 우리 아버지가 롤린스에 있는 감방의 간수로 일했는데, 그전에는 헌츠빌에 계셨어. 헌츠빌 교도소에는 오랫동안, 정말 훌륭한 로데오 프로그램이 있었거든. 거기서 로데오가 열릴 때마다 아버지가 날 데리고 갔어. 그러다가 '리틀 브리치스'라는 프로그램에 날 등록시켜 주어서, 그때 처음 시작하게 된 거지. 그리고 사실, 우리 할아버지가 카프로핑 경력을 거의 헌츠빌에서 쌓았거든. 어떤 치과 의사 코를 비틀어서 부러뜨린 죄였지. 그 양반은 정말 한 성깔 하셨어. 목둘레하고 손목에 밧줄 문신까지 했으니까. 그렇지만 몇 년 후, 밝은 빛을 보고 예수님을 자기 가슴에 받아들였고, 그게 대를 이어 이렇게 내려오게 된 거야. 그리고 나도 독실하게 남을 도와주는 삶을 살려고 노력하고 있어."

그들은 삼십 분 정도 침묵 속에서 차를 몰았다. 빛이 내려앉으며 강유역 잔디밭이 때가 탄 1페니 동전 빛깔로 물들 즈음, 페이크가 다시 입을 열었다.

"그러고 보니 너한테 하고 싶었던 말이 생각났어. 너 소 타는 거 말이야, 그니까 로데오 하는 거. 들어 봐, 소는 네 역할 모델이 되어서는 안 돼. 적으로 삼고서 최대한 이기는 데 신경을 집중해야지. 내가 소들을 내 적으로 보는 것처럼. 난 기합을 넣고 최대한 집중해서 그것들을 잡는 데만 힘쓴단 말이지. 그것들에게 내가 본때를 제대로 보여 주지 않으면, 반대로 내가 당하게 되는 거야."

"어이, 나도 다 알아."

조만간 빌어먹을 설교가 시작되겠다는 것을 그는 직감했다.

"아니, 넌 몰라. 왜냐하면, 만약 네가 그걸 알았다면 매일 밤마다 그런 식으로 소를 타지는 않을 테니까. 그리고 동료의 부인한테 무턱 대고 그런 몹쓸 짓을 하지도 않았겠지. 강제 오입 같은 짓 말이야. 그 대신, 진정한 남자답게 결혼할 여자를 찾아 가족을 이루는 일에 힘을 썼을 테지. 모름지기 예수님 같은 분을 역할 모델로 삼아야 해, 성질 더러운 수소가 아니라. 내 말을 부인하지는 못 하겠지? 정말이지 너, 소를 계속 그렇게 타서는 안 돼."

"예수가 결혼했다는 말은 금시초문인걸."

"결혼은 안 했을지 몰라도 이거 하나는 확실해. 예수님이 원조 로데오 카우보이라는 사실 말이야. 성경에 바로 그렇게 쓰여 있다고. 마태·마가·누가·요한복음 전부 다."

그는 경건한 말투를 흉내 내어 계속 말했다.

"마을로 가라. 입구에 나귀 새끼가 묶여 있는 것을 보리니, 사람이 한 번도 타지 않은 것이라. 줄을 풀어 이곳으로 데려오너라. 주께서 필요하시다 하라. 그러자 제자들이 나귀 새끼를 예수께로 데려왔고, 사람들은 겉옷을 벗어 나귀에 얹었고 예수께서 그 위에 앉으셨다.' 맞지? 나귀 등에 타는 이게 바로 로데오를 말하는 게 아니면 뭐겠어?"

"난 소를 타는 사람이고, 그 소들은 내 파트너야. 그거 알아? 만약 소가 운전만 할 수 있었다면, 지금 이 시간 그 운전석에 앉아 있는 건 바로 소일 거라고. 네가 어떻게 해서 내 사적인 일에 대해 그렇게 시시콜콜 알게 되었는지는 모르겠다만."

"어이, 진정해. 단지 마이런 새서가 내 이복형제라서 알게 된 거니까."

그는 차창을 내리고 침을 뱉었다.

"우리 아버지 안에도 한때 작은 황소가 살았거든. 그렇지만 지금은 아니야."

하루나 이틀 정도 지났을까, 페이크가 또다시 그 화제를 꺼냈다. 다이아몬드는 예수니 가족의 소중함이니 따위의 말을 듣는 데 진절머리가 나고 있었다. 페이크는 이런 말까지도 했다.

"너한테 어린 남동생이 하나 있다지 않았어? 맞지? 그런데 동생이 어째서 큰형이 로데오 하는 데 한 번도 보러 오지 않는 거야? 그리고 또 너희 아버지나 어머니는?"

"잠깐 차 좀 세워 봐."

페이크는 거친 평원의 끄트머리 부근에 트럭을 세웠다. 그는 다이아몬드가 오줌을 누려는 것으로 지레짐작하고는 자신도 밖으로 나와 지퍼를 내렸다.

"잠깐만."

헤드라이트 불빛을 온몸으로 받으며 그가 말했다.

"여기 나를 잘 봐. 두 눈으로 똑똑히 보라고. 보여?"

그는 옆으로 뒤로 한 바퀴 빙 돌고, 다시금 페이크를 정면으로 바라보고 섰다.

"이게 전부야. 지금 네가 보고 있는 이 모습, 이게 내 전부라고. 자, 그러니까 이제 내 일에는 그만 신경 꺼. 갈 길이나 계속 가자고."

"아아, 내가 말하려던 건……, 넌 네 자신 하나밖에 다른 사람은 아무도 어떤지 신경을 안 써서, 그게 문제라는 거야. 기둥 하나만 가지고는 울타리를 칠 수가 없다는 사실을 좀 알아야 하는데."

지옥처럼 무더운 8월 말의 어느 날, 마일스시티를 벗어나 가던 중, 페이크의 머릿속 지도가 고장 났는지, 그들은 그만 와이오밍 경계선 남쪽 부근의 바위 벼랑 끝에서 헤매게 되었다. 그들 앞으로는 거친 시골 풍경이 끝도 없이 펼쳐져 있었고, 저 멀리 100킬로미터도 넘는 시선이 맞닿은 곳에 영양 무리와 소 떼가 마치 거의 다 닳은 펜으로 쓴 낡은 약속어음의 조그만 잉크 얼룩처럼 희끄무레하게 보였다. 그들은 오던 길로 다시 거슬러 갔다가 옆길로 갔다가 하면서 그만 그레이불에서 몇 킬로미터 떨어진 외곽 지역에 닿게 되었다. 허름한 목장 가옥을 개축하여 만든 듯한, 오래되다 못해 거의 검게 변해 버린, 네모나게 깎아 올린 통나무 건물 앞에 일렬로 주차되어 있는 트럭들을 가리키며 다이아몬드가 말했다.

"저 끝에 있는 저거, 스위츠 머스그로브의 말 트레일러 맞지 않아? 그리고 저건 나흐티갈의 트럭 맞지? 망할 놈의 카프 로핑 선수들. 그 자식들은 마치 자기 말이 여자나 되는 것처럼 떠들고 다닌다니까. 나흐티갈이 어젯밤에 한 말 혹시 들었어? '그녀는 진실해. 그녀는 착해. 절대 나를 배신한 적도 없어.' 그게 글쎄, 자기 말을 두고서 하는 말이었어."

"그거, 내가 내 말에 대해 생각하는 거랑 똑같은데."

"좀 세워 봐. 들어가서 단숨에 한잔 쭉 들이켜고 가야겠어."

"저 일당이 있는 곳에 섣불리 들어갔다간 살아서 돌아 나오기만 해도 다행인 거 몰라? 나흐티갈은 정신이 나갔어. 나머지 자식들도 자기 트레일러 말고는 아무 얘기도 안 한다고."

"그러든가 말든가 난 신경 안 써, 페이크. 너한테는 커피가 있지만, 나한테는 맥주가 필요하단 말이야."

입구 위 소나무 판 조각 위에 '새들랙'이라고 새겨진 술집 이름이 불로 짙게 그을려 있었다. 다이아몬드는 크고 작은 총알구멍이 숭숭 난 나무판자 문을 안으로 밀고 들어갔다. 사방을 둘러싼 통나무 벽에는 소낙인이 수백 개는 족히 찍혀 있었고, 그 외에도 스웨터와 양모 카우보이 바지를 입은 가축 몰이 카우보이들이나 죽은 지 한참 세월이 지난 조마사調馬師들의 흐릿한 사진이 걸려 있는, 어두운 조명에 꽤 그럴싸한 분위기를 풍기는 술집이었다. 안쪽 끄트머리 구석에는 세상에서 가장 오래됐을 법한 주크박스가 한 대 놓여 있었다. 낡아빠진 데다 찌그러진 그 기계의 네온등은 빛을 잃은 지 이미 오래되었는지, 음악을 골라 듣고 싶어 하는 까다로운 단골들을 위한 손전등이 줄에 대롱대롱 매달려 있었다. 철제 바 카운터 및 네 개의 테이블 위로 '오, 브리-이-이-이즈' 하고 고음의 매끄러운 1935년 밀턴 브라운의 목소리가 흘러나왔다.

바텐더는 크고 뾰족한 코에 갈라진 턱을 가진 고집 센 인상의 늙은 대머리 남자였다. 늘어선 술병, 수도꼭지, 꼬질꼬질한 거울, 바텐더의 영역은 그리 복잡해 보이지 않았다. 그가 그들을 쳐다보자, 페이크는 가열판 위에 놓인 검은 액체를 측정하듯 찬찬히 살피다가 진저에일을 한 잔 시켰다. 다이아몬드는 이날 자신이 이곳에서 단단히 취하게 될 것임을 예감했다. 스위츠 머스그로브와 나흐티갈, 아이크 수트, 짐

젝 제트는 벗겨지고 있는 머리가 훤히 보이도록 모자를 홀랑 벗은 상태로 테이블 한군데 모여 앉아 있었다. 짐 잭은 맥주를, 나머지 남자들은 위스키를 마시면서, 나흐티갈의 딸이 배럴 경주*에서 처음으로 우승한 것을 축하하며 시가를 깊게 빨아들였다. 재떨이에는 반쯤 타다 꺼진 시가 꽁초가 그득히 쌓여 있었다.

"여기서 대체 뭐하는 거야?"

"젠장, 들러서 한잔 않고는 새들랙을 지나치지 못하는군그래."

"그러게 말이야."

나흐티갈이 주크박스를 가리키며 물었다.

"클린트 블랙은 없소? 드와이트 요아킴이라든가?"

"입 닥치고 나오는 노래나 잘 들으셔. 자네들이 지금 듣고 있는 음악은 바로 초창기 페달 스틸 기타로 연주한, 값으로 따질 수 없는 진귀한 음악이니까. 너희 로데오 카우보이들은 당최 컨트리음악에 무지하기 그지없다니까."

"말똥 같은 소리하시네."

아이크 수트가 주머니에서 주사위 한 쌍을 꺼내 들면서 말했다.

"주사위 던져서 술값 누가 낼지 정하자."

"네가 내라, 나흐티갈. 나 탈탈 털렸어. 쥐꼬리만큼 벌었던 거 전부다, 그 누구냐, 가축 업자 밑에서 일하는 블랙 베스트라는 인디언 새끼한테. 모 아니면 도라고, 조금도 안 남기고 그 자식이 전부 다 탈탈 털어 갔지 뭐야. 딱 한 번 던진 걸로 말이야. 그 자식한테 상아 주사위 한 쌍이 있는데 말이지, 그 둘 중에 점 찍힌 면은 단 한쪽, 그걸 흔들어서 밑으로 던지는데, 정말 눈 깜작할 사이야."

"나도 그자와 붙어 본 적 있어. 내가 조언 하나 해 줄까?"

---

* 배럴 통 사이로 말을 타고 시합하는 경기.

"아니 됐어."

술이 들어가며 이런저런 말이 오가던 중, 어쩌다 짐 잭이 아기들이니 아내들이니 가정의 즐거움이니 하는 얘기를 꺼낸 것이 계기가 되어, 페이크는 자기가 평소 좋아 죽는 가정과 화목에 대한 설교를 한바탕 늘어놓았다. 그다음에는 아이크 수트가 눈물을 찔끔거리며 자기 인생에서 가장 행복했던 날이 아버지의 손에 황금 버클을 쥐여 주며 '아버지를 위해 해냈어요.'라고 말했을 때였다고 했다. 머스그로브는 한 술 더 떠서 자신이 결승전에서 따낸 8200달러를 시각 장애 고아들을 위한 시설과 자기 할머니에게 반반씩 나누어 주었다고 모두에게 고백했다. 위스키 다섯 잔과 맥주 네 잔을 벌컥벌컥 들이마신 다이아몬드가 그 뒤를 이어 발언권을 잡고는 모두를 향해 말했다. 그중에는 건초포장기를 돌리다가 래니가 내주는 차가운 맥주 피처에 열을 식히고자 술집에 들른, 먼지와 땀으로 범벅이 된 목장 일꾼도 두 명 섞여 있었다.

"너희들 말이야, 듣자 하니 다들 가족에 대해서 엄청 열을 올리는데 말이야, 부인이니 아이들이니, 엄마 아빠니, 형제자매들이니 하는 거. 그런데 정작 너네 가운데 집에서 제대로 시간을 보내는 사람은 아무도 없잖아? 그리고 애초에 그러고 싶어 하지도 않잖아. 만약 그랬다면 현재 로데오를 하고 있을 리가 없을 테니까. 로데오가 바로 너희 가족이야. 고향 목장에 남아 있는 건 아무 쓸모도 없는 거라고."

목장 일꾼 한 명이 손바닥으로 바 카운터를 세게 내리치자, 나흐티갈이 그를 노려보았다.

다이아몬드는 위스키 잔을 위로 치켜들고 이어서 말했다.

"자, 건배! 너희들에게 잡일을 시킬 사람도, 바보처럼 대할 사람도 없다는 데에! 그 대신 다들 사진을 찍어 가거나 텔레비전에 내보내려고 한다는 사실에! 너희들의 같잖은 의견을 묻거나 사인을 받아 가려고 서로 다툰다는 사실에! 왠지 우리, 대단한 사람이 된 것 같지 않아? 안 그래? 그러니까 로데오를 위해 건배하자고! 사람들은 우리를 보고 멍청하다고 할 수 있을지는 몰라도, 결코 겁쟁이라고 놀리지는 못해. 또, 짧은 경기에 큰돈을 벌 수 있다는 것에도 건배! 망가진 척추 뼈와 멍든 허벅지 근육에도 건배! 텅 빈 지갑과 빌어먹을 밤샘 운전과 언제 어떻게 나가떨어질지 모른다는 데에도! 기똥찬 약이 있다고 해도, 결국 누구에게든 일어날 수 있는 일이지. 내가 어떻게 생각하는지 알려 줘? 나는 말이지,"

그러나 그는 자신이 어떻게 생각하는지 몰랐다. 다만 아이크 수트가 그를 향해 팔을 휘두르던 광경만이 기억날 뿐이었다. 그런데 그것도 실은, 그가 시가 꽁초에 머리를 박고 쓰러지려는 걸 막기 위해 잡아 주려던 움직임이었단다. 바로 그날, 그는 행운의 반짝이 별무늬 목 스카프를 잃어버렸고, 그 후로 슬럼프에 빠졌다.

"내가 그걸 마지막으로 본 건, 누군가가 그걸 가지고 바닥에 토한 것을 닦고 있을 때였어. 그리고 그게 나는 아니었지."

페이크 비츠가 말했다.

육 초가 막 지나던 순간, 황소가 죽은 것처럼 멈추더니 갑자기 모든 것을 반대쪽으로 휙 틀었다가 즉시 반대 방향으로 다시 휘둘렀다. 그는 통제력을 잃었고, 짐승의 어깨 반대 방향으로 손이 마구 꺾여 가면서도 어찌할 수 없이 곤두박질쳐 떨어지며 왼편으로 황소의 축축하게 젖은 눈과 마주쳤다. 손이 거꾸로 뒤집혀 꼼짝달싹할 수 없이 묶이는 바람에 그는 꼴좋게도 소에 매달리게 되었다. 두 발로 버텨야 해. 그가 소리 내어 말했다. 뛰자, 아멘. 그러나 황소는 그와 딸그랑거리는 종을 털어 내

버리려고 미친 듯 날뛰었다. 다이아몬드는 황소가 그렇게 한 번씩 날뛸 때마다 수건이 펄럭이듯 위로 솟구쳤다가 땅으로 내팽개쳐지길 반복했다. 엉킨 밧줄에 뒤로 접힌 손가락이 황소 등에 묶여 있다시피 한 탓에, 그는 손을 뒤집을 수도 손가락을 펼 수도 없었다. 그는 젖 먹던 힘까지 꺼내어 땅에 발로 서 보려고 안간힘을 썼지만, 황소는 너무도 컸고 그는 너무도 작았다. 그 짐승이 어찌나 빠르게 회전을 해 대던지, 보는 사람들에게 그 광경은 마치 얼룩덜룩한 페인트 자국처럼, 매달린 선수는 페인트 걸레처럼 보였다. 소몰이꾼들이 테리어 견처럼 재빨리 달려들었다. 황소는 매번 몸을 흔들 때마다 그를 북극에서 멕시코 국경까지 보낼 태세로 격렬히 휘둘러 메쳤다. 그의 입안에 황소의 털이 그득하게 고였고, 팔은 탈골되어 덜렁거렸다. 영원히 끝나지 않을 것처럼 그런 상태가 계속 이어졌다. 이러다가는 소리를 빽빽 질러 대는 낯선 관객들 앞에서 정말로 죽어 버릴 것 같았다. 그때 황소가 늘어져 있던 그를 다시 높이 들어 올렸고, 기회를 엿보던 소몰이꾼이 손을 다이아몬드의 팔 아래로 거칠게 찔러 넣어 밧줄 끝부분을 쳐내다시피 그를 밀쳐 냈다. 장갑의 손가락 쪽에 틈이 생겼고 그는 발굽에서 멀리 떨어져 데굴데굴 굴렀다. 그런데 황소가 그를 보고 또다시 뿔로 공격해 왔다. 그는 아직 멀쩡히 붙어 있는 팔을 들어 그의 머리를 감싸고 몸을 웅크렸다.

"오! 어서, 일어나! 이번엔 진짜 일내겠다."

멀리서 누군가가 외쳤고, 그는 둔부를 치켜들고 네발로 기다시피 뛰어서 철제 난간으로 들어갔다. 광대가 경기장으로 등장했고, 황소는 이미 퇴장해 버렸는지 없었다. 관중들이 갑자기 폭소를 터뜨려서 얼핏 곁눈질로 보니, 한 광대가 그의 모습을 흉내 내며 비틀거리고 있었다. 그는 난관을 짚고, 관중석을 둘러보았다. 머리가 멍하고 몸을 움직일 수가 없었다. 그들은 그가 어서 경기장 밖으로 사라져 주기만을 기다리고 있었다. 빗소리 너머로 사이렌 소리가 희미하고 구슬프게 들려왔다.

그의 오른쪽 어깨를 누군가 두 번 톡톡 두드리면서 "걸을 수 있겠소?" 하고 물었다. 그는 몸을 덜덜 떨면서 고개를 끄떡이려 해 봤지만 몸이 마음대로 움직이지 않았다. 왼쪽 팔은 축 늘어진 채 달랑달랑 매달려 있었다. 그는 죽음이 내려와 그를 점찍고 거의 성공 직전까지 갔다는 사실을, 그러나 어찌된 일인지 실패하고 돌아갔다는 사실을 뼛속 깊이 절감했다. 그 남자가 그의 오른쪽 팔 밑을 잡고, 다른 누군가가 와서 그의 허리를 부여잡았다. 그들은 그를 반쯤 실어 나르듯 하여 그 지방 외과 의사 한 명이 대기하고 있는 방으로 데리고 갔다. 그는 한쪽 발을 앞뒤로 흔들거리며 담배를 피우고 있었다. 스포츠 의료팀 같은 건 없었다. 그는 멍멍한 정신에서도 '흡연하는 의사에게 진찰받기는 싫은데.' 하고 생각했다. 마치 지하 수로에 들어와 있는 것처럼, 경기장으로부터 사회자의 목소리가 둔하게 들려왔다.

"정말 굉장한 경기였지 않습니까, 여러분? 정말 끝까지 최선을 다해 주었지요. 비록, 모든 게 허사로 돌아가 버렸습니다만. 다이아몬드 펠츠 선수 0점입니다. 그러나 여러분, 이 젊은 청년이 보여 준 용기에 가슴이 벅차오르지 않을 수 없습니다. 우리 모두 그에게 큰 박수를 보내줍시다! 그는 곧 괜찮아질 겁니다. 자, 그럼, 이번에는 텍사스 위펍에서 온 더니 스코터스 선수를 소개합니다!"

의사의 입에서는 담배 냄새가, 그 자신에게서는 코를 찌르는 악취가 풍겼다. 그의 몸은 땀에 젖어 미끈거렸고 너무 아파서 신음이 절로 나왔다.

"어디, 팔을 움직일 수 있겠어요? 손가락에 감각이 없나요? 이거 느껴져요? 좋아요, 이 셔츠를 우선 벗길게요."

그는 가윗날을 소매 끝동에 대고 그 위로 싹둑싹둑 잘라 나가기 시작했다.

"이거 50달러짜리 셔츠란 말이에요!"

다이아몬드가 탄식하듯 말했다. 소매와 가슴에 걸쳐서 붉은 깃털과 검은 화살 무늬로 디자인된 새 셔츠였다.

"내 말 믿어요. 내가 만약 이 팔에서 소매를 잡아당겨 벗긴다면, 당신은 절대 좋아하지 않을 거요."

가위가 어깻죽지까지 타고 올라가는 만큼, 망가진 셔츠가 팔에서 떨어져 나갔다. 젖은 살갗에 와 닿는 공기가 차가웠다. 그는 고개를 절래절래 흔들었다. 하긴, 어차피 이제는 불운의 셔츠였다.

"역시 그렇군요. 어깨가 탈골되었어요. 상완골이 어깨의 연결 부분에서 앞으로 빠져 버렸습니다. 좋아요, 이 상완골을 다시 끼워 넣도록 해보죠."

의사는 턱을 그의 어깨 뒤에 대고, 못 쓰는 팔을 양손으로 잡았다. 담배 냄새가 진하게 풍겨 왔다.

"잠깐 아플 거예요. 이걸 끼워 맞추려면……."

"하느님, 맙소사!"

견딜 수 없는 격렬한 아픔이 그를 가격했다. 벌겋게 달아오른 얼굴에서 눈물이 저절로 흘러내리는데, 어떻게 멈출 방도가 없었다.

"카우보이라면서 웬 엄살이에요."

의사가 냉소적으로 말했다.

페이크 비츠가 걸어 들어오면서 호기심 가득한 눈으로 그를 바라보앗다.

"완전히 당했다며? 나는 못 봤는데, 본 사람들 말이, 네가 못 빠져나오는 통에 엄청 호되게 당했다고 하더라. 이십팔 초나 매달려 있었다던데. 그 영상을 비디오로 띄어 놓을 거래. 지금 밖에는 비바람이 장난 아니야."

비에 흠뻑 젖어서 들어온 그의 얼굴에는 지난주에 생긴 상처가 윗입술에 아직도 남아 있었고, 턱 한쪽에는 새로 긁힌 상처가 있었다. 그가 의사를 향해 말했다.

"어깨가 빠진 겁니까? 운전은 할 수 있을까요? 이 친구가 운전할 차례거든요. 내일 오후 두 시까지 텍사스 남부로 가야 하는데 말이죠."

의사는 깁스를 끝까지 다 감은 뒤, 담배 한 개비를 또 꺼내어 불을 붙였다.

"나라면 절대 안 할 겁니다. 오른손밖에 못 써요. 지금, 어깨뼈 탈골인데, 이게 그냥 다시 갖다 끼워 맞춘다고 끝나는 일이 아니거든요. 어쩌면 수술을 해야 할지도 몰라요. 인대도 지금 여기저기 늘어난 데다, 내출혈에 부종, 통증까지, 그뿐 아니라 신경이나 혈관에 손상이 갔을 수도 있어요. 지금 통증이 엄청 심할 겁니다. 아스피린을 한 움큼씩 먹고 다녀야 할 지경이에요. 깁스도 한 달간은 하고 있어야 할 테고요. 운전을 할 거라면 한 손으로 하거나 앞니로 물고서 해야 할 거요. 나로서는 코데인을 처방해 줄 수가 없고, 그쪽도 이 친구가 그런 건 먹지 않도록 확실히 해 주는 게 좋을 거요. 보험회사에 전화를 걸어서 부상당한 상태로 운전하는 것도 보험 처리가 되는지 확실히 알아보도록 해요."

"무슨 보험 말이요?"

페이크가 말하고는 덧붙였다.

"의사 양반, 담배는 좀 끊으셔야겠어요."

그리고 다이아몬드를 보고 말했다.

"아이고, 하느님이 살려 주셨기에 망정이지. 여기서 언제 나갈 수 있을 거 같아? 참, 방금 전에 그 사람들이 내 이름을 뭐라고 썼는지 알아? 하느님, 맙소사."

그는 있는 대로 입을 벌리고 하품을 했다. 그는 아이다호에서부터 전날 밤 내내 운전을 해 온 길이었다.

"나한테 십 분만 줘. 샤워하고 정신 좀 차리게. 내 밧줄하고 장비 가방 좀 챙겨 줄래? 난 괜찮으니까 운전할 수 있을 거야. 십 분만 기다려."

그 말에 의사가 대꾸했다.

"알아서 하셔야죠, 암."

그때 다른 사람이 안으로 들어왔다. 왼쪽 눈썹 위로 깊은 상처를 입은 사람이었다. 그는 빠르게 붓고 있는 눈에 피가 들어가는 것을 막기 위해 상처 밑을 손가락으로 꾹 누르고서 말했다.

"그냥 반창고로 붙여만 줘요. 이 지랄 같은 눈만 뜰 수 있게, 빨리 나가서 타야 한단 말이오."

그는 더럽고 지저분한 콘크리트 샤워실로 가서 한 손으로 옷을 벗었다. 버클 네 개가 달린 카우보이 덧바지와 부츠 끈을 푸는 건 고역이었다. 통증이 대양의 파도처럼 길고 강하게 밀려들었다. 도저히 떨쳐 낼 수 없는 고통이었다. 샤워실 한 칸에서 어떤 사람이 콘크리트 벽에 이마를 대고 양 손바닥으로 벽을 짚은 채 흘러내리는 뜨거운 물에 뒷목을 맡기고 있었다.

다이아몬드는 물때로 얼룩얼룩한 거울에 자신의 모습을 비추어 보았다. 멍든 두 눈, 피범벅이 된 콧구멍, 찰과상을 입은 오른뺨, 땀에 절어 짙어진 머리카락, 덕지덕지 붙은 황소 털과 눈물자국 등으로 얼룩진 얼굴, 겨드랑이부터 엉덩이까지 멍투성이가 된 옆구리. 통증으로 인해 머리가 어질어질한 동시에 엄청난 피로감이 그를 덮쳐 왔다. 평소의 희열과 흥분이 이번에는 전혀 느껴지지 않았다. 그가 죽었다면, 여기가 바로 지옥이리라. 줄담배를 피워 대는 의사와 악취가 진동하는 황소, 밤새도록 아픔을 참고 운전해 가야 하는 천 킬로미터도 넘는 머나먼 길.

폭포수처럼 흘러내리던 물이 멈추고, 티 도브가 물에 착 달라붙은 머리로 샤워실을 나왔다. 그는 엄청난 노장이었다. 다이아몬드가 알기로 그의 나이는 서른여섯. 소를 타기에는 이미 고령이었지만 그는 그만두지 않고 있었다. 혈색이 누렇게 뜬 그의 얼굴은 외과적으로 가능한 모든 보수공사를 모아 놓은 집합소라고 해도 무리가 아니었고, 몸에 난 상처를 전부 합하면 가게를 차려도 될 만큼 많았다. 몇 달 전, 언젠가 다이아몬드는 그가 부러진 코에서 검붉은 피가 흐르는 데도 두 개의 노란 연필을 각각의 콧구멍에 하나씩 집어넣고서 뭉그러진 연골과 코뼈를 원상태로 맞추려고 안간힘을 쓰고 있는 광경을 목격하기도 했다.

도브는 너덜너덜하지만 여전히 그 자신에겐 행운의 부적인 수건을 들고 상처투성이 몸통을 닦으면서, 뾰족한 여우 이빨을 드러내며 다이아몬드를 향해 말했다.

"거봐, 내가 요전에 뼈 게임이라고 했었지? 동생."

바깥의 비는 어느새 멈췄고, 트럭은 빗물에 젖어 반짝였으며 도랑은 빗물로 철렁거렸다. 페이크 비츠는 조수석에 앉아, 나지막이 코를 골며 벌써 잠들어 있었다. 다이아몬드는 웃통을 벗은 상태로 맨발로 차에 올라타 좌석을 앞으로 당겼다. 그리고 가위에 잘린 셔츠를 대충 던져 놓고, 한 손으로 가방 안을 뒤적거려 깁스 위에 입을 수 있을 만큼 품이 넉넉한 스웨터를 찾아 입은 다음, 낡은 운동화에 발을 밀어 넣고 좌석에 앉아 시동을 거는 동안 페이크가 잠에서 깼다.

"정말 운전할 수 있겠어? 두세 시간만 내가 눈 좀 붙일 수 있게 버텨 주면, 나머지는 내가 운전해서 갈게. 절대 끝까지 네가 운전할 필요는 없으니까, 알았지?"

"난 괜찮아. 아까 전에 하려던 네 이름 얘기는 뭐야? 이름을 어떻게 썼기에?"

"C-A-K-E. 케이크 비츠.* 낸시가 이걸 들으면 아마 배꼽이 빠져라 웃어 댈걸. 아무튼 서두르자고, 동생. 시간이 없어."

그렇게 말하고 그는 다시 잠들었는데, 허벅지 위에 올려놓은, 굳은살이 잔뜩 박인 손이 조금 벌어진 채 손바닥을 위로 향하고 있는 모양이, 마치 그 안으로 뭔가 받으려는 듯이 보였다.

텍사스 국경을 지나자마자 바로, 그는 밤새도록 운영하는 트럭 휴게소에 차를 세우고 기름을 넣은 다음, 카페인 함량이 높은 콜라를 두 개 사서 각성제와 진통제를 한꺼번에 목구멍으로 들이켜 넘겼다. 그는 계산대와 정크 푸드가 진열된 복도를 지나 공중전화로 걸어가서, 지갑을 뒤져 전화 카드를 꺼내 다이얼을 돌렸다. 레드슬레드는 지금 새벽 두 시 반일 것이다.

첫 번째 벨 소리가 울리자마자 그녀가 전화를 받았다. 쌩쌩한 목소리였다. 깨어 있던 모양이었다.

---

* cake bits, '케이크 부스러기'라는 뜻.

"나예요. 다이아몬드."

"꼬맹이? 무슨 일이야?"

"잘 들어요. 내가 지금 하려는 말은 어떻게 해도 얌전하고 공손하게 들릴 수는 없을 테니까. 내 아버지는 누구인가요?"

"그게 무슨 말이야? 셜리 커스터 펠츠잖아. 알면서 왜 그래?"

"아니요, 모르겠는데요."

그는 10년 전 셜리 커스터 펠츠가 차에 타면서 그에게 한 말을 그녀에게 들려주었다.

"그 더러운 자식. 그 자식이 바로 너를 시한폭탄으로 만들어 놓은 거구나. 네가 어떤 애인지 너무도 잘 알고 있었던 게지. 속으로 계속 곱씹으면서 꿍하고 있다가 언젠가 이렇게 빵 하고 폭발해 버릴 걸 알았던 거야."

"내가 언제 폭발했단 거예요. 다시 한 번 묻겠어요. 누가 내 아버지죠?"

"말했잖니."

수화기 너머로 엄마의 목소리 외에, 누군가 억누르려고 애쓰는 저음의 기침 소리가 얼핏 들렸다.

"그 말 안 믿어요. 세 번째로 다시 묻습니다. 내 아버지는 누구인가요?"

그는 조금 기다렸다가 이어서 물었다.

"거기 또 누구 있어요, 엄마? 혹시 그 검은 모자 쓴 커다란 자식이야?"

"아무도 아니야."

그녀는 이렇게 말하고서는 전화를 끊어 버렸다. 그는 그 대답이 둘 중 어떤 질문에 대한 답인지 알 수가 없었다.

페이크 비츠가 발을 질질 끌면서 하품을 하며 가게에 들어왔을 때까지도 그는 그 자리에 그대로 서 있었다.

"이제 내가 교대해 줄까?"

그는 손목의 옆 등으로 자기 이마를 탁탁 치며 물었다.

"아니야, 너는 좀 더 자 둬."

"하아, 알았어. 우선 급한 불부터 끄자고, 동생. 그럼 가자."

그는 멀쩡하게 운전할 수 있었다. 끝까지 가라고 해도 갈 수 있었다. 이번 한 번뿐 아니라, 앞으로 몇 번이라도 계속해서 할 수 있었다. 그러나 어느 한편으로는, 그의 내면을 꽉 채우고 있던 무엇인가가 전부 불에 타 없어져 버린 느낌이 들었다. 전화 통화 때문이 아니었다. 경기장을 빠져나가지 못하고 맥 빠진 상태로 난간에 기대서 있던 그 찰나의 순간 때문이었다.

그는 텅 빈 도로로 들어섰다. 수킬로미터 앞에 목장 불빛이 조금 보였고, 검은 대지와 이어진 검은 하늘이 별을 수놓은 커튼의 밑단을 드리우고 그들을 감쌌다. 그는 쩌렁쩌렁 울리는 소리와 정오의 섬광으로 꽉 찬 경기장을 향해 나아가면서, 37년째 가죽 닦는 일을 하고 있는 그 옛날 새들 브롱크 선수와 모기가 바글거리는 캐나다의 황혼을 가로질러 말을 타고 달리는 리실과 몸을 수그리고 칼로 소의 음낭을 가르던 목장 일꾼을 떠올렸다. 삶에서 일어난 일련의 사건들은 그 칼날보다는 느렸지만, 더하면 더했지 덜 날카롭지는 않은 것 같았다.

이게 다는 아닐 거야. 그는 생각했다. 그런 그의 귀에 울리듯 들린 말은 '뭐든 다!'라고 탄식하듯 말하던 엄마의 거칠고 쉰 목소리였다. 그것은 전부 진흙탕에서 끝나는 거칠고 빠른 승부였다. 옆에서 어둠 속을 뚫고 석탄 수송 열차가, 쪽빛 하늘을 등지고 그 진한 색깔의 직사각형들이, 하나, 둘, 셋, 넷 차례로 미끄러지듯 지나갔다. 그리고 매우 천천히, 잔뜩 구름 낀 하늘에서 서서히, 솟아오르는 여명만큼이나 천천히 예전의 그 희열이, 혹은 단지 그 기억에 불과한 무언가가 그의 몸 안에서 솟구쳐 올랐다.

경력

리랜드 리는 1947년 11월 17일 와이오밍주 코라에 있는 집에서 여섯 남매의 막내로 태어난다. 1950년대에 어머니가 유니크에 있는 개뼈다귀 모양의 작은 목장을 상속받으면서, 그의 부모는 그곳으로 이사한다. 그 목장은 시내에서 몇 킬로미터 정도 떨어져 있다. 그들은 양과 닭, 돼지를 얼마간 기른다. 아버지는 걸핏하면 벌컥 화를 내는 성격이고, 아이들은 나이가 차는 동시에 집을 나가 뿔뿔이 흩어진다. 리랜드는 노래 '댓 도기 인 더 윈도우That Doggie In The Window'를 처음부터 끝까지 부를 수 있다. 그의 아버지는 그 입 닥치라며 파리채로 그를 때린다. 라디오에서는 그렇다 할 뉴스가 없다. 눈보라로 인해 정전이 된다.

　　리랜드는 얼굴 골격이 굵은 게, 어머니 쪽을 닮았다. 그는 목이 굵고 머리는 붉은 빛이 도는 금발이며 앞머리가 이마에 딱 들러붙어 있다. 어려서부터 중년의 알코올중독자마냥 눈 밑이 축 처져 있었고, 서로 멀리 떨어진 짝짝이 눈 위에 눈썹은 일자로 이어졌다. 펑퍼짐하게 퍼진 코는 얼굴에 바짝 붙어 있고, 입은 꼭 얇은 살갗 위에 끌로 단 한 번 그어 새긴 실선 같다. 5학년 때 그는 친구들과 까불고 놀다가 학교의 화재 대피용 비상계단에서 떨어져 골반뼈가 부러진다. 그 바람에 3개월 동안은 깁스를 한 채로 지낸다. 뉴스에서 아나운서가 미국인들이 평균적으로 연간 4킬로그램의 마가린을 먹는 반면 버터는 3.76킬로그램밖에 먹지 않는다는 통계를 전한다. 그는 웬일인지 이 통계가 머릿속에서 잊히지 않는다.

열일곱 살이 되었을 때 리랜드는 로리 보비와 결혼한다. 그들은 학교를 그만둔다. 로리는 임신을 하고, 리랜드는 이 사실을 무척 자랑스럽게 여긴다. 다친 골반이 아무 문제가 안 된다는 사실을 보여 주는 산 증거다. 그녀는 그보다 한 살 어리고, 별로 특출 날 것 없는 계란형 얼굴에 머리칼은 중간 길이 정도다. 그녀는 조금 통통한 편이지만, 파스텔 색상의 스웨터를 입은 모습은 꽤 사랑스럽다. 리랜드와 어머니 사이에 이 결혼을 두고 다툼이 벌어지고, 리랜드는 목장을 떠난다. 그는 이기의 주유소에서 기름 넣는 일을 구한다. 에드 이기는 "그리들리, 준비되면 발사하라!"라는 농담을 하며 껄껄 웃는다. 그 주유소는 16번 고속도로와 한 시골길의 교차점에 있다. 16번 고속도로는 옐로스톤 국립공원으로 가는 관광객들의 주요 도로이다. 리랜드는 로리의 아버지를 위해 50달러를 들여 낡은 트럭을 한 대 사 주고, 에드는 그 트럭의 엔진을 보수해 준다. 뉴스에서는 베트남, 셀마, 앨라배마에 대한 소식이 흘러나온다.

연방 고속도로 건설 기획의 일환으로 16번 고속도로에서 남쪽으로 나란히 60킬로미터 정도 떨어진 곳에 새로운 4차선 도로가 들어선다. 하룻밤 사이에 유니크의 관광산업이 완전히 시들어 버린다. 바로 전날만 해도 차 수백 대가 기름을 넣거나 햄버거나 차가운 탄산음료를 사려고 들락거리던 곳이, 다음 날엔 단 두 대밖에 들어오지 않는다. 그 둘다 장사가 좀 어떠냐고 안부를 묻는 동네 사람들 차다. 몇 달 안 있어 주유소 창문에 '건물 팝니다.'라는 안내판이 내걸린다. 에드 이기는 술에 취해 운전하며 과속을 하다가 시골길에서 수소 두 마리를 박는다.

리랜드는 육군에 입대하고 수송부에 배속된다. 그는 6년 동안 독일에 파병되어 근무하지만, 독일어는 한 마디도 배우지 못한다. 그는 살도 더 찌고 성격도 더욱 변덕스러워져서 와이오밍으로 돌아온다. 그는 봄여름 동안 방설 정비공으로 일한 다음, 로리와 아이들—아들 하나와 새로 태어난 딸—을 데리고 캐스퍼로 이사하여 정유 트럭을 몬다. 그들이 사는 트레일러 주택은 포이즌스파이더로드에 있는데, 양옆으로 엄청나게 시끄러운 이웃 사이에 끼어 있다. 어딘가에서 거대한 다이아몬드가 발견되었다는 소식이 뉴스에 나온다. 둘째 딸이 태어난다. 리랜드는 정유 회사의 운행 관리 담당자와 도무지 잘 지낼 수가 없는 것 같다. 1년 후에 그들은 유니크로 되돌아간다. 리랜드는 어머니와 화해한다.

로리는 돈을 잘 모으는 편이어서 그간 모아 둔 종잣돈이 적으나마 꽤 된다. 그들은 자영업을 시도해 보기로 한다. 리랜드는 동네에 목장 용품을 파는 가게를 열면, 시내까지 멀리 운전해 가는 수고를 덜게 되는 고객들 덕에 장사가 잘될 거라고 믿는다. 그는 에드가 죽고 나서 팔리지 않고 남아 있던 주유소 건물을 이기 부인으로부터 세 얻는다. 그들은 가게를 단장한다. 리랜드는 모든 도장 작업을 손수 하고, 로리는 실내와 실외의 페인트칠을 맡아서 한다. 건물 한쪽 옆에서는 리랜드가 아버지와 함께 돼지를 친다. 그의 아버지는 아이오와주에서 태어나고 자라서 돼지에 대해서라면 빠삭하다.

예상과 달리, 사람들이 시내까지 먼 길을 운전해 가서 여러 가지 신기한 구경도 하고 고급 식료품이나 의류, 제빵 용품, 목장 용품 등 쇼핑하는 것을 도리어 즐긴다는 사실이 드러난다. 뼛속까지 얼어붙을 정도로 격하게 추운 그해 겨울, 리랜드와 그의 아버지는 돼지를 백열두 마리나 잃는다. 그들은 결국 모조리 다 매각 처분한다. 18개월 후 목장 용품 사업은 끝내 파산하고 만다. 새로 산 컬러텔레비전은 다시 가게로 되돌아간다.

파산 절차를 모두 마친 후, 리랜드는 도로 건설 현장에서 일자리를 얻는다. 그는 늘 일 때문에 다른 도시에 출타해 있는 것처럼 보이지만, 실은 그가 소위 '즐거운 타기'라고 부르는 것을 위해 집에 꽤 자주 들리고, 그렇게 로리를 다시 임신시킨다. 아기가 태어나기 전에 그는 건설 현장 일을 그만둔다. 그는 현장 감독과 도무지 사이좋게 지낼 수가 없다. 그 감독과 어울려 잘 지낼 수 있는 사람은 사실 아무도 있을 수 없고, 그래서 이직률이 높다. 그는 트럭의 라디오에서 수백 명의 사이비 종교 숭배자들이 청산가리를 탄 쿨에이드를 마셔 넘겼다는 소식을 듣는다.

리랜드는 텅리버 고기 냉장창고 및 가공 회사에서 일자리를 얻는다. 늙은이 브로스가 그 회사의 사장이다. 리랜드는 유일한 직원이다. 그는 커다란 가축의 크기를 재고 절단하는 데 소질을 보인다. 또한 그는 고기를 포장지로 말끔하게 포장하는 작업도, 축축한 뼈와 차가운 냉장고 냄새도 좋아한다. 그는 정확하게 목표를 겨냥해 식칼을 던지는 능력이 있어서, 쥐들이 벽을 타고 달려가다 리랜드에게 걸리면 그 이상 도망가지 못한다. 늙은이 브로스와 몇 달간의 상의를 거친 끝에 리랜드와 로리는 그 고기 냉장창고를 10년 동안 임대하는 계약서에 서명한다. 그들의 장남이 고등학교를 졸업하여 가족 중 처음으로 고등학교 졸업장을 따낸 사람이 된다. 그는 육군에 입대하여 6년간 복무 계약을 맺는다. 학교의 점심 급식에서 케첩이 채소로 분류된다는 이야기가 뉴스에서 나온다. 늙은이 브로스는 앨버커키로 이사 간다.

경제가 급속도로 악화된다. 경기 침체니 고용 악화니 하는 얘기가 뉴스에서 쉴 새 없이 흘러나온다. 소규모 목장주들은 비용 절감을 위해 가축을 잡거나 절단하고 냉동하는 일을 다시금 직접 맡기로 한다. 고기 냉장창고의 임대 비용은 비싸고, 전기료도 부쩍 오른다. 리랜드와 로리는 하는 수 없이 사업을 접기로 결정한다. 늙은이 브로스가 앨버커키에서 돌아온다. 그들 사이에 악감정이 싹튼다. 일이 잘 안 풀렸지 뭐예요, 하고 리랜드는 말한다. 그건 거짓말이 아니다.

지금이야말로 다른 곳에 가서 새로운 출발을 해 보기에 적기인 듯싶다. 가족들은 테모폴리스로 이사를 하고, 거기서 리랜드는 사냥철 동안이나마 그 지역의 고기 냉장창고에서 임시직을 구해 일한다. 리랜드 아버지의 고향에서 멀리 떨어지지 않은 디모인이라는 곳에서 온 한 사냥꾼이 자신이 타고 온 단발 엔진 비행기에 냉동 포장한 엘크와 엘크의 머리통을 실으면서 리랜드에게 100달러의 팁을 준다. 그때 남자는 내내 술을 마시고 있는 상태였다. 그의 비행기는 남동쪽 방향의 메디신바우 근처에서 추락한다.

길고 긴 그해 겨울, 리랜드는 계속 집에서 실직 상태로 아기를 돌보며 지낸다. 로리는 한 학교의 간이식당에서 일한다. 아기는 정말이지 계속 시끄럽게 울어 대고, 리랜드는 아기에게 맥주를 한 숟가락씩 먹여 조용히 시킨다.

봄이 되어 그들은 다시 유니크로 이사하고, 리랜드는 다시 트럭 운전을 시작한다. 이번에는 대서양 연안에서 태평양 연안까지 전 대륙을 횡단하는 장거리 운전이라, 한 번 나가면 두세 달은 족히 걸리는 일이다. 그는 텍사스와 알래스카로 몬트리올과 코퍼스크리스티로 미 대륙을 종횡무진 누비고 다닌다. 그는 여기나 거기나 사람 사는 곳은 모든 곳이 다 똑같다고 말한다. 로리는 이제 유니크에 있는 하이로 카페의 주방에서 일한다. 카페는 주인이 2년 동안 세 번 바뀐다. 나이 든 목장주 웨스트 클린터라는 사람이 하루의 세 끼를 하이로 카페에 와서 먹는다. 그는 로리에게 다정하게 대한다. 그는 신문 기사를 그녀에게 읽어 준다. 오존층에 생겼다는 이상한 구멍에 대한 내용이다. 그는 오존ozone과 산소oxygen를 혼동한다.

리랜드가 동부 해안 어딘가에 가 있던 어느 날 밤, 일주일을 꼬박 열과 기침으로 앓던 아기가 경기를 일으킨다. 로리는 위험을 무릅쓰고 살얼음 길을 운전해 멀리 떨어진 병원으로 간다. 아기는 살아남지만, 머리가 다소 둔해진다. 로리는 유니크에 응급처치 모임을 처음으로 조직한다. 여자 세 명과 남자 두 명이 응급처치 코스를 이수하겠다고 신청한다. 그들은 160킬로미터 떨어진 곳까지 운전해 가서 응급처치 수업을 듣는다. 그들 중 두 명만이 한 번에 시험에 붙는다. 로리가 그 둘 중한 명이다. 다른 한 명은 노총각인 말더듬이 밥이다. 낙제자 중 한 명의말에 의하면, 말더듬이 밥은 매달 들어오는 사회 보장 연금을 받아 가며 빈둥빈둥 여유 만만한 생활을 누리면서 응급처치 교과서를 공부하는 일밖에는 일체 할 게 없었단다.

리랜드는 트럭 운전을 그만두고 다시 한 번 그의 아버지와 옛날 목장에서 돼지 사육을 시도해 보기로 한다. 그는 자원하여 의용 소방대원이되고, 그해 이월 어린아이 두 명을 죽음으로 내몬 끔찍한 화재 현장에투입된다. 몰아치는 바람과 눈보라를 뚫고 소방차가 그 목장 안에 진입하는 데에만 총 세 시간이 걸린다. 그 가족은 로리와 친척 관계다. 리랜드가 말하길, 집 안에서 뭔가가 폭발할 때 어떤 물건 하나가 집 밖으로날아와 소방차 엔진 뚜껑 위에 떨어졌다고 한다. 그 물건은 닌텐도 게임기로, 그슬린 데도 전혀 없이 말짱하다.

말더듬이 밥에게는 인디애나주 먼시에 사는 사촌들이 있다. 사촌 중한 명이 먼시 의료센터에서 근무하는데, 그 사촌이 의료센터에서 쓰던 낡은 앰뷸런스를 유니크 구조대에 기증하도록 주선한다. 원래 그 앰뷸런스는 미시시피의 한 단체에 기증될 예정이었는데, 유니크에 와 본 적이 있는 밥의 사촌이 그들을 설득한 것이다. 밥이 혼잡한 도시 중심을 뚫고 운전하는 것이 두렵다고 하기에, 대신 리랜드와 로리가 버스를 몇 번이나 갈아타고 먼시로 가서 앰뷸런스를 몰고 돌아오기로 한다. 이 여행은 그들의 첫 번째 휴가가 된다. 그들은 막내아들을 데리고 떠난다. 돌아오는 길에 로리는 한 식당에서 가방을 의자에 두고 나온다. 그 가방에는 귀가 길에 쓸 기름 값이 들어 있다. 그들은 초조해서 터질 것 같은 마음을 안고 그 식당으로 돌아간다. 그들은 가방을 무사히 돌려받고, 가방 안에 있던 것도 모두 고스란히 남아 있다. 로리와 리랜드는 생판 모르는 사람들을 포함, 인간의 선한 본성에 대해 이야기를 나눈다. 그들이 없는 사이에 말더듬이 밥이 구조대 회장으로 선출된다.

캘리포니아에서 한 부부가 유니크로 이사 와 박제 사업을 시작한다. 그들은 자기들을 예술가라고 칭하며, 동물들을 이상한 포즈로 만들어 고정시킨다. 로리는 그들의 작업실을 청소하는 일을 얻는다. 동네 사람들은 그들의 진열장에 놓인, 덫이 설치된 산쑥 덤불 속에 코요테가 발을 들여놓는 모양의 박제를 보며 웃음거리로 삼는다. 그 박제사들은 2년 정도 사업체를 유지하다가 오리건으로 옮겨 간다. 리랜드와 로리의 장남이 해외에서 전화를 걸어온다. 그는 군대에서 착실히 경력을 잘 쌓아 나가고 있다.

리랜드의 아버지가 죽고, 그들은 돼지 사업이 큰 빚더미에 올라 있으며 목장이 이중으로 저당 잡혀 있음을 발견한다. 목장은 빚 청산을 위해 처분된다. 리랜드의 어머니가 그들의 집으로 들어온다. 리랜드는 계속해서 장거리 트럭 운전 일을 한다. 그의 어머니는 하루 종일 자리에 앉아서 텔레비전만 본다. 그러다 가끔은 로리의 부엌에 들어와 거의 아무 말 없이 말린 콩 사이에서 작은 돌을 골라낸다.

막내딸은 베이비시터 일을 한다. 어느 날 밤, 집에 돌아가려는데, 그녀를 고용한 남자가 그녀의 작은 가슴을 주물럭거리며 자신의 성기를 손으로 꼭 쥐어 달라고 요구한다. 그런 요구를 하는 이유는, 자신이 먹으려고 아껴 둔 초콜릿 케이크를 그녀가 먹어 버렸기 때문이란다. 그녀는 일단 그가 시킨 대로 한 후, 울면서 집에 뛰어 들어와 로리에게 모두 말한다. 로리는 딸에게 그 일을 아무에게도 말하지 말라고, 또 이제부터는 집에만 있으라고 조언한다. 그 남자는 리랜드의 친구이다. 그들은 함께 엘크나 영양 사냥도 하러 간다.

리랜드는 트럭 운전 일을 그만둔다. 로리가 모아 둔 돈이 조금 된다. 그들은 다시 한 번 자영업에 도전하기로 결정한다. 그들은 리랜드의 첫 직장이기도 했고, 둘이 함께 목장 용품 상점을 운영하기도 했던 그 옛날 주유소 건물을 다시 임대한다. 이번에는 주유소를 편의점과 겸업하여 운영할 예정이다. 그들은 바람이 불 때마다 큰 소리를 펑펑 내며 펄럭이는 비닐 현수막과 기름을 가득 채울 때마다 선물로 주는 아이스크림, 경품 당첨 같은 검증된 호객용 전략을 쓰기로 한다. 리랜드는 수많은 차들이 끊임없이 오고 가던, 좋았던 그 옛 시절을 머릿속에서 지워 버릴 수가 없다. 지금 16번 고속도로는 국내에서 가장 한가한 도로가 된 듯하다. 그들은 1년 정도 버티다가, 결국 리랜드가 실패를 인정하기에 이르는데, 그의 말은 틀리지 않다. 슈퍼볼 경기에서 샌프란시스코가 덴버를 꺾고 우승하자 그는 며칠 내내 계속 우울해한다.

장남이 군대에서 해직되어 나온다. 그는 그 이유에 대해 함구하지만, 리랜드는 그것이 약물 남용, 즉 마약 때문임을 안다. 리랜드는 허리가 아픈 데도 불구하고 장거리 트럭 운전 일을 재개한다. 장남은 집에서 지내며, 파이에서 목장 일꾼으로 일한다. 리랜드는 약물 중독의 징후를 찾아

아들을 예의 주시한다. 아들의 눈은 늘 젖은 채로 벌겋게 충혈되어 있다.

최악의 해가 찾아온다. 리랜드의 어머니가 죽고, 리랜드는 허리를 다친다. 그리고 바로 같은 주간에 로리는 유방암 선고를 받고 동시에 임신한 사실을 알게 된다. 그녀는 마흔여섯이다. 로리의 의사는 낙태를 권유한다. 로리는 거부한다.

장남은 말 알레르기가 있음이 발견되어 목장 일을 그만둔다. 그는 리랜드에게 돼지를 길러보고 싶다고 말한다. 돼지고기 값이 꽤 세다. 리랜드는 부푼 가슴을 안고 며칠간을 보낸다. '리랜드 리와 아들의 가축상'이라는 푯말이 눈앞에 선히 보이는 것만 같다. 그러나 아들이 군대에서 만난 친구 한 놈이 오토바이를 타고 집으로 찾아오고, 아들은 마음을 바꾼다. 다음 날 아침, 둘은 함께 피닉스로 떠난다.

로리는 임신 5개월째 되는 달에 자연유산을 하고, 그 후로 암세포가 그녀를 빠르게 잠식해 간다. 리랜드는 매일매일 병원에서 그녀 곁을 지킨다. 로리가 죽는다. 결혼한 두 딸은 리랜드 탓이라며 비난한다. 아무도 장남과 연락할 방도를 찾지 못하고, 그는 장례식에 참석하지 못한다. 막내아들이 아무도 못 말릴 만큼 큰 소리로 울어 댄다. 그들은 몬태나주 빌링스에 사는 큰누나가 그를 데려가서 사는 것이 최선이라고 결정한다. 그녀는 첫째 아이를 임신 중이다.

로리가 죽고 두 해의 봄이 지난 뒤, 오하이오 출신의 한 중년 여자가 카페를 사서 오렌지색으로 칠하고 유니크이츠라는 이름을 붙인 뒤 리랜드를 요리사로 고용한다. 그는 고기를 잘 다룬다. 제일 좋은 부위를 고르는 법도 잘 알고, 고기라면 그릴에 굽거나 프라이드치킨 스타일로 튀기거나 어떤 요리도 완벽하게 해낸다. 집에서 그는 어느 것 하나 요리해 본 적이 없었고, 오랫동안 감춰졌던 그의 이 능력에 다들 놀라움을 금치 못한다. 장남이 돌아오고, 이듬해 그들은 옛날 주유소 건물을 다시 임대하여 오토바이 수리점 및 스테이크 레스토랑으로 개조하기로 계획한다. 아무도 뉴스에 귀 기울일 시간은 없다.

블러드 베이

-버지 말리를 위하여

1886년과 1887년의 겨울은 끔찍했다. 고초원 지대*의 역사가 기록된 문서라면 어디든 그렇게 쓰여 있을 것이다. 여름철 심한 가뭄에도 불구하고 지나친 방목으로 피폐해진 목초지에 많은 가축이 모여들었는데, 일찌감치 내린 눈은 땅에 꽁꽁 얼어붙었고, 가축들은 얼음을 깨고 풀을 뜯어 먹을 수 없었다. 곧이어, 눈보라와 더불어 눈의 물기마저 얼려 버릴 강추위가 찾아왔고, 말라붙은 강바닥이나 계곡 등에는 삐쩍 마른 가축의 사체들이 수북이 쌓여 갔다.

몬태나 출신의—다소 허영적인 면이 있는—젊은 카우보이 하나가 외투와 장갑에는 인색하게 군 것과 다르게, 돈을 아낌없이 쏟아부어 산 고급 수제 부츠를 신고 와이오밍 지역으로 넘어 들어왔다. 와이오밍은 원래 살던 곳보다 남쪽에 위치해 있으니까 좀 더 따뜻하겠거니 하는 계산에서였다. 그날 밤, 그는 파우더강의 혹독한 서쪽 강둑에서 그만 얼

---

* 미국 서부의 와이오밍, 네브래스카, 캔자스, 사우스다코타를 걸쳐 로키산맥에 이르는 대평원의 서쪽 지역을 일컫는 말.

어 죽고 말았다. 텍사스에서 고도가 더 높은 곳으로 흐르는, 수위도 2.5센티미터밖에 안 될 만큼 얕고 폭도 1.5킬로미터 남짓한, 방향과 규모로 유명한 그 강에서 말이다.

다음 날 오후, 서그스 근처에 있는 박스스프링 목장 소속의 카우보이 셋이 말을 타고 가다가 눈에 반쯤 묻혀 숫돌처럼 파랗게 변해 있는 그 남자의 시체를 발견했다. 그들은 요령도 있고, 닳고 닳은 카우보이들이었다. 그들은 담요 같은 외투에 두툼한 양모 덧바지를 갖춰 입고, 모자에서부터 기름기 있는 양털 목도리를 무성한 턱수염 아래로 둘둘 둘러 묶고, 손에는 양피로 만든 벙어리장갑을 끼고 있었다. 그들 중 두 명은 운 좋게도 질 좋은 부츠와 두꺼운 양말을 신고 있었지만, 나머지 한 명, 사시에다 기름에 떡 진 머리를 한, 더트 쉬츠는 허리 위로는 괜찮았으나 아래는 그 사정이 결코 좋다고 할 수 없었다. 양말도 없는 데다 여기저기 갈라지고 구멍까지 나 발가락이 절로 움츠러드는 부츠를 신고 있었으니 말이다.

"저 콘비프 통조림 같은 녀석이 딱 내 사이즈 부츠를 신고 있군그래."

쉬츠가 이렇게 말하며 그날 처음으로 말에서 내려왔다. 그는 몬태나 카우보이의 왼쪽 부츠를 잡아당겨 벗기려고 했지만 부츠는 완전히 얼어붙어 꼼짝달싹하지 않았다. 오른쪽 발도 얼어붙어 벗겨지지 않기는 마찬가지였다.

"빌어먹을, 눈 더미에 박힌 고집 센 수소 새끼 같으니라고. 이걸 통째로 잘라다가 저녁 먹은 뒤에 녹여서 빼야겠군."

그는 수렵용 보이 나이프를 꺼내 부츠 바로 윗부분, 몬태나 카우보이의 정강이를 톱으로 썰듯 쓱싹쓱싹 잘라 내고, 무두질 잘된 가죽과 박음질로 박은 하트와 클럽 무늬에 감탄하며 그 부츠를 다리 채로 안장주머니에 집어넣었다. 그들은 길을 잃고 헤매는 가축이 있나 살펴 가며 강줄기를 따라 내려가다가, 깊은 눈 더미에 빠져 허우적대는 열두 마리를 발견하고 그것들을 꺼내 주는 일에 그만 낮 시간을 거의 다 허비하고 말았다.

"숙사를 찾아가기에는 시간이 너무 늦었어. 그라이스 노인네의 오두막이 여기 어디 있다던데. 그 노인네 집이라면 말린 자두나 맛있는 것들을 꽤 갖추고 있을 거야. 아니면 적어도 따뜻한 난로 정도는 있을 테니까."

기온이 빠르게 떨어지고 있었다. 공기 중에 뱉은 침이 그대로 얼어서 부스러질 정도였다. 오줌이라도 누었다간 이듬해 봄까지 그대로 얼어붙어 있을 것만 같다는 두려움에, 아무도 소변 볼 엄두를 내지 못했다. 몰라도 최소 영하 40도는 될 거라는 데에 모두들 동의했고, 바람은 와이오밍 특유의 울부짖는 소리를 내며 세차게 불어 댔다.

북쪽으로 6킬로미터 정도 올라가다가 그들은 그 오두막을 발견했다. 그라이스 노인네가 문을 빠끔 열고 말했다.

"어서들 들어오게. 카우보이든 가축 도둑이든 상관 안 할 테니."

"말들을 먼저 좀 묶어 두어야겠는뎁쇼. 헛간은 어딥니까?"

"헛간이라니, 그런 게 있을 듯싶나? 저기 장작더미 뒤에 임시 별채 같은 곳이 있으니까 그곳에 매어 두면 적어도 바람에 날아가는 건 막아 줄 거네. 얼어 죽지 않을지는 내 보장 못하지만. 내 말 두 마리는 여기, 집 안 찬장 옆에다 매어 두었거든. 난 이 녀석들을 내 자식들처럼 애지중지한다네. 어디든 누울 자리가 있다 싶으면 찾아서 눕게나. 그런데 절대, 한 가지 꼭 명심해야 할 게 있어. 저 블러드 베이 놈만큼은 절대 건드리지 말게. 저놈은 자네들을 만신창이로 만들어서 내팽개쳐 버리고도 남을 놈이거든. 성깔 하나는 끝내줘! 자, 얼른 의자 하나씩 집어

들고 와서 둘이 먹다 하나가 죽어도 모를 이 스튜 맛 좀 보게나. 소화시키는 동안 할 이야깃거리도 쌓여 있다네. 조금 있으면 오븐에서 갓 구운 뜨거운 비스킷도 꺼낼 거야."

유쾌한 저녁 시간이 이어졌다. 먹고 마시고, 카드 게임을 하고, 허풍과 거짓말이 오가는 사이에 난로에서는 열기가 뿜어져 나왔고 그라이스 노인네의 응석받이 말들은 팔자 편한 한숨을 늘어지게 쉬었다. 딱 하나 카우보이들의 관점에서 불만이라 할 수 있는 것이 있었다면, 바로 이 노인네가 그들을 묵게 해 주는 대가로 그들이 가진 전 재산 3달러 50센트를 몽땅 긁어 갔다는 것 정도였다. 자정 무렵이 되자, 그라이스 노인네는 램프의 불을 불어 끄고 자신의 침대로 기어들어 갔고, 세 명의 카우보이들은 각자 알아서 바닥에 너부러졌다. 쉬츠는 자신의 전리품을 난로 뒤에 잘 놔둔 후, 안장을 베고 잠에 들었다.

그는 동트기 한 삼십 분 전에 눈을 뜨고, 그날이 바로 어머니의 생신이라는 사실을 기억해 냈다. 오버랜드 우체국은 정오에 문을 닫으므로, 효심을 담은 전보를 제때에 부치려면 번개보다 빠르게 달려가야 할 판이었다. 그는 그의 섬뜩한 전리품 상태가 어떤지 살펴보았다. 잘 녹았다는 게 확인되자, 그는 원래 임자의 발에서 부츠와 양말을 벗겨 내고 둘 다 자신의 발에 밀어 넣었다. 남은 몬태나 카우보이의 맨발은 자신의 낡은 부츠와 함께 찬장 근처 구석에 던져 버리고, 그는 떨어지는 낙엽처럼 사르르 오두막을 빠져나가 말에 올라타고 길을 떠났다. 잔잔한 바람과 맑고 차가운 공기에 그는 상쾌한 기분이 되었다.

그라이스 노인네는 일출과 함께 잠에서 깨 커피콩을 갈고 베이컨을 구웠다. 그는 담요를 둘둘 말고 자는 손님들을 흘끗 내려다보며 '커피가 준비되었소!' 하고 외쳤다. 그때 블러드 베이가 발을 구르며 사람 발처럼 보이는 뭔가를 툭툭 치는 모습이 눈에 들어왔다. 그라이스 노인네는 가까이 다가가서 살펴보았다.

"이거 하루의 시작이 엉망인걸. 이거, 사람 발 아니야? 어라, 저기 한 짝이 더 있잖아."

그는 이렇게 말하며 자고 있는 손님들의 머릿수를 셌다. 두 명밖에 없었다.

"일어나요, 생존자들. 이런 제길, 눈 좀 뜨고 일어나 봐요!"

카우보이 두 명이 잠자리에서 굴러 나와서, 입에 거품을 물고 흥분한 노인네를 영문도 모른 채 멍하니 쳐다보았다. 노인네가 블러드 베이 뒤로 바닥에 있는 발을 가리키며 말했다.

"저 자식이 글쎄 쉬츠를 잡아먹었다오. 아오, 이 녀석이 좀 독한 것은 내 알았다만, 사람을 통째로 잡아먹기까지 할 줄이야. 이 야만스러운 짐승 새끼!"

그는 소리치며 블러드 베이를 바깥의 매서운 추위로 내쫓았다.

"네 녀석이 다시 사람 고기를 맛보는 일은 절대 없을 거다. 이제부터는 눈보라 속에서 늑대들하고 자거라. 지옥에나 떨어질 악마 녀석!"

그러나 그는 자기 소유의 말이 카우보이를 산 채로 잡아먹을 만큼 강단 있다는 사실에 은밀히 뿌듯해하고 있었다.

살아남은 박스스프링 소속 카우보이들은 자리에서 일어나 커피를 마셨다. 그들은 그라이스 노인네를 흘끔흘끔 곁눈질하며 허리춤에 차고 있는 총을 들썩거렸다.

"어이, 자네들, 좀 봐주게. 끔찍한 사고였을 뿐이지 않나. 나라고 저 블러드 베이가 이렇게까지 야만적일지 어찌 알았겠나. 이 일은 우리들 끼리만 아는 걸로 하세. 애초에 쉬츠가 그렇게 대단한 인물도 아니고. 여기, 나한테 금화 40달러가 있다네. 여기에다 어제 자네들한테 받은 3달러 50센트도 붙여서 돌려줌세. 그 베이컨, 마저 다 먹게. 괜한 소동 일으켜서 좋을 거 뭐 있나. 이 일 아니어도 이 세상에 널리고 널린 게 문젯거리지 않나."

그랬다. 그들은 아무런 소동 없이 묵직한 돈다발을 안장주머니에 잘 챙겨 넣은 다음, 뜨거운 커피를 모두 마신 후, 말에 올라타 방긋 웃는 아침을 향해 길을 나섰다.

그날 밤 그들이 숙사에 도착해 쉬츠를 만났을 때, 그들은 고개를 끄덕이며 생신을 맞은 그의 어머니를 축하하는 말을 건넸지만, 블러드 베이나 43달러 50센트에 관한 이야기는 일체 꺼내지 않았다. 계산은 얼추 맞아떨어진 셈이다.

지옥에선 모두
한 잔의 물을 구할 뿐

자, 그렇게 바짝 서 있어 보라. 구름에 드리운 그림자가 담황색 바위 더미 위로, 맨땅의 오돌토돌 징그러운 두드러기를 주연으로 하는 영화를 영사기로 쏘아 보여 주듯, 빠르게 스쳐 지나간다. 바람이 고음의 쉭쉭 소리를 내며 분다. 이는 근방에서 불어오는 잔바람이 아니라, 땅이 엎어지며 발생하는 거대하고 사나운 광풍이다. 쪽빛의 산봉우리, 끝없이 펼쳐진 잔디밭 평원, 몰락한 도시들처럼 떨어져 굴러다니는 돌덩이들, 너울너울 타오르는 하늘, 광활하고 거친 이 땅의 자연은 절로 인간의 영혼에 전율을 일으킨다. 이는 마치, 느낄 수는 있지만 귀로 들을 수는 없는 깊은 저음과도 같다. 내장에 박힌 날카로운 발톱 같다.

이 땅은 위험하고도 무심하다. 이 꼼짝도 않는 거대한 대지 위에서는, 제아무리 사방에서 불행한 사건 사고가 끊임없이 이어진대도, 인간사의 비극이라는 건 한없이 보잘것없어 보일 뿐이다. 작은 목장에서, 주민이 고작 세 명에서 열일곱 명에 지나지 않는 외딴 교차로에서, 무모하고 난폭한 광산촌의 트레일러 캠프장에서, 그 어떤 종류의 살육이

나 잔혹한 일이 벌어진대도, 그 어떤 사고나 살인이 일어난대도, 하늘에 떠오르는 여명의 빛을 늦출 수 있는 것은 없다. 울타리, 가축, 도로, 정제소, 탄광, 자갈 채굴장, 교통 신호, 육상 경기의 승리를 축하하는 육교 위의 요란한 낙서, 월마트 하역장의 말라붙은 핏자국, 고속도로 사상자를 기리기 위해 만든 볕에 바랜 조화 화환, 이 모두가 덧없는 하루살이에 지나지 않는다. 사람이 만든 것은 뭐든 유한의 시간 동안만 머물렀다 사라질 뿐이다. 중요한 건 오로지 대지와 하늘이다. 매일 끝없이 되풀이되는 아침의 여명이다. 그렇게 당신은 그 이상 신이 우리에게 베풀어야 할 것이 별로 없다는 사실을 깨닫기 시작한다.

* * *

1908년, 텍사스의 가뭄과 비쩍 말라붙은 우물을 피해 아이작 '아이스' 던마이스는 와이오밍주 래러미에 도착했다. 컴컴한 이월의 새벽 세 시 삼십 분이었다. 온도는 영하 34도, 길 위에는 날카로운 바람이 째지게 울고 있었다.

"설마, 이보다 더 심해질 수는 없겠지."

그가 말했다. 그는 정말 아무것도 몰랐다.

버넷카운티에 버젓이 살고 있는 나오미라는 이름의 아내와 다섯 아들이 있었지만, 소몰이 일자리를 얻기 위해 그는 식스피그팬 목장의 운영 감독에게 자신이 독신이라고 맹세했다. 그 대규모 목장은 스코틀랜드인인 두 형제의 소유였는데, 그들은 노예선 주인이 화물칸을 들여다보기 싫어하는 것만큼이나, 식스피그팬 목장을 한 번도 보러 온 적이 없었을 뿐 아니라 그러고 싶어 하지도 않았다.

그해 말쯤, 시내에 한 번도 놀러 나가지 않고 매월 40달러의 월급을 고스란히 모은 데다가, 현상금 달린 늑대를 끈덕지게 사냥하고, 레드도 그에서 질 때보다 이길 때가 더 많았던 덕분에, 그는 머리를 땋은 선원이 황금빛 파이프를 물고 동글동글한 담배 연기를 뿜어내는 그림이 있는 파란색 철통에 400달러에 달하는 돈을 모으게 되었다. 그것으로는 불충분했다. 그곳에 두 번째 봄이 왔을 때, 그는 식스피그팬을 그만두고 티톤산맥으로 들어가서 와피티* 사냥을 다녔고, 그것의 커다란 송곳니를 시곗줄에 상아를 매달고 다니는 B.P.O.E.엘크자선보호회 회원들에게 큰돈을 받고 팔았다.

그렇게 그는 빅할로우의 남쪽 래러미평야, 메디신바우 산지의 스노이레인지 아래 바람이 깎아 낸 기다란 분지 지대에 목장을 소유할 권리를 획득했고, 뗏장을 입힌 오두막을 지어 올린 후 그곳을 '록킹박스'라는 이름으로 등록시켰다. 경계선은 그에게 별 의미가 없었다. 할 수 있는 한 최대한의 땅을 확보하기로 마음먹은 그는 자신의 눈에 들어오는 좋아 보이는 땅이란 땅은 전부 자기 땅으로 삼았다. 그는 사거나 훔치거나 하여 거의 쉰 마리에 달하는 소를 확보했고, 이렇게 일군 작은, 소위 '목장'에 흐뭇해하며 스스로 자신이 목장주가 되었음을 선포했다. 그는 아내와 아이들을 불러와, 인접해 있는 160에이커의 땅을 나오미의 이름으로 추가 등록했다. 이토록 단번에 홀로 사는 독신남에서 꼬마 카우보이 자식을 다섯이나 둔 가장으로, 또 무일푼의 소몰이꾼에서 자가 목장주로 급격히 출세한 그를 두고 세간에서는 '트리커'**라는 별명으로 불렀다. 일부는 그에 대한 거부감에 '트리거'***라고 알아들었지만 말이다.

맨 처음 그의 아내가 판자 위에 흙더미를 대충 던져 올려 만든 지붕

---

* 북아메리카산 큰 사슴.
** tricker, 책략가 또는 사기꾼.
*** trigger, 방아쇠 혹은 청부업자.

에 문도 휘어지고 창문도 하나뿐인, 가로 3미터 세로 4.3미터의 그 오두막집을 보고 무슨 생각을 했을지, 능히 짐작은 할 수 있다 해도 확실히 알 방법은 없다. 그 집에는 양의 복부 털로 만든 매트리스에 기둥이 달린 침대가 두 개 있었는데, 그중 한 침대에는 다섯 아이들이 바글바글 모여 잤고, 다른 한 침대에서는 아이스가 나오미에게 자식을 줄줄이 잉태시켰다. 그녀는 다시 임신할 수 있는 상태가 되기가 무섭게 다시 아이를 배야 했다. 잭슨의 기억에 남아 있는 그녀에 대한 가장 생생한 모습은, 그가 다른 형제들과 함께 가시철사 고리로 잡아 온 방울뱀에 펄펄 끓는 물을 부으면서, 고통스럽게 몸을 비트는 뱀을 바라보며 씩 웃던 모습이었다. 1913년이 되었을 때, 제대로 된 보살핌도 받지 못하고 혹사당하는 데 지쳐 안식을 찾아 헤매던 그녀는 냄비 땜장이와 눈이 맞아, 아이스와 아홉 아들, 즉 맏아들 잭슨과 쌍둥이 형제 아이딜과 펫, 케미, 마리온, 바이런, 반, 리터, 블리스를 모두 남기고 집을 나가 버렸다. 이들 중 모기에 물려 뇌염으로 죽은 바이런을 제외한 다른 아이들은 모두 살아남아 어른으로 성장했다. 그 지역에서 아들은 은행에 비축해 둔 돈과 같은 존재였고, 아이스는 노동력을 충당할 목적으로 그들을 키웠다. 크리스마스면 아이들은 밧줄을 선물로 받았고, 생일날에는 케이크는 고사하고 악수 한 번 받는 게 다였다.

그들이 배운 건 가축과 목장 일이 전부였다. 작은 꼬마일 때부터 그들은 평야에 홀로 나가 밤을 지낼 수 있었다. 비가 오면 방수포를 머리에 뒤집어쓴 채 무릎을 끌어안고, 귓가를 스치는 빗방울 소리를 들으면서 잠을 청했다. 가을이 오면 가을맞이 가축 몰이를 끝내 놓고 사냥을 하러 젤름산으로 올라갔다. 오락을 위한 사냥이 아니라, 실제 먹을 고기를 잡기 위한 사냥이었다. 그들은 하나둘 장성하여, 힘든 걸 모르고 불편함에 익숙하며 음주나 흡연, 혹은 맡은 일을 무사히 해내는 것 같은 데에서 보람을 느끼는 일꾼들로 자라났다. 그들은 키도 크고 근육이 발달한 단단한 청년들이었고, 이들에게 이른 새벽에 말 위에 앉은 서리를 털어 내는 일보다 더 즐거운 일은 없었다.

"고놈의 폐까지 닿도록 힘껏 박차를 박아 줘야지, 아들아!"

코를 힝힝 거리는 말에 올라탄 아들에게 아이스는 소리쳤다.

"진짜 사나이처럼 말이다!"

고통을 참아 내는 그들의 인내력은 가히 전설적이었다. 한번은 마리온이 말을 타고 가다가 좁은 산길의 한쪽이 무너지는 바람에 말과 함께 산 아래 돌밭으로 굴러떨어진 적이 있었다. 그 바람에 말은 등이 부러지고, 마리온은 왼쪽 다리가 부러졌다. 마리온은 먼저 말을 쏘아 죽인 후, 유카 줄기와 헤진 천 조각을 써서 손수 부목을 삼아 다리에 대고, 삼나무 줄기를 총으로 쏘아 떨어뜨린 후 깎아서 목발을 만들어 짚고, 사흘 동안 꼬박 30킬로미터가 넘는 길을 깡충깡충 뛰다시피 걸어서 쉬버스의 집까지 갔다. 거기서 물 한 잔을 얻어 꿀꺽 마신 뒤, 다시 절뚝거리며 삼나무 목발에 의지해 동쪽으로 10킬로미터쯤 거리에 있는 목장의 집을 향해 가려고 나섰다. 결국은 보다 못한 조지 쉬버스가 그를 잘 구슬려 화물차에 태웠기 망정이지. 그때, 쉬버스가 미처 보지 못하고 지나쳤던 어떤 한 가지가 눈에 들어왔는데, 마리온이 그 먼 길을 줄곧 무거운 말안장을 짊어진 채 왔다는 사실이었다.

장남인 잭슨은 말을 길들이는 데 둘째가라면 서러울 능력자였으나, 스물여덟도 안 되어 몸속이 상할 대로 상해 속옷을 피로 물들일 때가 잦아지면서 남들이 이미 길들여 놓은 순한 말들을 타야 하는 신세로 전락하고 말았다. 그는 한동안 할 일 없는 상태로 빈둥거리며 지내다가, 록킹박스의 일과 운영을 넘겨받아 경리 일이라든가 종마 이력서를 관리하는 일을 도맡아 했다. 그러다 여름철이 되면 그 일을 아버지에게 되돌려 주고, 모닝글로리 풍력 발전기 회사의 세일즈맨이 되어 포드 트럭을 끌고 그 지역 로데오나 축제, 목장들을 다녔다. 당시는 현금이 절실하던 때였다. 록킹박스 역시 현금이 절실했다. 그는 트럭이 하도 덜컹거려서 야생마를 타는 거나 매한가지라고 말했다. 그는 체크무늬 갈색 양복을 한 벌 맞춰 입고 오픈카를 산 다음, 후면 범퍼에 고무 타이어가 달린 트레일러를 매달았다. 트레일러에는 회사에서 제공받은 샘플 크기의 모닝글로리 풍력 발전기를 설치해 고정시켰다. 차가 달리면 발전기의 날도 더불어 천천히 돌아갔다. 그는 그밖에 양수기 막대 줄이나 조절기, 또 캠프파이어나 유치하고 감상적인 시, 인디언 담요 위에 야한 차림으로 무릎을 꿇고 있는 느끼한 표정의 여자들 사진이 실린 종합 카우보이 팔디럭스 달력을 부업거리로 싣고 다녔다. 모닝글로리는 몸통이 철탑으로 되어 있고, 백 기어 방식으로 작동하는 발전기였다. 발전기 날은 밝은 파란색 페인트로 칠해져 있었으며, 부채꼴 모양으로 된 날개 판 끝자락에는 '모닝글로리만 있으면 아무 걱정 없어요!'라는 문구가 붙어 있었다.

"사진이나 카탈로그밖에 안 들고 다니는 작자들에 비하면 내가 훨씬 유리하지, 그렇고말고. 나는 물건을 실제로 보여 줄 수 있거든. 이 중심축이 롤러 베어링을 지나 이중 톱니바퀴 기어로 들어가는 과정을 직접 다 보여 줄 수 있는 거야. 그런 건 그림으로만 봐서는 한계가 있잖아? 톱니바퀴가 어떻게 해서 이 커다란 크랭크 기어 안으로 맞물려 돌아가는 건지 말이야. 사람들은 이 롤러 베어링만 보여 주면 끔벅 죽는 법이지. 발전기가 필요 없다는 노인네들도 더러는 있긴 하지만, 그자들도 달력 두어 개쯤은 사고 싶어 하기 마련이고. 푼돈이지만 그래도 모이면 그게 꽤 되거든."

그는 목장 돌아가는 일에 대해서도 여전히 발언권을 유지했다. 그것은 합당하게 얻은 권리였다.

펫과 케미는 결혼하여 록킹박스를 떠나 다른 곳에 정착했지만, 그 외에 다른 아들들은 모두 집에 남아 독신으로 살며 끝없이 일거리를 찾아 했고, 이따금씩 단체로 래러미에 있는 사창가를 드나들었다. 잭슨만 유일하게 그 나들이에 동참하지 않았는데, 외딴 목장으로 외근을 나갈 때마다 그런 욕구를 해소할 수 있는 기회가 차고 넘친다는 이유에서였다.

"때로는 여자들이 내가 트럭에서 내릴 때까지도 못 참고, 차문을 열기가 무섭게 내 몸에 손을 댄다니까. 그러고 보니, 꼭 우리 엄마를 닮았지 뭐야."

그는 비웃음조로 말했다.

가뭄과 더불어 대공황이 닥쳤던 1930년대, 던마이어 일가는 그들이 겪을 수 있는 모든 일을 몸소 겪었고, 그렇기에 그들의 견해는 깊은 경험에서 우러난 것이었다. 대초원을 태워 버린 산불, 홍수, 눈보라, 먼지 폭풍, 부상, 소고기 값 폭락, 메뚜기 및 모르몬 귀뚜라미 떼가 몰고 온 전염병, 가축 도둑, 가축 전염병, 상태가 악화된 말들, 그들은 이 모든 것을 직접 두 눈으로 목격했다. 그들은 부랑자와 집시들을 목장에서 내쫓았고, 잭슨이 '셔플 오프 투 버팔로Shuffle Off To Buffalo' 멜로디를 휘파람으로 불면, 한 달 후에는 모두가 같은 곡조를 휘파람으로 따라 불었다. 그 땅 그리고 그 땅에 속한 말과 가축은 그들에게 딱 맞는 옷과 같았고, 그들이 사랑한 것이 있었다면 바로 이것이었으며, 그들 여덟 형제와 아이스는 한마음 한뜻이었기 때문에 그 땅의 실세로 행사할 수 있었다. 한편, 광활한 영토 위에서 가축을 치며 살아가는 남자들은 자신들과 같지 않은 이들에 대해 일종의 경멸심을 가지게 되기 마련이다. 던마이어 일가는 매일 말을 타고 다니며 자기들이 보고 겪은 일을 기준으로 아름다움이나 종교를 재단했고, 예술이나 지성을 천시하는 태도는 더욱더 굳어져 갔다. 그들 주위에는 자기 방식만이 유일하다고 말하는 듯한 경직된 태도, 그러니까 일종의 음울한 거만함이 맴돌았다.

틴슬리 일가는 그와는 다른 부류였다. 빠른 성공에 대한 부푼 기대를 안고 세인트루이스에서 올라온 홈 틴슬리는 입으로는 어떤 일이든 가능하다고 즐겨 말했지만 현실은 가혹했다. 그는 호리호리한 체격에 주위가 산만했는데, 앞서 울타리를 손보다가 방울뱀에 물려 놓고선 두 달 후에 또 같은 일을 하다가 방울뱀에 물렸다. 비옥한 래러미평야 중에서 하필 그가 정착한 땅은 오던 비도 비켜 가는, 메마르고 모래투성이에다 풀이 잘 자라지 않는 동쪽의 척박한 땅이었고, 말이며 소며 양이 번갈아 가며 매번 말썽을 피우는 통에 그는 무엇 하나도 제대로 해내지 못했다. 계절이 바뀔 때마다 그는 우왕좌왕했다. 눈 오는 날과 화창한 날정도를 구분하는 것밖에는 날씨를 읽는 데도 영 서툴렀다. 또 관심을 가지고 자신의 땅을 살피긴 했지만, 그 관심이라는 게 특이한 바위라든가 하찮은 경치를 보기에 좋은 지점 따위의 핀트가 엇나간 것이었다.

그가 목축업자로서 실격이라는 건 공공연한 사실이었지만, 그럼에도 사람들은 그를 싫어하지 않았다. 오히려 친절한 매너라든가 밴조나 바이올린 연주 실력이 뛰어나다는 점 때문에 그를 좋아하는 사람들도 꽤 있었다. 비록, 대부분은 그가 집안도 제대로 통제하지 못하고 충동 범죄를 저지른 그의 정신 나간 아내를 싸고돈다며 경멸과 동정이 반쯤 섞인 시선을 보냈지만 말이다.

틴슬리 부인은 극도로 겸손하고 민감한 성격에, 부부간에 몹시 내외를 했고 신경과민에 시달렸다. 그녀는 의자 다리가 바닥을 긁을 때나 못을 뽑을 때 나는 귀가 찢어지는 날카로운 소리를 참지 못하고 안달복달했다. 미주리에서 보낸 어린 시절, '우리 인생은 아름다운 동화 같은 세상'으로 시작하는 시를 짓던 소녀는 어느새 아이를 셋이나 낳은 엄마가 되어 있었다. 막내 메이블이 태어난 지 몇 개월이 지났을 때, 그들은 래러미로 이주하기 위해 길을 떠났다. 바퀴 밑 돌에 미끄러지며 마차는 마구 흔들렸고, 아이는 견딜 수 없을 정도로 악을 쓰고 울어 댔다. 그러던 도중 리틀래러미를 건너는데, 갑자기 틴슬리 부인이 벌떡 일어나서 우는 아기를 물속으로 홱 던져 버렸다. 아기가 입고 있던 새하얀 원피스가 공기에 부풀어 오른 채 몇 미터 정도 급물살을 타고 떠내려가는가 싶더니, 물줄기가 휘어지는 곳 부근에서 순간 버드나무 그늘 밑으로 사라져 버렸다. 부인은 비명을 지르며 아이가 있는 쪽으로 뛰어가려고 했으나, 홈 팀슬리가 그녀를 꽉 붙잡고 놔주지 않았다. 그들은 다리를 건너서 말을 타고 빠르게 강기슭의 굽이까지 가 보았지만, 아이는 이미 어디에도 보이지 않았다.

그 후, 자신이 저지른 발작적 살인을 만회라도 하려는 듯 틴슬리 부인은 살아남은 아이들의 안전에 대해 극도로 과민했는데, 바깥에서 배회하다 행여 다치기라도 할까 봐 아이들을 부엌 의자에 묶어 놓는가 하면, 해질 녘은 위험한 시간이라며 해가 아직 중천에 떠 있는 데도 잠자리에 들라며 들여보냈고, 건초 더미에는 독사가 우글거리니까, 말 옆에 있다가는 발에 깔릴 수 있으니까, 개한테는 물릴지도 모르니까, 노란 닭한테는 쪼일지 모르니까, 전부 다 멀리 떨어져 있으라고 당부했다. 심지어는 천둥소리를 듣거나 번개를 보는 것마저도 경계했고, 밤이면 자다가 질식하지는 않았는지 확인하려고 몇 번이고 들락날락하며 아이들을 살폈다.

아들 라스무센이 열두 살이 되었을 때, 이 주먹코에 갈색 더벅머리, 노란 눈을 가진 소년은 비정상적인 괴짜의 면모를 드러내기 시작했다.

그는 수에 능통했으며 책 읽는 것을 좋아했다. 그는 아무도 대답할 수 없는 난해한 질문을 하곤 했는데, 예를 들어 태양까지의 거리가 얼마나 되느냐, 인간에게는 왜 주둥이가 없느냐, 여행자가 어느 방향이든 한쪽으로 방향을 고정시키고 계속 직진하다 보면 언젠가 중국에 닿을 수 있느냐 등의 질문이었다. 그중에서도 그의 특별한 관심사는 기차였는데, 그는 시간표를 연구하거나 역에 가서 여행객들에게 멀리 떨어진 도시에 대해 알려 달라고 성가시게 구는 식으로 철도 연결망에 대해 알아냈다. 그는 벼룩한테 물어 뜯긴 회색 말 버키 외에 가축에는 일체 무관심했으며, 삶의 실제적 문제들을 마치 새끼 고양이가 엉킨 빗자루 솔을 푸는 게 아니라 희롱하며 가지고 놀 거리로 보는 것과 같이 여기며 아무 데나 닿는 데로 마음의 무게를 내던졌다.

열다섯 살이 되었을 때, 그의 관심은 먼 바다에 가 닿았고, 배에 대한 책, 특히 사진이 많이 실린 책들을 갈망했으나 당연히 그런 건 없었다. 그는 종이 위에다 뒤집힌 지붕 같아 보이는 배들을 고안해 그렸고, 어느 날 저녁 래러미에 사는 헤플 부인이 자신의 해외여행 경험을 괴물 같은 파도와 거친 바람으로 가득한 지옥에 비유해 말해 주기 전까지는, 바다는 유리 같은 매끄러운 물질이 끝없이 편편하게 펼쳐진 것이라고 상상했다. 한번은, 한 남자가 대여섯 달쯤 그들의 목장에 와서 지내며 일한 적이 있었다. 그는 전에 샌프란시스코에서 산 적이 있다며, 활기찬 도시의 거리나 중국인 비밀 결사들 간의 전쟁, 하룻밤 술을 마시는 데 2주치 급료를 몽땅 날려 버리는 선원과 나무꾼 들에 대한 이야기를 들려주었다. 또한 시카고를 두고는 평원에서 뿜어져 나오는 연기 덩어리라고 묘사하며, 수백 킬로미터 떨어진 동쪽 지역의 공기까지 오염시킨다고 했다. 슈피리어호湖는 황량한 캐나다 연안에 접해 있다는 이야기도 해 주었다.

더 이상 라스를 붙들어 둘 수는 없었다. 열여섯이 되던 해, 이 껑충한 젊은 청년은 집을 나가서 샌프란시스코, 시애틀, 토론토, 보스턴, 신시내티 등지로 나돌았다. 그가 무엇을 기대했고 무엇을 경험했는지는 아무도 몰랐다. 그는 돌아오지도, 편지를 보내지도 않았다.

그 시대의 딸들이 다 그렇듯, 관심을 못 받고 등한시되던 그들의 딸은 나쁜 버릇을 가진 카우보이와 결혼해 백스로 이사했다. 홈 틴슬리는 결국 양 치는 일을 포기하고, 시장에 판매할 채소밭을 일구거나 양봉 설비를 갖춰 통조림용 토마토 및 문앤스타 수박을 재배하는 데 주력했다. 1년 정도 지나자, 라스의 말은 이웃 목장의 클리카스에게 팔았다.

1933년, 아들은 집을 나간 지 5년이 되었으나 여전히 아무 소식이 없었다.

그 엄마는 커튼을 바라보며 아이가 왜 편지를 쓰지 않는 걸까, 하고 애를 태웠다. 그때, 부표처럼 부풀어 오른 원피스 차림의 아기가 어두운 굽이를 돌아 조용히 물에 둥둥 떠내려가는 모습이 선하게 떠올랐다. 하긴, 누가 이런 엄마에게 편지를 쓰겠어? 그런 생각에 닿으면 그녀는 한밤중에도 벌떡 일어나 부엌으로 내려가서 천장, 탁자 다리, 남편 부츠의 밑창을 박박 문질러 닦고, 은색 광택을 내기 위해 바나나 껍질로 낡은 고기 그라인더를 닦고 또 닦았다. 비록 그녀가 살인자인지는 몰라도, 아무도 그녀의 집이 깨끗하지 않다고 말할 수는 없었다.

잭슨 던마이어는 모닝글로리 모형 상품과 허세를 갖추고 다시 길을 나설 준비를 마쳤다. 앞서 원형 축사도 새로 지어 놨고, 가축에 낙인 찍는 일도 미리 끝내 놓았다. 그밖에 건초 꾸리는 일은, 어차피 이런 불볕더위에 건초를 만드는 일은 불가능했으므로, 잊고 있는 편이 속 편했다. 다른 지역이라면 꽃으로 하얗게 뒤덮인 광경을 떠올릴 때였지만, 여기는 바람에 휘날리는 알칼리 먼지밖에 없었고, 비가 아닌 숨 막히는 먼지 폭풍이나 메뚜기 떼를 구름처럼 몰고 올 어두운 수평선만이 도사리고 있었다. 아이스는 이보다 더한 것이 닥칠 것 같은 예감이 든다고 말했다. 목장주들을 구한답시고 정부는 가축을 푼돈에 사들이고 있었다.

잭슨은 마구간 주위를 어슬렁거리면서, 머리가 덥수룩한 블리스가 번식용 암말의 발굽 위에 몸을 굽히고 열제*가 생겼는지 살피는 모습을 지켜보았다.

"작년에 링글 아래 부근에서 내가 뭘 봤게? 모르몬 귀뚜라미가 들개를 산 채로 먹어 치우는 걸 봤어. 한 10분 정도밖에 안 걸리더라."

잭슨이 말했다.

"맙소사."

블리스가 말했다. 열네 살이 되어서야 처음으로 사탕이라는 것을 맛본 그는 맛이 너무 강렬하다며 퉤 하고 뱉었다. 그는 잭슨이 들려주는 이야기를 좋아했으며, 자신도 언젠가는 그처럼 풍력 발전기 세일즈맨이 되고 싶다고, 혹은 적어도 잭슨을 따라다니며 몇 주 정도 여행을 해 보고 싶다고 생각했다.

"여기가 조금씩 갈라지기 시작했는걸."

"지금 빨리 잡아서 말을 구해야지. 아직 그 말굽용 붕대 반 통 정도 남았지? 여하간, 여기저기 다니다 보면 신기한 것들을 많이 보고 듣게 돼. 클레이트 블레이가 말하길, 한 20년 전에 래러미에서 어떤 두 녀석

---

* 말굽에 나는 병.

과 마주쳤는데, 그 녀석들이 시에라마드레 산지 위에서 다이아몬드 광산을 발견했다고 하더래. 그런데 클레이트 말로는, 그 후에 두 사람 모두 백일해에 걸려서 죽었대. 가을에 시체를 찾았는데, 둘 다 몸이 썩은 채로 오두막 바닥에 버려져 있었다나. 그런데 말이야, 그자들이 꼴까닥하기 전에 클레이트한테 자기들이 찾은 광산이 어디 있는지 알려 줬다는 거 있지."

"설마 그 이야기를 믿는 건 아니겠지?"

블리스는 전염이 퍼지는 것을 막기 위해 갈라진 말굽의 틈 위에 대고 본을 뜨기 시작했다.

"당연히 아니지, 클레이트 블레이가 뭐라고 하건 별로 구미가 안 땅겨."

그는 담배를 하나 돌돌 말았지만, 불을 붙이지는 않았다.

블리스가 마당 쪽을 흘끔 쳐다보았다.

"대체, 형 화물칸에 뭐가 묻은 거야?"

"아, 저거. 록스프링스에서 어떤 얼간이들한테 테러를 당했지 뭐야. 비열한 놈들. 밀가루인지 회반죽인지 모르겠는데 매번 록스프링스에 갈 때마다 저런 식으로 봉변을 당한다니까. 거기 사람들은 심기가 별로 안 좋아. 빌어먹을 발전기 같은 기계를 살 돈 있는 사람도 없고. 아, 맞다. 거기 사람들이 모여서 만든 그 사제 굴착 장치를 너도 봤어야 하는데. 어떤 사람이 낡은 펌프 부품하고 철사, 옥수수 껍질 까는 기계랑 지붕을 써서 만들었다는데, 단 2달러밖에 안 들었대. 그런데 이 망할 년의 것이 그렇게 잘 돌아갈 수 없더란 말이지. 그런 판에 내가 무슨 수로 당하겠냐?"

"우아, 세상에."

블리스가 암말의 처치를 마무리하며 말했다.

"이거 다했으니까, 이제 형 굴착기에 묻은 거 지워 줄게."

그가 등을 쭉 폄과 동시에 잭슨이 그에게 담배 개비를 던져 주었다.

"그래, 좋아, 동생아! 그러면 나는 잘 드는 가위를 찾아다가 엉망이 된 네 머리를 깎아 줄게. 그러고 나서 난 슬슬 출발해야겠다."

*　　*　　*

틴슬리네 집에 뉴욕주 스키넥터디에서 편지 한 통이 날아들었다. 편지를 쓴 사람은 자신을 감리교 목사라 칭하면서, 지난해에 한 젊은 남자가 차 사고로 심하게 다쳐 그때의 부상으로 말도 못하고 지내다가 가까스로 최근 의사소통 능력을 회복하여 자기가 그들의 아들인 라스무센 틴슬리라고 신원을 밝혔다고 했다.

그 목사는 편지에 이렇게 썼다.

"아무도 이 청년이 살 수 있으리라고 생각하지 못했는데, 이렇게 살아난 것은 신의 은총이 존재한다는 증거입니다. 그가 시카고에서 기차를 잘 갈아탈 수 있도록 기차 역무원이 도와주기로 약속을 했습니다. 표 값은 교회 헌금으로 지불되었습니다. 래러미에는 3월 17일 오후 기차로 도착할 예정입니다."

그날 오후의 햇빛은 신 레몬주스색이었다. 틴슬리 부인은 머리를 곱슬곱슬하게 공들여 말아 고정시키고, 플랫폼에 서서 승객들이 기차에서 내리는 모습을 바라보았다. 아버지는 깨끗이 빨아 풀 먹인 셔츠를 입고 있었다. 지팡이에 몸을 의지한 그들의 아들이 모습을 드러냈다. 역무원이 짐을 건네주었다. 그들은 그가 라스라는 사실을 주지하긴 했지만, 세상에, 어떻게 그를 알아볼 수 있단 말인가? 그는 괴물이었다. 완전히 짓이겨져 뭉개진 왼쪽 면의 얼굴과 두상은 선홍색 상처로 뒤덮였고, 구멍 뚫린 목으로는 공기가 새면서 쌕쌕 소리가 났고, 왼쪽 눈은 상처만 남은 휘휘한 구멍일 뿐이었다. 턱도 심하게 뒤틀려 있었다. 한쪽 다리는 여기저기 부러졌다가 잘못 아물었는지 휘청거리면서 발을 질질 끌며 걸었다. 양손은 모두 관절이 마비되고 손가락이 축 늘어져서 불구가 된 것 같았고, 그가 입에서 내는 소리는 악마만이 알아들을 것 같은 거친 숨소리에 지나지 않았다.

틴슬리 부인은 먼 산을 바라보았다. 이 모두가 자신의 탓이라는 죄책감이 점차 더 짙게 몰려들었다.

아버지는 머뭇머뭇 발걸음을 앞으로 내디뎠다. 부상당한 그 남자는 고개를 숙였다. 틴슬리 부인은 벌써 포드 트럭 안으로 올라타고 있었다. 갑자기 쏟아져 내리는 햇빛에 그녀는 문을 여닫기를 두 번 반복했다. 1킬로미터 정도 지나자 자갈밭 언덕이 나타났다. 얼마 전에 비가 조금 내렸는지 젖은 돌들이 양철 파이 팬 색깔로 반짝였다.

"라스."

아버지가 손을 뻗어 아들의 가는 팔을 가볍게 만졌다. 라스가 흠칫 몸을 뒤로 뺐다.

"괜찮다, 라스. 우리가 너를 집에 데리고 가서 다시 건강해지도록 보살펴 줄게. 엄마가 프라이드치킨을 요리해 놨단다."

말은 그렇게 했지만, 이가 빠져 움푹 들어가고 비뚤어진 그의 입 모양을 보면서 아버지는 라스가 과연 뭘 씹을 수나 있을지 의아해했다.

그는 씹을 수 있었다. 고기며 렐리시며 케이크를 그는 괜찮은 쪽 치아로 열심히, 연신 갉아 먹었다. 요리를 하는 동안 틴슬리 부인은 점점 안정을 되찾았다. 라스는 기차역에서 한 번 실패한 이후로 더 이상 소리 내어 말하려 하지 않았지만, 이따금씩 엉망인 맞춤법으로 뭔가를 종이에 써서 아버지에게 건네주었다.

나 바께좀 나가야게써요

그러면 홈은 그를 트럭에 태우고 가까운 곳으로 드라이브를 갔다. 타이어 상태가 좋지 않아 멀리는 나가지 못했다. 홈은 운전을 하며 계속 아들에게 말을 건넸고, 그 사이사이 메뚜기들이 차창에 부딪혀 튕겨져 나갔다. 라스는 침묵했다. 아들이 얼마나 많은 것을 이해하고 있는지 홈은 전혀 알 길이 없었다. 어딘가에 큰 손상을 입었다는 것, 그것만은 충분히 분명했다. 다만 한 가지, 아버지가 집으로 돌아가는 방향으로 깜빡이를 넣을 때마다 라스는 즉각 반응하여 아버지의 소매를 잡아당기면서 거친 소리로 거부 의사를 표했다. 그는 점차 기운을 되찾고 있었다. 어깨에도 점점 힘이 들어가 뒤틀린 팔이나마 들어 올릴 수 있게 되었다. 그러나 과연 그는 집 부엌과 현관 안에 묶인 신세가 된 지금, 머나먼 도시들과 망망대해의 배들에 대해 무슨 생각을 하고 있단 말인가?

라스를 태우고 다니기 위해 모든 일을 포기할 수는 없는 노릇이었다. 이제 아이는 매일매일 똑같은 메모를 쓰고 있었다. '**나 바께좀 나가야게써요**' 쌀먹이새와 들종다리의 노랫소리가 사방에서 들리는 뜨거운 봄이었고, 라스는 스물다섯 살도 채 되지 않았다.

"그게, 아들아, 오늘은 꼭 마쳐야 할 일이 있단다. 묘목도 옮겨 심어야 하고, 잡초도 뽑아야 하고. 너랑 드라이브 나갈 시간이 없어."

그는 옛날의 버키를 떠올리며 라스가 말을 탈 정도로 기력이 회복되었을까, 하고 생각했다. 그 말은 이제 열네 살이 되었겠지만, 한 달 전에 클리카의 목초지에서 본 바로는 아직도 끄떡없어 보였다. 그는 아이가 말을 타면 좋겠다고 생각했다. 말을 타고 초원을 달릴 수 있다면 그에게도 좋을 것이다. 모두에게 좋은 일이 될 것이다.

오전 늦게 그는 클리카 집에 들렀다.

"자네 알지, 삼월에 라스가 몸이 좀 안 좋은 상태로 집에 돌아왔잖아. 이제 기력이 회복되었는지 자꾸 밖에 나가고 싶어 하는데, 내가 하루에 두 번씩이나 시간을 내서 돌아다닐 수는 없어서 말이야. 나한테 늙은 버키를 다시 팔 생각 없나? 그러면 적어도 아이가 혼자서 밖에 나가 돌아다닐 수 있을 것 같단 말이지. 버키라면 나도 안심할 수 있고."

그는 범퍼에 말을 묶어 집으로 끌고 왔다. 라스는 현관 앞 벤치에 앉아 탁한 물을 마시고 있었다. 그는 말을 보자마자 벌떡 일어서며 외쳤다.

"어카!"

"그래 맞아. 버키야, 우리 착한 버키지."

홈은 마치 어린아이를 대하듯 라스에게 말했다. 그의 인지능력이 얼마나 되는지 무슨 수로 안단 말인가? 아무 움직임도 없이 잠자코 앉아 있을 때, 그는 대체 무슨 생각을 한단 말인가? 나무 아래 스치는 스산한 바람? 금속성 비명 소리를 내며 도로에서 튕겨져 나가던 차와 온 세상이 거꾸로 뒤집혀 보이던 일? 아니면, 단지 지지직거리는 회색 화면처럼 희미한 이미지만 돌아가고 있을까?

"말을 탈 수 있겠니?"

그는 그럭저럭 탈 수 있었다. 그건 신이 내린 뜻밖의 선물이었다. 홈이 먼저 안장을 얹어 주어야 하건만, 라스는 그새를 못 참고 아침을 먹자마자 말을 타고 나가서 몇 시간이고 돌아다녔다. 그들은 선명한 초록색을 배경으로 평원을 누비는, 가느다란 섬광을 내뿜는 자욱한 먼지 연기 같은 그의 모습을 볼 수 있었다. 그러나 틴슬리 부인의 마음속 한구석에는 차츰 두려움이 자라나고 있었는데, 언젠가 텅 빈 안장을 얹은 주인 없는 말이 느슨한 고삐를 달고 돌아오는 모습을 보게 될 거라는 공포심이었다.

말을 되찾아 온 뒤 그 둘째 주, 라스는 하루 종일 나가 있다가 더럽고 지친 모습으로 집에 돌아왔다.

"아들아, 어디에 갔다 왔니?"

홈이 물었지만, 라스는 감자를 게걸스럽게 삼키면서, 성한 한쪽 눈으로 그들을 능청스럽게 흘끔 쳐다보았다.

그렇게 홈은 아들이 뭔가를 숨기고 있다는 사실을 눈치챘다.

한 달도 안 되어, 곧 라스는 하루 종일도 모자라 밤이 새도록 밖에 나가 돌아다녔고, 그러다가 이틀이나 사흘씩 집에 들어오지 않는 날도 있게 되었다. 그가 몰래 암초 뒤를 지나다니는 건지, 먼지투성이로 메마른 풀밭을 하염없이 달리는 건지, 잡초로 만든 둥지나 버드나무 가지 아래서 잠을 자는 건지, 반야만인처럼 돌아다니며 말없이 무슨 생각을 하며 다니는 건지, 오직 신만이 알 일이었다.

틴슬리 부부의 귀에 이런저런 소리가 들려오기 시작했다. 라스가 핸슨네 집에 출몰했다는 것이었다. 핸슨네 딸들이 밖에서 빨래를 널고 있는데, 라스가 갑자기 회색 말을 타고 나타나 모자를 깊이 눌러쓴 채 알 수 없는 말을 지껄이고는 재빨리 자취를 감추었다고 했다.

공동 전화가 네 번 짧게 울렸다. 그들의 회선이었다. 틴슬리 부인이 전화를 받자 어떤 남자 목소리가 다짜고짜 그 빌어먹을 바보 녀석을 집에다 잘 붙들어 놓으라고 소리쳤다. 그러나 라스는 벌써 집에 엿새째 돌아오지 않고 있었고, 그가 돌아오기 전에 한 보안관이 한쪽에 하얀 별이 페인트칠 된 새 검정 쉐보레를 끌고 와서, 라스가 60킬로미터나 멀리 떨어진 타이사이딩이라는 마을의 한 목장에 나타나서 거기 있던 부인에게 느닷없이 자기 물건을 꺼내 보이더라는 이야기를 전해 주었다.

"뭐, 그 녀석이 그랬다고 해서 그 부인이 처음 보는 것은 없었겠지만, 그래도 그런 행동을 좋게 받아들일 수는 없는 거 아니겠소. 그 부인이나 그 남편에게도 말이오. 이러다가 당신 아들이 행여 다치거나 갇히는 모습을 보고 싶지 않거든, 집에 잘 붙들어 두는 게 좋을 거요. 그 자식 얼굴이 좀 흉측해야지, 안 그렇소?"

다음 날 정오, 라스가 배를 곯은 수척한 모습으로 집에 돌아왔을 때, 홈은 말의 안장을 벗겨 안방에 가져다 두었다.

"미안하다, 라스. 그렇지만 계속 지금처럼 돌아다녀서는 큰일 나. 더 이상은 안 된다."

다음 날 아침, 말은 자리에 없었고 라스 또한 마찬가지였다.

"안장도 없이 말을 타고 가 버렸어."

그를 집에 붙들어 둘 방도는 없었다. 그의 행동반경은 줄어들었을지 모르나, 그는 여전히 방랑 중이었다.

정오의 한낮 던마이어의 집 부엌, 벽 앞에 놓인 옛날 안장만큼이나 낡고 기름에 전 가죽 소파에 아이스 던마이어가 하얀 머리를 헝클어뜨리고 입을 벌린 채 곤히 잠들어 있었다. 하도 앉아서 반질반질해진 벤치 옆에 있는 3.6미터 길이의 널빤지 테이블 위에는 포크와 스푼으로 가득 찬 큰 통이 놓여 있었고, 삐딱하게 기울어진 철제 싱크대 옆의 나무 조리대에서는 곰팡이 냄새가 솔솔 피어올랐다. 떨어진 문을 그대로 내버려 둔 찬장에는 이 빠진 묵직한 접시들이 가득 쌓여 있었고, 벽에 달린 선반에는 벌집 모양 라디오가 쉴 새 없이 윙윙대는 소리와 잡음을 내뿜었다. 문 옆에 덜렁덜렁 매달려 있는 전화기 너머로, 낮은 찬장 위에는 이니셜과 이름이 새겨진 개인 술병이 숲처럼 무성하게 늘어서 있었다.

반은 비스킷을 굽기 위해 까무잡잡한 안짱다리를 내보이며 오븐 앞에 몸을 숙이고 있었고, 마리온은 냄비 안의 우유 소스를 휘휘 저어 가며, 반 토막으로 잘라 물에 끓인 감자를 쿡쿡 찔렀다. 커피포트는 둥근 유리 뚜껑을 향해 갈색 분수를 뿜어냈다.

"저녁 먹어!"

반이 큰 소리로 외치고는, 비스킷을 사발에 쏟아부으며 재빨리 작은 유리잔에 든 위스키를 한 모금 마셨다.

"저녁 먹어! 저녁! 저녁! 안 먹을 거면 쫄쫄 굶던지!"

아이스가 기지개를 켜고 일어나서 문간에 다가가 기침을 하곤 침을 퉤 뱉었다.

그들은 말없이 고기를 우적우적 씹어 먹었다. 식탁에는 감자나 혹은 이따금씩 먹는 양배추 외에 채소나 샐러드 같은 건 전혀 없었다.

아이스가 평소처럼 커피를 찻잔 받침에 대고 마시며 말했다.

"타이사이딩에서 뭔가 시끄러운 소동이 있었다고 하던데."

"벌써 들은 거야? 빠르네. 그, 집에 돌아온 망할 놈의 틴슬리네 아들이 쇼버네 집 앞마당에까지 말을 타고 들어가선, 여자 앞에다 대고 딸딸이를 쳤다네. 이러다가는 그 자식이 직접 넣고 하는 게 더 재미있다는 걸 발견하는 건 시간문제 아니려나 몰라."

"뭔가 조치를 취해야 하는 거 아냐. 그 렐리시 좀 건네 줘."

잭슨이 계속 말했다.

"아무래도 그 정신 나간 틴슬리 부인이 물에 처박았어야 할 자식을 잘못 골랐나 보군그래."

그는 렐리시에 고기 한 조각을 넣고 빙빙 돌리며 말했다.

"젠장할, 반, 나 이번에 집 나가면 이 렐리시가 너무도 생각날 것 같아."

"그거 내가 만든 거 아닌데. 한 병 사서 가. 빌리 길스 피칼릴리라는 이름이야. 가게에서 살 수 있어."

메뚜기 냄새가 코를 찌르고 뜨거운 태양에 타들어 가던 어느 여름날 정오 무렵, 마당에서 일정한 박자로 울리는 트럭의 모터 소리가 들렸다. 틴슬리 부인이 밖을 내다보았다. 모형 풍력 발전기를 실은 트레일러를 단 오픈카 한 대가 서 있었다. 배기관에서 배기가스가 뿜어져 나오며 먼지를 조금 일으켰다. 바퀴 표면의 틈에는 메뚜기들이 으깨져 잔뜩 끼어 있었고, 차 앞의 라디에이터 그릴에는 그보다 더 많은 메뚜기가 각양각색 형태 그대로 엉겨 붙어 있었다.

"발전기 양반이 오셨네."

그녀의 말에, 홈이 천천히 뒤를 돌아보았다. 감기를 앓다가 막 낫기 시작한 그는 먼지 때문에 머리가 지끈거렸다.

바깥에서 잭슨 던마이어가 갈색 체크무늬 양복을 입고 미소 띤 얼굴로 다가왔다. 그가 일으킨 먼지는 아직도 길 위에 둥둥 떠다녔다. 메뚜기 한 마리가 그의 다리에서 펄쩍 뛰어내렸다.

"틴슬리 아저씨, 안녕하십니까? 저 아시죠? 언제 한번 들려서 모닝글로리 발전기를 보여 드리려고 마음먹은 게 벌써 2년째인데, 이제야 오게 되었지 뭡니까. 이 발전기로 말하면 아마 현재 시판되는 장비 중에 최고의 장비로, 특히 요즘 같이 빌어먹을 먼지투성이 계절에는 목장 주들을 곤경에서 구해 주기에 이만한 것이 없을 겁니다. 정말로 꼭 한번 들르려고 계속 벼르고 있었는데, 제가 목장 일로 좀 바빠야지요. 게

다가 여름이 되면 주 전역을 돌아다니며 이 훌륭한 발전기를 팔아야 하다 보니, 정작 같은 동네 근처는 올 기회가 좀체 안 생기지 뭡니까."

그는 마치 얼굴에 나사로 고정시켜 놓은 것 같은 미소를 띠고 말했다.

"우리 아버지와 형제들, 거기에 저까지, 우리 로킹박스 목장에는 모닝글로리가 다섯 대나 있답니다. 그러니 가축들이 어디 있든지 간에 물을 골고루 줄 수 있어서, 가축들이 물을 구하러 다니느라 살이 빠지는 일이 없어요."

"나는 가축을 치지 않소이다. 양 치는 일은 첨부터 아예 엄두도 안 냈고, 소도 그다지 많이 안 키웠지. 지금은 시장에 내다 팔 채소나 양봉 일만 하고 있소이다. 어쩌면 내년에는 북극여우 두어 마리를 사다 기를까 생각하고 있긴 한데, 아무튼, 우리한텐 우물도 있고 개울도 가까이 있기 때문에 발전기는 필요하지 않을 것 같소."

"알다시피 개울이나 우물은 잘 말라 버리지 않습니까. 특히 지금처럼 끝나지 않을 것 같은 망할 가뭄철엔 더 말할 것도 없죠. 발전기는 가축한테 물 먹이는 것 외에도 쓸모가 많아요. 전기도 만들 수 있고, 저수탱크도 만들 수 있고. 암, 이게 진짜로 끝내주는 거라니까요. 화재 예방도 되고, 물고기도 키울 수 있고, 사모님이랑 같이 수영하는 데 쓸 수도 있고, 그렇지만 뭐니 뭐니 해도 제일인 건 화재 예방 기능이죠. 언제 어떻게 집에 불이 날지 아무도 모르는 일이잖습니까? 요즘 같은 때는 엄청나게 건조하다 보니 풀이 바람에 맞비벼지다가 들불로 번질 수도 있잖아요."

"글쎄요, 내가 비용을 감당할 수 있어야 말이지. 나 같은 처지의 사람에게 풍력 발전기는 무진장 비싸다오. 젠장, 지금 새 타이어 살 돈도 없어 골골거리는 판에. 그거야 말로 진짜 필요한데, 비싸서."

"그래요, 그건 아저씨 말이 맞아요. 어떤 것들은 정말로 비싸니까요. 저도 그 말에 적극적으로 동감합니다. 하지만 모닝글로리는 달라요."

잭슨 던마이어가 담배를 하나 말아 홈에게 권했다.

"그, 명 단축시키는 것밖에 안 하는 거, 난 절대 안 피우오."

500미터 남짓 떨어진 갈림길에서 먼지구름이 뭉게뭉게 피어올랐다. 풍력 발전기는 무슨 빌어먹을, 하고 홈은 속으로 생각했다. 그는 오는 길에 틀림없이 아들을 지나쳤을 것이다.

던마이어는 담배를 입에 물고 마당을 훑어보며 고개를 끄덕였다.

"아, 바로 여기 작은 저수지가 있으면 딱인데."

늙은 버키가 요란한 소리를 내며 모퉁이를 돌아 땀투성이에 피곤한 모습을 드러냈고, 안장도 없는 맨 등에는 라스가 앉아 일그러진 얼굴로 눈을 부릅뜨고 흙을 옆으로 튀기며 풍력 발전기 트럭을 가까이 지나쳐 갔다.

"세상에, 방금 지나간 게 뭐였답니까?"

잭슨 던마이어가 침 묻은 담배꽁초를 바닥에 던진 뒤 부츠 끝으로 비벼 끄면서 물었다.

"라스라오, 내 아들이오."

"뭐 급한 일이라도 있으신가, 엄청 빨리도 가네. 나는 또 요즘 여자들한테 거시기를 흔들어 대서 공포에 떨게 한다는 그 미치광이 병신인 줄 알았습니다. 그 얘기 들었어요? 그러다 언제 그놈이 어린 여자애라도 자빠뜨려 몹쓸 짓을 하는 건 아닌지 누가 안답니까? 늦기 전에 그 자식 거시기를 잘라 억지로라도 조용히 시켜서 병신 새끼를 배게 하는 일을 막아야 한다고 말하는 사람도 있더군요."

"그건 당신네 망할 발전기 얘기 아니요? 저 아이는 라스요. 내 똑똑히 말해 두는데, 그 아이는 심한 자동차 사고를 당한 것뿐이오. 심한 부상을 당해서 그렇지 해를 끼칠 아이가 아니라고."

"그래요, 뭐 그건 이해합니다. 미안해요. 다만, 그 녀석한테 한군데 너무 멀쩡한 부분이 있는 것 같아서 말이에요. 그렇잖아요? 그토록 남한테 보여 주고 싶어서 안달복달이니."

"당신, 그 빌어먹을 발전기 가지고 이 집에서 좀 꺼져 주는 게 어떻겠소? 비록 다치기는 했어도 결국 그 아이도 다른 사람과 똑같은 남자요!"

홈 틴슬리가 말했다. 이제 그는 이 개새끼에 일곱 형제들까지 한꺼번에 적으로 돌려 버린 셈이었다.

"알았어요. 갑니다, 가. 아무튼 내 할 말은 다 했으니까. 다만 새겨듣는 게 좋을 거요. 내가 풍차를 팔고 다닌다고 해서 내 말에 허풍만 찬 건 아니니까."

말 울타리 밖에서 라스가 물을 마시고 있는 늙은 버키를 솔질하고 있었다. 만약 그가 과단성 있는 사람이었다면 이때 아이에게서 말을 빼앗았을 것이다. 그러나 홈 틴슬리는 망설였다. 말을 타고 나가는 것은 그 아이 인생에 있어 단 하나 남은 즐거움이었다. 그는 하루 이틀 정도 기다렸다가 제대로 말을 해서 이해시키리라 다짐했다. 그러고 나서 며칠 동안은 우박을 동반한 날카로운 폭풍이 몰려와 어린 수박에 상처가 나는 바람에 그것을 추리느라 바빴고, 그 뒤에는 토마토가 바짝 말라 버려 개울에서 물을 끌어오느라 정신없이 지나갔다. 개울물은 말라붙어 쫄쫄 시원찮게 흘렀고, 우물도 거의 바닥을 드러냈다. 게다가 첫 번째 수박을 수확할 시기가 되자, 코요테들이 과일을 노리고 출몰하기 시작해 그는 밭에서 잠을 자야 했다. 그러다 마침내 쓰고 작으나마 수박을 수확할 수 있었고, 다음에는 토마토가 익기 시작해 물이 많이 필요하지 않게 되었다. 때는 햇볕에 타들어 간 시들고 메마른 늦여름이었다.

라스가 현관 앞의 흔들의자에 등을 웅크리고 앉아 있었다. 모처럼 안 나가고 집에 있었다. 떡 진 머리에 더러운 손과 팔, 아이는 참담한 모양새였다.

"라스 너에게 할 말이 있단다. 내 말 잘 들어 둬. 너 지금처럼 계속 그렇게 돌아다니면 안 돼. 여자들한테 그렇게 거시기를 함부로 보여 주거나 하면 안 되는 거야. 나도 안다, 라스. 너도 젊은 남자고, 그런 욕구가 없을 수 없지. 그러나 지금 하는 방식으로는 안 돼. 그렇다고 희망을 버리지는 말거라. 찾아보면 너랑 결혼할 여자를 찾을 수 있을지 몰라. 아직은 안 찾아봐서 모르지만 말이야. 그러나 네가 하고 다니는 행동은 여자들에게 겁주는 것밖에 안 된단다. 그리고 그 카우보이들 있잖니, 던마이어네 작자들이 너한테 해코지할지도 몰라. 네가 계속 여자들을 괴롭히고 다니면 네 거길 잘라 버리겠다고 큰소리치고 다니거든. 내 말 무슨 뜻인지 알겠니? 잘라 버린다는 거 이해됐어?"

당혹스러운 일이었다. 라스는 성한 한쪽 눈으로 그를 묘하게 쏘아보며 꺽꺽거리는 소리로, 홈이 지금껏 들어 본 적 없는 섬뜩한 소리로 웃어 대기 시작했다. 그는 그것이 웃음소리라는 건 알았지만, 그런 소리를 내며 웃는 이유는 짐작도 못했다.

그날 밤, 그는 아내에게 단도직입적으로 말을 꺼냈다. 그녀의 예민한 감정을 헤아려 돌려 말할 여유가 없었다.

"아이가 내 말을 알아들은 건지 아닌지 도무지 알 수가 없어. 알아들은 것 같지가 않아. 배꼽이 빠져라 웃기만 하더라니까. 세상에, 그 아이 머릿속에서 대체 무슨 생각이 돌아가고 있는지 알 길만 있다면 더 바랄 게 없을 텐데. 또 모르지, 내 옷에 벌레가 기어가거나 해서 웃은 걸지도. 가엾은 녀석, 그래도 남자라고 욕구가 넘치는데 해결할 방도가 없다니."

잠시 침묵이 흐른 후, 그의 아내가 들릴까 말까 한 소리로 속삭여 말했다.

"당신이 아이를 래러미에 데리고 가 보는 건 어때, 밤에 살짝. 왜, 그런 업소 있잖아."

어둠 속에서 그녀의 얼굴이 붉게 달아올랐다.

"아무리 그래도, 그건 안 돼. 그런 일을 시킬 수는 없어."

그가 당황하여 말했다.

다음 날 아침, 라스는 말귀를 알아들은 건지 웬일로 밖에 나가지 않았다. 그는 부엌에서 접시에 잼 바른 빵을 앞에 두고 앉은 채 거의 미동도 하지 않고 있었다. 틴슬리 부인이 조심스럽게 자기 손을 그의 뜨거운 이마에 갖다 댔다.

"열이 나는구나."

그녀가 손가락으로 침실 쪽을 가리켰다. 라스는 계단을 올라가다 발을 헛디디며 기침을 해 댔다.

"당신한테 여름 감기가 옮았나 봐. 다음번엔 내 차례 아니려나 몰라."

그녀가 남편을 보고 말했다.

틴슬리 부인은 침대에 누운 라스에게 다가가 젖은 수건을 사용해 온갖 상처로 뒤덮인 끔찍한 얼굴과 손과 팔을 닦아 주었다. 이틀이 지나도 열은 내리지 않았고, 그는 기침을 하는 대신 끙끙거리며 신음했다.

"어서 빨리 나아야 할 텐데."

틴슬리 부인이 말했다.

"있지, 스펀지로 간단히 목욕 좀 시켜 주고 온몸을 알코올로 닦아 주면, 열이 좀 내려가지 않을까 싶은데. 열을 좀 식혀야 하니까. 열 때문에 이불 안도 지금 장난이 아니거든. 난 정말 여름감기라면 질색이라니까. 그렇게 해 주면 아이도 좀 나아지지 않을까? 지금 입고 있는 더러운 옷은 또 어떻고. 병에 찌든 냄새로 가득해. 처음 병에 걸렸을 때부터 워낙 꼬질꼬질했으니 오죽하겠어. 열 때문에 완전히 펄펄 끓는데, 당신이 아이 옷을 좀 벗기고 스펀지 목욕을 시켜 주면 좀 어떨까? 같은 남자가 해 주는 게 좋을 거 같은데."

그녀는 마지막 말을 조심스럽게 덧붙였다.

홈 틴슬리가 고개를 끄덕였다. 그는 라스가 아프다는 사실은 알았지만, 스펀지 목욕을 한다고 해서 나아지리라고는 생각지 않았다. 다만, 지금 아내가, 아이한테 나는 냄새가 너무 지독해서 더 이상 가까이 가기 힘들다는 말을 돌려서 하고 있음을 알아차렸다. 그녀는 대야에 따뜻한 물을 받고, 깨끗한 스펀지와 향기 나는 비누 그리고 한 번도 사용한 적 없는 새 수건을 챙겨 남편에게 건네주었다.

그는 병실에서 오랫동안 나오지 않았다. 마침내 방에서 나왔을 때, 그는 대야와 얼룩진 수건을 싱크대에 내던지고 탁자에 앉아 머리를 숙인 채 숨죽여 울기 시작했다. 우, 욱, 우욱.

"무슨 일이에요? 상태가 더 나빠진 거예요? 왜 그래요?"

그녀가 물었다.

"세상에, 저러니 아이가 내 면전에서 그렇게 웃어 댔지. 그 자식들이 벌써 저질러 버렸어. 그것도 더러운 칼로. 이미 괴저가 일어나서 피부가 까맣게 변해 버렸어. 사타구니 밑으로 한쪽 다리가 발까지 퉁퉁 부어서……"

그는 몸을 앞으로 구부려 그녀와 얼굴을 가까이 맞대고 노한 눈으로 말했다.

"당신! 아이를 침대에 눕힐 때, 몸을 왜 제대로 살펴보지 않은 거요?"

아침 햇살이 세상의 가장자리를 따라 물밀듯 넘쳐 들어왔다. 그 빛은 창문 유리로 쏟아져 내리며 벽과 바닥을 물들였고, 악취 나는 침대와 부엌의 탁자와 차갑게 식은 커피 잔에 노란 담요를 드리웠다. 하늘에는 구름 한 점 없었다. 검은색과 노란색으로 된 수천 마리의 메뚜기 떼만 동쪽 벽에 내부딪었다.

이 모든 이야기는 60년도 더 지난 일이다. 힘들었던 그 시절은 모두 지나갔다. 던마이어 일가는 건기에 목장이 다 망가져 버려 그 고장을 떴다. 틴슬리 일가는 어딘가에 묻혔고, 문앤스타 수박이 자라던 곳에 이제는 가축 목장이 들어서 있다. 우리는 새천년을 살고 있으며, 더 이상 이런 절망스러운 일은 일어나지 않는다.

만약 당신이 이것을 믿는다면, 다른 어떤 것도 믿을 수 있을 것이다.

세상 끝자락의
레드월 목장

웃자란 산쑥, 노란 토끼풀 더미, 복잡하게 얼룩진 하늘, 공기 중에 흩뿌려진 여러 벌의 카드 같은 작은 새들의 무리, 붉은 벽이 드리워진 지평선을 향해 부유하듯 뻗어 있는 희미한 한 줄기 길, 그곳은 텅 빈 땅으로 보였다. 아무 표식도 없는 무덤과 이미 옛날 옛적 모닥불의 재가 된 무너진 가옥의 재목과 가축우리, 기상氣象과 펼쳐진 대지 외에는 눈에 띌 만한 것이 거의 없다. 저 멀리서 드문드문 보이는 몇몇 목장 입구나 북쪽으로 뻗은 고속도로 위를 질주하는, 대형 트럭에 반사되어 번쩍이는 태양 광선 그리고 그 끝없는 웅성거림밖에……

이 막연한 시골 땅에 투헤이 일가가 목장을 일구고 있었다. 아흔여섯 '밖에' 안 된 레드 노인과 그의 아들 알라딘, 알라딘의 아내 와우네타, 이들 부부의 아들이자 알라딘의 희망인 타일러, 마지막으로 딸 둘, 셴과 (가족의 수치인) 오탈린이었다.

레드 노인은 1902년에 러스크에서 태어나 고아원에서 자랐다. 그는
—손목에 뼈마디가 불쑥 튀어나오고 빨간 머리 가운데에 가르마를 탄
—심술궂고 다루기 까다로운 아이였고, 열네 살이 되던 해 고아원을 뛰
쳐나가 타이핵 저수지 근처의 야영장 한군데에서 처음으로 일을 시작
했다. 제1차 세계 대전이 끝나던 해 메디신바우 임지林地에서 지내던 그
는 가뭄에 타들어 가는 서부를 떠나기로 마음먹고, 우물을 파거나 철도
변 가축 사육장에서 소몰이를 하거나 광고 전단 붙이는 일 등을 하며,
벽돌 하나하나를 얹어 집을 쌓아 올리듯 차곡차곡 삶의 기반을 쌓아 갔
다. 그렇게 1930년에는 뉴욕에 살면서 월도프 아스토리아 호텔의 잔해
를 바지선 한편에 실어 대서양에 가져다 버리는 일을 했다.

어느 날 아침, 짭짤한 바다에서 그는 척박하고 메말랐던 고향 땅이
새삼 사무치게 그리워졌고, 그 길로 다시 서부 쪽을 향해 떠났다. 가는
길에 그는 아내를 얻었고, 머지않아 먹여 살려야 할 꼬질꼬질한 아이들
도 서너 명 생겨났다. 대공황 시기, 오클라호마에서 그는 폭발물을 이
용해 둥지에서 잠자는 까마귀를 잡아 식당에 팔아넘겼다. 그러다 까마
귀가 귀해지자, 그는 가족들을 데리고 와이오밍으로 이주하여 정착했
는데, 고향에서 2, 300킬로미터 정도 떨어진 곳이었다.

그들은 레드월 지역에 있는 목장을 하나 임대했다. 통나무집 한 채
와 멀리서 보면 마치 나뭇가지를 제멋대로 떨어뜨려 놓은 것처럼 가축
우리가 여기저기 흩어져 있는 목장이었다. 그곳의 바람은 그들을 세상
과 단절시켰다. 빙글빙글 세차게 도는 그 대기의 급류에 한 발자국이라
도 들여놓으려다가는 여지없이 뒤로 밀려나기 일쑤였다. 그들의 목장
은 높은 평원 위에서 표류했다.

양을 치는 것이 어떻겠냐는 의견이 나왔다. 아내의 의견이었다. 5년
에 걸쳐 그들은 양들을 최상급으로 길러 냈다. 마침 제2차 세계 대전이

터져 양모 가격이 안정적으로 유지될 때였다. 그들은 체납 세금을 납부하고 목장을 사들였다.

1946년 팔월, 시어스로벅사社에서 주문한 초록빛 램프가 도착하던 날, 그의 아내는 막내아들을 낳았다. 그녀는 그 아이의 이름을 알라딘이라고 지었다.

평화가 찾아오고 열가소성 수지 방적사가 개발되면서 목양 시장이 붕괴되자 그들은 양 대신 소를 치는 일로 전향했다. 발육이 덜된 송아지들이 처음으로 목장에 들어오던 날, 그의 아내는 소 같은 것을 키우게 된 사실이 역겹다는 듯 하역 작업을 하는 도중 메스꺼운 속을 호소했다. 그녀는 그렇게 3, 4년을 앓다가 결국 세상을 떴다. 레드는 아이들을 심하게 다그치며 키웠고, 결국 여섯 명의 아이들 중 오직 알라딘만이 그 바람 부는 목장에 남았는데, 그는 어지르기 대장에 고집이 세고 입이 걸었으며 접시에 올라온 것은 말라붙은 뼈든 쇠고기 스테이크든 가리지 않고 뭐든 게걸스레 먹어 버리는 위인이었다.

알라딘은 베트남전에 참전했다가 돌아왔다. 거기서 그는 고엽제 살포용 C-123 B 비행기를 몰았다. 그는 돌아온 후 성격이 더욱 난폭해졌고, 상대가 기진맥진해질 때까지 몰아붙이는 데에 맛을 들였으며, 그러다가도 며칠씩 망연자실한 표정으로 멍하게 있곤 했다. 타는 듯한 더위가 기승을 부리던 어느 오월의 아침, 그는 신부의 친정이 있는 콜로라도에서 와우네타 힙색과 결혼식을 올렸다. 먼 하늘의 푸른 구름에는 깔때기 모양의 회오리 구름이 걸쳐져 있었다. 와우네타는 숱 많은 머리를 유행 지난 프랑스식 매듭 모양으로 동그랗게 말아 올렸다. 결혼식 하객이라곤 그녀의 부모와 열한 명의 형제가 전부였고, 그들은 쌀이 없어 대신 밀을 땅에 한 줌씩 던졌다. 식이 진행되는 동안 와우네타의 아버지는 시종 줄담배를 피워 댔다. 그날 저녁 투헤이의 목장으로 돌아온 알라딘은 새 신부 앞에서 신이 난 데다 장난기가 발동해 현관 앞에서 빙글빙글 재주넘기를 돌았고, 그사이에 그의 바지 밑단에 끼어 있던 낟알들이 우르르 떨어져 나왔다. 땅에 떨어진 씨앗은 시간이 지나며 싹을 틔웠고 자라나 이삭을 떨어낸 후 또 다른 씨를 퍼뜨렸다. 그 밀은 해가 갈수록 점점 더 많은 땅을 밟고 퍼져 나갔고, 끝내는 일천 평방미터에 달하는 면적을 뒤덮게 되었다. 그 파도처럼 넘실거리는 밀밭을 와우네 타는 필사적으로 보호했다. 그녀는 그 밀이 자기의 '결혼 밀'이라며, 잘 못해서 베기라도 했다간 세상이 끝날 것처럼 말하곤 했다.

스물여섯 살의 알라딘은 어느 날, 무력으로 그의 아버지로부터 집안의 통솔권을 빼앗아 냈다. 그날 알라딘은 아침 댓바람부터 일어나 샘을 파려고 진흙탕에 나가 있었는데, 아버지가 애꾸눈 암말을 타고 다가왔다. 아들은 젖은 흙을 한 삽 가득 파서 던졌다.

"아직도 다 못 판 거냐?"

아버지가 물었다.

"움직임도 둔한 데다 머리도 안 따라 주니 오죽하겠어, 안 그래? 보나마나 삽도 뾰족하지 않겠지. 그 몸으로 결혼할 여자는 어떻게 구했는지 도통 미스터리라니까. 혹시 총을 들이대고 협박한 건 아니냐? 아니면 최면이라도 걸었나? 하긴 그렇다고 며늘아기한테 잘난 구석이 있는 건 아니지만, 그래도 가축에 대고 하는 것보다는 낫지. 안 그러냐?"

아들은 진흙투성이 채로 구덩이에서 기어 나와 아버지에게 흙덩이를 마구잡이로 던지며 무차별 공격을 시작했다. 하다못해 아버지가 말을 타고 집으로 줄행랑을 치자, 그는 집 안까지 뒤쫓아 들어가 장작더미에서 낚아챈 장작이며 돌로 사정없이 공격했고, 늘 뒷주머니에 가지고 다니는 펜치나 귀에 꽂고 다니는 연필, (담배가 아닌) 집에서 기른 짙은 녹색의 마리화나가 가득 든 둥근 깡통 등을 무작위로 내던졌다.

정신이 얼얼해진 레드 노인은 피를 철철 흘리며 항복의 표시로 한쪽 팔을 들고 현관으로 뒷걸음질 쳤다. 그는 당시 일흔한 살이었고, 그 나이를 방어막으로 내세웠다.

"이 목장을 세운 건 바로 나고, 너도 내가 만들었다."

그는 검버섯 핀 손으로 자기 가랑이 사이를 가리켰다. 알라딘은 깡통과 연필, 펜치를 주워 정리했고, 아버지의 말을 가져다 매어 놓았다. 그리고 다시 파던 샘으로 돌아가, 고개를 숙여 삽을 집고 손에 감각이 없어질 때까지 땅을 팠다.

와우네타는 시아버지 레드의 소지품을 위층 넓은 침실에서 아래층 부엌 옆에 달린 작은 골방으로 옮겼다. 한때는 식료품 창고로 썼던, 아직도 건포도며 쾌쾌 묵은 밀가루 냄새가 배어 있는 방이었다. 금이 간 창문에는 접착테이프가 덕지덕지 붙어 있었다.

"여기서 지내시면 욕실에서 더 가까우실 거예요."

그녀는 깔때기에 내리는 기름만큼이나 매끄러운 목소리로 말했다.

와우네타는 두 딸을 시켜 할아버지 방에 하얀 접시에 담긴 디저트를 가져다주고 '안녕히 주무세요.'라고 인사하고 나오도록 가르쳤다. 반면 아들 타일러는 밤늦도록 모형 소를 가지고 놀도록 내버려 두었다. 어느 날 오전, 그녀가 빨래를 널고 들어오는데, 레드 노인이 그의 무릎 위에 다리를 벌리고 걸터앉아 내려가려고 버둥거리는 네 살 난 오탈린을 붙잡고 있는 광경을 보게 되었다. 그녀는 아이를 낚아채며 말했다.

"한 번만 더 그 늙고 더러운 거시기를 내 딸들에게 갖다 대기만 해 봐요. 그랬다간 내가 거기에 펄펄 끓는 물을 부어 버릴 테니까."

"뭐라고? 내가 언제…… 난 절대…… 그런 적 없다……."

"내가 늙은 영감쟁이들 수작을 모를 것 같아요?"

그때 오탈린이 "나 쉬이!" 하고 소리를 질렀다. 때는 이미 늦었다.

그때부터 그녀는 딸들에게 절대 할아버지 가까이 가지 말라고 주의를 주었고, 할아버지에 대해 늘 안 좋은 쪽으로 말했으며, 그가 홀로 등받이가 딱딱한 의자에 앉아 있든 누구의 도움도 없이 절뚝거리며 현관에서 부엌으로, 또 퀴퀴한 골방으로 다니든 전혀 안쓰러워하지 않았다. 오히려 '하루라도 빨리 천국 문을 밟으셨으면 좋겠는데'라고 알라딘에게 대놓고 말했고, 그러면 알라딘은 끙 소리를 내며 옆으로 돌아누웠다. 그는 일을 나가지 못하는 캄캄한 어둠이 내리면 초조해진 마음으로 안절부절못했고, 얼마 자지도 못한 채 새벽 세 시면 일어나 주전자에 물을 받고 빨간 커피 통을 열면서, 한시라도 빨리 일을 시작하지 못해 안달했다.

"와우네타, 내가 어떻게 하기를 바라는 거야? 아버지를 물탱크에 넣고 질식사라도 시키라는 거야? 그 양반이 이제 살아 봐야 얼마나 더 산다고."

"당신 그 얘기 시작한 지 벌써 5년째야. 아직도 정정하기만 하신 게, 한참 걸릴 것 같구먼."

소가 새끼를 낳고, 새로 풀이 돋고, 낙인을 찍고, 비가 내리고, 구름이 몰려오고, 소몰이를 하고, 소 중간상 아멘딩어가 방문하고, 가축을 실어 보내고, 때 이른 첫눈이 오고, 때늦은 눈보라가 치는 동안, 시간은 다시금 흘러갔다. 아이들은 다 컸고, 알라딘은 구형 경비행기 파이퍼컵을 손에 넣었는데, 황소 두 마리와 트럭 타이어 한 세트, 말안장 그리고 삼나무 밑에서 주운 녹슨 1860년형 콜트 44구경과 맞바꾼 것이었다.

옅은 갈색이던 와우네타의 머리는 허옇게 세기 시작했고, 그녀는 몇 달에 한 번씩 욕실에서 밤색으로 머리를 염색했다. 오직 노인인 레드만이 사료 가게에서 받은 작은 달력을 보며 지나가는 세월의 흐름을 유유히 지켜보았다. 그는 이제 등유보다 더 나이를 먹었으나, 거뜬히 백 세를 넘길 만큼 정정했다.

작은딸 셴은 고등학교를 졸업한 후 라스베이거스로 떠났다. 그녀는 종교 관련 CD를 만드는 회사의 포장 디자인 부서에서 일자리를 구했고, 이미지로 나타낼 수 있는 미묘한 메시지들을 빠르게 파악했다. 부서지는 파도나 뻗어 나가는 태양의 밝은 빛줄기는 신의 은총을 뜻하는 한편, 먹구름 가장자리에서 무지갯빛이 새어 나오는 모양이나 눈물을 머금은 채 미소 짓는 아기의 모습은 기도의 도움으로 극복할 수 있는 시련을 뜻했다. 만사가 분홍빛이었고, 돈은 술술 굴러들어 왔다.

장녀 오탈린은 400리터들이 프로판 가스통에 육박하는 체격 때문에 눈에 띄었다. 그녀는 여동생보다 1년 늦게 학교를 마쳤고, 그 후로도 집을 나가지 않았다. 그녀는 붉은빛이 도는 분홍 머리를 두 갈래로 땋고 다녔는데, 그 머리채의 두께가 채찍 손잡이만큼 굵었다. 폭신하고 보조개 팬 입가와 수정결정 같은 파란 눈의 그녀를 마주 보고 대화해 본 사람이라면, 몸매만 저렇게 뚱뚱하지 않았더라면, 하는 안타까움이 절로 들게 마련이었다. 집에서 지내던 첫 해, 그녀는 화사한 색깔의 XXL 사이즈 치마를 입고 집 안팎의 일을 도왔다. 그 바람에 늘 다리가 시렸고, 소위 와우네타가 '얼경'라고 잘못 발음하는 생리적 문제로 종종 곤혹을 겪어야 했다. 갑자기 생리혈이 터져 그녀가 욕실로 뛰어 들어간 뒤에는, 어김없이 10센트에서 50센트까지, 크기도 다양한 둥글고 검은 핏

자국이 남곤 했다. 맨다리로 눈밭을 지나다니며 살이 비늘처럼 되는 동
상을 겪고 난 뒤, 그녀는 바람이 들어오는 치마와 집안일을 포기하고
알라딘과 함께 목장 일을 하는 데 전념하기로 했다. 그리고 그때부터는
퇴비가 덕지덕지 묻은 카우보이 부츠와 넉넉한 청바지, 허벅지까지 내
려오는 티셔츠를 입었다.

"그래, 집 밖에 나가 있는 편이 낫지. 집 안에서는 어쩜 손에 닿는 것
마다 깨부수거나 아니면 잃어버리니, 저 애가 요리한 걸 먹고 살라고
하면 돼지도 살아남지 못할걸."

와우네타가 말했다.

"난 요리하는 게 싫어요. 아빠 일을 도울 거예요."

오탈린이 말했다. 이것은 그녀가 현실과 타협한 차선책이었다. 그녀
의 꿈으로 말하자면, 집을 떠나 밑창이 코르크로 된 빨간 샌들을 신고
진주색의 최신 픽업트럭 조수석에 폼 나게 올라앉아 훌라 댄서 모양의
유리병을 손에 들고 마시는 거였다. 그 사람은 언제쯤에나 자신을 찾아
와 줄까? 그녀는 여동생처럼 대담한 성격이 못 되었다. 그녀는 자신의
형편없는 현실을 잘 알고 있었고, 그 현실을 회피할 방도가 없었다.

알라딘은 그녀가 가축을 돌보는 데 소질이 있다는 사실을 알아차렸
다. 툭하면 휘파람이나 소리만 빽빽 지르면서, 대학살 현장을 보고하는
전령처럼 말을 타고 다니는 아들 타일러보다 훨씬 나았다.

"내 마음대로 할 수만 있다면, 난 여자한테 넘겨줄 거다. 여자들은
동물을 다루는 데 타고난 기질이 있거든."

그는 일부러 들으라는 듯이 콕 집어 말했다.

"어머, 아부지!"

타일러가 우스꽝스럽게 높은 가성으로 말했다. 이래 봬도 그는 집안
의 엄연한 카우보이였다. 게다가 그는 열세 살 때부터 다 허물어진 헛

간에 가서 잠을 잤다. 와우네타의 포고령 때문이었다.

"자고로 우리 집안에서 남자 형제들은 전부 다 헛간에서 잤어."

이 짧은 말속에는 협박에 둘러싸여 고립감과 경계심에 젖어 살았던 와우네타의 유년 시절이 오롯이 축약되어 있다 해도 과언이 아니었다.

열아홉 살의 외아들 타일러는 알라딘이 아닌 다른 보통 아버지였다면 위기의식을 가지게 할 만큼 체격이 장대했고 장비를 다루는 손재주가 있었다. 그는 더러워진 청바지에 갈색 모자를 쓰고 바닥을 쿵쿵거리며 걸어 다녔다. 그는 백일몽을 꾸듯 입을 헤벌리고 다녔고, 애송이들의 고양이 털 같은 콧수염을 길렀고, 뺨에는 작은 여드름 흉터가 바글바글 나 있었다. 그는 보통 백 가지를 말하면 그중 맞는 것이 단 하나밖에 없었고, 낙담하여 의기소침해 있다가도 갑자기 엄청나게 흥분하기를 반복했다. 알라딘의 생일날, 그는 무려 2주 동안을 몰래 쫓아다닌 끝에 잡은 코요테의 귀 두 쪽을 알라딘에게 선물했다. 알라딘은 포장을 풀어 두 쪽의 귀를 보고는 식탁보 위에 올려놓고 말했다.

"이런, 코요테 귀 두 쪽으로 뭘 하라는 거지?"

그러자 타일러가 소리를 빽 지르며 외쳤다.

"맙소사! 그중 하나는 거시기 위에 씌우고, 교회에서 경품으로 가죽모자가 당첨됐다고 말하거나 하면 되잖아요! 어차피 내가 하는 건 다 마음에 안 들죠?"

그는 코요테 귀를 바닥으로 싹 쓸어버린 뒤 집 밖으로 나가 버렸다.

"저래도 다시 돌아올 거야. 있는 돈 다 쓰고 빈털터리가 되면 꼬질꼬질한 모습으로 다시 돌아오겠지. 내가 남자애들을 잘 알거든."

와우네타가 말했다.

"내가 그 방랑하던 청년이었어. 저 녀석, 절대 돌아오지 않을걸. 날 닮았거든. 난 말이지, 카우보이도 하고, 돼지도 잡고 하면서 살아남았어. 열네 살 때부터 다 큰 성인 남자처럼 일했고, 지금 아흔여섯이 되었어도 이렇게 정정하지. 난 내 아버지가 누군지도 몰랐어. 그렇게 해서너희들을 이 지옥까지 끌고 와 살게 한 거지."

그는 자신이 살아온 먼 길을 보여 주듯, 식탁 표면을 손가락으로 길게 가로질러 끌었다. 그리고 씹는담배 통을 찾아서 더듬거리며, 그 주름진 얼굴에 섬뜩한 미소를 지었다.

위로 뻗치는 곱슬머리에 방패 같은 얼굴을 한 알라딘이 식탁 앞으로 머리를 숙이고 중얼거리며 말했다.

"일용할 양식을 주셔서 감사합니다."

서빙 접시에는 파스닙과 삶은 감자가 가장자리를 둘러싸고 가운데는 두툼하게 썬 쇠고기가 분화구처럼 움푹 들어가 있었다. 그날 오후, 목장에서 그는 죽은 지 한참 된 것 같은 소 두 마리를 발견했다. 한 마리는 늪에 빠져 죽어 있었고, 한 마리의 사인은 알 만한 단서가 전혀 남아있지 않았다. 그는 작은 감자를 하나 집어서 보지도 않고 아버지의 접시에 담았다. 늙은 아버지가 포크를 달그락거리는 소리를 내자 그는 듣고도 못 들은 척했으나, 와우네타는 묵직한 컵에 커피를 따르며 찌푸린인상으로 내뱉었다.

"정도껏 하시죠. 존 웨인도 아니고."

설탕 아이싱이 너무 얇게 입혀져 푸르스름해 보이는 납작한 케이크와 그녀의 나이프 사이 중간에 파스텔 톤의 봉투가 하나 놓여 있었다.

"셴한테서 이게 왔어."

"집에는 언제 온대?"

알라딘은 감자를 으깬 다음 그 위에 저지방 우유를 듬뿍 부었다. 소들이 회색 곰이나 사자한테 잡아먹힌 거라면 야생 동물 보호 단체에서 보상을 해 줄 텐데, 그러나 한 10년째 사자라곤 근처에서 그림자도 보지 못했다. 더군다나 회색 곰은 살면서 한 번도 본 적이 없었다.

"아직 안 열어 봤어."

와우네타가 말하며, 봉투의 끄트머리를 찢어서 열었다. 모호한 내용의 짤막한 편지가 들어 있었다. 그녀는 모두를 향해 큰 소리로 읽었다. 편지지 위에는 깜짝 놀랄 만한 사진 한 장이 클립에 꽂혀 있었다. 사진에 찍힌 그들의 작은딸은 몸매가 다 드러나는 검정색 비키니 차림에 번들거리는 오일을 바르고, 이두박근과 종아리 근육은 불거져 나오고, 삐죽삐죽 위로 솟은 머리는 짧게 깎아 하얗게 탈색하고서, 살구만 한 큰 눈을 크게 뜨고 있었다. 편지에다 그녀는 이렇게 썼다.

'요즘 한창 보디빌딩에 빠져 있어요. 여기 여자들은 다 이걸 해요!'

"애 머리에 뭘 어떻게 했는지는 몰라도, 누군가의 꾀임에 넘어간 게 틀림없어. 내가 셴을 잘 알아서 말하는데, 얘가 이런 생각을 스스로 했을 리는 없어."

와우네타가 말했다.

셴은 집을 떠날 때만 해도, 얇은 팔뚝에 금발 머리, 상한 머리끝을 가진 평범한 아가씨였다. 그녀가 표정을 지을 때마다 불쑥 튀어나온 눈은 반짝이며 아래위로 굴러가듯 움직였고, 말을 할 때는 손가락을 활짝 편 양손을 빙빙 돌렸다. 졸업 앨범에서 그녀는 '누구보다 생기 넘치는' 아이로 이름 붙어 있었다.

"보디빌딩이라……"

알라딘의 어조에는 비난도 칭찬도 섞여 있지 않았다. 그는 목장지기답게 재앙은 언제든 닥칠 수 있다고 생각했으며, 해피엔딩 같은 건 절대 믿지 않았다. 그는 그냥 딸이 잘 살고 있다는 사실에 만족했다. 폭탄 같은 걸 만드는 것도 아니고, 거리에서 주행 중인 남자들에게 몸을 파는 것도 아니었으니.

오탈린은 자기 커피 잔을 물끄러미 바라보았다. 죽은 나방이 커피 위에 날개를 축 늘어뜨리고 둥둥 떠 있는 것이, 꼭 작은 화살촉 모양이었다. 그 화살 끝은 여동생의 빈 의자를 가리키고 있었다.

알라딘은 큰 모자를 쓰고 부츠도 신고 다녔지만, 말 위에는 좀처럼 올라타지 않았다. 그는 파이퍼컵이 그리웠다. 그에게는 그것이 바로 말과 같은 존재였던 셈이다. 2년 전에 그가 자는 동안, 누군가가 그 비행기의 나사를 풀어 날개를 떼어 낸 다음에 기체와 함께 트럭에 매달고 훔쳐 가 버렸다. 그는 모르몬교도들을 의심했다. 이제 그는 트럭 운전석에 용접된 철 마냥 꾹 눌러앉아 먼지를 일으키며 평지를 달렸고, 가끔씩은 약에 취해, 혹은 술에 취해, 물 빠진 골짜기에 가서 앞 좌석에 끼인 채로 밤을 보내기도 했다. 고도高度의 햇빛에 변색된 앞 유리창은 자외선을 그대로 다 통과시켰다. 그는 목장에서 주운 막대 봉들을 이용해 뒤창 가리개를 만들었다. 그리고 좌석 뒤에 위스키 한 병과 밧줄을 싣고 다녔다. 조수석 앞 열린 사물함에는 불쏘시개와 렌치, 너트와 볼트, 울타리용 철사 침 수백 개 그리고 손잡이가 빠진 망치 머리가 들어 있었다. 와우네타는 낡은 킬트 이불을 운전석 안으로 던져 주면서 비가 오면 창문을 좀 닫으라고 당부했다.

"내가 당신을 잘 알지. 이러다 날씨에 한번 호되게 당하고 말걸."

그녀가 말했다.

열흘에 한 번꼴로 오탈린은 역정을 부리며 박차고 일어나 일자리를 찾아 마을에 나가게 해 달라고 외쳤다. 알라딘은 그녀를 데려다주지 않았다. 그러면서 그녀의 몸무게 때문에 조수석 스프링이 망가질 거라는 핑계를 댔다. 어쨌거나 마을에 나가 봐야 일자리가 없는 걸 알면서도 저러네. 목장에 있는 게 낫지. 있을 목장이 있다는 게 얼마나 다행인지 몰라서 하는 소리지.

"네가 왜 이 목장을 떠나고 싶어 하는지 난 이해가 안 된다."

오탈린은 아버지에게 혼자서도 운전할 수 있게 해 줘야 하는 거 아니냐고 말했다.

"나한테 조언하려면, 내가 물을 때나 하도록 해. 어쨌든 지금으로썬 내 트럭은 내가 몰 거니까. 정 트럭 운전을 하고 싶다면, 직접 사서 몰던가."

"그러려면 한 백만 달러는 모자랄걸요."

전혀 가망 없는 얘기였다.

"그래서 나보고 어떡하라는 거냐? 은행이라도 털어 주랴? 그건 그렇고, 이따 황소 시장에 너도 같이 가는 거다, 알겠니? 그리고 너한테 꼭 명심해야 할 좋은 팁을 하나 알려 주마. 소를 볼 때는 고환의 직경을 잘 살펴봐야 해. 그게 빌어먹게 중요한 거야."

일이 한가할 때 오탈린이 할 만한 게 뭐가 있을까? 쪽빛으로 물든 하늘 동쪽으로 50킬로미터 떨어진 곳에 비스듬히 쏟아져 내리는 우박 관찰하기? 하늘 여기저기에 모여 있는 뭉게구름을 보면서 기름때 묻은 정비공 걸레 조각과 비교해 보기? 동서남북 사방 하늘에서 비틀어진 나뭇가지 같은 번개가 한 번씩 내리꽂을 때마다 그가 나를 사랑한다, 안 한다 헤아려 보기?

그해 여름, 말들은 늘 젖어 있었다. 남서쪽에서 불어온 몬순의 영향으로 비정상적으로 비가 많이 내렸기 때문이다. 물에 젖어 번쩍이는 말들은 평원 위에서 유독 눈에 뜨였다. 말갈기에서는 시냇물이 무색할 정도로 물이 줄줄 떨어졌고, 한 마리가 갑자기 달리려고 하면 말의 어깨에서 물방울들이 마치 망토처럼 부채꼴을 이루고 흩날렸다. 오탈린과 알라딘은 모닝커피를 마실 때부터 밤에 졸려 하품을 할 때까지 방수 코트를 입고 일했다. 와우네타는 셔츠와 침대보를 다리면서 텔레비전 뉴스를 주의 깊게 보았다. 레드 노인은 요즘 날씨를 '주룩주룩 날씨'라고 부르면서, 방에 앉아 담배를 씹거나 대형 활자로 출판된 제인 그레이의 책을 한 줄 한 줄 구부러진 손톱으로 금이 패일 만큼 깊게 밑줄 그어가며 읽었다. 7월 4일 독립기념일에는 가족 모두 현관 앞에 모여 앉아, 천둥 번개의 굵고 붉은 서광이 마치 화려한 불꽃놀이라도 되는 것처럼, 멀리서 다가오는 폭풍을 바라보았다.

오탈린 주위에 있는 것들은 거의 다 옛날부터 봐 온 것으로, 새로운 것은 아무것도 없었다. 빛나고 멋진 일들은 미래가 아니라, 상상 속에서나 일어나는 것이었다. 그녀가 셴과 함께 쓰던 방은 방 안의 또 다른 방이었다. 환하게 빛나는 달빛에 그녀의 눈이 우윳빛으로 반짝였다. 바닥에 깔린 송아지 가죽 카펫이 한 번에 몇 밀리미터씩 접혔다 펴졌다 하며 조금씩 움직이는 것 같았다. 거울의 검은 프레임은 직사각형 참호를 만들며 벽 속으로 꺼져 들었다. 그녀는 침대에 앉아 달빛에 바랜 대형 곡물 창고를 보았고, 그 너머로 검은 깨가 박힌 것처럼 소들이 틈틈이 박혀 있는 광대한 목장을 보았다. 손에 넣을 수만 있다면 뭐든 다 가지고 싶게 만드는 그 심란하고 신랄한 빛 속에서 그녀는 다른 누구도 아닌 오탈린 자신이 되었다. 그 생생한 외로움, 낮 동안의 그 침묵의 시간들, 육체에 대한 목마른 갈망은 그녀에게 뜨거운 팔꿈치 안쪽을 입으로 꾹 누르는 버릇을 생기게 만들었다. 그녀는 물렁한 옆구리를 손으로 꼬집거나 내리치며 침대 위에서 뒹굴거나 몸을 비틀었고 창가를 열댓 번도 더 들락날락하며 방바닥을 발꿈치로 쿵쿵 세게 쳐 댔다. 그러면 참다 못한 레드 노인이 아래층 골방에서 '거기 왜 그러는 거야? 혹시 위에 뱃놈이라도 들인 거냐?' 하고 소리를 쳤다.

그녀가 가진 유일한 기회는 가끔씩 목장에서 일을 하는 반문맹의 할 블룸밖에 없는 것 같았다. 그는 젓가락처럼 다리가 길었고 '천성이 용맹한 자, 카우보이가 되어라.'라는 문구가 적힌 티셔츠를 입고 다녔다. 로데오 경기가 없을 때마다 잠깐씩 알라딘 밑에서 일했던 (오리건에서 소몰이를 하다 막 돌아온 1870년대 카우보이 같은 이미지를 갈망하던) 그는 좀처럼 자기 말에서 멀리 떨어지려고 하지 않았다. 오탈린은 그를 따라 한 열댓 번 버드나무 숲에 들어갔다. 축축한 땅과 따가운 쐐기풀 둥지 사이에서, 그는 딱딱하게 선 작은 남근에 허연 콘돔을 끼우고 말 없이 그녀의 몸 안으로 기어들었다. 그의 따뜻한 목덜미에서는 비누와 말 냄새가 났다.

그러나 오탈린이 조금이나마 돈을 받으며 목장에서 일하게 되면서, 알라딘은 할 블룸에게 가서 밧줄이나 돌리라며 내보내 버렸다.

"그래, 뭐, 안 그래도 이 구석에서 너무 오랫동안 처박혀 있었어."

그는 이렇게 말하고 떠나 버렸다. 그걸로 다였다.

오탈린은 무력감에 빠졌다. 모든 것이 너무도 멀리 떨어져 있었다. 누군가가 그녀를 위해 찾아와야만 했다. 텔레비전을 보며 마음의 위안을 찾을 수도 없었는데, 리모컨은 레드 노인이 장악했기 때문이다. 그는 늘 서부 영화만 틀어 놓고 영화 속 말들을 향해 갈라진 목소리로 고함을 질렀다.

"그 자식을 떨어뜨려, 박살을 내 버려!"

오탈린은 자기 방에 가만히 올라가, 도청기로 다른 사람들의 휴대폰

대화를 엿들었다.

"계좌번호 칠, 삼, 오, 오, 구의 현재 잔액은 마이너스 이백사……."

"응, 이해될 거 같기도 하고. 그런데 너 벌써 맥주 마시고 있는 거야?"
"하하, 응."

"난 네가 알아차리지 못한 줄 알았어." "완전히 납작하게 박살 나지는
않았어. 물러지긴 했지만. 그걸 가방에서 꺼냈는데, 그게…… 너 그거 파
낼 거야?" "그건 싫어. 상태가 너무 엉망이야."

"어이, 거기는 아직 비 안 와?"

그녀는 그 말을 따라 해 보았다.

"아직 비 안 오니?"

사방에 다 비가 내렸고, 그곳 사람들은 모두가 살아 있었다. 이 레드
월 고장을 제외한 모든 곳에는…….

오탈린은 셴의 사진을 유심히 보고 있다가 엄마한테 말했다.

"내가 죽는 한이 있어도 걸어서 이 살을 빼겠어요."

"내가 그 말을 어디 처음 듣니? 내가 널 알지."

와우네타가 대꾸했다.

오탈린은 시위하듯 집 밖에 나가 며칠 동안 주위를 빙 둘러 걷기 시
작했다. 그 경로는 가축 울타리와 공구 창고, 지하 저장고 주위로 차츰
넓어지다가, 지금은 사용되지 않는 자갈 채석장 부근까지 지나게 되었
다. 알라딘은 그곳에 닳아서 못 쓰게 된 장비나 트랙터 들을 끌어다 놓
았다. 1928년형 파란색 철제 트랙터에는 빗나무가 차체를 뚫고 자라나
있었고, 그 옆에는 레드 할아버지가 타던 4기통 오버레드 밸브식 기관

을 채택한 1935년형 중고 AC*가 뜨거운 햇볕에 타서 페인트가 허옇게 바랜 상태로 방치되어 있었다. 흙이 벗겨져 흘러내리는 비탈 기슭 바닥에는 칠이 벗겨진 포드슨메이저**의 잔해가 그릴과 라디에이터 덮개가 박살 난 채로 반쯤 묻혀 있었고, 망가진 물탱크 옆에는 그 악명 높은 존 디어 4030이 있었다.

오탈린이 비에 젖은 고물 더미들을 지나고 있는데, 어디선가 들릴락 말락 한 목소리가 들렸다.

"어이, 귀염둥이 아가씨!"

거무스름해서 불에 그슬린 것 같아 보이는 짙은 구름의 가장자리 밑으로, 낮게 지는 태양이 햇빛을 비스듬히 쏟아붓고 있었다. 초원, 트랙터들, 노란 방수 코트의 소매 끝자락 밖으로 나온 그녀의 손, 모든 것이 샤프란 가루처럼 샛노란 빛으로 물들었다. 석탄층 같이 칙칙한 레드월과는 거리가 먼, 다른 세상에서 온 듯한 강렬한 색채들이 빗물에 씻긴 맑은 대기에서 활활 타올랐다.

"그렇지!"

그 목소리가 나직이 속삭였다.

주위에는 분명 아무도 없었다. 하늘에 외계인 우주선 같은 것도 전혀 없었다. 그녀는 조용히 그대로 서 있었다. 고도 비만에다 무정한 부모, 척박한 생활환경, 어렸을 적부터 워낙에 정신적으로 피폐한 일들을 많이 겪은 바람에 어쩌면 드디어 미쳐 버린 건지도 몰랐다. 그건 누구에게나 일어날 수 있는 일이니까 말이다. 그녀의 외삼촌 맵스턴 힙색은 가축으로부터 방선균염을 옮았는데, 그 때문에 처음에는 우울증에 걸렸고, 점점 키득키득 기분 나쁜 웃음을 웃는 미치광이로 변해 갔다고

---

* 영국 자동차 회사 브랜드.
** 트랙터 브랜드.

했다. 차츰차츰 햇빛이 채도를 잃어 가는 동안, 고물 더미는 거무칙칙한 원래 색으로 돌아갔다. 이제 그녀의 귀에 들리는 건 모기의 윙윙거림 그리고 다가오는 어둠과 함께 찾아든 약한 바람 소리가 전부였다.

그날 밤, 도청기에서 흘러나오는 두서없는 대화를 듣고 있던 그녀는 문득 그딴 환청을 들은 게 배고픔 때문인 건가, 하는 생각이 들었다. 그녀는 그 길로 부엌으로 내려가 남은 돼지고기 요리를 몽땅 다 먹어 치웠다.

"당신이 걱정 돼. 누가 당신을 죽이거나 해코지하려고 하면 어떻게 해." "날 너무 많이 그리워하지는 마."

"아직은 아무 일 없어." "여기는 방금 비가 지겹게 내렸는데." "여기도 비가 지랄 같이 왔어." "여기서 더 있어 봐야 소용없을 것 같다."

몇 주가 지나도록 아무 일도 일어나지 않았다. 그 고장에서는 뭐, 새삼스러울 것도 없었다. 햇빛이 포효하며 쏟아지던 정오의 한낮, 그녀는 다시 채석장으로 갔다.

"안녕, 우리 귀염둥이. 이리 와, 이리로 와."

알라딘의 옛날 녹색 트랙터인 4030이었다. 차체는 뭉툭하지만 앞면으로 그어진 선들 때문에 얼핏 보면 달리고자 하는 의지가 강렬해 보이는, 그 트랙터는 몇 년 전 목장에서 일하던 일꾼 하나를 사망으로 내몬 전과가 있었다. 잡초가 무성한 관개수로에 트랙터가 거꾸로 뒤집혀 박힌 큰 사고였다. 그런데 그 사람 이름이 뭐였더라? 모리스 램블우드, 아닌가? 램블트리, 브램블푸드, 럼블시트, 텀블플러드? 그 당시 어린 아이였기에 기억이 잘 안 나지만, 그는 늘 그녀에게 미소를 지으며 오늘 식사 메뉴는 뭐냐고 물어보았고, 죽은 당일에는 셔츠 주머니에서 뭉글뭉글 미지근해진 초콜릿 바를 꺼내 던져 주면서, 그녀가 원한다면 온 세상을 오렌지색으로 보이게 하는 자기의 선글라스를 씌워 주겠다고 말했다. 그날 오후, 그는 까끌까끌한 풀과 가시 돋친 우엉 덩굴 사이에 싸늘하게 식어 있었다. 혹시, 그의 유령일까?

"모리스 아저씨? 아저씨예요?"

"아니, 아니지. 그 사람은 아니야. 그 녀석은 재가 됐잖아."

"그럼, 지금 말하는 게 누구야?"

"두 발자국만 가까이 다가와 봐."

그녀는 측면 그릴 쪽으로 손을 뻗었다. 말벌들이 그 안에 벌집을 짓고 좁은 그릴 틈새로 안팎을 들락날락하다가 뭔가가 수상쩍은지 대기에 더듬이질을 해 댔다. 그녀는 그 곤충들에게서 시선을 뗄 수가 없었다.

"거기, 거, 잘됐다. 작은 나무때기 하나 집어다가, 페인트가 물집처럼 일어난 데 좀 깨끗하게 긁어 주면 안 될까?"

트랙터 안의 그 목소리가 말했다. 그녀는 섬뜩 놀라 뒷걸음질 쳤다.

"나 진짜 무서워 죽겠거든."

그녀는 그렇게 말하며, 하늘과 파도가 굽이치듯 일렁이는 초원과 불붙은 실뭉치처럼 넘실넘실 타오르고 있는 세상 끝 지평선을 바라보았다.

"아니, 아니야. 무서워하지 마. 이 세상은 알 수 없는 기적으로 가득 차 있잖아, 안 그래? 자, 이리 와서 운전석에 앉아 봐. 아직도 푹신푹신해. 좌석이 아직 쓸 만하다고. 이걸 타고 죽 LA까지 간다고 생각해 봐."

상처 입은 듯한 속삭임, 영화 속 깡패 같은 그 목소리는 약간 거칠면서도 구슬프게 들렸다.

"싫어. 난 지금 이 상황이 전혀 마음에 안 들어. 안 그래도 문제가 많은데, 지금 당장 무너질 것 같은 낡은 트랙터 운전석에 들어갔다가 또 무슨 봉변을 당하라고."

그녀가 말했다.

"이런, 너한테 있는 문제가 뭐 대수라고 그래? 나를 봐, 자기야. 여기 이렇게 버려진 채로 햇빛에 통째로 구워지고 있잖아? 눈보라가 치고 도마뱀이 드글거리고, 방수 천 하나 씌워 주는 사람도 없지, 브레이크는 망가졌지, 배터리는 없어졌고, 그나마 멀쩡한 부품이라는 것도 말을 안 듣고, 연료는 한 방울도 없는 데다, 주위엔 해골들만 바글바글, 몸은 전부 녹슬고 새똥에 뒤덮였는걸. 그러다가 마침내 이렇게 널 만났는데, 넌 나한테 시간을 잠시도 안 내주려고 하잖아."

"앗, 여섯 시 십이 분이다."

그녀는 서둘러 그곳을 떠나왔다. 그리고 손가락으로 눈썹을 지그시 눌렀다. 이건, 환각 증상일 뿐이야.

그 목소리가 뒤에서 그녀를 애달프게 불렀다.

"우리 귀염둥이. 자기야, 가지 마."

그녀는 진짜 세상에 대해 조금이라도 더 알고 싶었지만, 가진 것은 도청기뿐이었다.

"망가진 데다 실도 다 풀렸어. 가져다 고쳐야 할 것 같아. 너 알아? 그 잡놈이 예전에 그딴 일을 했었는데, 요즘은 어디 갔는지 없더라고."

"자 자, 화내지 말고 좀 진정해 봐. 그 여자 보려고 잠깐 들른 거였어." "그래? 내가 듣기로는 넌 세 시 전에 떠났다던데." "세 시에는 옷 갈아입으려고 거기 있었던 거야." "너도 지금 하는 말 전부 헛소리인 거 알고 있지?"

"어우, 여기 좆나 퍼부어 대고 있어." "어떻게 말로 해야 할지 모르겠네. 저건 마치, 우아! 세상에 저렇게 큰 번개는 첨 봐! 와우! 씨발 전화 끊어야겠다."

"나도 당신이랑 같이 있고 싶지. 근데 현실을 잘 생각해 보면, 이 쌍년은 씨발 누구하고나 다 자고 싶어 하는 여자야, 하는 생각만 드는 걸 어떡해. 난 소파에서는 안 되는데, 씨발 방으로 꼭 가야 하는데." "그래, 다 내 잘못이라 이거지?"

말다툼일지언정 이렇게 사람들이 상대방과 함께 이야기하고 있는 소리를 듣고 있다 보면 그녀는 속이 메스꺼울 정도로 질투심에 불타올랐다.

그녀는 다시 채석장으로 갔다. 5미터 바깥에서부터 그 깰깩거리는 쇳소리가 지껄이기 시작했다.

"모리스 스텀블범? 그 자식은 잊어버려. 그자는 핸들을 확확 비틀고, 브레이크는 마구 때려 밟고, 늘 밟아! 밟아! 밟아! 해 대던 자야. 오일이건 필터건 갈 생각은 조금도 안 하고, 브레이크 오일 체크도 안 하고, 밸러스트도 비뚤어지건 말건 상관 안 하고, 앞바퀴 토인도 귀찮아서 점검 안 하고, 무자비하게 클러치만 밟아 대면서 질퍽한 진흙탕을 가는 동안에도 앞바퀴 베어링은 생각도 안 했지. 베어링이 그렇게 흙 범벅이 되었는데도. 마냥 의자에 앉아서 방방 뛰며 나를 미치게 만들었어. 에이, 그렇게 손가락만 두드려 대지 말고, 내 말 좀 심각하게 받아들여 줘."

그녀는 고개를 돌려 레드월 쪽을 바라보았다. 멀찌감치 떨어져 있는 게 최선이야. 애초에 발을 들여선 안 돼. 관광차에서 누군가 내던진 유리병에 햇빛이 반사되어 멀리 고속도로가 번쩍였다.

"그렇지만 그 이유 때문에 그를 죽인 건 아니야."

"그럼 뭔데?"

"너 때문이야. 바로 너, 너를 그자로부터 지키기 위해서 그런 거야. 그자가 언젠가 너를 덮치려고 별렀거든."

트랙터가 말했다.

"내 자신은 스스로 지킬 수 있어. 내가 원한다면."

그녀가 말했다.

저녁 식사 시간, 와우네타가 셴에게서 온 분홍색 편지 봉투를 열었다.

"내가 생각했던 대로군. 내 이럴 줄 알았지. 언젠가 타일러가 다시 나타날 거라고 말했잖아."

그녀가 말했다. 셴이 쓴 바에 따르면, 타일러가 찾아와서 그녀와 룸메이트와 함께 산 지 이제 한 달 정도 되었다고 했다. 그는 현재 토지관리국에서 모집 중인 야생마를 관리하는 일자리에 지원서를 내놓고, 결과를 기다리는 동안 억지로나마 수금원으로 전화 돌리는 일을 하고 있다고 했다. 또, 컴퓨터를 한 대 사서 낮에 전자 기기에 대해 공부를 하고 있는 모양인지, 셴이 헬스클럽에서 돌아와 보면 테이블 위에 전선이며 테이프며 용수철 같은 게 한가득 쌓여 있다고 했다. 그들은 채식주의자가 되었다고도 했다. 물론 타일러는 아니다. 타일러는 새우며 꽃게다리며 라스베이거스에서 처음 맛본 음식들을 즐겨 먹고 있는데, 아무리 먹어도 질리지 않는지, 한번은 65달러를 내고 2킬로그램들이 대하를 한 박스 사서 요리해 혼자 다 먹어 치웠다고 했다. '하하, 그리고 보니 변한 게 별로 없네요. 오빠는 여전히 돼지예요.' 편지는 이렇게 끝맺고 있었다.

알라딘이 설탕당근을 들어 레드 노인의 접시에 덜어 놓았다.

"자고로 새우를 많이 먹으면 고추가 휘는 법인데. 그건 그렇고, 전선이라니, 그 녀석 무슨 폭탄 같은 걸 만드는 모양이군."

레드 노인이 말했다.

"우리 애가 그런 일을 하고 있을 리 없어요."

와우네타가 말했다.

저녁을 먹은 후 오탈린은 접시를 닦다가 갑자기 훌쩍거리며 울기 시작했다. 와우네타가 엉덩이로 한 번 툭 치고, 팔을 둘러 그녀의 푹신한 어깨를 끌어안았다.

"왜 우는 거니? 살이 안 빠져서 그러는 거니? 그냥 이제 받아들이기로 마음먹어. 원래 타고나길 그렇게 타고난 걸 어떡하니. 우리 엄마가 딱 너 같았어."

"그게 아니에요. 꼭 누군가 날 가지고 노는 것 같아서 그래요."

"누구? 누가 널 가지고 놀아?"

"몰라요. 그 누군가요."

그녀는 손가락으로 천장을 가리켰다.

"그래? 내가 뭐 하나 알려 주마. 그 누군가는 너 말고도 모든 사람을 가지고 논단다. 그렇다면 다른 누군가가 장단에 맞춰서 웃어 줘야 하는 거 아니겠니? 그게 내가 생각하는 방식이야."

"여기는 너무 외로워요."

"그럼 일을 더 열심히 하면 되겠네. 외로울 새가 어디 있니?"

오탈린은 위층으로 올라가, 도청기를 이리저리 돌리며 주파수를 찾았다.

"청구서 번호를 입력하십시오. 죄송합니다. 다이얼을 잘못 누르셨거나 청구서 번호가 잘못 되었습니다. 다이얼을 다시 눌러 주십시오."

"이거 왜 이래?" "꺼, 빨리 꺼!"

"저기, 도넛 좀 사 와. 열두 개들이 한 박스 찔끔 사 오지 말고, 넉넉히 사. 찔끔거리지 말고, 두 박스 사 와."

"네가 할 수 있는 말이 씨발 그게 다야? 그렇다면 끝내!"

매일 매일 트랙터는 그 거칠고 다급한 목소리로 새로운 불평거리들을 늘어놓았다.

"자기 아빠는 도꼬마리 같은 사람이야. 한번 올라타 앉으면 도무지 내려갈 생각을 안 하거든. 열여섯 시간씩 죽치고 앉아 있곤 한다니까. 아 맞다, 이리 좀 와 봐, 보여 주고 싶은 게 있어. 거기 앞 유리창과 계기판 왼쪽에, 그렇지. 맞아, 바로 그 아래. 뭐가 보여?"

"녹슨 거밖에 안 보이는데. 엄청 많이."

"바로 그거야. 엄청 많이 녹슨 데, 거기가 어쩌다 그렇게 되었는지는 말하지 않을게. 난 숙녀분을 앉혀 놓고 친아버지에 대해 고자질하는 건 좋아하지 않거든. 그렇지만 그동안 너희 아빠를 위해 일했던 수많은 날들 중에 나한테 좋았던 날은 딱 하루였는데, 그날이 언제였는지 알아? 바로 내가 업자 손에서 벗어나 처음으로 여기 도착한 날이야. 그때까지 주인이 네 명이나 바뀌는 바람에 잔뜩 망가진 상태였지. 그날은 네가 열 살 되던 생일이었어. 그때 네가 나를 토닥토닥 두드리면서 '안녕하세요, 트랙터 아저씨.' 하고 말했어. 그리고 네 아빠가 너를 자리에 앉혀 주면서 '첫 번째로 널 여기에 앉게 해 줄게.'라고 말했지. 그때 너의 작은 고사리 손은 사탕이 묻어서 끈적끈적했고, 또 네가 좌석에 앉아서 몸을 꼼지락거렸는데, 그 당시 나는 아, 이게 나의 매일이 되겠구나, 하고 생각했지만 그런 일은 다신 없었고, 그날이 처음이자 마지막이었지. 넌 다시는 날 만져 주지도 않고 가까이 오지도 않았고, 그 말라깽이 엉덩이 모리스만 죽어라고 탔는데, 그 자식은 요동축 레버도 귀찮다며 쓰지 않는 거야. 결국 내가 참다 못해 유압 오일로 좀 골탕을 먹였지. 그 녀석은 질이 안 좋은 녀석이었어. 네 더러운 아빠도 그렇고. 나는 아직까지도 마음이 아파. 그렇지만 너한테만 알려 줄게. 만약 너희 아빠가 오늘 나한테 왔다면, 그 자식이 내 브레이크 장치에 한 짓을 갚아 주고 말았을 거야. 언젠가는 그가 맥주로 무슨 짓을 저질렀는지도 너한테 말해 줄게."

"그게 뭔데?"

"말해 주고 싶다만, 네가 상처받을 것 같아서 차마 못하겠어. 숙녀분을 꼬여 자기 가족에게서 등 돌리게 만드는 건 실례지. 그랬다간 너한테도 나를 향한 응어리가 생길 거고, 난 그렇게 되는 건 싫거든. 다음에 말해 줄게."

"지금 말해. 어쩌고저쩌고 말 돌리지 말고. 난 그런 거 딱 질색이야."

"알았어. 정 원한다면, 하는 수 없지. 옛날에 스텀블범은 귀찮다며 아무것도 점검하지 않았어. 그러다가 결국 브레이크 유액이 나가 버렸지. 어느 날 너희 아빠가 나를 타고 뒤에는 말 트레일러를 매달고 언덕길을 내려가고 있었거든. 그런데 그날 너희 아빠는 맥주 여섯 개들이를 들고 탔어. 그렇게 마시는 거 보면 알코올중독자가 따로 없다니까. 아무튼, 그가 브레이크를 밟았는데도 우리는 멈출 수가 없었어. 아무리 멈추려고 해도 더 빨리 돌진해 내려갈 뿐이었지. 그렇다고 내가 멈추고 싶었냐고? 그건 아냐. 그러든 말든 내가 알게 뭐야. 아무튼 오르막길로 접어들면서 간신히 속도가 줄었어. 너희 아빠는 내가 역행하기 전에 뛰어내려서, 돌멩이를 내 뒷바퀴 아래에 차 넣어 날 멈췄어. 그런데 그 자식이 무슨 짓을 한 거였냐면, 내 마스터 브레이크 통에 미지근한 맥주를 부어 버린 통에 브레이크 라인 밑으로 맥주가 새어 나와 버린 거야. 그래, 그 자식도 상황이 급했겠지. 그렇지만 아무리 그래도, 그런 짓을 해서 나를 다 망가뜨리다니! 그래서 내가 여기까지 오게 된 거야. 너, 이런 말을 해서 내가 싫어진 건 아니지, 그렇지?"

"아니. 난 그보다 더한 것도 들었는걸. 도랑에서 누군가를 죽였다든지."

"삐친 건 아니겠지?"

그녀는 어느 날 또 채석장으로 뛰쳐나갔다.

"좀 닥쳐! 나 뚱뚱한 거 안 보여?"

"난 그게 좋은 걸."

"다른 트랙터한테 관심을 가져 보는 건 어때? 나는 가만히 좀 놔두고."

"어이, 생각을 좀 해 봐, 아가씨. 트랙터는 다른 트랙터들에 대해서는 신경 안 써. 트랙터하고 사람, 그게 딱 맞는 짝이지. 트랙터들은 각각 다 사람을 원하게 되어 있어. 보통은 뚱뚱하고 늙은 농부하고 맺어지는 게 다반사지만."

"너 그, 무슨 마법에 걸린 그런 거야? 그 있잖아, 어떤 소녀가 낡고 못생긴 두꺼비를 자기 신발에서 자게 해 줬더니 아침에 그 두꺼비가 잘생긴 남자로 변해 오믈렛을 만들고 있었다나 뭐라나 하는 그딴 이야기."

"아니. 그렇지만 이거 하나는 말해 줄 수 있어. 몇 년 전에 디어사社

에서 근무하던 어떤 남자가 우주 프로그램에 참가해서 일하다가 해고를 당했어. 그 이유가 외국인들하고 소풍을 가서 같이 보드카를 마셨기 때문이었다는데, 아무튼 증거는 하나도 찾지 못했어. 무슨 오해가 있었던 거지. 그런데 그 당시가 바로 컴퓨터라든가 디지털 테이프 같은 게 세상에 처음 나오기 시작했을 때거든. 그러니까 차 문을 닫으라고 말하는 차 같은 거 알지? 바로 그런 거. 단순해. 컴퓨터는 말이지. 그런데 그 사람이 나한테 열다섯 개 언어를 말할 수 있게 조작해 주었어. 어때? 우르드어語로 듣고 싶은 말 같은 거 있어? 스키벨리, 스카벨리……"

"그런 얘기를 하면 뭐, 내가 믿을 것 같아? 별 시답지도 않은 이야기를 가지고."

그녀가 느끼기에 트랙터가 계속 지껄이는, 인간을 향한 내재된 애정이라는 건 결국 앙심과 증오를 상쇄하려는 일종의 장치 같았다.

"그래 맞아, 그냥 해 본 말이야."

"한번 상식적으로 생각해 봐. 트랙터에 빠지는 사람이 있을 리가 있겠어?"

"그건 네가 잘 몰라서 하는 얘기야. 아이오와에서는 이미 유명한 이야기인데, 밥 래더렁이라는 사람은 죽어서 자기 트랙터와 함께 묻어 달라고 했어. 둘은 서로 완전한 사랑에 빠졌지. 그래서 그는 다른 사람들한테 알려지는 것도 전혀 신경 쓰지 않았어. 아이오와 사람들만 그런 게 아니야. 우리랑 떨어지지 못하는 친구들이 도처에 꽤 된다고. 이 나라 전역에 트랙터와 사랑에 빠진 여자들이 얼마나 많은지 알아? 트랙터와 결혼한 여자들도 있어."

"나 들어가야겠다. 안녕, 들어간다."

그녀는 뒤로 돌아서며 말했다. 집을 바라보았다. 엄마의 황금빛 결혼

밀이 넘실대고, 레드 할아버지의 얼굴이 창문에 매달린 해골처럼 서성이고 있었다.

"오, 제발. 트랙터나 트랙터 비슷한 거나 다 싫어."

그녀는 눈물을 훌쩍거리며 혼잣말을 했다.

저녁을 먹은 후에 그녀는 방에서 혼자, 저 멀리 고속도로에서 뿜어져 나오는 가늘고 밝은 빛줄기들을 없애 버릴, 또 높은 산사나무에서 낮은 소리로 윙윙거리는 벌들의 소리를 없애 버릴 광선총이 자기에게 있었으면 하고 바랐다. 그녀는 소들이 쓰러져 죽어 버리길, 토네이도가 닥쳐오길, 그리스도의 재림이 시작되길, 정장을 입은 무서운 남자들이 차를 타고 집 앞으로 돌진해 오길 바랐다. 그러나 현실은 도청기가 전부였다.

"그 사람, 말을 해 보기 전까지는 진짜 멀쩡해 보인다니까."

"경찰을 불렀어야 했지. 그렇게 악독하고 무서운 남자일 줄이야. 하지만 난 그렇게 하지는 않을 거야. 그리고 지금 내 계획은 이래. 우리가 결혼한 지는 그렇게 오래되지 않았지만, 그의 뒤를 좇아갈 거야. 대가를 치르게 할 거야. 두고 봐! 그는 한 달에 이천을 벌고 있어. 아무튼 나 이 일 때문에 정말 날마다 머리가 아파. 그렇지만 괜찮아. 정신이 조금 사나울 뿐이야. 걱정하지 마. 난 괜찮을 거야."

알라딘은 그릇에서 순무 잎을 한 뭉치 들어 오탈린의 접시에 내려놓았다.

"너, 그 트랙터 있는 채석장에서 뭘 그렇게 하고 있는 거니? 오늘 널 찾아 삼십 분이나 헤맸는데."

"그냥, 별 거 아니에요. 그 디어 트랙터를 보면서 고쳐서 쓰면 어떨까 생각하고 있었어요."

그날 일찍이 그녀는 트랙터 운전석에 올라앉아 보았다. 엄청난 짜릿함이 몸을 타고 흘렀다.

"난 그 고물덩어리에 더는 1원 한 푼 안 쓸 거다. 그건 제대로 굴러간 적이 없어."

"한다면 부품은 내 돈으로 살 거예요. 뭐, 바보 같은 생각인지도 모르죠. 그냥 한번 생각해 본 것뿐이에요."

"그놈의 고물덩어리는 첫날부터 말썽이었어. 그 빌어먹을 모리스 가글거츠 일이 있고 나서 얼마 못 갔지. 디그 얀트한테 끌고 가서, 배선도 갈고 연료 탱크도 청소하고 연료 라인도 정비하고 카뷰레이터도 재건하고 열댓 가지는 더 해 봤어. 그런데 그럴 때마다 또 다른 데가 뻑 하고 고장이 나는 거야. 매번 한 가지를 고치고 나면, 꼭 또 다른 데서 문제가 터졌지. 그거 때문에 내가 골머리를 좀 썩은 줄 아냐. 내가 꼭지가 돌아서 난리를 좀 피웠더니, 딜러가 그제야 그 트랙터가 불량품이었다고 인정하더라. 그 때문에 케이스 트랙터를 살 때 많이 깎아 줬지. 새로 산 그 트랙터가 진짜 물건이야. 있지, 그 4030 말이야, 고치려면 아마도 잔 부품 하나하나까지 전부 다 손봐야 할 거다."

그는 미트로프를 한 입 베어 먹고, 잠시 생각하다가 다시 말을 꺼냈다.

"그래도 내가…… 좀 도와줄까? 파란 문 작업장에 끌어다가, 거기에 난로 하나 갖다 놓고 파이프 연결하면 될지도 모르겠네."

그의 머릿속에 선하게 그려졌다. 가족들은 한밤중인, 아직은 캄캄한 겨울날 아침에 홀로 일어나 작업장으로 나가 불을 때고 담배도 한 모금 피우고 나서, 공기가 아늑하게 덥혀지면 차츰 녹슨 볼트를 떼어 내고 찌꺼기가 낀 부품과 핀, 못, 나사, 너트 등을 등유가 담긴 양동이에 넣어 깨끗하게 씻으면서, 진짜 하루 일을 시작할 수 있을 때까지 기다리는 자신의 모습이.

"내일 당장 그년을 작업장에 옮겨다 놓자."

"그놈이에요."

오탈린이 말했다.

"너희 그건 못 고칠걸. 그 물건은 무슨 짓을 해도 절대 못 고치는 물건이야."

레드 노인이 말했다.

"좋아."

오탈린이 트랙터를 향해 걸어가며 말을 꺼냈다.

"우리가 너를 파란 문 작업장에 옮겨 놓고 고쳐 보기로 했어. 아버지가 나를 도와줄 계획인데, 넌 입도 뻥끗 말고 완전히 가만히 있어야 해. 그렇지 않으면 그땐 정말 끝인 줄 알아."

"너, 내 문제점이 뭔지는 알아? 브레이크야. 거기다 벨트는 망가지고 받침대는 금이 가고 모터는 맛이 갔고, 어디 한 군데 녹이 안 슨 곳이 없고, 찌든 때에 불순물에, 리프터도 갈아야 하지, 워터펌프도 망가졌지, 캠축 베어링도 망가졌고, 방취관도 망가졌고, 자석 발전기며 교류 발전기도 다 맛이 갔어. 어디 그뿐이야? 클러치 틀 안을 봤다가는 완전히 까무러치고 말걸. 클러치판은 교열을 전면 재정비해야 할 거고, 연접봉도 새로 갈아야 하고, 연료 차단 라인도 박살이 났고, 조타 장치도 조립을 다시 해야 하고, 앞쪽의 차축 부싱이나 스핀들 부싱이나 다 완전히 맛이 갔어. 또 차동 장치는 어떤 줄 알아? 문제가 있는 부품만 나열하는 데도 십오 분은 걸릴걸. 변속 클러치 상태가 안 좋아지기 시작하더니, 다른 것도 전부 말을 안 듣게 됐거든. 그런데 말이지, 네 아버지의 더러운 손으로 날 만진다는 거야? 그 자식 전에도 한다고 나선 적 있어. 그런데 지금 내 꼴을 보라고."

"이번엔 달라. 그리고 어쨌든 대부분은 내가 직접 손볼 거야. 내 손으로 할 거라고. 그런데 어떤 기어에 변속 클러치 상태가 안 좋아졌다는 거야?"

"네가 한다고? 네가 트랙터 수리에 대해서 아는 게 뭐가 있다고? 네가 하는 것도 난 싫어. 그러지 말고 나를 디그 얀트에게 데려다줘. 그자야말로 트랙터 기술자야. 트랙터를 고치는 것은 남자가 할 일이지, 여자가 할 일이 아니야. 1단하고 3단."

"너한테는 별로 선택권이 없어. 내가 이 한마디만 할게. 나는 가정 과목 대신 기계학 수업을 들었고, 거기서 B 학점을 딴 사람이야. 1단하고 3단이라고? 언더 드라이브 브레이크 피스톤의 밀봉 문제일지도 모르겠네. 아, 아니, 그보다는 디스크가 마모되어서 그럴 가능성도 있겠다."

그녀는 들고 온 윤활유 캔을 나사와 볼트, 못 등에 살살 부은 다음 묵직한 렌치를 녹슨 볼트에 대고 쾅쾅 내리치기 시작했다.

"너, 잘못했다가는 내가 널 다치게 할지도 몰라."

"그거 알아? 내가 너라면, 맘 놓고 최대한 이 순간을 즐길 거야."

그 말은 예전에 할 블룸이 그녀에게 한 말이었다.

구월에 접어들자, 비는 멈추고 초원은 노랗게 변하기 시작했다. 유난히 더운 날이 며칠 이어지더니, 기온이 내려가고 때 이른 폭풍우가 북서쪽에서 서서히 몰려들면서 눈발을 날렸다. 작업장에 옮겨진 트랙터는 몸체와 모터, 변속기 부분으로 해체되었다.

"언제 엔진 승강 장치를 가져와야겠다."

알라딘이 기침을 하며 말했다. 폭풍이 몰려왔던 첫날 밤, 그는 술에 취해 트럭에서 잠들었는데, 창문도 내려놓은 바람에 그의 몸에 내린 눈이 흠뻑 쌓였다. 그는 몸을 벌벌 떨면서 잠에서 깨어 집으로 트럭을 몰고 왔다. 집에 커피가 다 떨어졌다기에 그는 대신 찬물을 한 잔 마시고, 와우네타에게 아침을 못 먹겠다고 말했다. 정오가 되었을 즈음, 그는 열이 제법 나는 데다 기침을 심하게 해 침대로 옮겨 누웠다.

"저 기침 소리 때문에 내가 물로 나가떨어지겠다. 난 수영도 못하는데 어쩌라고. 아이고, 저렇게 힘들어서야. 그냥 아예 목을 졸라서 편히 쉬게 해 주는 게 어떻겠냐?"

레드 노인이 말했다.

"내가 목 졸라 죽일 목록에는 저이 말고 다른 사람이 맨 위에 올라 있는데요."

와우네타가 그렇게 말하고는 덧붙였다.

"내가 저렇게 될 줄 알았지. 트럭에서 잠자는 버릇을 들이더니만."

아스피린, 온찜질, 물 많이 마시기, 더운 증기 쐬기, 뜨거운 차 마시기, 이상이 그녀의 치료법이었다. 그러나 뭘 해도 차도가 없었다. 알라딘은 자기 몸에서 나는 마른 열에 쪄 죽을 지경이었다.

"내일 무슨 요일이야?"

그가 지끈지끈 아픈 머리를 뜨거운 베개 위에서 굴리며 물었다.

"금요일."

"내 달력 좀 갖다 줘."

벌겋게 충혈된 눈으로 그는 휘갈겨 쓴 메모들을 확인하고는 오탈린을 불러 달라고 했다.

"지금 밖에서 먹이 주고 있는데. 젖은 눈이 와서 땅을 딱딱하게 얼려 버리는 바람에 소들이 풀을 못 먹고 있거든. 이번 주말엔 날이 좀 풀린 다는데, 어떨라나."

"제길, 알았어. 들어오면 나한테 오라고 좀 해 줘."

그가 나지막이 말했다. 그는 몸을 부르르 떨면서 헛구역질을 했다.

둥그런 큰 덩어리를 유압 승강기 위에 얹어 놓은 모양의, 알라딘의 대형 케이스 트랙터 운전석에 앉아 있는 오탈린의 몸에 눈이 내려와 부 딪혔다. 이 기세로 보아서는 내년 유월까지 계속 이렇게 내릴 것만 같 았다. 낮 열두 시, 그녀는 주린 배를 움켜잡고 점심 메뉴가 마카로니 치 즈이길 간절히 바라며 집 안으로 들어갔다. 케이스 트랙터의 엔진은 켜 놓은 채 밖에 세워 두었다.

"아빠가 부르신다."

와우네타가 말했다. 점심 메뉴는 소고기와 비스킷이었다. 오탈린은 무늬가 새겨진 유리 접시에서 피클 하나를 집어 입에 넣었다.

그녀는 쭈뼛쭈뼛 주저하며 안방으로 들어갔다. 그녀는 아픈 사람 옆 에 있으면 어떻게 해야 할지 몰라 안절부절못하는 성격이었는데, 핏발 이 선 눈과 퉁퉁 부은 얼굴을 보면 도무지 시선을 어디에 두어야 할 지 알 수가 없었다.

"내 말 잘 들어라. 내일이 이 달의 첫째 주 금요일이야. 아멘딩어가 오전 여덟 시에 오기로 약속이 잡혀 있어. 혹시 내가 그때까지 몸이 낫 지 않으면……."

그는 기침을 심하게 하다가 결국 헛구역질을 하고는 이어서 말했다.

"네가 가서 거래를 하도록 해. 목장에 데려가서 보여 주고 설명도 해 주고, 그러면 그가 가격을 제시할 거다.”

아멘딩어는 가축 중간상으로, 어두운 낯빛에 축 늘어진 두 눈, 쌍둥이 잠수부 같은 까만 콧수염을 턱 선까지 늘어뜨리고 다니는 남자였다. 그는 검은색 셔츠와 검은색 모자를 쓰고 다니며, 한번 결단을 내리면 무슨 일이 있어도 실행할 사람처럼, 가차 없는 인상을 풍겼다. 그는 유머 감각이라고는 티끌만큼도 없는 사람이었고, 목장주들은 하나같이 뒤에서 그를 욕했다.

“아빠, 난 그 사람만 보면 무서워 죽을 것 같아요. 아마 그 사람이랑 같이 있으면 찍 소리도 못할걸요. 그 사람이 엄청 낮은 가격을 제시하는 데도, 내가 무서워서 그만 승낙해 버리면 어떡해요. 엄마가 하면 안 돼요? 엄마가 붙어서 당할 사람은 없잖아요.”

“너는 가축에 대해서 잘 알지만, 엄마는 모르잖니. 만약 타일러가 집에 있었다면 사정이 달랐겠지만, 없으니 어쩌니. 너는 내 작은 카우걸이란다. 너는 아무 말도 안 해도 돼. 그냥 그를 데리고 다니면서 보여 주고, 먼저 가격을 제시해 달라고 한 뒤에 우리가 나중에 연락을 주겠다고 해.”

그는 사실 아멘딩어가 즉석에서 거래를 끝내는 유형이라는 것을 잘 알고 있었다. ‘나중에 연락 줄게요.’는 그 사람 사전에 없는 말이었다.

“내가 이번에 몸이 나으면 눈여겨 두었던 비행기를 사고 말 거야. 목장 규모가 이 정도 되니 비행기 없이는 도저히 안 되겠다. 트럭은 역부족이야. 창문에다 온통 다.”

“아빠, 내가 그 사람을 여기로 데려오면 안 돼요?”

“내 가족 말고는 누구에게도 내가 이렇게 누워 있는 모습을 보여 줄 수 없어. 꿈도 꾸지 마. 그런 말 모르니? 처음엔 돈을 내주다가 그다음에는 옷가지를 뺏어 간다는 말.”

그는 계속 기침을 해 댔다.

그녀는 밤새 잠 못 이루고 설치다가, 결국 아침이 되어 머리도 멍하고 기분도 안 좋은 상태로 일어났다. 눈이 그치고 따뜻한 치누크 바람이 불어오고 있었다. 초원은 벌써 거의 맨땅을 드러냈고, 여기저기 쌓였던 눈은 곳곳에 움푹 파인 땅만 빼고는 거의 녹아 있었다. 집에는 아직도 커피가 떨어진 채였다. 위층에서는 알라딘이 쌕쌕거리며 숨을 헐떡이고 있었다.

"아버지 상태가 안 좋아 보이는구나."

와우네타가 말했다.

여덟 시가 되었는데도 소 중간상은 모습을 드러내지 않았다. 오탈린은 오트밀쿠키 두 개와 햄 한 조각을 더 먹고 우유 한 잔을 마셨다. 아홉 시가 지나서야 중간상의 검정 트럭이 목장 안으로 들어와 섰고, 서류에 손을 뻗느라 몸을 굽힌 아멘딩어는 검은색 모자만 보이고 있었다. 뒷좌석에는 사냥개 세 마리가 있었다. 그는 손에 클립보드를 들고 차 밖으로 나오면서, 벌써부터 휴대용 계산기에 숫자를 두드리고 있었다. 오탈린이 밖으로 나갔다.

그 사람은 오기로 한 중간상이 아니라, 그의 아들 플라이바이 아멘딩어였다. 건장한 체격에 유난히 큰 콧구멍이 눈에 띄고, 까칠한 수염에 턱 중간이 옴폭 들어간 청년이었다. 그는 새벽 세 시처럼 매우 조용한 성격이었다.

"투헤이 씨 계신가요?"

그가 자신의 부츠를 쳐다보며 물었다.

"제가 가축을 보여 드리기로 했어요. 아버지가 감기인지, 감기 비슷한 것인지에 걸리셨거든요. 여덟 시에 오시기로 하지 않았나요. 그리고 아버지 쪽이 오시기로 되어 있지 않았나요?"

"길을 몇 번 잘못 들어서는 바람에 늦었습니다. 아버지는 호이트에 가셨어요."

그는 셔츠 앞주머니를 뒤적거리며 오려낸 신문지 조각을 꺼내 그녀에게 광고 면이 있는 부분을 보여 주었다. '아멘딩어와 아들 가축상'이라는 상호명이 적혀 있었다.

"아버지랑 같이 일한 지 거의 9년 되었습니다. 그 정도면 저로도 자격이 충분히 된다고 믿습니다만."

"아, 그 얘기를 하는 게 아니었어요. 사실 그쪽이라서 다행이라고 생각했어요. 그쪽 아버지 콧수염만 보면 전 덜컥 겁 먼저 나거든요."

그녀의 머릿속에는 지도에 빨간색 굵은 사인펜으로 그려진 선을 따라 둥근 지평선을 넘어 목장으로 운전해 오는 그의 모습이 그려졌다.

"저도 엄청 무서워했었어요. 어렸을 적에요."

그는 집 앞 현관과 집과 결혼 밀과 파란 문의 작업장을 차례로 둘러보았다.

"그렇다면, 슬슬 가 보실까요?"

그녀가 말했다.

"저기 저 밀 좀 쳐 내야겠는걸요."

그가 말했다.

그녀가 운전을 하는 동안 그는 소들의 배 밑으로 멀리 보이는 지평선을 뚫어져라 바라보았다. 목초지를 지나며 그들이 탄 트럭이 덜컹거리며 흔들렸고, 그 반동에 트럭 운전석에 내려앉아 있던 먼지가 솟구쳐 올라 반짝이는 아지랑이처럼 공기 중에 머물렀다. 마치, 소리 내어 말하면 한마음 한소리로 합쳐질 각자의 머릿속 은밀한 생각이 발산되

는 것처럼. 그가 문을 열어 주었다. 그녀는 감사 인사를 하며, 잘 관리
된 가축의 외모, 곧은 다리, 잘 발달된 근육, 등뼈 양옆으로 잘 불거져
나온 가슴살, 큰 몸집 등, 소의 특장점을 꼭 집어 잘 설명해 주었다. 그
는 수소 같아 보이는, 앞가슴 털이 거친 암소에 대해서 뭐라고 작게 말
하기도 하고, 둔부가 납작하며 다리가 희고 몸집이 작은 수소를 몇 마
리 가려내기도 했다. 그는 가축의 수를 세어 종이에 쓰고 숫자를 계산
한 후, 합당해 보이는 가격을 제시했다.

"여자 분인데도 소에 대해 해박하시네요. 외모도 엄청 뛰어나시고요.
몸집은 좀 있으시지만. 맥주 한잔 안 하실래요?"

그가 말했다.

오탈린은 플라이바이와 함께 맥주병을 기울이며 남은 오전 시간을
보냈다. 그는 가축상의 아들로 사는 자신의 외로운 일상에 대해, 그 서
술을 길고 가는 손짓으로 그려 가며 자세히 묘사해 주었다. 그가 떠났
을 때 시간은 정오였다.

그녀는 안방 문간에서 몸을 뒤로 쑥 뺀 채, 서서 알라딘에게 결과를
보고했다. 높은 열에 멍한 정신으로 연신 차를 마시던 그는 썩 괜찮다
며 고개를 끄덕였다. 정말로 썩 괜찮은 거래였다. 컴퓨터를 써서 굳이 1
원 한 푼까지 마진을 계산하지 않아도 알 수 있을 만큼 괜찮았다. 마지
못해 현실을 긍정하려는 것도 아니었다. 그가 직접 나섰어도 그만큼은
부르지 못했을 것이다.

*　　*　　*

그날 밤 레드 노인은 얕은 잠에 들었다가, 휙휙 거리는 거친 쇳소리
에 드디어 올 것이 온 건가, 하는 두려운 마음으로 눈을 떴다. 심장이

마구 쿵쿵거렸다. 그는 자리에서 일어나서 주위를 더듬으며 골방 창가로 다가갔다. 잔 구름에 군데군데 가려 얼룩진 달빛에 누군가 휘두르는 큰 낫의 날이 번뜩였는데, 다행히 그를 찾아온 죽음의 사자는 아니었지만, 검은 모자를 쓴 그 남자는 결혼 밀을 사정없이 휙휙 베고 있었고, 한 줄 한 줄 낫질이 끝날 때마다 그자는 잠시 멈춰서 병나발을 불었다. 그의 손녀 오탈린의 모습도 시야에 들어 왔다. 그녀는 크게 벌린, 입속의 운모 같은 이를 훤하게 드러내고 파란 문 작업장의 문가에 기대서 있었다. 그녀가 기름 묻은 금속 조각 하나를 하늘로 휙 집어 던졌다. 그것이 공중에서 한 바퀴 돌고 땅으로 떨어지자, 엎드려서 또 다른 것을 집어 하늘로 날렸다.

레드 노인은 그 광경을 보며 이렇게 정리했다.

"내가 소도 끌었고, 카우보이도 했고, 어려서부터 안 해 본 일 없이 양도 치고 소도 쳤어. 그러고도 이렇게 끄떡없이 포크 끝을 쓰라면 거시기 두 개 달린 개 못지않게 할 준비가 돼 있다고. 암, 아직은 갈 날이 안 됐지."

행운을 찾아 집에서 먼 곳으로 떠난 타일러와 셴. 그러나 이곳에 남아 행운의 짝을 만난 이는 오탈린이었다. 그는 웃느라 자신의 소중한 숨을 낭비하지 않을 생각이었다.

결혼식은 구월에 거행되었고, 아멘딩어의 소 판매용 천막 아래 성대한 야외 잔치가 벌어졌다. 장미꽃으로 장식된 빨갛고 하얀 줄무늬 천막 옆 마당에는 임시 탁자들이 놓였고, 그 위에는 돼지고기 바비큐, 소고기 허리 살 구이, 양고기 통구이, 송아지 고환 요리, 옥수수 구이, 타일러가 만든 케첩 소스를 곁들인 대하, 오븐에 구운 롤빵, 시큼한 피클 한

통, 멜론, 잘 익은 오리건 복숭아로 만든 묵직한 파이, 미니어처 황소와 암소 인형을 올리고 옅은 하늘색 코팅을 입힌 3단 결혼 케이크가 놓였다. 덥고 화창했던 그날, 레드월은 지평선 위에서 들썩였다. 담장 너머 저 멀리, 산쑥 덤불 옆에 알라딘이 끌어다 놓고 그대로 방치되어 있는 4030의 벌거벗은 몸체가 보였다. 와우네타는 딸을 위해서가 아니라 베어진 밀 때문에 눈물을 훌쩍였다. 타일러는 목장 곳곳을 살펴보며 못마땅한 표정을 지었다. 모든 것이 전보다도 더 작고 초라해 보였다. 내가 왜 이런 곳을 원했던 거지? 그는 휴대폰을 들고 말에 앉아 멀리 있는 누군가와 통화를 했다. 와우네타는 셴에게 언젠가 가까운 시일에 그녀를 보러 라스베이거스에 놀러 갈 의향이 있다고 말했다.

"내가 있는 한 어림도 없는 소리."

알라딘이 말했다.

결혼식 하객들은 접이식 의자를 이리저리 끌고 다녔고, 보드라운 웨딩드레스를 입고 있던 오탈린은 앉아서 무릎을 털다가 까끌까끌한 것이 손에 느껴져서 보니 모래알이 씨실에 걸려 번쩍이고 있었다. 가슴에는 바비큐 소스가 묻어 얼룩져 있었다. 그녀는 연한 청록색 새 정장 바지로 갈아입고서, 플라이바이 아멘딩어와 함께 차를 타고 네브래스카의 모텔들을 향해 나흘간의 신혼여행을 떠났다.

예전에 밀이 자라던 자리에는 개집이 일렬로 들어섰고, 주차장에는 트럭 두 대가 서 있게 되었다. 위층에서 침대 스프링이 삐걱거리기 시작하면 골방의 레드 노인은 차라리 귀가 먹었으면 하고 바랐다. 그밖에는 모든 것이 그대로였다.

알라딘은 다시 비행기를 사기 위해 은행에 대출을 신청했다.

"하나님이 불쌍히 여겨, 내게 주실 거라고 말했지."

그는 조금 낡았지만 우아한 곡선에 널찍한 조종실을 가진 1948년형 에어론카 세단을 사겠다는 꿈을 꾸고 있었다. 금이 간 크랭크케이스는 '도널드 카우보이 정크야드' 고물상에서 구해 놓은 멀쩡한 것과 교체하기로 이야기도 다 되어 있었다.

"그게 얼마나 널찍한지, 아마 송아지 두어 마리랑 건초 더미, 케이크까지 온갖 것을 다 넣고도 여유가 있어. 심지어 오탈린도 태울 수 있을 거다. 하하."

은행은 대출을 승인했고, 바람이 낮게 불던 조용하고 흐린 어느 날 아침, 알라딘은 트럭에 시동을 걸고 주차장을 한 반쯤 나서다가 다시 되돌아와 차를 세우고 부엌으로 들어왔다. 레드 할아버지는 토스트를 블랙커피에 담가 적시고 있었다.

"내가 집에 올 땐 비행기를 몰고 올 거야. 그리고 삼각 목초지 구역에 착륙할 생각이거든. 다들 나와서 그 광경을 지켜봐 준다면 고맙겠어. 어이, 촌뜨기. 자네도 함께 말이네."

그는 그렇게 말하며 사위를 쳐다보았다.

"오늘 오전에는 트레브네 소를 보러 가야 하는데요."

플라이바이 아멘딩어는 알라딘 투헤이의 간섭을 받으며 사는 것을 달가워하지 않았다. 밤이면 그는 오탈린에게 콧수염으로 악명 높은 자신의 아버지보다 알라딘이 더 심한 것 같다고 불평했다.

'내 물건이 장인어른 그릇에는 맞지 않아.' 하고 그가 나지막이 속삭이면, '나한테는 꼭 맞는데.' 하고 그녀가 속삭여 답했다.

"트레브한테 전화하면 돼지. 조금 늦는다고 해. 그까짓 건 신경도 안 쓸 거야. 아무튼 난 가족 모두가 손을 흔들어 마중해 주는 모습을 보고 싶어. 이곳에 다시 비행기를 들인다는 게 얼마나 끝내주게 축하할 만한 일인지 몰라. 오탈린한테도 비행기 조종법을 알려 줘야겠군."

오전 중에 비행기 엔진 소리가 들리기 시작했다.

"엄마! 아빠가 오나 봐요!"

오탈린이 집으로 들어오면서 외쳤다.

와우네타는 밖으로 나와 오탈린과 플라이바이 곁에 서서 지평선을 바라보았다. 레드 노인도 다리를 절뚝거리며 현관 앞으로 나왔다. 그 사이 바람이 제법 거세져 차가운 돌풍으로 변해 있었다. 저 너머로 드높은 절벽의 검붉은 세로선이 황량한 초원을 가르고 솟아 있었다. 와우네타가 집 안으로 들어가 겉옷을 가지고 나왔다.

비행기가 하늘에서 레드월 쪽으로 날아오는 듯하다가 다시 뒤로 돌아가더니, 이내 매우 낮은 고도로 그들을 향해 왔다. 땅에서 6미터 정도밖에 안 된 높이였다. 집에서 기른 마리화나를 피우는지 조종실이 연기로 흐릿해 알라딘의 얼굴이 잘 보이지 않았다. 비행기가 바람에 부르르 떨더니 갑자기 위로 솟구쳐 올랐다. 가파른 절벽을 오르듯 위로 올라간 비행기는 다시 직선 방향으로 멀리 날아갔다. 하늘에 찍힌 점으로 보일 정도로 멀리 갔던 비행기는 다시 돌아와 빙빙 돌기도 하고 미끄러지듯 날기도 하며 고도를 아래로 낮추어 목장 쪽으로 날아오기 시작했다. 어떤 각도에서 보면 꼭 하늘에서 휘날리는 광고판 같았다.

"일부러 저러는 거지."

와우네타가 말했다. 그녀는 농약 살포기처럼 낮게 날아오는 비행기를 바라보았다.

"이제 착륙하실 건가 봐요. 아니면 토양 샘플을 채취하시려는 건가. 그것도 아니면 영역 표시라도?"

플라이바이가 말했다.

"일부러 뽐내려고 그러는 거다. 내가 저이를 알지. **여보, 당장 내려와**

요!"

와우네타가 비행기를 향해 소리쳤다.

그녀의 말을 따라 순종하듯, 비행기 바퀴가 덜컹거리며 땅에 닿았다. 먼지가 일어 공기 중으로 자욱하게 퍼졌다. 비행기는 두 번을 더 땅에 심하게 부딪히더니, 그만 왼쪽 바퀴가 버려진 트랙터의 철제 몸체에 걸리면서 땅에 앞면을 박고 고꾸라졌다. 기체의 금속과 목장주 그리고 그의 옷가지가 한데 엉켜 뭉개졌다. 불꽃으로 번지지는 않았지만, 거대한 폭발음과 함께 비행기가 추락하며 땅에서 짙은 먼지가 일었다.

플라이바이가 알라딘을 안전한 맨땅으로 끌어냈다. 장인어른의 머리가 예사롭지 않은 각도로 축 늘어져 있었다.

"돌아가신 것 같아요. 아무래도 돌아가셨어요. 네, 맞아요. 목이 부러졌어요."

와우네타가 비명을 질렀다.

"엄마 때문이에요. 엄마가 아빠를 죽인 거야."

오탈린이 와우네타를 보며 말했다.

"나 때문이라고? 저건, 다 내 밀을 베어 버리는 바람에 그런 거야!"

"지가 스스로 자초한 거지, 무슨."

레드 노인이 현관 앞에서 정리해 주었다. 그의 머릿속에서는 앞으로 맞게 될 일이 어떻게 전개될지 선명하게 펼쳐지고 있었다. 알라딘을 땅에 묻고 나면, 오탈린은 낮질하는 남편과 목장을 운영하게 될 것이다. 와우네타는 짐을 꾸려 슬롯머신을 찾아 떠날 거고, 그는 그녀가 눈앞에서 사라지는 동시에 골방을 나와 위층 방으로 즉시 옮겨 갈 작정이다. 인생에서 가장 중요한 것은 버티는 힘이다. 바로 그거다. 오래 버티고 서 있다 보면 언젠가 앉을 때가 오는 법이다.

어느 박차 한 쌍

커피포트 목장

시그널의 동남쪽에 위치한 커피포트 목장은 규모는 작지만 그럭저럭 괜찮았다. 다만, 카 스크로프가 그 목장을 물려받았을 때는 (그러기 조금 전부터 계속해서) 상황이 좋지 않았다. 소고기를 사 가는 입장에 있는 주들이 와이오밍산 소들이 옐로스톤에 떠도는 들소나 엘크와 접촉해 브루셀라균에 전염되었다고 크게 떠들어 대며 공포심을 조장하는 바람에 축산 시장이 바닥을 치고 있었기 때문이다. 그것은 다른 주들과 와이오밍 사이에 세상을 대하는 철학이 극명하게 다름을 보여 주는 좋은 예였다. 와이오밍주의 성문화되지 않은 방침인 '자기 몸은 자기가 알아서 돌보는 것이다.'는 식물과 가축뿐 아니라 사람들에게까지 적용되었지만, 다른 주에서는 그걸 몰랐으니 말이다. 허나 그보다 더 중대한 문제는 전국적으로, 피가 벌겋게 보일 정도로 덜 익힌 최고급 스테이크를 먹던 남자들과 한때는 일요일 저녁상에 포트로스트*를 올리던 여자들이 동맥경화나 대장균에 오염된 햄버거, 파상열을 염려하며 고기 대신 두부나 채소를 먹기 시작했다는 사실이었다. 그들은 해외에서 '광우'병에 대한 뉴스가 들릴 때마다 야단법석을 떨었다. 채식주의에 대한 정서가 이토록 고조되고 있는 시점에, 그 누가 육식을 선호하는 역겨운 식성을 드러낼 수 있겠는가? 이런 반육식 세력에 저항하며, 스크로프는 '소고기를 먹으세요!'라고 호령하는 광고판을 도로변에 설치하는 데 10달러를 보탰다. 광고판 밑에는 그 훈계조의 광고를 내는 데 돈을 낸 목장주 총 열일곱 명의 이름도 적혀 있었다.

그해는 겨울도 혹독하더니 봄도 느지감치 찾아와서, 오월이 다 가도록 가축에게 푸른 풀을 먹이지 못하고 있었다. 어느 목장이든 건초란 건초는 전부 동이 났고, 건초를 구해 올 수 있는 가장 가까운 곳이 하루가 꼬박 걸리는 네브래스카주 동부였는데, 그곳 사람들은 기를 쓰고 바가지를 씌워 댔다. 유월이 오기 열흘 전에는 심한 추위와 강한 눈보라를 동반한 강풍이 목초지를 휩쓸었다. 그늘진 경사면에는 눈 더미가 집채만 하게 쌓인 데다, 북극에서 찬 공기가 줄줄이 내려와 젖은 눈을 꽁꽁 얼리는 바람에 새로 태어난 송아지들을 가죽마저 얼어붙게 만들었다. 일주일 내내 유리처럼 투명한 하늘 아래 추위가 기승을 부렸고, 하얀 눈에 반사된 따가운 햇볕은 소들의 젖통을 뜨겁게 익혔다. 그러더니만 또 갑자기 치누크**의 뜨거운 바람이 불어왔고, 그러기가 무섭게 하얀 눈 세상은 일순간 안녕을 고했다. 언 땅 위로 녹은 눈이 흘러내렸다. 허물어진 눈 더미 속에서 죽은 가축의 사체가 하나둘 모습을 드러냈다. 농부들은 단발 엔진을 단 비행기를 타고 하늘을 날아다니며 아, 보인다, 안 보인다를 반복하는 괴로운 머릿수 세기를 해야 했다. 스크로프의 가

* 쇠고기를 야채와 같이 냄비에 넣고 천천히 익혀 만든 음식.
** 북아메리카 로키산맥 동쪽에서 부는 건조한 열풍.

축우리 주변도 범람하여 1킬로미터 구간도 넘는 고속도로가 물에 잠겨 버렸고, 그동안 그의 우편물은 우체국에서 보관해야 했다. 그런데 그 물이 빠지기도 전에, 또 다른 폭풍우가 서쪽으로부터 몰아닥치며 완두콩만 한 우박을 땅 위에 우두둑 쏟아부었다. 쏟아지며 사방으로 솟구치던 그 얼음 덩어리는 폭우로 탈바꿈했다가, 다시금 우박으로 바뀌었다가, 최종적으로 결이 거친 눈송이로 변해 땅 위에 30센티미터 정도 쌓였다. 이틀 후에는 그 시기면 부는 첫 번째 토네이도가 곡물 창고를 몇 채나 날려 버렸다.

"내 살다 살다 이렇게 망할 날씨가 2주 사이에 한꺼번에 몰려오는 건 또 처음 보네."

스크로프가 이웃인 서튼 머디먼에게 말했다. 진흙이 덕지덕지 묻은 픽업트럭 두 대가 배기관을 탈탈거리며 엉망이 된 땅 위에 일렬횡대로 서 있었다. 나란히 선 두 트럭의 짐칸에 탄 개들이 서로에게 이를 드러내고 으르렁대며 이리저리 날뛰었다.

"날씨한테 제대로 한 방 먹었지 뭐야. 그런데 더 걱정되는 건, 아직도 눈 덮인 곳이 많다는 거야. 산 위에 눈 더미가 가득 쌓인 거, 그게 녹기 시작하면 그땐 정말 콸콸 쏟아져 내릴 거라고. 그런데 자네, 그 소고기 먹으라는 광고가 돈 좀 벌어다 줬나?"

머디먼이 물었다.

"그 광고판 볼 수 있는 사람이라고 해 봐야 픽잇업 주민들밖에 없는데, 거기 사는 사람들이 두어 명밖에 더 되나, 어디? 차들이 좀 다니는 큰 고속도로 위에 광고를 내야 했는데."

그는 목에 움푹 들어간 뾰루지를 긁으며 말했다. 양쪽 뺨에 짧게 깎은 금발 수염이 번쩍였다.

"제기랄, 요즘 이 업종 사람들은 이렇게 개고생인데, 자네는 이 일에서 발 빼길 정말 잘했지 뭐야."

"카, 절대로 내가 거저 먹고산다고 생각지 말게. 나도 매일매일 복장 터지는 일이 얼마나 많은 줄 아나? 그나저나, 나 이제 가 봐야겠네. 이 네즈에게 가져다줄 아이스크림이 봉지에서 녹고 있어."

머디먼이 말했다.

"그래, 빨리 집에 가 보게, 서튼."

스크로프가 철 테두리만 남은 액셀을 발로 살그미 밟으며 말했다. 페 달의 고무 커버는 없어진 지 이미 몇 개월째였다. 머디먼도 작은 돌멩 이가 빽빽이 박힌 차바퀴를 굴리며 남쪽으로 나아갔다.

마흔 살이 된 스크로프는 일평생 커피포트에서 살아 왔고, 사료를 사 기 위해 조금 멀리 떨어진 시그널에만 가도 향수에 시달렸다. 목장을 향한 그의 병적인 열정은 옛날, 어린 시절부터 시작된 것이었다. 당시 그는 풀들이 자신을 놀려 대는 소리를 들을 수 있다고 믿었다. 그 능력 은 트레인 형이 세상을 떠난 해에 처음 생겨났는데, 형은 욕실에서 끔 직하고 개인적인 방식으로 죽어 있었고, 그 광경은 그의 엄마가 처음 목격했다. 사실, 그때 그는 무슨 일이 일어난 건지 전혀 몰랐고 지금도 잘 모르기는 마찬가지였다. 부모님은 그에게 아무 말도 안 해 주고 그 저 눈물을 훔치며 서로 쉬쉬하기 바빴고, 때문에 그는 무슨 일이 어떻 게 돌아가는지, 그리고 그 후로 무슨 일이 일어날지 전혀 몰랐다. 졸졸 물 새는 소리 같은 낮은 목소리가 부엌에서 들려 가까이 다가가면, 삐 걱거리는 그의 부츠 소리에 맞추어 그들은 약속이라도 한 듯 즉각 입을 다물었다. 형의 이름은 입에도 올리지 말 것, 그가 아는 것은 그게 다 였다. 그 후에도 부모는 그 이야기만 나오면, 잡초 이름이라든가, 접시 에 담긴 버터의 신선도라든가, 목장주의 자식으로서 학교 교육을 얼마 나 받아야 적당하다든가 따위의 시답잖은 이야기로 화제를 돌리며 그 주제를 회피했다. (그때만 해도 학교 교육은 별로 필요 없다는 식으로 말하던 그의 아버지는 몇 년이 흐른 후에 카가 은행가나 보험 판매원이 되지 못한 것이 불만이라는 식으로 말했다.) 아버지의 장례식 후, 그는 어머니에게 대놓고 물었다.

"엄마, 아버지와 늘 둘이서만 하던 얘기는 도대체 뭐였어요? 트레인 형에 대한 거였어요? 아무튼 형한테 무슨 일이 일어났던 거죠?"

그러면 어머니는 말없이 고개를 돌리고 창문 바깥만 물끄러미 쳐다보았는데, 그 시선은 저 멀리 붉은 바위기둥과 그 너머 잔뜩 찌푸린 하늘에 닿아 있었고, 아무런 말도 없었다.

반면, 풀들은 절대 입을 다무는 법이 없었다. 풀들은 땅딸막한 존 렌치가 영화관에서 웃는 것 같은 소리를 냈다. 고등학교 시절 존 렌치는 영화관 맨 마지막 줄에 앉아 팝콘 상자 바닥을 뚫어 기름으로 미끌미끌한 옥수수 알 사이에 음경을 밀어 넣고는 옆에 앉은 여자애에게 자기 팝콘을 먹으라고 권했다. 스크로프의 전부인 제리도 그 팝콘을 먹은 적이 있었다. 좋은 놈은 가고 최악의 놈만 남네, 하고 풀들은 쉭쉭거렸다.

커피포트는 작지만 짜임새가 있는 목장이었는데, 다양한 가축이 고르게 잘 섞여 있는 여덟 구역과 (불충분하지만) 관개수가 흐르는 목초지, 토지관리국 소유지로 나가 목축할 수 있는 권리도 가지고 있었다. 목장 근처에 흐르는 배드걸크리크 시내는 물을 공급해 주었고, 지대가 낮아 진창으로 변한 땅은 비버들이 찾아와 세 개의 작은 연못으로 업그레이드시켜 주었다. 큰 도로에서 끌어온, 전선이 한 줄밖에 걸리지 않은 전봇대들이 일렬로 늘어선 목장 입구로 들어가는 비포장도로에는 저 멀리 목장 구석구석까지 뻗어 가는 수많은 곁가지들이 걸려 있었다. 목장 사택에서 70미터 정도 떨어진 콘크리트 블록 위에는 미루나무 그늘 밑으로 프리즈 부인이 사는 트레일러 주택이 세워 져 있었다. 가축 울타리와 담장을 지나면 완만한 경사가 나타났고, 그 언덕 꼭대기에 스크로프가 지은 외양간은 송아지를 낳을 때 쓰는 곳이었다.

제2차 세계 대전 후에 스크로프의 아버지가 지은 목장 사택은 처음 지은 통나무집 그대로 변한 데 하나 없이 서 있었다. 파이프에 검은 불순물이 가득 껴서 문제가 끊이지 않는 배수 시설이며, 제리의 꽃무늬 치마에 얼룩을 입힌 현관 앞의 녹슨 그네며, 그 아버지의 아들이 새롭게 손본 곳은 단 한 곳도 없었다. 개집이라고 해도 믿을 만한 현관 입구는 부엌으로 곧장 이어져 있었고, 탁자 위에 걸려 있는 사진은 1911년에 찍어서 걸어 둔 상태 그대로 있었다. 그 사진에는 수척한 얼굴을 한 스크로프의 조상들이 대피용 참호 앞에서 씩 웃고 있는 모습이 발치에 비친 사진사의 그림자와 함께 찍혀 있었는데, 그렇게 걸려 있은 지가 너무도 오래되어 더 이상 스크로프의 눈에 보이지 않게 되었다. 늘 있지만 느끼지 못하는, 마치 산소나 한낮의 햇빛과도 같이. 그러나 아마도 그게 없어지면 그는 단박에 알아챌 것이다.

목장의 남동쪽 구석에는 풀도 나지 않는 앙상한 땅이 높게 솟아 있었다. 그곳에서는 살쾡이 한 쌍과 방울뱀 몇 마리가 살았고, 주목할 만한 특징을 꼽자면 거대한 침식 흔적과 거센 비에 씻겨 드러난 화석으로 층층이 주름 잡힌 붉은 바위기둥이 높이 솟아 있었다. 한번은 소년원에서 탈출해 곤경에 처한 한 남자아이가 일주일간 그 돌출된 바위 밑에 숨은 적이 있었다. 카 스크로프는 개 밥그릇에 있던 소기름과 탄 당근을 훔쳐 가려던 그 아이를 붙잡아 집 안으로 불러들였다. 그는 아이의 이름이 베니 혼이라는 것을 알아내고, 아이에게 콩 요리를 먹인 후 디저트로 초콜릿 바를 슬쩍 건네주었고, 아이의 목에 난 점을 가리키면서 자수하는 게 어떻겠느냐고 설득했다. 그리고 그가 소년원에서 나오면, 최저임금보다 낮지만 시간제로 일손이 모자라는 계절에 일자리를 주겠다고까지 약속했다.

"난 너희 아버지도 잘 알았어."

그는 칠칠맞지 못하고 목소리만 컸던 그의 아버지를 떠올리며 말했다. 얼마 후, 그 아이가 없어졌을 때는 창문가에 놔두었던 잔돈 꾸러미와 의자 뒤에 있던 짝이 안 맞던 양말 두 짝도 함께 사라져 버렸다.

20년 동안 커피포트 목장의 현장 감독은 여자인 프리즈 부인이 맡고 있었다. 그녀는 신경질적이고 화를 잘 내는 성미에 외모도 남자 같고, 옷차림도 남자 같고, 말도 남자 같이 하고, 욕도 남자 같이 했는데, 가슴만은 대륙붕처럼 튀어나와 있었고, 그건 그녀에게 밧줄을 던지는데 거치적거리는 짜증거리였다. 그녀는 스크로프의 아버지가 저세상으로 떠나기 몇 달 전에 고용되었는데, 처음에는 마을 사람들 사이에서 그가 정신이 나간 것이 틀림없다는 소리가 돌았다.

한편 스크로프의 외모로 말하자면, 우람한 체격에 짧게 깎은 머리, 백금색 콧수염, 20년 전에 어디선가 굴러들어 온 억세고 귀가 갈기갈기 찢긴 얼룩말을 탔다가 삐끗 나간 허리(그 당시 존 렌치는 그가 절대 그 말을 못 탈거라며 내기를 걸었다가 이겼다), 평생 꼭 끼는 카우보이 부츠를 신느라 만신창이가 된 발, 어떤 셔츠를 입어도 손목 커프스를 채우지 못할 정도로 원숭이처럼 긴 팔. 얼굴 생김새로 보자면, 끌로 그은 듯한 얇은 입에 수채화 물감을 연상시키는 옅은 눈으로 파리한 인상을 주었으나, 한편으로는 어깨 근육이 발달해 사내다운 힘을 풍겼고, 그 넓은 가슴으로 수년간 적지 않은 여자들을 품을 수 있었다. 짧은 결혼 생활은 자식 없이 삼십 분 만에 종 났다. 그 뒤로 그는 매일 밤 술병을 끼고 달을 바라보거나, 포르노 비디오를 보거나, 엄청난 양의 소고기와 돼지고기를 먹는 걸로 부족해 비닐봉지에 든 패스트푸드나 인스턴트 음식을 입에 달고 살았다. 그 덕분에 온몸에 두드러기가 난 그는 시도 때도 없이 몸을 긁어 댔으며, 위장에서는 여우 한 마리를 통째로 삼켜 소화시키기라도 한 것 마냥 오렌지색의 기다란 배설물을 생산했다.

박스해머핸들 목장

커피포트 목장 정남쪽으로 박스해머핸들 목장이 위치해 있었다. 서튼 머디먼과 그의 부인 이네즈가 운영하는 곳이었다. 서튼 머디먼은 근육질에 기름이 좔좔 흐르는 검은 곱슬머리의 남자로, 관광 목장은 원래도 힘든 목장 일에 관광객을 계속 즐겁게 해 주는 일까지 더해져서 갑절로 힘들다고 주장했다. 도시에서 놀러 오는 낯선 사람들과 어울려 같이 지내는 일은 그와 이네즈에게 고역이었지만, 그래도 그 덕에 그들은 그럭저럭 생활을 꾸려 갈 수 있었고 크리스마스가 되면 미처 다 열어 보지도 못할 카드를 수없이 받았다. 그들의 딸 케리는 제빵사로 일하며 오리건주에서 개과천선한 도박꾼과 같이 살았는데, 그녀의 부모는 사위에 대해서는 아무 소식도 듣고 싶어 하지 않았다. 그들 목장은 서른 마리 정도의 말과 소규모 양 떼, 길들여진 야마 몇 마리, 해적선의 선원 같은 개들을 길렀다. 그 개들은 툭하면 스컹크나 고슴도치들을 쫓아다녀 말썽을 부렸고, 한번은 살쾡이들 뒤를 쫓아 멀리 바위기둥 지대까지 갔다 오는 잊지 못할 경험을 하기도 했다.

말라깽이에 붉은 머리 그리고 빨리 찾아온 갱년기 때문에 선머슴 같은 느낌을 풍기는 이네즈 머디먼은 비비 집안의 딸로 태어나, 그녀의 말에 따르면, 아침부터 잠자리에 들 때까지 말 등에서 자랐다고 했다.

목장에 찾아오는 관광객들을 산으로 인도하는 일이 그녀의 임무였다. 기울어진 산등성이에 흐드러지게 핀 야생 창포꽃은 도시인들에게 약간의 고산병을 일으키며 감성을 자극하는 진기한 광경을 선사했다. 그녀는 한창때 장애물 경기나 밧줄 묶기 경기에서 여자로서는 꽤 뛰어난 선수로 활약하며, 주말에 열리는 경기에서 점수도 꽤 따고 돈도 적잖이 벌었지만, 머디먼과 결혼하면서 그 생활을 청산했다. 말에서 내려온 그녀는 젓가락 같은 다리로 어색하게 걸었으며 옷이라고는 매일, 녹이 섞인 수돗물 탓에 옅은 갈색 얼룩이 밴 둥근 목깃의 민무늬 면 블라우스와 청바지만 입고 다녔다. 그녀의 팔꿈치는 거칠었고 얼굴은 별 특징 없이 밋밋했으며 머리는 밝은색에 심한 곱슬머리였다. 그리고 선글라스도 하나 없어 앞을 볼 때면 늘 빛바랜 눈썹을 잔뜩 찡그렸다. 그들의 욕실 서랍장 안에는 서른의 신장 약 옆에, 단 하나뿐인, 건조한 날씨에 분필처럼 바짝 말라붙은 립스틱이 놓여 있었다.

커피포트와 해머핸들 목장 사이를 오가는 데는 세 가지 방법이 있었다. 하나는 둘의 공동 경계선을 담당하는 배드걸크리크 냇물의 판자 다리를 건너는 것으로, 이 길을 가기 위해서는 열네 개의 문을 열었다 닫았다 하는 수고를 감내해야 했다. 두 번째 방법은 냇물을 직접 건너는 것으로, 초봄과 늦여름에만 가능했다. 마지막 세 번째 방법은 고속도로를 따라 8킬로미터가량 운전해 가는 것으로, 스크로프는 웬만하면 이 방법을 꺼렸는데, 그 고속도로 다리에서 사고를 내는 바람에 아내를 거의 죽일 뻔한 데다 자기 몸의 뼈도 엄청나게 많이 부러진 나쁜 기억이 있었고, 그 때문에 아직도 몸에 수십 개의 철 핀과 금속판, 래그 나사를 박은 채 살고 있기 때문이었다.

충격전

그는 포기할 수가 없었다. 아직도 몸에는 깁스를 하고 있고 선홍색 상처도 선명한 상태로, 쓰라린 분노와 강한 그리움 사이에서 갈팡질팡하다가 결국, 밤 열두 시에 제리에게 전화를 걸었다. 그는 전화로 말을 하면서 시선은, 나체의 한 여자가 한쪽 다리를 치켜들고 감자 으깨는 도구인지 뭔지 모를 물체를 휘두르는, 텔레비전 화면에 고정시키고 있었다.

"제리, 당신 그 깡은 다 어디 갔어? 뭔가 해내고 싶지 않아? 당신이 지금 똥 밟았다고 생각하는 건 알아. 그래도 뭐라도 끝까지 해내고 싶지 않아? 당신, 중간에 포기하고 그러는 사람 아니잖아."

"이게 내가 해낸 거야. 이미 끝났어."

"우리 아이를 가져 보면 어때? 우리에게 아이가 생기면 좋겠어. 그러면 우리 사이도 좋아질 거야."

징징대는 자신의 말투를 자각한 그는 감자 으깨는 도구를 든 여자에게서 등을 돌렸다.

"그럴 가망성은 손톱만큼도 없어. 백만 달러를 준대도 당신하고 아이 가질 일은 없을 거야."

"당장 돌아와! 그리고 이 빌어먹을 이혼 취소하지 않으면 내가 찾아가서 쏴 버릴 거야."

전화기가 그의 말 한 마디 한 마디를 하수구처럼 빨아들였다.

"카, 날 좀 그냥 내버려 둬."

그녀가 말했다.

"어이, 이 여자야, 당신 정말 모르구나. 그래서 이러는 거지? 당신한테는 나 아니면 아무도 없어. 당장 여기로 다시 그 엉덩짝 들여놓지 않으면, 진짜 쓴맛이 뭔지 알게 해 줄 거야!"

그렇게 큰소리를 치면서도 그는 정작 쓴맛을 보고 있는 사람은 자기 자신뿐이라는 사실을 잘 알았다.

그녀는 울기 시작했다. 혐오감과 증오로 가득한, 분에 못 이겨 나오는 울음소리였다.

"이 개새끼야, 날 좀 내버려 두라고!"

"내 말 들어! 당신이 존 렌치하고 한 짓은 이미 지난 일이고, 끝난 일로 해 줄게. 당신을 용서해 주겠다고!"

그는 그녀가 흘리는 짭짤한 눈물마저 핥아 줄 수 있을 것 같았다. 그런데 그때 갑자기 깨달았다. 그녀는 우는 게 아니라, 웃고 있었다.

그녀는 일방적으로 전화를 끊었다. 그는 다시 전화를 걸었지만, 신경에 거슬리는 통화 중 신호만 삑삑거릴 뿐이었다. 좋은 놈은 간다고 했던가.

그는 술을 더 마시다가 캐비닛에서 아버지 소유였던 엽총을 꺼내 들고, 시그널에 단 하나뿐인 아파트 건물로 차를 몰았다. 건물 옆에 그녀의 차가 주차되어 있었다. 그는 2년간 자기 돈으로 할부금을 낸 그 차의 창문과 타이어를 총으로 쏘았다.

"어디, 이래도 웃을 수 있나 한번 보자고!"

그런 행동을 하고 나니 복수심이 더더욱 불타올랐다. 그는 집으로 가는 도중에 운전대를 꺾어 존 렌치의 목장으로 돌아갔다. 그의 픽업트럭이 집 앞에 아직 엔진도 식지 않은 채 달빛 아래 그 굽이진 금속 알몸을 드러내고 있었다. 스크로프는 장전한 총을 차 타이어와 창문에 대고 갈겼다. 그리고 '어디, 팝콘 맛 좀 봐라, 존!' 하고 소리치며 계기판에 대고 또 쏘았다. 끝으로 전화번호가 적힌 명함을 남기듯 셔츠를 벗어 평소 존 렌치가 앉는 앞좌석에 내던졌다. 처음으로 그는 그 둘을 다 죽이고 싶어졌다. 아니, 뭐가 됐든 좋으니까 죽여 버리고 싶었다. 설사 그게 그 자신일지라도. 건물 위층에 불이 들어왔고, 그는 굉음을 내며 성급히 그곳을 빠져나왔다. 그는 웃통을 깐 채 술병을 연신 입으로 가져갔고, 가슴 털 위로 흘러내린 위스키 방울이 반짝였다. 그는 전조등에 산토끼라도 비추기를 간절히 바랐다.

제리가 사우스다코타로 이사를 가 버렸을 때, 그는 이네즈가 그 일을 도왔을 거라고 짐작했다. 안짱다리 늙은 쌍년 같으니라고. 그러나 그들은 이웃 지간이었고, 그는 머디먼을 생각해서 꾹 참고 넘겼다.

그 호기롭던 존 렌치는 트럭 총격전이 있은 후 웬만하면 그의 눈에 띄지 않게 피해 다녔고, 스크로프도 이를 갈 만큼의 분노가 다시 일지는 않았다. 소싯적 그들은 수십 명의 여자들을 서로 돌려가며 즐기던 사이였는데, 관계를 막 끝낸 뒤라서 앞사람의 정액으로 아직 미끈거리는데 한 여자도 있었고, (꾸준히 즐기다 처분할 대상이었던 여자들, 새로운 여자들, 심지어 렌치의 여동생 케일리까지 있었다.) 때로는 한 번씩 돌렸던 여자를 다시 한 번 돌리기도 했지만, 그들 사이에 적의나 앙심은 전혀 남지 않았다. 그러나 독신이었던 렌치가 간과한 게 하나 있었으니, 아내라는 존재는 그런 여자들과는 완전히 다르다는 사실이었다.

스크로프의 어머니가 렌치를 갓난쟁이 때부터 돌봐 주면서, 그 둘은 놀이용 울도 함께 쓰며 서로에게 둘도 없는 친구로 자랐다. 그때 스크로프의 형 트레인은 놀이용 울 빗장 사이로 무섭게 얼굴을 찡그리거나, 그들의 시야에 들어오는 탁자 밑에 누워 모형 말로 장난을 치기도 했다. 제리는 사우스다코타에서 날아온 스크로프의 작은 새로, 잠시 가지에 앉았다가 날아가 버렸지만, 존 렌치는 처음부터 오랜 시간 함께 지낸 친구였고 죽으면 둘 중 누군가 한 사람의 관을 들어 줄 존재였다.

박차 장인

캘리포니아 사람들 몇몇이 시그널로 흘러들었다. 그중에 괴짜인 해럴드 배츠와 그의 아내 소냐가 있었는데, 해럴드는 벗겨지고 있는 머리를 겨우 넘겨 한 갈래로 가늘게 묶고 다니는 남자였고, 소냐는 남자 영업 사원들의 모욕적인 언사와 빈정거림에 결국 굴복해 일을 그만둔 전직 자동차 영업 사원이었다. 캘리포니아 해안에 살 때, 배츠는 퍼시픽윙스사社에서 야금공학자로 일했는데, 어느 날 아침, 회사가 대폭적인 인원 삭감으로 해고한 오백 명의 직원에 속하게 되었다. 그 후 그는 예언이나, 세상이 종말에 가까워졌다는 징후 따위의 종말론적인 환상에 이끌려, 최후의 나팔 소리가 울릴 때까지 단순한 곳에서 단순한 삶을 살아야 한다고 소냐에게 말했다. 사회가 언제까지 존속될지는 모르지만 그동안이나마 유용한 사람으로 살고 싶다고 하던 그는 대장장이 일을 생각해 내고, 천년왕국의 편자공으로 사는 것도 그리 나쁘지 않다고 생각했다. 그는 막판에 주저하다가 1년간 오리건주의 박차 만드는 장인 아래에서 견습생으로 일했고, 주말에는 '파이널데이즈'라고 알려진 종말론 종파 사람들과 함께 수행을 했다.

시그널은 배츠가 지도를 펴고 포크로 대충 찍어 정한 마을이었는데, 그는 그곳에 가게를 열었다. 작업실에서 그리고 불꽃을 튀기며 철을 가는 기계나 강철을 녹이는 풀무의 어두운 구석에서, 뜨거운 빛을 반사하는 크롬 마스크처럼 땀이 쏟아져 내리는 얼굴로 그는 금속을 가공해 똬리를 튼 뱀이나 입 맞추는 새들을 만들어 냈다. 그는 버려진 목장들을 찾아가 못쓰게 된 금속들을 쓸어 모았다. 낡은 문, 녹슨 유모차, 판용수철, 코일 용수철, 써레 날 등. 그의 작품 대부분은 경도가 높거나 낮은 탄소 공구강으로 만들어졌지만, 때로는 니켈, 크롬, 구리, 텅스텐 같은 일반적이지 않은 금속들을 섞어 실험도 해 보았고, 몰리브덴이나 바나듐, 코발트를 가지고 이리저리 굴려 보기도 했으며, 무른 금속에 특저 아연황동이나 동, 니켈은 같은 것을 섞어 보기도 했다. 가장자리를 은으로 장식한 아칸서스 잎이나 화려한 무늬를 선호하는 사람들은 그의 작품을 두고 '너무 현대적'이라며 기피했다. 그가 가장 잘 만드는 것은 박차였다. 그의 박차는 어느 것 하나 똑같은 디자인이 없었고, 멀리서도 쉽게 알아볼 수 있는 특유의 스타일이 있어, 가격도 하늘 높은 줄 몰랐다.

그해 혹독했던 늦봄의 어느 날, 그는 박차 한 쌍의 작업을 끝냈다. 'ㅏ'자 모양의 강철 본체에, 각도에 따라 색이 달라 보이는 잘 익은 자두 같은 파란 빛을 입힌 박차였다. 그 선은 단순하고 우아하게 딱 떨어졌다. 동그란 은장식과 은도금이 된 뭉툭한 별 모양의 톱니바퀴, 그리고 본체의 끄트머리는 해질 녘 반짝이는 물결같이 은은하고 창백한 빛을 뜨였다. 발목에 끼우는 밴드는 은색 혜성 모양으로 장식했는데 혜성의 꼬리가 본체를 향해 있었다. 그는 톱니바퀴 고정 핀에 달아 놓은, 흔들릴 때마다 금속성 음악을 딸랑거리며 말과 기수의 기분을 좋게 해 줄, 작은 별 한 쌍에 장난스러운 문구도 새겨 놓았다.

그는 가게 라디오 위에서 자고 있는 소녀의 고양이에 대고 나직이 말했다.

"이 박차에는 특별한 힘이 깃들어 있어. 반드시 누군가가 '접촉'해 올 거다."

작업을 마치고 그는 귀가하는 도중에 길가에서 죽은 사슴 한 마리, 길 가운데 죽어 있는 코요테 한 마리, 죽은 토끼 한 마리, 또 한 마리 그리고 또 한 마리, 죽은 방울뱀 한 마리, 태양빛 아래 아직은 살아 있지

만 거의 죽어 가고 있는 또 다른 방울뱀 한 마리 그리고 핏자국과 함께
반쯤 죽어 있는 영양 한 마리를 차례로 세면서 지나갔다.

놀랄 일도 아니다

거센 바람이 휘몰아치던 어느 날, 냇가의 버드나무 가지들이 채찍질
하는 몸짓으로 땅 위아래로 요동쳤고, 스크로프는 사람들과 걷고 있었
다.

그와 프리즈 부인, 두 명의 목장 일꾼 베니 혼과 코디 조 비비는 일찍
이 가축 이백 마리를 몰고 스크로프가 임대한 토지관리국 소유지가 있
는 북쪽으로 길을 나섰다. 파리가 기승을 부리는 계절에 가축이 뱃가죽
을 꿈틀대듯, 풀들이 파도처럼 넘실거리며 넓은 평원을 들썩이고 있었
다. 가는 길에 베니 혼은 재킷을 잃어버리고 이를 덜덜 떨었다.

"그나마 자네 불알은 옷에 덮여 있어서 다행이네. 안 그랬으면 그것
도 잃어버렸을 거 아냐?"

프리즈 부인이 말했다.

그날은 일진이 영 좋지 않았다. 모자는 날아가고, 먼지에 눈이 따가
웠다. 패스워터크리크에 있는 존슨의 목장으로 샌드위치와 맥주를 가
져와 만나기로 했던 제리도 모습을 드러내지 않았다. 스크로프는 아마
도 트럭에 시동이 걸리지 않았나 보다고 말했다. 오후 한 시, 카일 존슨
과 그의 막내아들 플레전트가 합류해 거리낌 없이 트림으로 소고기와
고추냉이 냄새를 풀풀 내뿜으면서 그들이 자기들의 사유지를 통과하
는 것을 도와주었다. 그러다 관광객이 탄 봉고차 한 대가 요란한 소리
를 내며 지나가자 소들이 겁을 먹고 우왕좌왕했고, 다리를 지나면서는

또 한 차례 달가닥거리며 울리는 자기들 발굽 소리에 놀라 열두 방향으로 흩어져 도망갔다. 새까만 바탕 위에 그려진 노란 차선들이 마치 둥둥 떠 있는 것처럼 보이는, 새로 포장한 지 얼마 안 된 고속도로 아스팔트 위를 소들은 종횡무진 뛰어다녔다. 그 바람에 아스팔트 냄새가 진동을 했고, 발굽에 밟힌 도로는 여기저기 움푹 패여 들어갔다. 마침내 간신히 소들을 다시 몰아갈 수 있을 때쯤, 코디 조가 예의 발작을 일으키며 말에서 떨어졌다.

"쇄골이 부러졌어."

프리즈 부인이 그를 진정시키며 말했다. 뼈끝이 삐걱거리는 소리가 들렸다.

시내에 볼일이 있던 존슨은 자신이 코디 조를 나이프앤드건 클럽에 데려다주겠다고 말했다.

"원한다면 아침까지 자네 가축들을 여기 놔두어도 되네. 거들어 줄 일손을 구할 때까지."

나중에 갚아야 할 무게를 생각한 스크로프는 그 제안을 받아들이고 싶지 않았다.

우선은 커피포트로 돌아가 전화를 돌려 보는 수밖에 없었다. 베니가 투덜거리자, 스크로프는 입 좀 다물어, 생각 좀 하게, 하고 말했다. 바람이 귀를 에었고, 말꼬리를 흩날렸다. 날은 점점 더 추워지고 있었다. 집을 800미터 정도 앞둔 그들의 눈에 철조망 담장에 걸린 파란색의 작은 무언가가 바람에 꿈틀거리는 것이 보였다. 짙은 청록색이 왠지 스크로프의 눈에 익었다. 그는 가까이 다가가서 철조망에서 그것을 빼냈다. 제리의 고급 팬티였다. 작은 실크 쪼가리 하나가 무슨 75달러나 하느냐며 제리와 다툰 적이 있었다. 베니와 프리즈 부인은 그가 난처할까 봐 고개를 돌렸다. 아직도 빨래 건조기 할부 값이 다달이 나가고 있기 때문에, 스크로프는 그 속옷이 빨랫줄에 널려 있다가 날아왔을 리 없다는 사실을 알고 있었다. 집에 다다르는 동안 그는 여러 가지 가능성을 하나하나 짚어 보았다.

집 앞에 주차되어 있는 존 렌치의 트럭이 보였고 운전석 문이 활짝 열려 있었는데, 사실 따지고 보면, 그 후에 침대 위에 있는 그를 목격한 것도, 그가 카우보이 자세로 몸을 열심히 흔들고 있던 것도, 전혀 놀랄 일은 아니었다. 계속 해, 멈추지 마. 그의 아내가 하는 말이 귀에 들렸다. 그리고 그때 그녀가 그를 보았다. 그는 아무 말도 하지 않고 그대로 뒷걸음질 쳐서 부엌으로 내려가 위스키를 병째 들이켰다. 제리가 우는 소리가 들렸고, 뒤이어 존 렌치가 옷을 입고 아래층으로 내려오는 소리가 들렸다. 부엌 문간에 선 렌치가 말했다. 카, 네가 생각하는 그런 게 아냐, 아니라고.

처음에 스크로프는 아무것도 느낄 수가 없었다. 그리고 차츰 감각이 돌아오자, 그는 생살을 베는 듯한 배신감에 치를 떨면서 쓰디쓴 질투심을 삼켰다. 반면, 죄책감에 불타 버린 제리는 결판을 내자고 큰소리를 치며 이혼을 선언했다. 스크로프는 말도 안 되는 얘기 하지 말라며 되받아쳤다. 그가 침실로 걸어 들어간 다음 삼십 분이 지나기까지도, 그는 어떤 것도 이대로 끝날 거라는 생각은 하지 못했다. 그저 길을 가다 유실된 도로를 만난 것처럼, 물웅덩이를 넘어 계속 나아가면 된다고 생각했다. 그의 옅은 파란 눈에 물이 고였다. 그는 그녀에게 말하고 싶었다. 존 렌치 한 놈 정도로 뭘 그래, 진정해. 나는 지금까지 몇 번이나 한눈팔았어—라고 말하고 싶었지만, 차마 할 수 없었다. 그랬다가 더더욱 어디로 튈지 모르는 일 아닌가? 그는 그저 아무것도 달라질 게 없다고 생각했다. 그는 고통을 회피하는 게 불가능하다는 사실을 아직 몰랐다. 고통은 열 감지 미사일처럼 가장 뜨거운 핵심을 파고드는 법인데 말이다.

"제대로 얘기 좀 해. 드라이브라도 하면서 대화를 해 보자고."

그는 위스키를 병째 빠른 속도로 꿀꺽꿀꺽 넘기며 말했다. 그의 셔츠 앞섶은 위스키로 흠뻑 젖어 있었다. 그는 결국 아내를 트럭 안으로 꾸역꾸역 밀어 넣는 데는 성공했지만, 그 상태에서 그가 한 말이라고는 '말 좀 해 봐.'가 다였고, 그녀가 한 말이라고는 '이혼해.'가 다였다. 그 이상으로는 도무지 진도가 나가지 않았다. 그러곤 다음 순간, 어찌된 일인지 그들은 고속도로 다리 밑에 처박혀 있었다. 트럭 바퀴는 허공에서 굴렀고, 스크로프는 사물함만 한 작은 공간에서 고통스럽게 부러지고 으깨져 있었다. 옆에서 제리가 도와 달라고 외쳤지만, 그는 전혀 손을 쓸 수 없었다.

그가 병원에서 퇴원하고 가까스로 숟가락을 다시 들 수 있게 되었을 때쯤, 제리는 시그널로 이사를 나갔고 이혼 수속은 급속도로 진행되었다. 그리고 욕실 선반에 반쯤 남은 탐폰 박스와 현관에 놓인 스노부츠 한 켤레 외에 그녀의 것은 아무것도 남겨진 게 없었다.

한 쌍의 박차

지하 창고에서 직접 수제 맥주를 주조하는 서튼 머디먼은, 먼지가 자욱한 어느 날, 맥아 몇 통을 사려고 시내로 나갔다. 그는 몸을 잔뜩 웅크리고 고개를 숙여 4-X 캐틀맨 카우보이모자로 모래 먼지를 막으며 보도를 걸었다. 더 이상 못 쓰게 된 구식의 빛바랜 소프트웨어가 박스채 쌓여 있는 컴퓨터 상점을 지나고, 푸른 가리개가 드리워진 변호사 사무실을 지나, 그는 배츠의 가게 쇼윈도 앞에 멈춰 서서, 세월의 흔적을 입은 나무판자 위에 예술적으로 전시된 박차들을 바라보았다. 넓은 발목 밴드에 본체가 15도 각도로 기울어져 있고 선이 심플하며 기능적으로 보이는 별 장식 없이 수수한 새들 브롱크 선수들을 위한 박차, 빅토리아 시대풍의 매춘부 스타킹에 발목까지 올라오는 버튼 구두 장식을 화려하게 입힌 여성용 박차, 터키석으로 V자 무늬를 만들고 일직선 모양의 본체에 부츠 신은 발이 발차기를 하고 있는 모습을 새긴 작은 톱니바퀴가 달린 황동 박차. 음, 멋있군, 멋있어. 머디먼이 속으로 중얼거렸다. 그는 이네즈에게 생일 선물로 열쇠고리를 하나 사 줘야겠다고 생각하며 가게 안으로 발을 들였다. 이미 2년 연속 생일 때마다 똑같은 걸 선물했지만 말이다.

해롤드 배츠가 시큰둥한 표정으로 카운터 뒤에 서서 허브차가 든 머그잔을 손에 들고 캐스퍼 지역 신문을 읽는 동안, 머디먼은 기름, 금속, 가죽 냄새 그리고 히비스커스와 바닐라 향을 맡으며 진열장 앞을 왔다 갔다 하다가, 혜성 박차 앞에서 문득 발을 멈추었다.

"무얼 찾으십니까?"

"저 혜성 박차 좀 봅시다."

머디먼이 그 박차를 가리키며 말했다. 배츠는 입을 삐죽거리며 박차를 카운터 위에 올려놓고는, 상처투성이 손가락으로 말총머리를 돌돌 말기 시작했다.

"캔 따개치곤 꽤 예쁜데요?"

머디먼은 자신의 말에 배츠가 주먹을 쥐었다 펴는 것을 보며 속으로 흐뭇해했다.

"이건 헤일 봅 혜성이요. 그해, 그 혜성을 보기 위해 몇 시간이고 기다리며 잠도 발코니에서 잤소. 밤이 무척 추웠지만, 문득 눈을 떠 보니 하늘에 이것이 있는 거 아니겠소? 아름다웠지. 정말 엄청났소. 조만간 우주 안에서 지구의 위치가 변할 거요. 100미터 이상 되는 엄청난 지진 해일을 일으킬 힘이 강철을 뒤흔들면서 몰려오고 있어요. 우리가 최후의 시대에 살고 있다는 말이요. 종말이 바로 코앞에 와 있다고 해도 과언이 아니오. 새천년, 지구온난화, 전쟁, 무시무시한 악성 전염병 그리고 폭풍과 홍수. 그 혜성이 바로 징조였소. 여기 이 세부 장식 하나를 파는 덴, 캐스퍼에 있는 하인즈앤드로디 가게에서 새로 산 작은 회전 끌을 사용했다오."

머디먼은 가격표를 보았다. 삼백 달러였다. 지구의 종말이 그렇게 가까이 임박하지는 않았나 보군, 하고 그는 생각했다. 그는 아내의 생일 선물을 위해 이십 달러 이상은 쓸 생각이 없었고, 말도 그렇게 했다. 또, 신문에서 읽은 적이 있는데, 혜성들은 많은 화학 분자들이 농축되어 있는 것뿐이지 파괴의 징조가 아니며, 오히려 우주에 걸쳐 뿌려지는 생명의 씨앗이라고 덧붙여 말했다.

"바로, 그렇게 믿도록 그들이 조장하는 겁니다!"

배츠는 부글부글 끓어 흥분해서는 신문에 나온 여자 정치인을 손가락으로 툭툭 두드리며 말했는데, 그 정치인은 멍청함을 과시하듯 눈을 부릅뜨고 일장연설을 퍼붓기로 유명했다.

"아무튼, 나는 댁이 이걸 사든 안 사든 상관없소. 다른 사람이 와서 살 테니까."

가게 바깥에서 빛이 앞 유리창을 투과해 들어와 그의 머리카락을 금속 색깔로 물들였다. 배츠는 이제 관심을 끊었다는 듯 양손을 허리에 대고 다른 박차 모양을 구상하기 시작했다.

그의 무관심이 머디먼을 자극했다. 그는 수표를 끊어 주었고, 그럼으로써 세금을 환급받은 돈을 깔끔하게 날렸다.

그 박차는 거의 그럴 만한 가치가 있었다. 이네즈는 '오늘은 이걸 하고 잠자리에 들어 볼까?' 하고 말했고, 정말로 그렇게 했다. 차가운 철이 그의 살에 와 닿았고, 그는 웃으면서 그녀의 부츠를 벗겨 딸랑거리는 소리를 내며 방구석으로 던졌다.

"헤헤헤, 자 혜성이 나갑니다!"

머디먼이 말했다. 그러나 그 뒤로는, 어떻게 하면 과연 그녀 모르게 장부를 조작할 수 있을까 궁리하느라 한참을 잠들지 못하고 뜬눈으로 뒤척였다.

그 주 수요일, 뜨겁고 강렬한 햇빛이 차가운 뼛속으로 스며들고 잔잔한 바람에 멀리 보이는 풀이 싱그러운 녹색 빛을 띠던 날, 이네즈는 말을 타고 카 스크로프의 목장으로 건너갔다. 벌써 몇 년째 그들은 관광객들에게 말을 태워 커피포트 목장으로 데려가 가짜 소몰이를 시켜 주고, 취사 마차의 콩 요리를 맛보여 주고 있었다. 그날도 같은 용건이었다. 목장으로 접어드는 길에 트랙터 한 대가 그녀를 지나쳤다. 프리즈 부인이 운전을 했고, 뒤의 짐칸에는 코디 조 비비와 미네랄 보충제 빈통 몇 개가 통통 튀어 오르고 있었다. 이네즈의 사촌인 코디 조는 한때 머리도 좋고 성격도 다정했지만 4, 5년 전, 높이 쌓아 둔 건초 더미에 있던 반 톤짜리 건초 꾸러미 하나가 그와 그가 타고 있던 말 위로 떨어지고 난 후로 머리가 어떻게 되어 버렸다. 그는 여전히 비비 집안의 다른 남자들처럼 황소 같은 어깨에 힘도 셌으나, 단순한 작업 외에는 쓸모없어지고 말았다. 이네즈가 손을 흔들었지만, 그의 흉 진 얼굴에는 알아보는 기색이 없었고, 집에서 부인이 제멋대로 깎아 준 머리만 지저분하게 헝클어진 채 바람에 흩날렸다. 그들이 어렸을 땐 황금 밀 같은 생머리에 짙은 파란 눈을 가진, 세상에서 가장 잘생긴 아이였는데, 하고 그녀는 생각했다. 어쩌다 저렇게 되었을까. 그녀는 차마 그를 똑바로 쳐다볼 수조차 없었다.

이네즈가 말을 타고 목장에 도착했을 때, 코디 조는 짐칸에서 플라스틱 통을 내리고 있었고, 프리즈 부인은 시냇가 목초지에 부제증*에 걸린 황소 한 마리 있는데 상태가 너무 나빠 몰고 올 수 없었으며, 치료를 하려면 트럭을 가지고 나가서 데려와야 할 거라는 보고를 하고 있었다.

스크로프는 아무 감정 없는 표정으로 이네즈를 올려다보았다.

"어떻게 지내, 카?"

그녀의 붉은 머리가 사방팔방으로 흩어졌다. 모자는 집 옷걸이에 걸려 있었다.

"그럭저럭. 그쪽은?"

"우리도 괜찮아. 서튼이 나 보고 대신 좀 물어봐 달라고 한 게 있어서 왔어. 금요일 대신 토요일 날 목장 관광객들을 데려와도 될까? 금요일은 서튼이 세무서 사람을 만나야 한대. 그 작자들, 날짜를 제멋대로 정하고 바꾸지도 못하게 하잖아. 게다가 글쎄, 우리 목장을 오락목장이라고 부른다는 거 있지?"

"그렇게 따지면, 모든 목장을 오락목장이라고 불러야 하는 거 아닌가. 나는 확실히 재미있거든. 우리 지금 막 들어가려던 참인데 같이 들어가서 커피 한잔해. 말은 저기에 묶어 놓고."

카가 말했다.

"박차 멋진데."

프리즈 부인이 말했다.

오래된 울타리 기둥만큼이나 비쩍 말랐군, 모르긴 몰라도 거의 일흔 살은 되었을 텐데, 하고 이네즈는 속으로 가늠해 보았다. 프리즈 부인

---

* 말굽 둘레의 피부가 썩는 병.

은 머리는 짧게 깎은 백발에, 손은 여느 늙은 카우보이 남자들처럼 힘줄이 불거지고 굳은살이 깊이 박여 있었다. 카의 말에 따르면, 가축에 대해서 그녀가 모르는 것은 담배 마는 종이에 성경 구절을 다 옮겨 쓰고 남은 공간만큼밖에 안 될 거라고 했다. 아무도 프리즈 부인의 남편이 어디에 있는지는 알지 못했다. 아마 쥐도 새도 모르게 죽여서 몰래 처리했겠지. 확실히는 모르지만 프리즈 부인에게는 이네즈 마음에 영 들지 않는, 처음부터 계속 꺼려졌던 뭔가가 있었다. 늙고 드센 저 여자만 보면, 마치 빈틈 하나 없는 팽팽한 밧줄 같은 느낌이 들었다.

스크로프는 절뚝거리며 다가가 박차의 톱니바퀴를 만져 보았다. 그는 고개를 들어 이네즈를 올려다보면서, 뭔가 재치 있는 말을 하려고 입을 열었다가 다물고는 부어오른 뒷목을 긁적거렸다. 온갖 것이 뒤섞인 라디오 잡음 같은 소리가 그의 머릿속에서 윙윙거렸다.

"서른이 생일 선물이라고 줬어. 생일이 2주나 지나서야."

이네즈는 말에서 내려, 그들을 따라 정신없이 어질러진 부엌으로 들어갔다.

"아직 조용할 때 와서 물어보는 게 좋겠다 싶어서 왔어. 지금 손님들 방에 네군도단풍나무벌레가 나와서 난리거든, 제이니한테 필요하면 진공청소기로 그것들 싹 밀어 버리라고 했어. 난 그 벌레들이 청소기 호스로 빨려 들어가면서 덜그럭거릴 거 생각하면 당최 속이 메슥거려서 말이지. 그것들은 거기 갇히면 세상이 끝났구나, 하고 생각하려나?"

그녀는 부엌 안을 훑어보았다. 탁자의 한쪽 다리를 부츠 굽으로 받쳐 놓은 게 눈에 띄었다. 스크로프는 오래된 분쇄기에 커피콩을 넣고 갈기 시작했다. 그 바람에 고운 커피 가루가 공기 중에 날렸다. 그는 머리가 지독하게 아팠으나, 자기도 모르게 계속 이네즈를 흘끔거리며 쳐다보고 있는데, 제리 때문에 상심했던 마음이 가시고, 왠지 흥분되는 기분이었다.

베이컨 비계 기름이 굳어서 잔뜩 엉겨 붙은 주물 팬이 이네즈의 눈에 들어왔다. 씻지 않은 채로 수없이 베이컨을 튀겼다는 증거였다. 치즈 과자, 크래커, 스낵, 고깔형 콘칩 등 빈 봉지나 내용물이 반쯤 든 과자 봉지들, 빈 소스 통, 오래되어서 덩어리 진 페이스트리 빵 껍질, 먹다 만 타르트, 빈 푸딩 캔도 눈에 띄었다. 제리가 떠난 후, 2년 내내 제대로 된 식사를 한 적이 한 번도 없는 모양이었다. 파랑새 한 마리가 창문에 비친 자기 자신을 보고 영역을 사수하려는 듯 무섭게 날아들었다.

"카, 우리 집에서 일하는 제이니 벅스, 여기로 불러서 청소 한번 싹 하면 어떨까? 한 시간에 10달러를 줘야 하지만, 충분히 그 값을 하거든."

바닥 곳곳에는 음식이 눌어붙어 있고, 집 안 어디를 보아도 늙어빠진 돼지우리 그 자체였다. 그녀는 프리즈 부인이 어쩜 저렇게 여성적 본능을 싹 짓누르고, 이 광경을 아무렇지도 않게 보고 있을 수 있는지 의아했다.

스크로프는 목에서 캑캑거리는 웃음으로 말했다.

"그랬다가 그 여자 충격받아 죽어 버리라고?"

그는 깨끗하게 정돈된 부엌을 봤을 때, 특히 통밀 시리얼을 부으며 밝은 태양빛이 새하얀 접시에 와서 닿았을 때 늑대처럼 울부짖고 싶게 만들던 그 견딜 수 없는 외로움에 대해 굳이 설명하고 싶지 않았다.

"그래, 토요일 날 내가 어떻게 하면 돼? 정오쯤 괜찮아? 더티워터 아니면 머드석 중 어디? 한 쉰 마리쯤 아직 들판에 나가 있어. 이미 팔았어야 하는 건데, 가을 시장이 하도 안 좋아서 미루고 있었거든. 그사이에 지금은 더 나빠졌지만 말이야. 이제는 새로 무슨 노던플레인스 축우 협동조합인가 뭔가를 만든다는데, 솔직히 말해 그게 도움이 될지 난 의심스러워. 만약 '소고기를 먹으세요.' 간판을 전국적으로 뉴욕부터 샌프란시스코까지 쭉 깔아 버리면 관심을 좀 끌지도 모르겠지만. 어떻게 생각해요, 프리즈 부인? 토요일 스케줄 괜찮아요?"

그는 과자 봉지에서 주황색 애벌레 같은 물체를 한 움큼 집어 입에 넣고 우물우물 씹었다. 그의 콧수염이 같은 색으로 물들었다.

이네즈는 그 방에 있는 사물이고 사람이고 할 것 없이 이상한 것투성이어서 눈을 어디에 두어야 할지 몰라, 창문 밖 마당에 있는 개에 시선을 고정시킨 채 중얼거리듯 말했다.

"더티워터가 좋겠네. 거기 경치가 더 좋잖아."

그녀는 카 스크로프가 갈수록 망가지고 있다고 생각했다. 저러다가 종국에는 그녀가 어렸을 때 올나이트크리크에서 봤던 미치광이 노인네처럼 될지도 몰랐다. 그 당시, 아버지와 형제들과 함께 말을 타고 집에서 몇 킬로미터 떨어진 곳까지 갔다가, 물가 옆에서 금방이라도 무너져 내릴 것 같은 집 한 채를 본 적이 있었다. 그 집에서 어떤 야만인 같은 남자가 나와서 그들 앞을 막아섰는데, 그 남자의 뻣뻣하게 뻗은 콧수염에는 음식물이 덕지덕지 묻어 있고 눈에는 눈곱이 잔뜩 낀 데다 10미터나 떨어진 거리에서도 역겨운 냄새가 풍겨 왔다. 아버지가 우리는 누구라고 말하기 시작하자, 그 늙은 남자는 어? 어? 하고 알 수 없는 말을 중얼거리더니 갑자기 모두가 다 보는 가운데 무릎까지 축축이 적시며 바지에 실례를 했다. 아버지는 급히 우리 모두를 데리고 돌아서 언덕 쪽으로 올라갔지만, 그걸로 그날은 이미 엉망이 되어 버렸다.

"으, 그거 봤어? 바지에 그냥 싸 버리더라. 냄새가 아주, 똥도 같이 싸 버린 것 같던데."

그녀의 오빠 새미가 한 말에 아버지는 이렇게 말했다.

"저 사람 저래 뵈도 예전에는 꽤 건실한 목장주였는데, 아내가 죽고 나서 이제는 완전히 우리에 사는 수퇘지가 되어 버렸구나. 너희들, 저 집에 가까이 가지 말거라."

남자들한테는 꼭 그런 결점이 있지. 어쩌다 한번 절벽에 몰리면 그대로 완전히 바닥까지 추락해 버리고 마는, 하고 이네즈는 생각했다.

"맙소사, 머리가 깨질 것만 같네."

스크로프가 말했다. 그는 찬장 맨 위로 팔을 뻗어 더듬으며 아스피린 이 든 약병을 집어 내려서 물도 없이 네 알을 꿀꺽 삼키고는, 더러운 냄 비에 담배꽁초를 비벼서 껐다. 그가 커피 분말에 끓는 물을 붓자 커피 포트에서 증기가 구름처럼 솟아올랐다. 그는 얼룩진 컵을 수도꼭지에 서 나오는 물로 헹구고 새로 내린 커피를 그 컵에 가득 따랐다. 머리가 욱신거렸고 마치 주전자 꼭지에서 신비한 정령이 빠져나와 그의 코에 날아든 것 같은 이상한 느낌과 함께 온몸이 불끈 달아올랐다. 그는 하 릴없는 기분으로 의자 등받이를 부여잡았다.

그들은 풀이 자라는 것을 보려고 다시 집 밖으로 나가서 따뜻한 통 나무 더미에 등을 기대어 섰다. 때 이른 파리 몇 마리가 윙윙거렸다. 코 디 조가 커피 컵을 손에 들고 밭고랑 위를 걷는 것처럼 한 걸음씩 띄엄 띄엄 건너 띄며 건초가 쌓인 마당으로 멀어져 갔다. 스크로프는 이네즈 옆으로 가까이 몸을 가져가, 산 위에 눈이 가득 쌓였다느니, 만약 날씨 가 계속 이렇게 따뜻하면 배드걸크리크의 수위가 올라서 강둑 위로 범 람할 거라느니, 하는 이야기를 쉴 새 없이 입 밖으로 쏟아 냈다. 그의 뼈를 지탱하고 있는 티타늄 판이 뜨겁게 달아올랐다.

"갈 데까지 가면 넘치겠지, 뭐."

프리즈 부인이 부엌용 성냥을 집어 엄지손톱으로 그으며 말했다. 그 녀는 쓸데없는 수다를 질색했다.

커피는 너무 진한 나머지 쓴 데다 델 정도로 뜨거웠다.

"우아! 커피 한번 끝내주네!"

이네즈가 외쳤다.

"그게 바로 커피지, 안 그래? 그 커피 한 잔이 굴뚝 청소용 솔보다 몸 속 곳곳을 훨씬 시원하게 씻어 내 줄걸."

프리즈 부인이 반 정도 마신 컵을 뒤집어 놓은 박스에 내려놓으며 말했다. 그리고 자신의 트레일러 숙소로 떠났다.

프리즈 부인이 시야에서 사라지자마자 스크로프는 이네즈의 손을 덥석 잡고는, 그날 밤 트럭에서 제리가 죽은 정어리라고 불렀던 자신의 신체 부위에 가져다 댔다. 그는 그녀가 존 렌치의 물건과 비교해 말한 거라고 짐작하고는 돌려 물었고, 그녀는 그 인간쓰레기 이름은 입 밖에 꺼내지도 말라고만 답했다.

그랬던 그가 이네즈에게 말했다.

"당신이 나한테 불을 붙였어. 들어가서 하자."

"세상에, 맙소사, 카. 당신 정신이 어떻게 된 거 아냐?"

뺨과 목까지 벌겋게 달아오른 그녀는 그에게서 손을 비틀어 빼냈다. 정오가 다 되어 가는 시각이었다. 발밑에 보이는 그들의 그림자가 누군가 쏟아 놓은 페인트처럼 흐물거렸다.

"얼른, 그렇게 빼지 말고."

그가 그녀를 열린 문 쪽으로 끌어당기며 재촉했다. 그 안에 숨어 있던 거친 짐승이 나와 고삐 풀린 채 날뛰고 있었다.

"정신 좀 붙들어 매!"

"당신이 붙들어 매 줘, 어서."

그러면서 그는 그녀의 납작한 엉덩이를 손으로 문지르면서, 몸을 밀어 붙이며 콧김을 뿜어냈다.

그녀는 거칠게 튼 팔꿈치로 그의 목을 한 방 먹이고는 팔을 잡아 비틀면서 몸을 구부려 빠져나온 후 말을 향해 달려갔다.

"나, 당신 포기 안 해. 반드시 너랑 하고 말 거야. 그 안에 꼭 집어넣고 말 거라고!"

그가 그녀의 등에 대고 소리쳤다. 그녀가 남기고 간 자욱한 먼지구름 속에 물끄러미 서서, 그는 아까 커피를 따르는 동안 어떤 강력한 힘이 찾아와 그에게 발동을 걸었음을 인지했다.

트레일러에 갔던 프리즈 부인이 셔츠를 청바지 안에 찔러 넣으며 돌아와 예의 거친 말투로 물었다.

"이네즈는 어디 갔어?"

그녀에게서 방금 마신 위스키 냄새가 폴폴 풍겼다.

"가야 된대."

그는 하염없이 남쪽을 바라보았다. 생기 없는 눈에는 심한 두통으로 인해 눈물이 고였다. 박차가 딸랑거리는 소리를 들은 후로, 그의 몸속에 있는 금속이란 금속이 다 팽팽해진 듯 그를 조여 왔다.

"커피 때문인가 보군. 무사히 잘 가겠지."

프리즈 부인이 말했다.

"있잖아.. 나 이상하게 끌렸어."

이렇게 말하며 그는 양손을 둥그렇게 컵처럼 모아 상상의 가슴을 부여 쥐고 흔들었다.

프리즈 부인이 얼굴을 찌푸렸다.

"이네즈 말이야? 이네즈보다는 벽한테 가슴이 더 있을 거 같은데."

"뭐 아무튼, 그 박차 예쁘더군."

"그건 맞아. 진짜 물건이던데."

늑대

어찌나 밤낮으로 끈질기게 쫓아다니면서 서튼이 없을 때면 어떻게 알고 불쑥불쑥 나타나거나 전화를 해 대는지, 그녀에게 카 스크로프는 더없이 성가신 존재가 되었다. 그녀가 시내를 나가면 그도 따라 나왔고, 이네즈가 손님들을 데리고 래빗힐스로 등산을 나갔을 때 한두 번은 일부러 말을 타고 그쪽으로 와서는 우연히 마주친 척했다. 그리고 그럴 때마다 풀린 눈으로 그녀에게 욕정에 가득 찬 시선을 보내며 잔뜩 내리깐 목소리로 말을 걸었다.

"계속 이런 식이면 나도 서튼한테 말할 수밖에 없어. 그러면 당신도 좋을 일 없을 텐데. 오랫동안 알아 와서 겉으로는 좋은 친구로만 보일지 몰라도, 그이가 한번 화나면 정말 감당할 수 없을걸."

"나도 어쩔 수가 없어, 이네즈. 그쪽이 눈에 안 띌 때는 나도 전혀 좋은지 어떤지 생각도 안 나는데, 근처에만 있으면 금세 누군가가 내 속옷에 뜨거운 석탄을 퍼부어 놓은 것 같아. 그런 걸 어떡해. 너무 간절히 원해서 머리가 깨질 지경이라고. 어이, 그렇게 빼지 말고, 손님들 먼저 보내고 저 바위 뒤로 가서 나하고 한판 하자."

그는 백금 콧수염 아래로 두 입술을 모아 쭉 내밀며 입 맞추는 소리를 냈다.

그녀는 몸을 부르르 떨며 말했다.

"그래 봐, 내가 당신 몸을 밧줄로 묶어 걸레가 되도록 끌고 다닐 테니까. 그렇게 해야만 내 말을 알아들으려나. 그래, 그걸 원하나 보군."

"내가 원하는 건, 질펀하게 한판 잘 타는 거야. 내가 원하는 건, 똘똘이 녀석이 가고 싶어 하는 그곳으로 들어가게 하는 거야. 내가 원하는 건, 당신 눈이 완전히 풀릴 때까지 흔들어 대는 거야. 내가 원하는 건……"

　다음 날 아침, 동틀 녘에 서튼이 아침을 먹으려고 들어왔을 때 그녀는 그 이야기를 꺼냈다. 손님들이 새로 산 부츠를 신고 엉거주춤 현관문을 나서며 팔을 쭉 뻗고 공기 냄새가 얼마나 좋은지 말하기 전에 누릴 수 있는, 그들만의 이른 시간이었다. 밖에서는 바람이 시들시들한 풀을 철석거리며 때렸다. 그녀도 아침 댓바람부터 이런 얘기를 꺼내서 좋을 게 없다고 생각했지만, 더 이상 참고 있을 수가 없었다.

　"이런 말 나도 하기 싫은데, 서튼, 카 스크로프가 자꾸만 나한테 수작을 걸면서 더러운 말짓거리를 해. 어쩌지? 벌써 2주째야. 처음에는 좀 그러다 정신 차리고 그만두겠지 싶어서 얘기를 안 했는데, 계속 그러네."

　그는 피 묻은 양털을 탁자 위에 올려놓으며 말했다.

　"뭔가가 와서 우리 양들을 해쳤어. 두 마리는 죽고, 한 마리는 거의 잡아먹히고, 한 마리는 끌려가고, 또 한 마리는 발을 절뚝거려."

　그는 컵을 손에 들고 커피가 뜨거운 땜납이라도 되는 듯이 호호 불면서 조금씩 핥아 마셨다. 그의 손에서 세이지 풀 향이 풍겼다.

　"내가 방금 카 스크로프 얘기한 건 들은 거야? 그 자식이 나한테 어떤 수작을 걸고 있는지 말한 거? 완전히 발정이 났다니까."

　"개들 짓이 아닌가 싶어. 발자국 크기가 코요테의 두 배는 되는 거 같아."

　"그 자식한테 내가 당신한테 다 말할 거라고, 그러면 당신이 나서서 정신 차리게 해 줄 거라고 말했단 말이야. 그런데도 전혀 말귀를 못 알아듣는 것 같아."

　"제발, 그게 우리 개들만큼은 아니었으면 좋겠는데. 지난 이틀간 포지를 못 봤단 말이지."

"지금 하루하루 사는 것만으로도 충분히 힘든데, 그런 색정광 이웃이 들이대는 것까지 가만히 참고 있어야 돼? 내 남편이 나서서 빠른 시일 내에 해결해 줄 거라고 믿고 있을게."

그는 일어나서 현관 쪽으로 걸어갔다가 다시 테이블로 돌아왔다.

"그래, 포지는 아니었군. 아직도 저 아픈 다리를 하고 현관에 있는 걸 보니까. 다리를 다쳤다는 걸 깜빡했어. 포지는 아니야."

개는 그를 보며 늘어지게 하품을 했다. 그리고 한쪽 귀는 쫑긋 세우고 한쪽 귀는 내린 채 왼쪽 눈으로 붉은 유리 공 같은 태양을 힐끔 바라보았다.

"당신이 그 자식한테 가서 제대로 혼쫄을 내 주는 수밖에 없어. 단단히 버릇을 고쳐 줘야 해. 당신이 정말로 심각하다는 걸 그 자식도 알 수 있도록. 그 닳고 닳은 쭈글쭈글한 거시기를 나한테 막 비벼 대려고 하는데, 내 기분이 어떤지나 알아?"

"그래, 카네 집에 가서 뭘 좀 봤는지 물어봐야겠다. 사라진 송아지는 없는지."

"그래, 그렇게 해. 그렇게."

이네즈의 목소리가 마치 크레인 숏*처럼 들려오며, 그에게 렌치와 스크로프, 머디먼 세 사람이 삼총사처럼 뭉쳐 다니며 개망나니처럼 술에 절어 방탕하게 놀았던 옛날 일을 상기시켰다.

느지막한 오전 시간, 뉴욕에서 놀러 온 세 명의 여자 변호사 손님들이 휴대폰으로 전화를 걸어왔다. 전에 길을 잃은 한 손님이 들판에다

---

* 이동 화면을 촬영할 때 카메라를 단 크레인을 수직이나 수평 등으로 움직여 찍는 숏.

불을 피워 연기를 내는 방법으로 소재를 알렸던 사건 이후로, 서튼은 손님들이 나가서 돌아다닐 때에는 반드시 휴대폰을 들고 다니거나, 아니면 현관 난관으로 이어지는 긴 줄을 붙들고 다니도록 의무화했다.

"이네즈, 우리 길을 잃었어요."

이네즈가 일부러 길을 잃게 만들기라도 한 것 마냥 짜증으로 가득 찬 목소리가 쩌렁쩌렁 울렸다.

"그리고 여기에 늑대도 있어요."

빨라진 숨소리가 수화기 너머로 전해졌다. 서튼은 빅치프 노트에 액수들을 갈겨 적었다.

"늑대가 아니라 코요테겠지요. 주위에 뭐가 보이는지 말해 주면, 거기가 어딘지 우리가 알아낼 수 있을 거예요."

이네즈는 주황색 큰 바위니, 철조망으로 된 담장이니, 텅 빈 공터니 하는 이야기에 귀를 기울였다.

"담장 상태는 멀쩡한가요, 아니면 망가졌나요?"

"글쎄요, 그냥 여느 담장처럼 보이는데요."

한숨 소리가 아니라면 바람 소리가 들렸다. 각종 청구서며 우편이며 세금 정보 브로슈어 같은 것들이 탁자 위에 어지러이 놓여 있었다. 한 달간 일한 결산 결과는 모두 적자를 가리키고 있었다.

"큰 바위예요. 엄청 커요."

"이 사람들, 카네 목장 바위기둥 지대 끄트머리에 있는 것 같은데. 내가 말을 타고 가서 돌아오는 길을 알려 줄게. 그렇지만, 그 자식이 거기 있을 경우를 대비해 30구경 총을 가지고 가겠어."

그녀가 서튼에게 말했다.

"트럭을 몰고 가지 그래. 그 여자들 걸어서 돌아온다면 6킬로미터는 걸어야 해."

사료 청구서의 '미납' 글자가 그를 노려보고 있었다.

"그러면서 인생의 교훈을 좀 배우라지 뭐."

말은 그렇게 했지만 그럴 리가 없다는 것을 아는 그녀는 머디먼에게 원한다면 직접 트럭을 몰고 그들을 데리러 가라고 했다. 앞좌석에 여자 셋과 앉아 꼭 끼여서 오면 그에게도 좋은 일이 아니겠느냐며. 오는 길에 카 스크로프에게 들렀다 오라고도 했다. 혹시 아는가, 그가 셋 중 한 명에게 꽂혀서 그녀를 가만 내버려 둘지. 그녀는 지금 말을 타고 싶었고, 하고 싶은 대로 할 생각이었다. 그리고 사료 청구서를 손으로 만지작거리면서 한마디 했다.

"정말 다행이야, 세금을 환급받은 돈이 있어서."

그 여자들은 진정 늑대를 보았다고 맹세했다. 그들은 딱 달라붙는 빳빳한 청바지와 웨스턴 부츠, 산타페 재킷을 입고 실크 스카프를 목에 두르고 있었다. 머리는 바람에 날려 대걸레처럼 헝클어져 있었다.

"정말 확실하다니까요. 내가 맡았던 한 사건 때문에 늑대 비디오만 수백 시간을 봐서 알아요. 그때, 그 남자가 자기 건물에서 늑대를 기르고 싶다며, 자기 늑대한테도 맹도견과 같은 권리를 달라고 요청했거든요. 그래서 DNA며 뭐며 전부 섭렵하며 봤기 때문에 잘 알아요. 우리가 본 건 확실히 늑대예요."

글라켄 변호사가 말했다.

"뭐, 아무튼 목장은 저쪽이에요. 저기 연기 올라오는 거 보이죠? 벽난로 굴뚝에서 나오는 거예요. 목장 길을 따라서 남쪽으로 걸어가면서, 문은 지날 때마다 닫아 주세요. 서튼이 트럭을 몰고 오고 있을 거예요. 문 닫는 것 꼭 잊지 말고요."

그녀는 돌아서 말을 타고 얕은 도랑 위를 건너갔다. 오른쪽 레빗브러시 덤불 사이로 커다란 몸집의 암컷 늑대가 나타나 노란색 사팔눈을 뜨고 그녀의 행동을 주시했다. 어디선가 한 줄기 돌풍이 불어와 늑대의 털이 바르르 떨렸다. 이네즈는 본능적으로 밧줄을 풀고 올가미를 만들어 던졌다. 밧줄이 늑대의 코앞에서 몇 차례 왔다 갔다 하자, 늑대가 갑자기 공중으로 펄쩍 뛰어 올랐고 그녀가 탄 말은 앞다리를 높이 치켜들었다. 늑대가 슬쩍 뒤로 물러나 엉덩이를 대고 쪼그려 앉자, 말은 다시한 번 앞다리를 높이 세우며 서커스를 하듯 뒷다리로 뒷걸음질 치더니, 앞다리를 내리고 말머리를 푹 숙였다가 갑자기 격렬한 몸짓으로 구부렸던 등을 세우며 높이 뛰어올랐다. 그 순간, 이네즈는 말머리 앞으로 멀리 튕겨져 나가 땅에 턱을 박고 미끄러지면서 목이 부러지고 입이 벌어진 상태로 땅바닥의 붉은 흙을 아랫니로 갈았다. 밧줄이 느슨해지자 늑대는 이때다, 하며 바람에 세차게 흔들리는 산쑥 덤불을 지나 잽싸게 도망쳤다.

장례식이 있은 지 일주일 뒤, 서튼 머디먼은 목장을 팔려고 내놓고 오리건주에 사는 딸 집 근처로 이사 갈 준비를 했다. 그의 누이와 매부가 록스프링에서 찾아와 짐을 싸거나 경매에 내놓을 물건을 분리해 정리하는 것을 도왔다.

"서튼, 이 숟가락들이랑 빨간 베개는 어떻게 할까? 그리고 이 박차는? 이거 작은 혜성도 달려 있고 진짜 수제품인데? 진흙이 좀 묻긴 했지만."

"사고가 일어났을 때 이네즈가 그 망할 것을 차고 있었어. 재수 없는 물건이야."

목이 잠긴 탓에 그의 목소리가 떨렸다.

"그거 꼴도 보고 싶지 않아. 경매에 내놓을 물건에 끼워 놔."

그날 와이오밍 땅에 이가 박힌 채 쓰러져 있는 이네즈를 처음 발견한 사람은 다름 아닌, 여자 손님들을 가득 트럭에 태우고 가던 서튼이었다. 그는 사람들이 보는 바로 앞에서 말을 총으로 쏘아 죽였다.

그 지역 사람들은 늑대를 목격했다고 주장한 외부 손님들의 의견을 동부 사람들의 히스테리로 깎아내렸다. 그들이 본 것은 늑대가 아니라, 틀림없이 관광객 중 누군가의 캠핑카에서 빠져나온 개였을 것이며, 그 주인은 이네즈의 멋진 밧줄을 보고서 얼마나 뿌듯해했을는지.

텍사스 남자들

머디먼의 목장은 갤럭시 목장으로 바뀌었다. 새로운 주인 프랭크 페인은 텔레비전 SF 드라마에서 목성인들을 이끄는 군사령관을 연기하기도 했지만, 개인적인 취향은 서부극에 더 가까운 사람이었다. 그는 가축몰이에 특별히 훈련된 말들로 목장을 채우고, 텍사스 사람들을 일꾼으로 고용했다. 목장 총감독은 씹는담배를 달고 살며, 장대 같은 다리에 길쭉한 체격의 홀 스미스라는 남자였다. 그의 얼굴은 모양도 색깔도 딱 진저에일을 연상시키는, 거품 같은 곱슬곱슬한 수염으로 뒤덮여 있었다.

어느 토요일 밤, 스미스가 자기 수하의 텍사스 카우보이들을 몰고 시그널에 있는 술집 파이어홀 안으로 들어왔다. 그는 에이트볼이라는 당구 게임을 하러 왔다면서, 계산은 자기 이름으로 달아 놓으라고 외쳤다. 그들은 술집이 문을 닫을 때까지 있으면서 말에 대해 알고 있는 것들을 중구난방 떠들어 댔는데, 그들이 아는 건 실로, 꽤 적지 않았지만, 그럼에도 초록 펠트 천과 당구공에 대한 지식에 비할 바는 아니었다. 홀의 스타일에 대해 말하자면, 그는 등을 구부렸다 폈다 하면서 공의 위치를 계산하고 덥수룩한 수염을 휘날리며 당구대 주위를 찬찬히 걸어 다니다가, 뽐내는 몸짓으로 어려운 샷을 시도하곤 했는데, 그 샷이 빗나간 적은 거의 없었다. 가끔 샷이 빗나가면, 그는 화가 난 듯 큐의 굵은 밑동으로 바닥을 쿵쿵 세게 쳤다.

"여기 사람들은 카우보이 게임 안 하나? 꽤 할 만한 게임이야. 페이스를 크게 바꿀 필요도 없고. 100점을 얻을 때까지 계속 하다가 101점을 얻는 사람이 이기는 건데, 중요한 건 마지막 샷을 쏠 때는 큐 공이 다른 공 하나를 맞춰 튕기게 해서 미리 정한 포켓에 집어넣어야 해. 그때 다른 공은 일체 건드리면 안 되고."

홀이 말했다.

시그널에 엄청난 당구 바람이 불었고, 얼마 후에는 겨울철 내내 열리는 토너먼트 경기를 개최하자는 이야기도 나오기 시작했다. 경품으로는 맥주 여섯 병들이나 코펜하겐 담배 한 캔 정도에 그치지 말고, 더 좋은 뭔가를 걸어야 한다는 말도 나왔다. 한편, 일자리가 없어 전전하는 사람들에게서는 프랭크 페인이 총책임자나 일꾼 중 일부라도 와이오밍 사람을 뽑지 않고 전부 텍사스 사람을 데려와 채운 것에 대해 볼멘소리도 터져 나왔다.

"페인 씨가 여기에 아는 사람이 아무도 없어서 그랬던 거예요. 나는 그가 텍사스에 영화 촬영을 하러 왔을 때 알게 되었고. 화성을 촬영할 장소로 글쎄, 텍사스를 택했지 뭐요. 아무튼 지금은 그렇지만, 지금 데려온 자들 중에"

홀이 자기 일꾼들을 향해 엄지손가락을 치켜들어 보이며 말했다.

"집으로 돌아가는 사람이 나오면, 그 자리는 이 지방 사람들로 채울 거니까 걱정 마시오. 다 잘될 거요."

그 말이 사실일지는 기다려 봐야만 알 일이었다. 지금 와 있는 족제비 머리의 텍사스인들을 봐선 자기들 땅인 남쪽 고향을 그리워하는 기색이라곤 전혀 찾아볼 길 없었고, 돌개바람처럼 여기저기 마음대로 휘젓고 다닐 뿐이었다.

프리즈 부인은 벌건 얼굴로 말없이 등을 바에 기대고 다리를 죽 뻗고 앉아, 위스키를 홀짝이며 당구대 위에서 벌어지는 게임을 구경했다.

홀은 그녀를 흘끔흘끔 몇 차례 살펴보다가 말했다.

"그 박차, 그거 아무 데서나 볼 수 없는 진귀한 물건인 듯싶은데, 팔 생각이 있으시다면 나한테 파시오. 갤럭시 목장에 딱 어울릴 것 같지 않소? 혜성, 별, 그런 것들로 장식되어 있으니."

프리즈 부인은 콧방귀를 뀌면서 대꾸했다.

"이거 그 목장에서 나온 겁니다. 머디먼이 살던 때. 물론 팔 생각은 눈곱만큼도 없소이다."

작고 다부진 체격의 존 렌치는 수염을 어찌나 바짝 깎았는지 얼굴에 광을 낸 것 같았다. 그가 굵은 목소리로 옆에서 거들었다.

"저거 프리즈 부인이 경매로 얻은 거야. 그때 경매 진행자가 '이 중고 밧줄이 든 상자는 얼마에 가져가시겠습니까?' 하는 걸 산 건데, 상자 안에 박차가 같이 들어 있었던 거지. 그러니까 2달러에 낙찰받아서 박차까지 전부 손에 넣은 셈이야. 그런데 그 밧줄은 뭐하려고 사셨나, 부인? 베갯속에 넣으려고?"

"네놈 엉덩이에 넣으려고 샀다."

프리즈 부인이 한쪽 발을 내밀어 흔들자 혜성에 빛이 반사되어 반짝거렸다. 그녀는 위스키를 입에 털어 넣고는 미용을 위해 잠을 자 둬야겠다고 말하며 열 시 반에 술집을 나갔다.

"저 부인 보통내기가 아니네, 그렇지 않아?"

홀이 말했다.

"일솜씨 하나는 끝내줘. 최근 몇 년, 카 스크로프의 목장이 그럭저럭 굴러가는 것도 다 저 부인 덕이지."

"남자처럼 거친 데다 일도 잘한다라……."

"세리단에서 온 세 명의 작은 처자,"

존 렌치는 흘러나오는 노래를 나지막이 따라 부르며, 당구봉에 초크 칠을 해 옆에 있는 작달막한 여자에게 건넸다. 빨간 부츠를 신은 그 여자는 관광객이었다.

"맥주와 와인을 마시며 한 처자가 다른 처자에게 말했지. 네 엉덩이는 내 두 배구나."

그는 노래를 부르다가 당구대의 공 배치를 보며 말했다.

"저, 망할 놈의 텍사스 자식이 어떻게 해 놓고 갔나 봐 봐."

옆에 있던 늙은 목장지기 레이 시드가 끼어들어 말했다.

"프리즈 부인 말이야, 있지, 거의 30년 전이었나, 그때 내가 더블에 이트에서 일했었는데 부인이 원래는 거기 요리사였어. 그런데 가축을 실어 보내는 작업을 하던 중에 일손이 턱없이 부족했거든. 그래서 목장 주인이 부인한테, 말 탈 줄 알아? 하고 물었는데, 그때를 계기로 앞치마 벗어 던지고 부츠를 신게 된 거야. 그리고 그 이후로는 말에서 내려오지 않는다지."

"그때는 부인한테 남편이 있었나요?"

"아니."

"오, 이런 이런, 부드럽고 아주 잘빠진 게 끝내주는데."

존 렌치가 빨간 부츠 여자의 바지 뒷주머니를 톡톡 두드리며 말했다.

"카 스크로프 여편네처럼? 카가 예전만큼 못한가 봐, 자기 나무에서 자네 같은 자식한테 작은 사과를 따먹게 놔두다니."

"그 얘기는 갑자기 왜 들먹이고 그럽니까? 이빨 다 새로 해서 넣고 싶지 않으면, 그 얘기는 더 이상 입도 뻥끗하지 맙시다. 완전히 바짝 눕혀 줄 테니까."

결국 그는 스크로프네 집까지 찾아갔었다. 카는 열에 받쳐 그의 차를 박살 냈던, 그날 밤에 존이 그 트럭에 타고 있기를 얼마나 바랐는지 모른다고 말했고, 존도 차라리 그랬었다면 좋았을 거라고 답하며 자기가 한 일은 그저 반사적인 행동이었다고 변명했다. 그러자 스크로프는 자기도 안다고 답했고, 둘은 함께 술을 마시기 시작했다. 그리고 그들은 이 모든 문제를 일으키고 비극적인 결과를 불러온 원흉이 제리라는 것이 확실해질 때까지 마셨다.

"아, 알았어, 빌어먹게 미안하군. 콜, 여기 한 잔 더 주겠나? 존하고 한판 붙으려면 먼저 독한 술이라도 한 잔 죽 들이켜야지."

레이 시드는 자신이 꺼낸 이야기를 끝낼 준비가 안 된 듯했다.

"프리즈 부인 말이야, 지금은 몰라도 전에는 그녀 위에 올라타려던 남자들이 꽤 있었어. 그럴 때마다 가지고 다니던 가죽 채찍을 사정없이 휘둘렀지. 물론 뭐, 그렇게 볼 만한 외모가 아닌지라 귀찮을 일이 별로 많지는 않았겠지만. 언젠가 무슨 열병에 걸리는 바람에 머리가 다 빠져 버렸다지. 그런데 내 생각에, 프리즈 씨라는 존재는 한 번도 없던 것 같단 말이지."

"어쩌면 가위치기 좋아하는 여자일지도요."

"그건 아냐. 남자들한테만큼이나 여자들한테도 마찬가지일걸. 부인이 좋아하는 건 소랑 말이야. 노스다코타에서 자랐다던데, 딸들만 일곱인 집이었대. 다들 하나같이 말도 타고 소도 몰고 목장 일을 했다더군."

존 렌치는 빨간 부츠와 술집 한쪽 구석에 자리를 잡았고, 술꾼들의 화제는 최근 다리 한쪽을 잃은 돈 클로에게로 옮겨 갔다. 그는 캄캄한 한밤중에 손전등을 들고 트럭을 몰다가 절벽에서 떨어졌는데, 그러던 와중에 실수로 자기 다리를 총으로 쏘았다고 했다. 그가 다리 한쪽을 잃은 것은 어쩌면 다행일지도 몰랐다. 그처럼 자신의 몸에 대해 무책임한 자라면, 그로써 오히려 휘말려 들 여지가 있는 사고가 예방되는 거니까. 그런 건, 의료용 금속에 지탱해 사는 신세가 된 카 스크로프만 보아도 알 수 있지 않은가? 그자만큼 자멸의 다른 좋은 예도 없을 거다. 지역사에 대해 잘 모르는 관중이 있다는 건 참 신나는 일이었다.

프리즈 부인 떠나다

그들은 엥거스 종 소 한 마리와 헤어포드 황소 두 마리를 뒤에 실은 가축 트럭에 나란히 앉아 있었다. 프리즈 부인의 작은 부츠에 달린 혜성 박차가 바닥 깔개에 끼자, 그녀는 나지막이 욕설을 내뱉으며 높은 쪽 목초지로 이어지는 바퀴 자국을 따라 트럭을 몰았다. 뭉친 풀 무더기가 바람을 타고 날아와 보닛을 치고 튕겨 나갔다. 붉은꼬리말똥머리 두 마리가 온난 기류를 타고 하늘 높이 날아다녔다.

말린 영양고기 육포를 씹으면서 스크로프가 말을 꺼냈다.

"부인 생각은 어때? 그 미스터 TV 페인이 저 목장을 가지고 어떻게 할 건지, 텍사스 놈들이 하는 말 못 들었어? 그냥 얼굴을 비추거나 놀러 온 건 아닐 거 아냐. 그런데 그 사람, 훤한 낮에도 가짜 귀를 붙이고 다닌대?"

그가 프리즈 부인의 부츠를 쳐다보았다.

"사는 데는 캘리포니아고, 여기는 가끔 들르기만 한다던데. 머디먼한 테는 무슨 소식 못 들었어?"

트럭 뒤 칸이 크게 흔들렸다.

"망할 놈의 황소들."

그녀가 브레이크를 갑자기 밟았다. 싸우던 소들이 휘청휘청 비틀거리며 네발로 중심을 잡으려고 애쓰는 사이, 짝짓기 경쟁으로 벌어진 기싸움에도 휴전이 찾아왔다. 트럭은 다시 앞으로 나아갔다.

"거기서는 어떻게 지낸대? 지내기는 괜찮대?"

"컴퓨터로 이메일을 보내왔는데, 20년 전에 진즉 오리건주로 이사 갈 걸 그랬다더군. 바람도 없고 비도 넉넉하게 오고, 웬일로 이웃 사람들도 좋고, 풀도 잘 자라고, 여자들도 예쁘다나. 그 얘기로 봐서는 벌써 한 명 꿰찬 것 같더군. 이네즈가 살아 있었다면 눈 뒤집힐 일이지."

그는 프리즈 부인 옆으로 자꾸만 가까이 다가갔다. 부인의 몸은 벌써 차 문에 바짝 몰려 있었다.

"왜, 자네 한동안 이네즈한테 미쳐 있더니만."

"그랬지. 가엾은 안짱다리 이네즈. 나도 내가 어떻게 됐던 건지 당최 알 수가 없어. 그래, 인정해. 그때는 정말 달아올랐으니까. 그런데 그녀가 죽고 난 후에 그게 말끔히 사라졌어. 그리고 이제야 깨달았는데, 그보다 중요한 건 부인하고 내가 같이 있다는 거야. 내 말은 그러니까, 그렇게 많은 일을 겪으면서도 시종일관 우리가 함께 헤쳐 온 게 지금까지 벌써 몇 년째야?"

그는 또 다시 몸을 옆으로 기울이더니, 갑자기 악취 나고 무거운 팔을 들어 프리즈 부인의 어깨에 둘렀다.

"프리즈 부인, 내가 부인을 얼마나 중하게 생각하는지 알고 있지?"

그가 뜨겁고 축축한 입김을 내뿜으며 말했다.

프리즈 부인은 팔꿈치로 그의 갈비뼈를 쳤다.

"빌어먹을, 정신 좀 차리지. 지금 나를 트럭 밖으로 밀어낼 심산이야?"

스크로프는 3센티미터가량, 마지못한 표정으로 천천히 물러났다.

"이럴 거면 운전 자네가 해."

프리즈 부인이 브레이크를 밟아 차를 세운 다음, 밖으로 나가 트럭을 빙 둘러 조수석으로 돌아왔다.

"난 누가 달라붙는 거 딱 질색이야, 카."

스크로프가 운전석으로 옮겨 앉기까지 그녀는 트럭에 타지 않았다.

"이 황소들만 풀어 주고, 나는 나갈 거야. 코디 조랑 바위기둥 있는 곳 울타리를 고쳐야 하거든. 페인 씨가 찾아올 땐, 자네가 소 떼를 몰아야 할 거야. 텍사스 놈들이 아직까지는 울타리에 대해 별말 안 하고 있지만."

"울타리라고? 나도 같이 갈게."

스크로프가 순간 펄쩍 뛰며 말했다.

"울타리 작업이야말로 나한테 필요한 거야. 베니가 있으면 서류를 좀 볼까 했지만, 이번 주에 코빼기도 안 보이던데."

"절도죄로 감옥에 갔다더군. 히긴스에서 담배 자판기를 털었다나 봐."

프리즈 부인이 말하면서 보조석 창문을 내렸다. 거센 바람이 널빤지가 뚫고 들어오듯 안으로 불어닥쳤다.

먼지바람이 회오리처럼 일고 있는 마당으로 트럭이 들어섰다. 코디 조 비비가 현관 앞 계단에 앉아, 손에 한 가닥 끈을 감고 초점 없는 멍한 표정으로 앉아 있었다.

"한마디 해도 돼? 있지, 여기가 와이오밍에서 제일 개판으로 돌아가는 목장일 거야. 이제 다 지긋지긋해지려고 해."

스크로프의 말에 프리즈 부인이 대꾸했다.

"보아하니 울타리 작업을 할 만한 상태가 아니군. 집에 데려다주는 게 좋겠어."

그녀는 사십 분 후에 돌아왔다. 트럭 운전석 바닥에는 빈 맥주병 두 개가 구르고 있었고, 좌석 밑에 있는 위스키 병은 3센티미터 줄어 있었다. 하루가 정말 더디게 가고 있었다.

"코디 조 부인이 그러는데, 요즘 상태가 점점 안 좋아진대."

"이러다 정말로 일손이 모자라게 되면…… 망할, 나도 모르겠다. 될 대로 되라지."

스크로프가 말했다.

"두고 보면 알겠지."

프리즈 부인이 철사 꾸러미를 트럭에 던져 넣으며 바람이 할퀴고 간 하늘을 흘끗 올려다보았다.

"날씨가 나빠지려고 하네."

"그게 하루 이틀인가. 난 들어가서 아스피린 좀 먹고 올게."

스크로프가 말했다.

* * *

붉은 바위기둥 지대에서 스크로프는 몸을 너무 기대다가 철조망에 손을 찢기고 말았다. 아스피린은 아무 소용이 없었다. 동맥과 정맥이 요동쳤다.

"저기, 우리 같이 한 판……?"

그는 분명치 않은 발음으로 얼버무리듯 무겁게 말을 꺼냈다.

"뭐라고? 지금 나한테 뭐라고 했어?"

프리즈 부인은 울타리에서 멀찌감치 떨어져 섰다. 메마른 표정의 굳은 얼굴이 벌겋게 상기되었다. 그녀의 찢어진 재킷 끝 부분이 너덜너덜 바람에 펄럭였다.

"어서. 얼른, 지금."

스크로프는 말하며 피 묻은 손을 그녀에게 뻗었다.

"나한테서 당장 떨어져."

프리즈 부인은 펄쩍 뛰며 뒤로 물러섰다. 혜성 박차가 흔들리며 짤랑 소리를 냈고, 그녀의 몸 전체에서 위험한 광선이 뿜어져 나왔다.

"이 세상 누구도 내 몸에 함부로 손댈 수 없어. 너, 그랬다가는 확실히 죽여 놓을 거야."

그렇게 말하고 그녀는 말에게 돌아가 고삐를 당겼다.

"어휴, 그러지 말고…… 날 두고 도망가지 마, 프리즈 부인! 그랬다가는 당장 잘라 버릴 거야. 그렇게 발끈해서 난리를 피울 것까지는 없잖아. 잠깐만 기다려 봐."

말은 그렇게 했지만, 막상 박차의 짤랑 소리가 들리자 그는 신음소리를 내며 두 손으로 허벅지를 비벼 대면서 그녀에게 가까이 가려 했다. 프리즈 부인은 한 발을 등자에 올리고 날쌔게 안장 위로 올라탔다. 그리고 그녀는 고개를 돌려 발정 난 얼굴로 자신을 미친 듯이 쳐다보며, 혀끝으로는 금발 콧수염을 날름날름 핥고 있는 스크로프를 보았다.

"내가 그만두겠어!"

프리즈 부인이 소리치고 목장 쪽으로 떠났다.

"내가 널 자른 거야!"

스크로프가 고통에 싸인 얼굴로 답했다.

트레일러하우스로 돌아온 프리즈 부인은 술을 벌컥벌컥 들이마신 후, 홀 스미스에게 전화를 걸었다. 갤럭시 목장에 부는 휘파람 같은 바람 소리가 스미스의 휴대폰을 통해 들려왔다.

"여보세요. 프리즈 부인? 좀 흥분하신 것 같은데요. 설마, 우리 말들이 그쪽으로 침입하거나 그런 문제는 아니죠? 안 그래도 한번 연락 드려서 울타리 문제를 의논할 생각이었어요."

"그게 아니고, 일자리가 있는지 물어보려고 전화한 겁니다. 지난주에 이 지방 일꾼을 고용한다는, 그런 소리를 들었던 게 생각나서 말이오. 내가 여기서 20년도 넘게 일했는데, 이제는 떠날 때가 온 것 같소이다."

홀은 어정쩡한 말투로 답했다.

"글쎄, 잘 모르겠는데요. 여자를 한 번도 써 본 적이 없어서."

"당신이 와이오밍에 온 지 얼마 안 돼 그런 거요. 요즘 목장 일손은 반이 여자라오. 남자들보다 돈도 훨씬 적게 들고."

"사실은 내가 제시할 수 있는 게 별로 없어요. 솔직히 말해, 부인은 여기 있는 다른 사람들에 비해 나이도 훨씬 많은 데다, 다들 어떻게 받아들일지 걱정도 되고요. 아, 부인이 일을 잘하기로 평판이 높다는 사실은 압니다. 다만, 기정사실이 그렇다는 얘기예요."

한동안 불편한 침묵이 흘렀다.

"아, 그리고 보니 생각나는데, 요즘 페인 씨가 계속 버펄로 얘기를 해 왔거든요. 버펄로 일이라도 할 생각이 있다면 말이에요."

그는 애매하게 말을 질질 끌었다.

"그쪽으론 일자리가 좀 있을지 모르겠어요. 마침 지금 두 명이 나간다고 해서 말이에요. 한 명은 무슨, 엄청나게 흥분해서는 망할 놈의 역사적인 소몰이 대회에 나간다고 하질 않나, 교통 정체 구역에서 긴 뿔소를 타고 생가죽 머리핀을 판다고 하질 않나, 그런데 이 질문을 하지 않을 수 없군요. 오랫동안 잘 일해 온 목장을 왜 갑자기 그만둔다는 겁니까?"

둘 사이에 부는 바람이 새소리를 냈다.

"스크로프 그 개새끼를 더 이상 참아 줄 수가 없어서 그럽니다. 미친놈 같으니라고. 버펄로라고요? 빌어먹게 잘 됐네요. 내가 꿈꾸던 일이에요."

"나도 나름 이런저런 별난 꿈을 꾸어 왔지만, 버펄로를 꿈꿔 본 적은 없었는데 말이죠. 그럼, 거래를 하시죠. 나도 뭔가 얻는 게 있어야 하지 않겠어요? 부인이 가진 그 혜성 박차를 나에게 넘겨요. 그 머리 묶고 다니는 괴짜 놈 가게에 가서 물어봤더니 글쎄, 똑같은 혜성 박차를 다시는 만들 생각이 없다나, 거절하는 자체를 즐기는 것 같기는 했소만, 그자한테 듣기로는 머디먼한테 300달러나 받고 팔았다던데, 부인은 거저 얻었다는 것도 알고 있어요. 그러니까 그걸 나한테 넘기면, 내가 페인 씨에게 잘 말해서, 아직 있지도 않은 버펄로 떼를 모으든지 해서 일자리를 만들어 볼게요. 잘 생각해 보고 전화해요."

"생각이고 뭐고 할 필요도 없소이다."

프리즈 부인이 말했다. 그녀는 위스키 병을 따다가 뚜껑이 바닥에 떨어지자 의자 밑을 향해 발로 차 버렸다. 그것 또한 더 이상 필요 없었다.

*　*　*

어디서 나타났는지 카 스크로프가 또다시, 그녀가 박스를 트럭에 실는 광경을 지켜보고 있었다. 그는 온몸이 지끈지끈 쑤시고 아팠다. 철심들이 뼈에서 빠져나갈 것처럼, 몸속의 금속판들이 살을 뚫고 터져 나갈 것처럼 느껴졌다. 그는 트럭 문을 꽝 하고 닫았다.

"프리즈 부인, 나도 모르겠어. 내가 왜 이러는 지, 나도 도무지 모르겠다고. 뭔가에 씌었나 봐. 제기랄, 이렇게 오래 같이 일해 왔지만 여태껏 부인을 그런 식으로 생각해 본 적은 결단코 한 번도 없단 말이야. 내 말 무슨 말인지 알지? 그렇잖아, 부인은 나한테 할머니뻘이라 할 만큼 나이도 많고. 차라리 쥐고기 젤리를 먹고 말……"

그렇지만 그는 점점 더 가까이 다가갔고, 프리즈 부인은 그 속셈을 알아차렸다. 빨갛게 상기된 그의 목은 짝짓기 철에 엘크의 그것마냥 크게 부풀어 올라 있었고 얼굴은 땀방울로 뒤덮여 있었다. 스크로프가 덮칠 수 있을 거리만큼 가까이 오자, 프리즈 부인은 손에 든 박스를 떨어뜨리고 트레일러 벽에 세워 두었던 삽을 잡았다.

"당장 저리 꺼지지 못해, 카 스크로프!"

스크로프는 손끝으로 조심스럽게 이마를 만지면서 말했다.

"빌어먹을 내 머리가 터지려고 해."

그는 집 쪽으로 비틀거리며 걸어갔다. 잠시 후, 프리즈 부인은 울부짖는 소리와 함께 뭔가가 부엌에서 와장창 깨지는 소리를 들었다. 그가 그릇 찬장을 완전히 넘어뜨린 모양이었다. 그녀는 삽을 다시 벽에 세워 두었다.

그런데 또다시 스크로프가 프리즈 부인의 변변찮은 세간이 거의 비워진 트레일러로 돌아와서는, 엽총을 들고 말했다.

"나한테 감히 거역할 수 있을 것 같아? 그렇게는 안 되지, 오늘도, 내일도, 다음 주도, 절대……"

내던진 창처럼 삽이 날아들어 스크로프의 어깨를 쳤고, 엽총은 덜컥

거리는 소리와 함께 땅으로 떨어졌다. 프리즈 부인은 얼른 그 총을 집어 들고 안전장치에 엄지를 가져다 댔다. 그녀는 굳은 눈을 번뜩이며 스크로프를 바라보았다.

"두통 핑계 댈 생각일랑 엄두도 내지 마, 카. 또 그랬다가는 내가 확실히 그 두통을 날려 줄 테니까. 넌 지금 제정신이 아냐. 나한테서 멀찌감치 꺼져 있어. 총은 내가 가고 난 뒤에 와서 찾아 가. 침대 위에 놔둘 테니까."

스크로프는 격양된 모습으로 한 손을 뻗었다가 자기 트럭의 운전석으로 돌아갔다. 그리고 문을 열어 놓은 채 앉아 프리즈 부인이 말에 올라타는 모습을 지켜보았다.

모두가 그를 떠났다. 제리는 그를 떠나면서 아침의 부드러운 온기도, 시트 위로 미끄러져 올라가며 나던 발꿈치의 희미한 비명도, 촉촉한 주름진 틈을 내보이며 책처럼 펼쳐지던 그녀의 허벅지도, 그의 성기에서 젖꼭지까지 가볍게 긁고 지나가던 자줏빛 손톱도, 그 후에 반짝이는 부엌에서 배고픈 개처럼 코를 박고 먹었던 통밀 시리얼의 추억도 모조리 다 긁어 가 버렸다. 수액으로 끈적이는 존 렌치의 방망이가 제리 안에서 요동쳤던 그때처럼, 그는 또다시 빌어먹을 막다른 길에 다다라 있었다. 그는 외로움을 견딜 자신이 없었지만, 목장을 버릴 권리가 그에게는 없었고, 그곳을 뜰 방도라곤 그의 형이 갔던 길을 따라가는 것 외에는 달리 없었다.

"네까짓 게 뭘 안다고 그래, 아무것도 모르면서, 이 독실한 척하는 말라빠진 늙은 할망구야! 내 집에서 썩 꺼져!"

그는 남쪽으로 점점 사그라져 가는 프리즈 부인의 트럭에 대고 소리쳤다.

깊은 물속

유월 둘째 주로 접어들며 쌓였던 눈이 빠르게 녹기 시작했고, 몰려온 더운 공기 덕에 기온은 연일 삼십 도를 넘었다. 스크로프는 모자를 쓰는 게 꼭 전기를 꽂은 뜨거운 열판을 머리에 이고 있는 것 같다고 느꼈지만, 그 끔찍했던 두통만큼은 프리즈 부인이 떠난 뒤로 싹 날아가 버렸다. 그는 트레일러에서 위스키 빈 병을 열여덟 개나 찾아냈다. 모르긴 몰라도 땅 밑으로 보이지 않는 빈 병이 천 개도 넘게 방울뱀 사이에 묻혀 있을 터였다. 주말이 되자 타일처럼 딱딱하게 굳었던 땅에 눈 녹은 물이 폭포수처럼 쏟아져 내려왔고, 그 바람에 강물처럼 불어난 시냇물이 곳곳에 산사태를 일으켜 도로를 막았다. 그때였다. 한창 일손이 간절히 모자라던 때, 홀 스미스가 전화를 걸어와, 그가 맡아 해야 할 울타리 작업이 얼마나 되는지 알고 싶다며 오전 중에 들리겠다고 말한 것은.

* * *

갤럭시 목장에서는 프리즈 부인이 대학에서 나온 들소 전문가의 지겨운 설명을 듣고 있었다. 어렸을 적 설상차雪上車에 사고를 당해 후두가 망가졌다는 그의 말은 들릴락 말락 하는 졸린 목소리로 끝도 없이 이어졌다.

"페인 씨는 정말로 이 소몰이 말들을 유지하면서 동시에 들소까지 키울 생각이라던가요?"

그가 그렇게까지 목장에 신경 쓴다는 사실이 믿기 어려운 눈치였다.

"듣기로는 그렇다던데요."

"들소로 바꾸는 건 좋은 생각이에요. 일은 절반으로 줄면서, 이윤은 두 배로 늘릴 수 있거든요. 소에 비해 사료도 삼 분의 일밖에 들지 않기 때문에 인건비가 줄어들죠. 눈이 와도 자기들이 알아서 풀을 뜯어 먹고, 고기는 1파운드에 2달러 35센트나 받을 수 있어요. 한데 단, 공간이 좀 많이 필요해요. 넓은 땅이 필요한데, 여기는 그게 좀 문제가 되겠어요."

그는 여기저기 푹 파이고 뜯겨 나가 성긴 풀밭을 두리번거리다 눈을 가늘게 뜨고 먼 땅을 내다보았다.

노란 거품 같은 수염을 기른 홀 스미스가 광적인 기질로 유명한 텍사스산 얼룩말을 타고 가까이 다가왔다.

"프리즈 부인, 혹시 옛 목장 주인한테 전하고 싶은 말 있나요? 지금 그쪽으로 울타리 문제를 상의하러 가려는데."

그가 탄 말이 미친 듯 달그락거리며 발을 움직이자, 스미스가 혜성 박차를 흔들며 말을 더욱 부추겼다.

"없어요. 가서 조심해요. 완전 또라이니까."

그녀가 침을 퉤 뱉으며 말했다.

"아, 괜찮은 것 같던데요. 전화로 듣기에는 멀쩡했어요."

그러고 나서 그는 성곽 같아 보이는 바위기둥 지대를 향해 북쪽으로 달려갔다.

정오쯤, 들소 전문가는 삶은 순무 같은 얼굴에 연신 모자로 부채질을 해 대다가, 차가운 맥주 제안을 받아들였다. 그들은 같이 부엌으로 들어갔다. 부엌에서는 제이니가 당근 껍질을 깎고 있었다.

"아직 유월인데 너무 덥지 않나요? 그건 그렇고 홀과 같이 안 있었어요? 카 스크로프가 한 다섯 번인가 전화를 해서 대체 어디쯤 있느냐고 묻던데."

제이니가 물었다.

"이런, 엿같은."

프리즈 부인이 말했다.

"마지막에 전화했을 때는 무척 화가 나 있었어요. 이런 식으로 자기를 골탕 먹일 작정이라면 울타리 작업은 혼자 다하게 될 수도 있다면서."

"우리가 오늘 아침에 봤을 때가 아홉 시 조금 넘은 시각이었는데, 여기서 거기까지 거리가 얼마나 되죠?"

들소 전문가가 빈 병을 내려놓으며 소곤소곤 말했다.

"한 7, 8킬로미터 정도 될걸요."

프리즈 부인은 이렇게 말하며 머릿속으로 가는 길에 만날 수 있는 위험 요소들을 하나씩 떠올려 보았다. 방울뱀, 두더지 굴, 놀라 날뛰는 말, 열사병, 심장마비, 번개, 혹은 일부러 도주를 했거나, 아니면 카 스크로프?

"어디 떨어져서 다친 건 아닌지 트럭을 타고 나가 봐야겠군요. 어느 길로 갔는지는 모르겠지만……. 아무튼 나가서 자취를 찾을 때까지 어디든 돌아봐야겠어요."

"카의 말로는 그가 집으로 찾아와서 만나기로 했대요. 그것 때문에 더 화가 난 것 같은데, 혹시 몰라서 홀이 울타리 쪽으로 직접 간 건 아닌가 싶어 나갔다가, 없기에 집으로 갔나 싶어 다시 돌아가면 또 없고. 그래서 하루 온종일 요요 같이 계속 왔다 갔다만 했대요."

제이니가 말했다.

"나도 같이 갈게요. 혹시라도 어디 쓰러져 있다면, 남자가 가서 들어 옮겨야 할 거 아니에요."

들소 전문가가 말했다.

프리즈 부인이 뭔가 나직이 혼잣말로 중얼거렸다.

트럭이 질척거리는 늪지와 진흙탕에 빠져 지렛대로 바퀴를 들어 올리느라 온통 흙투성이가 되어서야 그들은 고원 목초지에 도착했다. 홀스미스의 말이 남긴 발자국 흔적은 찾았으나, 그 외에는 아무것도 찾을수가 없었다. 말 발자국은 배드걸크리크로 곧장 이어져 있었는데, 목장다리 쪽이 아닌 얕은 여울로 향하는 쪽으로 나 있었다.

"설마 물을 건너려고 한 건 아니겠지."

프리즈 부인이 말했다.

그들은 내리막길을 미끄러지듯 내려갔다. 거대한 황토색 급류를 쏟아 내는 배드걸크리크의 물줄기가 둑까지 가득 차다 못해, 평지로 넘쳐새로운 물길을 내서 흐르고 있었다. 물가 주변을 따라 난 버드나무 일부가 넘어지고 급류에 휘말려, 한쪽 둑에서 반대쪽 둑까지 가득 메우고 있었다. 마치, 엉클어진 나뭇가지로 물길을 거르는 거대한 체를 만들어 놓은 듯했다. 일부 나무들은 하류로 쓸려 내려가 철조망 울타리와몇 년 전에 고가철도가 무너져 내린 개울 근방에 쌓여 있었다. 젖은 나뭇가지들 사이로 태양빛이 내려앉아 흔들리는 박차처럼 반짝이고 있었다.

"스크로프네 흙 댐이 무너져 내렸나 보군."

프리즈 부인이 말했다. 자기가 떠난 후에, 역시나 아무도 댐을 제대로 관리하지 않았다는 뜻이었다.

들소 전문가가 작은 목소리로 말했다.

"그거 알아요? 와이오밍에 흐르는 물의 85퍼센트가 주 바깥으로 흘러 나간다는 사실 말이에요. 그걸 뭐라고 부르냐 하면…… 앗, 저기 굽이진 곳 나무에 뭔가 걸려 있어요!"

프리즈 부인은 그것이 무엇인지 너무도 잘 알고 있었다. 홀의 그 미치광이 말이었다. 물살 속에서 익사한 말의 고삐가 마치 곤충의 더듬이처럼 발버둥 쳤다. 그러나 홀의 흔적은 어디에도 보이지 않았다.

"이런 걸 보고 텍사스답다고 하는 거죠. 굳이 물을 건너갈 필요가 없는데, 이렇게 건너가려고 한 걸 보니."

그들은 강가를 이 잡듯이 뒤지다가 결국 목장 부엌으로 돌아가 전화를 쓰기로 했다. 집 마당으로 들어오던 도중 들소 전문가가 힘없는 목소리로 말했다.

"이곳은 말과 들소를 함께 칠 만한 곳이 아니에요."

"알고 있소이다. 이곳의 모든 게 구역질 나요."

홀 스미스가 모습을 드러낸 것은 물이 빠지기 시작했을 때였다. 말이 발견된 지점에서 1킬로미터 정도 아래에서 나타난 그의 사체는 버드나무 뿌리에 어지러이 얽혀 있었다. 그의 부츠와 셔츠는 강한 물살에 찢겨 나갔는지 이미 보이지 않았다. 남은 텍사스 사람 세 명은 홀의 아이들에게 그 혜성 박차를 남겨 주면 좋겠다고 말하면서, 둑을 따라 개울 아래위로 왔다 갔다 하며 없어진 부츠를 찾아 헤맸지만 찾지 못했다. 무게가 불어난 부츠는 옛날에 물에 가라앉은 고가철도 잔해의 강철 기둥 아래 박혀 버렸던 것이다. 그 박차는 금속 형제를 찾고 있었다.

아직 위스키가 있다

그해 여름의 끝 무렵, 페인 씨는 목장 놀이에서 손을 뗐고, 텍사스 사람들과 소몰이용으로 훈련시킨 말들도 떠나갔다. 갤럭시 목장은 아침 식사용 식품을 제조하는 업계의 거물에게 팔렸다. '자연으로의 회기'를 부르짖으며 목장의 모든 것을 유기농으로만 재배할 것을 천명하는 곳이었다. 다시 앞치마를 매고 요리를 하지 않는 한 실업자가 될 위기에 처한 프리즈 부인은 파이어홀에 처박혀 위스키를 마셨다. 얼마 후 옆에서 징징대는 목소리가 그녀에게 말을 걸어왔다.

"프리즈 부인, 안녕하세요."

"어, 꼬마 전과자 베니 아냐."

그녀는 벌건 눈으로 그를 흘끗 쳐다보았다.

"그렇게 말하지 마세요. 이제부터는 마음을 다잡고 똑바로 살기로 했거든요. 실은 부인이 하던 일을 제가 이어받았어요. 이제 제가 카 스크로프 목장의 감독이랍니다. 부인이 살던 트레일러에 살고 있어요."

가느다란 별 모양의 야생 보리씨가 그의 소매에 달려 있었다.

"세상에, 맙소사."

두 사람은 골프 선수들을 바라보았다. 텔레비전은 음소거된 상태였다. 프리즈 부인은 위스키를 털어 넘긴 후, 물 한 잔과 위스키 한 잔을 더 주문했다. 베니는 자신의 맥주에 손가락을 넣어 휘휘 젓고는 그 손가락을 입으로 빨았다.

"한 가지 궁금한 게 있는데 말이야. 그 자식이 너는 못살게 굴지 않아?"

프리즈 부인이 물었다.

"누구요? 카 아저씨요?"

"그래, 그 개새끼 카 말이야."

"아무도 못살게 굴지 않는데요. 아, 어떻게 보면 그런지도 모르겠으요. 그러니까, 부인 말이 맞아요, 뭔가 정신이 나간 건 분명한데, 난 푹

하거나 한 건 절대 아니거든요. 그저 개울가에 앉아서 하루 종일 감자 칩만 먹어 댈 뿐이니까요. 아저씨는 아침 먹자마자 곧장 감자 칩 대여섯 봉지하고 아스피린 한 통을 들고, 옛날 고가철도 무너진 곳에 가서 앉아요. 버드나무 밑에 아예 부엌 의자까지 가져다 놨다니까요. 저녁때는 제가 샌드위치를 가져다 줘야 하고, 어둑어둑해져서야 집에 돌아와요. 매일 두통에 시달린대요. 제가 보기엔 머리에 뇌종양이 생긴 건가 싶어요. 어제는 글쎄 어디선가 목장용 천막을 주워 와서 온갖 기를 쓰고 개울가에다 세우려 하는 거 있죠. 결국 기둥 한쪽이 없어서 못 했지만."

"거기서 대체 뭘 하려는 건데?"

"아무것도 안 해요. 방금 말한 게 다예요. 일도 전혀 안 하고 말이죠. 목장이 갈수록 엉망인 건 절대 나랑 코디 조 탓이 아니에요. 아저씨는 물가에 앉아서 하루 종일 물만 뚫어져라 쳐다본다니까요. 어떨 때는 손을 물속에 넣고서 첨벙거리고, 하루는 머리를 물속에 담그고 있는 것도 봤어요. 그게 근데 물고기를 잡으려는 거라든가, 그런 이유도 아니에요. 한편으로는 보고 있으면 좀 웃겨요. 이러다가 날씨가 추워지면 어쩌려는 건지 모르겠어요."

"아무도 알 턱이 없지."

프리즈 부인이 말했다. 그리고 손짓으로 위스키 한 잔을 더 주문했다. 그것은 앞치마를 입어야 할 때가 온다 해도 의지할 수 있는 한 가지. 적어도 미끄러운 진흙 둑에서 버둥거리는, 카 스크로프가 가진 영문 모를 것보다는 낫지 않은가.

외딴 해변

새카만 한밤 중, 평원 위에서 모든 걸 완전히 태워 없애 버릴 기세로 치솟는 불길에 둘러싸인 집을 본 적 있는가? 당신 차에서 비추는 헤드라이트 불빛을 제외하고는 아무것도 보이지 않는, 사방에 보이는 것만으로는 밤바다 한가운데에 있다 해도 믿을 수 있을 칠흑 같은 어둠 속에서 말이다. 그런 거대한 어둠 속에서, 엄지손톱만 한 환한 불꽃이 파르르 흔들린다. 집이 연소해 버리기까지 혹은 당신이 지쳐 떨어질 때까지, 그 광경을 보면서 당신은 그저 앞으로 계속 운전해 나아가다가, 한 시간 정도 지나 차를 길가에 세워 놓고 눈을 지그시 감거나 총알이 총총 뚫어 놓은 듯한 밤하늘을 올려다본다. 그때 당신은 불타는 그 집에 사는 사람들을 떠올릴지 모른다. 그들이 계단을 찾아 허둥대는 모습을 머릿속에 그려 볼지 모른다. 그러나 당신은 그들에 대해 별로 신경 쓰지 않는다. 그들은 너무 멀리 떨어져 있다. 다른 모든 것들처럼.

내가 크레이지우먼크리크 유역에 있는 폐물 같은 트레일러에 살던 그해, 조제너 스카일즈가 딱 그런 경우라고 생각했다. 단지 바라보고 있을 수밖에 없는, 불타는 한밤중의 집 말이다. 그렇게 생각한 이유는 아마도, 술 취하고 마약에 찌든 그 지역 풍토에 보통 사람들이라면 대게 스스로 사그라지게 둘 만한 것들도 통제 불가능한 대재앙으로 만들어 버리는 그 마음속 잔디에 붙은 작은 불씨가 합해져 그런 게 아닐까 싶다.

그 당시 나는 나대로 곤경에 빠져 있었다. 남편 라일리와의 사이에서 생긴 문제 때문이었고, 그 문제는 해결 가능한 성질의 것이 아니었다. 난 큰 열기와 회오리바람이 몰아닥칠 거라는 긴박감 속에서 살고 있었고, 손에 제대로 잡히는 일이 별로 없었다.

내가 빌린 그 트레일러 집은 매우 낡았다. 집이라기보다는 차 뒤에 끌고 다니는 캠핑카라고 보는 편이 더 나을 것이, 너무도 좁아서 고양이에다 대고 소리라도 칠라 치면 고양이 털이 입에 박힐 정도였다. 바람이 불 때면, 부속품들이 바닥에 내동댕이쳐지는 소리가 함께 들렸다. 그 트레일러의 주인은 오칼 로이였는데, 그는 1950년대 할리우드에서 스턴트맨으로 활약하며 전성기를 누렸다고 했다. 그는 나가떨어질 정도로 술을 마셨다. 집 주위에서는 갈비뼈가 앙상한 (내가 보기에는 그의 개라고 생각되는) 개가 한 마리 돌아다녔는데, 한번은 밤늦게 차를 몰고 오다가 그 개가 쭈그리고 앉아 피가 흥건한 긴 소뼈를 갉아 먹고 있는 광경을 목격한 적도 있다. 그는 그 개를 총으로 쏴서 죽였어야 했다.

나에게는 전문대에서 딴—실크로 만든 조화라든가 매듭 공예, 장신구, 구슬 공예, 깃펜, 날염 옷감 같은—공예품 판매관리 자격증이 있었다. 까치처럼 나는 작고 밝은 물건에 끌렸다. 그러나 졸업한 다음 날 라일리와 결혼을 했고, 구슬이나 단추를 다루는 일은 시작도 해 보지 못했다. 그런 일과는 인연이 없는지도. 내가 사는 곳에서 반경 500킬로미터 내에는 공예품 가게라 부를 만한 것이 전혀 없으며, 그렇다고 와이오밍을 떠날 생각도 없기 때문이다. 누구든 반드시 떠나야만 하는 상황이 닥치기 전에는 떠나지 않는 법이다. 그래서 나는 일주일에 이틀 밤은 위그웨그 롯지에서 웨이트리스로 일했고, 주말에는 골드 버클에서 바텐더 일을 했다. 그 외의 다른 날 밤에는 트레일러에 앉아 십자 낱말 퍼즐을 하며 잠에 들려 애썼고, 목장에서 자명종이 울리는 시간에 변함없이 잠에서 깼다. 그 시간은 라일리가 침대 밖으로 나가 셔츠를 집어 드는 시간이자, 창문으로 떠오르는 금성의 작고 밝은 점이 보이며 그 밑으로 옅은 아침이 낮게 깔리는 시간이었다.

조제너 스카일즈는 위그웨그에서 요리사 일을 했다. 7~8개월쯤 그 일을 해 오고 있었다. 대부분 사람들은 몇 주 안 되어 그만두었다. 그 일을 하기 위해서는 스시 만드는 법이나 일종의 끈적이는 밥 짓는 법을 배워야 했다. 주인의 이름은 지미 시마조였다. 50년 전, 제2차 세계 대전 때 허트마운틴의 포로수용소에 있던 아이였다고 한다. 그의 말에 따르면, 그 후로 온 가족이 차와 돈과 밝은 해안이 있는 캘리포니아로 이주해 갔지만, 자기는 와이오밍이, 그 자신에게 깊이 각인된 특유의 그 황량함이 그리웠다고 한다. 몇 년 후, 결국 그는 위그웨그를 살 수 있을 만큼의 돈을 들고 와이오밍으로 돌아왔다. 어쩌면 적대감을 즐기는 그의 변태적 욕구가 충족될 만한 곳이 이곳밖에 없던 건지도 모른다. 그 사람 외에는 아무도 다시 이곳으로 돌아오지 않았지만, 누가 그들을 욕할 수 있겠는가. 그의 가게에 드나드는 손님들은 대게 일본인 관광객들이었는데, 그들은 오두막들을 돌아다니며 옛날 말안장이나 황소의 두 개골을 구경하거나, 선물 가게에서 아이들에게 줄 미니 6연발 권총이

나 모조 카우보이 바지를 사거나, 혹은 주립교도소 수감자들이 말 털을 꼬아 만든 열쇠고리를 사 갔다. 성격 급하고 화도 잘 내는 지미 밑에서 일하기란 만만치 않았다. 그는 언젠가 스포티드하우스라는 목장에서 일꾼으로 일했던 남자를 관리인으로 썼다가, 울타리 기둥으로 죽도록 얻어맞고 초주검이 되어 대형 쓰레기통 옆에 버려진 적이 있은 뒤로는, 몸을 사려 호통칠 대상으로 여자만을 골라 썼다. 조제너는 마지막까지 한 번도 그와 말소리를 높여 언쟁을 벌인 적이 없었다. 그녀는 일본 음식을 꽤 잘 만들었고, 이곳에 사는 사람들이라면 누구나 요리사를 못살게 굴어서 좋을 건 없다는 사실을 잘 알았다.

그녀에게는 두 명의 여자 친구가 있었다. 팔마 그래트와 루스 울프였다. 둘은 조제너에 비하면 천천히 불타오르는 편이었지만, 각기 나름대로 자기 인생을 산산조각 내어 재로 만드는 데에 탁월한 감각이 있었다. 그들은 금요일 밤을 '여자끼리 즐기는 날'로 선포하고, 골드버클에서 마가리타를 마시고 버팔로윙을 먹으면서 신문의 개인 광고 면을 샅샅이 훑으며 보냈다. 그러고 나서 그들은 스토크맨으로 가서 갈비를 먹었다. 가끔 팔마가 아이를 데려올 때도 있었다. 그러면 아이는 구석에 앉아 종이 냅킨을 잘게 찢었다. 프랄린 케이크와 커피를 먹고 마시고 나면, 그들은 실버윙으로 영화를 보러 갔고, 그다음에 골드버클에 다시 들를 때도 있고 아닐 때도 있었다. 그러나 토요일 밤은 달랐다. 그날은 딱 붙는 청바지와 조제너가 '죽은 깜둥이 셔츠'라고 부르는 것을 입고 진하게 즐기는 날이었다. 그들은 로우하이드나 버즈, 더블샷, 골드버클에서 만나 진탕 놀았다.

그럴 때면 그들은 살아 있다고 느꼈다. 술을 마시고 담배를 피우고 친구들과 큰소리를 치며 떠들고, 남자 허벅지에 기대어 다리를 감는 것을 춤이라고 추었다. 언젠가 한번은 팔마가 블라우스를 벗어 던지고 젖꼭지를 드러낸 적도 있었고, 조제너가 어떤 술 취한 남자의 무례한 말에 발끈해 팔을 휘둘렀다가 되로 얻어맞았던 적도 있었는데, 그 남자의 친구들 대여섯 명이 신이 나서 그 카우보이를 못 움직이게 붙잡은 후 그녀를 부추겼고, 그녀는 그자를 향해 찢어진 입으로 온갖 욕설을 내뱉으며 마구 발길질을 해 댔다. 거칠 것이 없었고, 두려운 것도 없었다. 그들은 남자들을 거르고 걸러, 바 안에서 제일 괜찮은 놈으로 셋을 골랐고, 그들과 함께 주차장으로 가서 아무 약이나 하다가, 분위기가 고조되면 트럭 운전석에서 남자의 무릎에 올라타거나 했을 것이다. 조제너가 새벽 두 시가 다 되도록 집에 돌아가지 않은 날에는 그녀의 본모습이 드러났다. 맨 얼굴에 벗겨진 립스틱, 불어나기 시작한 살집에 하품을 하며 이른 밤으로 발걸음을 내딛는, 홀로 슬픔에 잠긴 중년에 다가가는 여자로 말이다. 엘크가 등장했을 때 그녀에게는 마침내 집에 함께 갈 사람이 생겼고, 난 그녀가 원하던 것이 바로 그거였구나, 하고 생각했다.

한 달에 한 번 정도, 그녀는 블랙벗츠*가 멀리 내다보이는 선댄스 남쪽의 스카일즈 목장에 다니러 갔다. 거기에 그녀의 열여섯, 아니 열일곱 된 아들이 살았는데, 그 아들은 소년원을 제집처럼 드나들었다. 그녀의 집안사람들은 어려운 시기를 몸소 헤쳐 온 분들이었다. 언젠가 한번은, 그들의 목장에는 할머니 세대인 1940년대부터 가축들에게 왜소증을 일으키는 유전인자가 이어져 오고 있다고 말했다. 그들은 두 세대에 걸쳐 문제 요인을 조금이라도 제거해 보려고 애쓰고 있었다. 애초에 소를 고깃감으로 전부 다 팔아 버리고 새로 시작했어야 하는 건데, 어쩌다 보니 그러지 못한 게 문제였다. 그 유전인자가 처음 나타났던 때는 그녀의 할머니가 목장을 운영할 때로, 할아버지가 그 유명한 115연

---

* 암석 봉우리들로 된 화산.

대인 파우더리버 카발리 소속으로 제2차 세계 대전에 참전하러 나가고 없을 때였다. 정부는 그들의 말을 가져가는 대신 트럭을 주었으며, 유능한 카우보이들을 데려다 책상 앞이나 수송부로 내몰았다. 할아버지가 집으로 돌아왔을 때 송아지들의 다리는 이미 땅딸막해져 있었고, 그는 최선을 다했지만 상황은 나아지지 않았다. 1960년 그는 벨푸쉬강에 빠져 죽었다. 쉬운 일은 아니었을 것이다. 그러나 조제너의 말에 따르면, 그녀의 집안사람들은 늘 그런 식으로, 한다면 하는 사람들이었다.

그녀가 자기네 벌집에서 채취한 꿀을 한 병 나에게 가져다준 적이 있다. 여기 목장들은 모두 벌을 친다. 나와 라일리에게도 스무 개의 벌집이 있었는데, 내가 한 번 그녀에게 그 꿀이 생각난다고 말했었다.

"여기, 받아. 별 건 아니지만, 그래도. 친정 갔다 왔거든."

조제너가 계속 말했다.

"그쪽 생활이 지랄 같긴 해. 클레이튼은 그곳을 벗어나고 싶어 하거든. 텍사스에 가겠다, 어쩌겠다, 하는데 나는 사실 잘 모르겠어. 부모님께는 그 애가 필요하거든. 아마도 아이가 떠나 버리면 단단히 오해들하고 나를 욕하겠지. 제길, 아무리 그래도, 이제 그 아이도 어른이 다되었는데, 자기가 하고 싶은 대로 놔둬야지 뭘 어쩌겠어. 안 그래도 말썽만 피우고 다니는데 말이지. 정말 애물단지라니까."

라일리와 나에게는 아이가 없었고, 그 이유는 알지 못했다. 우리 중누구도 병원에 가서 원인이 뭔지 찾아보려 하지 않았기 때문이다. 우리는 피차간에 그 이야기를 꺼내지 않았다. 어쩌면 그를 알기 전에 했던 낙태 수술한 것이 관계가 있는 게 아닐까, 하고 나는 생각했다. 그러면 몸이 망가진다고들 말하니까. 그이는 그 일을 모르고 있는데, 그이도 자기 나름대로 짐작하는 이유가 있지 않았나 싶다.

라일리는 자기가 뭘 잘못했는지 깨닫지 못했다. 그저 '난 나에게 온 기회를 잡았을 뿐이야.'라고 대꾸하며, 자기 고향 스위트워터에 대한 이야기로 말머리를 돌렸다. 그리고 다시는 그 일에 대해서 언급하지 않았다.

그이의 몸에 있는 민감한 성감대에 대해 나보다 더 잘 아는 사람이 누가 있겠는가? 그 아이가 그곳을 만지지 않았나 싶다. 그랬다면 그이도 어찌할 도리가 없었으리라. 라일리는 뼈만 앙상한 체격이었고, 마르고 인정머리 없게 생긴 얼굴에, 입술은 종이에 베인 상처처럼 얇았으며 말수가 매우 적었다. 그러나 일단 한번 그 성감대가 자극되는 순간이면 그는 흥분하여 나를 바닥에 눕히고, 두툼하게 부풀어 오른 축축한 입술로 입을 맞춰 오고, 더 이상 단단해질 수 없을 것 같은 그의 물건에 나는 모래성이 무너지듯 와르르 무너져 버릴 수밖에 없었다. 옷을 벗은, 말과 개와 기름때와 먼지가 벗겨진 맨몸의 그에게서는 피부에 밴 그이의 진짜 냄새가 났다. 미루나무 가지의 맨 가운데 안쪽에 얼룩별이 보이는 연결 부위를 부러뜨리면 그 속껍질에서 나는 메마른 냄새였다. 아무튼, 누구에게나 취약점은 있기 마련이고, 당신이 다룰 수 있는 게 무엇인지 알아내는 것은 당신에게 달려 있다.

9년의 결혼 생활 동안 우리는 딱 한 번 휴가를 떠난 적 있었다. 내 남동생이 사는 오리건주였다. 우리는 바위 언덕에 올라 큰 파도가 밀려드는 광경을 보았다. 그날은 안개가 자욱하게 낀 추운 날이었고, 그곳에서서 파도를 바라보는 사람은 우리 외에 아무도 없었다. 어둑어둑 땅거미가 질 무렵, 바다 물결은 그 안에 빛을 품은 듯 반짝이며 넘실거렸다. 외딴 해안 위에서 희미한 불빛이 깜박이며 배들에게 신호를 보냈다. 그때 나는 라일리에게 와이오밍에 필요한 것은 바로 저것, 등대라고 말했고, 그이는 아니라고, 우리에게 필요한 것은 주 경계 둘레에 벽을 쌓아 올리고 기관총을 장착한 포탑을 세우는 것이라고 말했다.

언젠가 한번 조제너가 자기 오빠 트럭에 나를 태워 준 적이 있었다. 그는 펌프 부품과 무슨 파이프를 사러 남쪽 지방에 며칠간 가 있다고 했다. 그 트럭은 전형적인 시골 트럭으로, 좌석 뒤로 카우보이 덧바지가 걸려 있었고, 바닥에는 체인과 낡아 빠진 모자가, 뒤 유리창 선반에는 더러운 카하트 재킷과 일고여덟 개의 너덜너덜한 장갑, 개털과 먼지, 빈 맥주 캔, 30구경 사냥총이 굴러다녔다. 우리가 앉은 좌석 사이에는 뒤엉킨 철사와 밧줄, 열어 보지 않은 오래된 우편물 그리고 44구경 루거 블랙호크가 견대에서 반쯤 빠져나와 있었다. 그 트럭 안에 타고 있자니 나는 금세 향수에 사로잡혔다. 오빠가 총을 참 많이 가지고 다니시네, 하고 내가 말하자 그녀는 웃으며 블랙호크는 자기 것이라고 답했다. 원래는 자기 트럭 앞 사물함에 넣고 다니는데, 트럭 컴프레션에 또 (이번에는 고치지 못할 것 같은) 문제가 생겨서 그날 정비소에 맡기고 나오면서 빼 들고 나왔다는 것이다. 나중에 오빠가 돌아와서 트럭을 돌려줄 때 깜박하고 잊지 않기 위해 눈에 보이는 곳에 놔둔 거라고 그녀는 말했다.

그 당시 유행은 긴 머리를 곱슬곱슬하게 지져서 길게 늘어뜨리는 스타일이었고, 뒤엉킨 폭포 같은 머리 사이로 여자들의 얼굴은 가녀리고 순진해 보였다. 팔마의 머리는 형광 오렌지색이었다. 잘 정돈된 아치형의 눈썹 아래로 미간이 넓었으며, 그 밑으로 피부가 어두워서 아픈 듯한 인상을 주었다. 그녀는 딸과 둘이 살았는데, 늘 음울해 보이는 열 살인가 열한 살 먹은 그 딸은 슬픈 표정에 갈색 머리를 생머리로 내리고 다녔다. 팔마가 머리를 건드리지 않고 놔두었다면 아마도 그 모양이었을 것이다. 아이는 늘 뭔가를 잘게 찢고 있었다.

다른 한 명인 루스는 코밑에 수염이 난 것처럼 거뭇거뭇했고, 여름에는 겨드랑이에 까칠한 털이 많이 보였다. 그녀는 한 달에 두 번씩 45달러를 내고 다리 제모를 받았고, 마치 남자처럼 큰 소리로 웃었다.

조제너는 대부분 시골 여자들처럼 근육이 발달한 체형이어서, 키홀 네크라인에 풍성한 주름 장식이 달린 옷으로 그 결점을 감추는 데 주력했다. 딸기 색깔이 섞인 머리카락은 정전기가 많이 일었으며 거칠고 굵었다. 그녀에게서는 뭐라고 딱히 집어서 말할 순 없지만 일종의 악취가 풍겼다. 그녀의 오빠에게서도 같은 냄새가 나는 것으로 보아, 가족 내력인 것 같았다. 사향 냄새와 비슷하면서도 약간 시큼한 냄새였는데, 그 오빠의 트럭에서도 같은 냄새가 났다. 조제너만 봐서는 냄새가 워낙 희미한 편이었기에 이상한 일본 향신료 냄새인가 착각할 수도 있었지만, 그 오빠에게서 나는 냄새는 말 한 마리도 거뜬히 기절시킬 수 있을 만큼 강력했다. 그는 늙은 독신남이었다. 사람들은 그를 '우디'라는 별명으로 불렀는데, 조제너가 알려 준 이유는 이랬다. 그가 네 살인가 다섯 살 때, 홀딱 벗은 채 딱딱하게 세운 고추를 뽐내며 부엌으로 들어왔다고 한다. 그걸 본 아버지가 자지러져라 웃으며 그를 '우디'라고 불렀는데, 그 별명이 지금까지 계속 이어져 그의 명성을 일대에 날렸다는 것이다. 그 얘기를 듣고 나면 그를 다시 한 번 쳐다볼 수밖에 없었고, 그러면 그는 미소로 답하곤 했다.

세 여자는 모두 결혼한 이력이 있었다. 잦은 싸움과 피멍이 든 눈, 흐느끼며 퍼붓는 저주의 욕설로 가득한 힘든 결혼 생활을 겪고 난 후라 그들은 술 좋아하고 불같은 성격을 가진 남자들이 어떤 문젯거리를 달고 다니는지 잘 알고 있었다. 와이오밍 사람들은 워낙 신체 접촉을 좋아하고 다혈질에 성미가 급하며 육체적 욕구가 강하다. 아마도 오랜 시간 동안 가축을 돌보며 지내서 그런지, 아무튼 여기 사람들은 늘 서로 악수를 하고 토닥거리고 입을 맞추고 쓰다듬고 감싸 안는다. 이 본능은 화를 낼 경우에도 그대로 드러난다. 번개가 일듯 손등으로 철썩 때리거나, 균형을 잃고 자빠질 정도로 엉덩이를 세게 친다거나, 팔꿈치로 쿡 찌르고, 확 잡아당기고, 비틀거나 찰싹찰싹 때려 대는데, 그러다 보면 누군가 죽을 정도로 심한 일도 일어나고, 실제로 죽는 일도 발생한다. 조제너의 경우에는 전남편과 헤어질 때 남편에게 총을 쏴 어깨에 찰과상을 입혔는데, 그가 잽싸게 달려들어 총을 빼앗았기 망정이지, 그녀를 섣불리 몰아붙이다가는 큰일 나는 수가 있다. 이런 점은 그녀에게 일부 남자들을 끌어당기는 위험한 매력을 부여했고, 그중 가장 최근의 남자가 바로 신문 광고를 통해 만난 엘크 넬슨이었다. 그 둘이 처음으로 살림을 합쳤을 때, 그가 가장 먼저 한 일은 집안의 총알이란 총알을 다 꺼내 모아 와이오닥에 있는 그의 어머니의 집에다 감춘 것이었다. 조제너가 새 총알을 사지 못하란 법도 없건만 말이다. 그러나 엘크 넬슨이 등장했을 때, 예전의 그 왈가닥 조제너는 어딘가 깊숙이 묻혀 버렸다.

"장담하는데, 바퀴 네 개 달린 거랑 거시기 달린 거랑 엮이면 십중팔구 골칫거리가 생기게 되어 있어."

여느 금요일 밤 모임에서 팔마가 말했다. 그들은 신문의 애인 구함 광고를 서로 크게 소리 내어 읽는 중이었다. 이곳에서 살아 보지 않은 사람이라면, 이곳이 얼마나 외로운 곳인지 상상조차 하지 못한다. 여기선 이런 광고라도 있어야 한다. 그렇다고 그 광고를 웃음거리로 삼지 말라는 법은 없다.

"이건 어때? '키 190, 몸무게 90, 서른일곱 살, 파란 눈, 특기는 드럼 연주, 특히 찬송가를 좋아함.' 어때? 봉고로 '갈보리산 위에'를 치는 소리가 여기까지 막 들리는 것 같지 않아?"

"여기 좀 더 괜찮은 게 있다. '품에 안기기 좋은 카우보이, 키 192에 몸무게 82, 금연, 신이 여자에게 내린 선물이라고 할 수는 없음. 손잡는 걸 좋아함, 의용소방대 활동, 튜바 연주를 즐김.' 이거 어째 시끄럽고 깡마른 데다 못생기고 불장난을 좋아한다는 소리 같다. 장작더미를 껴안는 느낌일 거 같은데."

"'신이 여자에게 내린 선물이라고 할 수는 없음'이 무슨 뜻일 것 같아?"

"거시기가 땅콩만 하다는 거겠지."

조제너는 이미 한 광고에 굵게 동그라미를 쳐 놓고 있었다. '미남, 곰 인형 같은 운동선수 체격, 갈색 눈, 검은 콧수염, 좋아하는 것: 춤추기, 유흥, 야외 활동, 별 보며 걷기, 순간순간의 삶을 충실히 즐기기.' 그 사람이 바로 엘크 넬슨으로 드러났고, 그는 한 가지 직업을 진득이 하지 못하고 여러 직업을 전전하는 유형으로, 석유 굴착, 건설 현장, 광산 조업, 화물 트럭 적재 등의 일을 한 적이 있다고 했다. 그는 미남형에 말이 많고 잘 웃는 편이었다. 내 눈에는, 여기저기 긁힌 부츠에 뒤로 질끈 묶은 기름기 많은 머리 스타일까지, 나이만 먹을 대로 먹은 문제아로 보였다. 그가 가장 먼저 한 행동이 30구경 공기총을 조제너의 트럭 운전석 선반에 올려놓은 것이었는데도, 그녀는 일언반구하지 않았다. 그의 눈은 통밀 크래커 색깔의 옅은 갈색이었고, 콧수염은 찌르레기의 검은 두 날개처럼 크고 길었다. 그의 나이를 가늠하는 건 쉽지 않았다. 조제너보다는 많아 보였는데, 아마도 마흔다섯, 아니 마흔여섯? 그의 두 팔은 온갖 동식물의 천국이라 해도 과하지 않을 정도로, 거미에 으르렁대는 늑대, 전갈, 방울뱀까지 온갖 흐릿한 문신으로 도배되어 있었다. 내 눈에 그는 질 나쁜 짓이라면 모두 세 번씩은 해 본 것처럼 보였다. 조제너는 처음 만났을 때부터 그에게 속수무책으로 빠져들었고, 심하게 질투했다. 그렇다면 그는 그걸 어떻게 생각했냐고? 그는 질투를 그녀의 애정을 시험하는 척도로 삼는 것 같았고, 그런 식으로 그녀를 시험대에 올렸다. 혼자 있는 것에 뼛속까지 지쳤을 때, 당신을 품에 꼭 안고 '괜찮아, 이제 다 잘될 거야.' 하며 다독여 주는 누군가만을 바라는 게 전부일 때, 옆에 있는 사람이 엘크 넬슨 같은 사람이라면, 그때는 당신이 밑바닥을 쳤다는 사실을 알아차려야 하는데 말이다.

* * *

　주말이면 나는 골드버클 바텐더로 일하면서 조제너가 서서히 불길에 사로잡히는 과정을 지켜보았다. 그녀는 그가 하는 모든 말에 미소 짓거나, 다정히 몸을 기대어 그의 말을 경청하거나, 빌어먹을 담배에 불을 붙여 주며, 그가 2주간 파이브바 목장에서 울타리 작업을 하느라 손에 난 상처를 살펴 주었다. 그의 얼굴을 슬며시 어루만지며 셔츠에 생긴 주름을 펴 주면 그는 '좀 그만 건드려.' 하고 역정을 냈다. 두 사람은 골드버클에 몇 시간이고 죽치고 앉아 그가 다른 여자들에게 추파를 던졌느니 아니니 하는 일로 실랑이를 벌였고, 결국은 그가 짜증을 내며 나가 버리는 것으로 끝났다. 그는 그녀가 과연 얼마만큼 견딜 수 있는지 보려고 일부러 못살게 구는 것 같았다. 그가 그녀를 개떡만큼도 생각하지 않는다는 사실을 그녀가 언제쯤에나 깨닫게 될지, 나는 무척이나 궁금했다.

팔월은 무덥고 가물었다. 메뚜기 떼가 들끓었고 냇물은 바싹 말랐다. 사람들은 주 내에서도 이 지역이 특히나 더 재난 구역이라고 말했다. 그런데 이 말이 메뚜기 떼가 출현하기 이전에 돌던 말이었으니 말 다했다. 대망의 토요일 밤이 가까워 왔고, 겨울 코트로 가득한 옷장 안처럼 바 안의 공기도 텁텁했다. 그날은 로데오 경기가 있는 날이었고, 그 때문에 사람들이 더 많이 모여들었다. 바는 일찍부터 붐볐다. 열기와 먼지로 얼룩덜룩하게 상기된 얼굴로 땀에 전 작업복을 갈아입지도 않고 오후 세 시부터 들이닥치기 시작한 목장 일꾼들부터, 주름이 생길 나이에 아직 철부지 어린애 같이 행동하는 남자들이며 아침부터 술을 마시기 시작한 노인네들로 북적였다. 다섯 시가 조금 지나자, 팔마가 막 화장을 끝낸 얼굴로 바에 혼자 모습을 드러냈는데, 그녀가 입은 진한 붉은색 새틴 블라우스가 몸이 움직일 때마다 화려하게 반짝거렸다. 그녀는 서로 부딪히며 짤랑거리는 은팔찌를 하고 있었다. 다섯 시 반쯤 되자 바는 사람들로 가득 찼고 열기에 휩싸였다. 맞닿은 살, 춤을 추려고 들썩이는 바보(아니, 남자들에게 엉겨 붙어 몸을 비벼 대는 단 하나의 무기밖에 쓸 줄 모르는 시골 여자)들, 네 명이 정원인 자리에 여덟 명이나 억지로 끼어 앉은 부스, 술을 주문하려고 길게 늘어선 여섯 줄, 빡빡하게 들어찬 카우보이모자들. 일하는 사람은 나와 지크스, 저스틴, 단 세 명뿐이었고, 우리는 최대한 쉴 새 없이 빠르게 몸을 놀리는 데도 도저히 속도를 맞출 수 없었다. 사람들은 술을 단숨에 들이붓다시피 했다. 헤드라이트 불빛은 연속으로 내려치는 번개의 섬광에 파묻혔다. 그러다 전기가 갑자기 십오 초 정도 나가 버렸다. 바는 동굴 같은 암흑에 휩싸였고, 주크박스는 '워어어어' 하며 죽어 갔으며, 술에 취하고, 정욕에 불타고, 쾌락에 젖은 커다란 신음 소리가 여기저기서 터져 나왔다. 불이 깜박이며 다시 들어오자 그 소리는 이내 욕설로 바뀌었다.

엘크 넬슨이 검은 셔츠와 은색 카우보이모자 차림으로 바에 들어왔다. 그는 바에 몸을 기대고 서서, 내 청바지 허리띠에 손가락을 걸고 나를 자기 몸 앞으로 홱 잡아당겼다.

"조제너 아직 안 왔어?"

나는 뒤로 몸을 빼며 고개를 가로저었다.

"잘됐네. 그럼 우리 저 구석에 가서 한판 하자."

나는 그에게 맥주를 가져다주었다.

엘크 옆에는 애쉬 위터가 서 있었다. 위터는 이 지역 목장지기로, 자기 아내한테는 술집 근처에 얼씬도 못하게 한다는 소문이 있는데 그 이유는 나도 잘 모른다. 농담꾼들 사이에서는, 내기 당구에 그녀가 자칫 싸움에 걸려들어 죽을까 봐 걱정을 해서 그렇다는 말이 나돌았다. 그는 터모폴리스에서 열릴 예정인 말 시장에 대해 이야기하고 있었다. 사실, 그는 자기 소유의 목장이 없었고, 펜실베이니아에 사는 어떤 부자의 목장을 운영하고 있는데, 듣기로는 그 목장의 풀을 먹여 기르는 소 절반이 그의 소유라고 했다. 사람들은 자기가 모르는 일에는 상처받지 않는 법이다.

"맥주 한 잔 더 해, 애쉬."

엘크가 친한 척하며 말했다.

"아냐, 나 집에 갈래. 똥 누고 잠이나 자야지."

크고 번들거리는 그의 얼굴에는 어떤 표정도 엿보이지 않았다. 그는 엘크를 좋아하지 않았다.

대화가 끊긴 틈을 타고 팔마의 목소리가 들렸다. 엘크가 고개를 들어, 바 반대쪽에서 손을 흔드는 그녀를 보았다.

"나 간다."

애쉬는 아무에게도 아닌 허공에 인사를 한 후, 모자를 푹 눌러쓰고 바를 빠져나갔다.

엘크는 담배를 머리 위로 높이 쳐들고 사람들 사이를 헤쳐 지나갔다. 나는 쿠어스 맥주 한 병을 새로 따서 그에게 가져다주었는데, 그때 그가 캐스퍼에 대해 뭔가 이야기하는 걸 들었다.

그것이 그들의 관례였다. 대여섯 명이 뭉쳐 골드버클에서 캐스퍼까지 200킬로미터를 운전해 간 뒤에, 아마도 여기와 별반 다를 것 없을 또 다른 바에 앉아 코가 완전히 삐뚤어질 때까지 마시고 모텔에 가서 곯아떨어지는 것. 엘크는 조제너가 한번은 너무 취한 나머지 맛이 가서 모텔 침대에다 실례를 한 탓에, 자기가 그녀를 샤워기로 끌고 가 찬물을 틀어 놓고 그녀 위에다 시트를 내던졌다는 얘기를 하고 다녔다. 꼭 그렇게까지 삶을 '충실히' 즐겨야 하는 건지, 그는 그 이야기를 세상에서 가장 재미있는 이야기인 양 신나게 해 댔고, 그럴 때마다 그녀는 옆에서 머리를 푹 숙이고 앉아 굳은 미소를 드리운 채 이야기가 끝나기만을 기다렸다. 그때 나는 라일리와 목장에서의 보낸 마지막 날이 떠올랐다. 무겁게 짓누르며 목을 조여 오던 침묵, 도끼로 찍어 내리듯 무겁게 똑딱이던 시계 소리, 물이 새는 수도꼭지에서 얼룩진 욕조로 똑똑 떨어지며 사람을 미치게 만들던 물방울 소리. 라일리는 그것을 고치려 하지 않았다. 그저 고치지 않았다. 그리고 다른 것도 고치지 못했고, 그 방향으로는 아예 노력도 하지 않았다. 그는 내가 참고 눌러앉아 어떻게든 굴러가게 할 거라고 생각했던 모양이다.

팔마는 엘크 등에 기대어, 셔츠에 달린 단추에 등을 긁기라도 하듯 슬그머니 몸을 앞뒤로 움직였다.

"잘 모르겠어. 조제너 올 때까지 기다렸다가 어떻게 하고 싶은지 물어본 다음에."

"조제너는 캐스퍼에 가고 싶어 할 거야. 물론이지. 가고 싶어 하고말고. 왜냐고? 그게 바로 내가 원하는 거니까."

그러면서 그가 다른 말을 했지만 나에게는 들리지 않았다.

팔마는 어깨를 으쓱이며 그와 함께 춤추는 무리 속으로 섞여 들어갔다. 30센티미터나 더 큰 그가 그녀를 가까이 당기자, 입에 물고 있던 담배가 그녀의 머리카락에 닿아 바지직거렸다. 그녀는 머리를 뒤로 홱 넘기면서 골반을 그에게 딱 붙였고, 그는 그 엉덩이를 거의 삼킬 기세였다.

커다란 굉음과 함께 천둥 번개가 치면서 한 번 더 정전이 찾아왔고, 머리를 텅 비게 만드는 듯한 오존 냄새가 진동했다. 거리에 폭우가 쏟아지더니, 이내 귀가 먹을 정도로 시끄러운 소리가 나며 하늘에서 우두둑 우박이 떨어졌다. 불이 다시 들어왔지만 불빛은 흐리고 노랬다. 땅을 탕탕 때려 대는 우박 떨어지는 소리 외에는 아무것도 들리지 않았다.

광적인 흥분과 환희가 바 안에 퍼져 나갔다. 모든 것이 바람에 쓸려 날아다니고, 바깥에 있는 차들은 패이고 찌그러지고 있었지만, 안에서는 사람들의 땀 냄새, 애프터셰이브 냄새, 퇴비, 바깥에서 말린 빨래, 쓴 돈의 값어치를 하는 향수, 담배 연기, 술 냄새가 한데 섞여 진동했고, 사람들의 함성과 왁자지껄한 소리에 묻혀 버린 음악 소리는 베이스의 쿵쿵거림만 발바닥을 통해 들어와서, 두 다리를 경로 삼아, 모든 것의 중심인 가랑이 사이로 전해졌다. 뭔가 큰일이 벌어질 것 같이 느껴지는, 단 몇 시간 동안이나마 삶에 불을 활활 지펴 주는 열기로 가득한, 그런 토요일 밤이었다.

한때는 나에게도 골드버클이 세상에서 가장 끝내주는 곳이었던 적이 있다. 그러나 언젠가 현실에 눈을 뜬 후로 이곳은 일그러진 얼굴의 낙오자들, 쇠지랫대 같은 눈썹을 그린 여자들과 까칠까칠한 붉은 털로 덮인 남자들, 햇감자만 한 주먹들만 어지럽게 엉켜 있는 쓰레기 더미로밖에 보이지 않았다. 한때 흐르던 시냇물도 다 말라붙어 버린, 별거 없는 유전자들만 남은 연못. 모르긴 몰라도 조제너에게도 가끔 그런 생각이 스쳤던 것 같다. 어느 날, 그녀는 풀 죽은 표정으로 조용히 바에 앉아 하염없이 문간만 쳐다보며 엘크가 오기를 기다렸는데, 그는 끝내 모습을 드러내지 않았다. 사실 그는 그녀가 오기 전에 이미 왔다가 스무살도 채 안 되어 보이는 하얀 반바지를 입은 관광객 여자아이를 꾀어서 나갔다. 이런 얘기를 그녀에게 전해서 좋을 건 없을 것이다.

그때 그녀가 말했다.

"여긴 정말 비참한 곳이야. 맙소사, 정말로 비참하군."

문이 열리고 로데오 선수들 네다섯 명이 한꺼번에 안으로 몰려들었다. 길게 기른 콧수염, 물이 줄줄 떨어지는 비옷과 모자, 진흙투성이 부츠를 신고 들어온 그들은 춤추는 무리 속을 비집고 들어왔다. 경기가 시작되기 전에 재빨리 목을 축이러 온 것이다. 바 안의 공기는 덥고 습했다. 모두가 한껏 차려입고 있었다. 바 끝에서 엘크 넬슨의 모습이 보였다. 팔마에게 몸에 기대고 선 그는 한쪽 팔을 새틴 블라우스를 입은 그녀의 어깨에 두르고 큰 손가락으로 그녀의 오른쪽 가슴을 더듬으며 손톱으로 딱딱해진 젖꼭지를 긁고 있었다.

그들이 여전히 자기들만의 게임을 즐기고 있을 때, 바 문이 활짝 열렸다. 바람이 밀려들어 벽을 쳤고, 조제너가 안으로 들어왔다. 그녀가 고개를 흔들자 머리에서 물이 뚝뚝 떨어졌다. 공들인 머리가 납작하게 달라붙어 있었다. 입고 있는 옅은 분홍색 셔츠는 몸에 찰싹 달라붙어 군데군데 속이 투명하게 비쳤고, 옷자락이 뭉친 부분은 색깔이 진해서 꼭 살갗이 불에 덴 것 같았다. 그녀의 눈은 빨갛게 충혈되어 있었고, 가늘게 다문 입에는 비웃음이 서려 있었다.

"위스키 한 잔 줘. 이런 빌어먹을 거지 같은 날을 축하해야지."

저스틴이 한 잔 가득 따라 조심스럽게 그녀에게 건넸다.

"좀 젖었네."

그가 말했다.

"이거 봐."

그녀가 왼팔을 내밀고 흠뻑 젖은 소매를 끌어올렸다. 팔과 손이 온통 붉은 멍으로 얼룩덜룩했다.

"제길, 캐피네 가게 앞에서 트럭을 돌리다가 주차 미터기를 박는 바람에 보닛의 걸쇠가 박살 나 버렸어. 여기까지 두 블록을 뛰어 왔다니까. 그런데 진짜 문제는 그게 아니야. 나 잘렸어, 지미 시마조가 날 잘랐다고. 마른하늘에 날벼락도 유분수지. 오늘은 아무도 날 방해할 생각하지 마."

"물론이지."

저스틴이 말하며 허벅지로 나를 지그시 눌렀다. 그는 내심 나랑 어떻게 해 보고 싶어 하는 눈치다. 그러나 그에겐 실망할 일만 있을 텐데 나도 모르겠다. 그렇게 하면 비긴 것으로 할 수도 있지 않을까. 하지만 그렇게는 되지 않을 것이다.

"그러니까 우선 한 잔 마시고, 비가 그치는 대로 바로 뭔가를 해 ㅂ

려야지. 캐스퍼에 가면 더 나을지도. 그깟 자식들, 모조리 엿 먹이겠어. 다들 달달한 내 밑이나 빨라고."

그녀는 고개를 젖혀 위스키를 한 번에 털어 넣고는, 바 위에 쾅 하고 세게 내려놓다가 잔이 부서지고 말았다.

"거봐, 봤지? 내가 손대는 건 뭐든 망가진다니까."

엘크 넬슨이 그녀 뒤로 다가와 커다란 붉은 손을 그녀의 양쪽 겨드랑이 아래로 찔러 넣고는 가슴을 감싸더니 세게 쥐어짰다. 그가 팔마를 만지작거리는 걸 그녀가 보았을까 궁금했다. 내 생각엔 본 것 같았다. 내 생각에 그는, 대놓고 들이대는 그녀의 친구를 자신이 어떻게 대하는지 그녀에게 보여 주려한 것 같았다.

"그래, 자기, 내가 어떻게 해 줄까? 캐스퍼에 가자, 그럼 좋겠지? 괜찮으면 어디 가서 배 좀 먼저 채우고. 나, 배가 너무 고파서 목장지기의 밑 안 닦은 엉덩이라도 먹을 수 있을 것 같거든."

그가 말했다.

"버펄로 윙이라도 배달시켜 줘? 그거나 그거나 다를 것 없잖아."

내가 말했다. 우리는 그들을 위해 길 건너편에 있는 카우보이테디에 전화를 했고, 그러면 한 시간 이내로 누군가가 배달을 왔다. 두 번 중 한 번은 날것이다시피 한 것이 왔지만. 엘크는 고개를 저었다. 그는 조제너의 젖은 셔츠 안에 한 손을 집어넣고 그녀를 애무하고 있었지만, 눈으로는 바에 붙은 거울을 통해 자기 뒤에 있는 사람들을 눈여겨보고 있었다. 팔마는 아직도 바의 맨 끝에 서서 그를 바라보고 있었다. 루스가 다가와 조제너의 엉덩이를 철썩 때리며 '시마조 그 더러운 얼간이 자식이 무슨 짓을 했는지 들었어.' 하고 말했다. 조제너는 한쪽 팔로 루스의 허리를 감싸 안았다. 엘크가 뒤로 물러나 거울에 비친 팔마를 보며 누런 미소를 활짝 지어 보냈다. 많은 일이 동시에 벌어지고 있었다.

"루스, 자기야, 나는 이 엿같은 곳이 지긋지긋해. 우리 캐스퍼에 내려가서 한동안 거기서 지내면 어떨까? 그 자식한테는 그냥 엿 먹으라고 해. 씨발 지미 시마조. 내가 이렇게 말했어. 이것 보세요, 최소한 이유라도 알려 줘야죠. 내가 그 망할 오뎅에 와사비를 너무 많이 넣기라도 했냐고요? 씨발, 그 자식이 무작정 나를 잘랐어. 나한테는 아무 이유도 안 알려 주고서."

엘크가 10원만치의 노력을 쏟아 말했다.

"어휴, 그거 어차피 개똥 같은 일이잖아. 다른 일자리 얻으면 돼지 뭐."

그는 일자리를 찾는 게 쉬운 것처럼 말했다. 여기에 다른 일자리는 없었다.

"내 트럭 보닛에 걸쇠가 망가졌어. 그래서 차 뚜껑이 안 닫혀. 캐스퍼에 가려면, 그걸 먼저 고쳐야 해."

조제너의 트럭은 뒷좌석도 있어서 모두가 다 탈 수 있을 만큼 넓었다. 그들은 늘 그녀의 트럭을 타고 다녔고, 기름 값도 다 그녀가 냈다.

"철사로 감아서 묶으면 돼지."

계산대 뒤에 서 있는 나에게 저스틴이 다가와, 바 뒤에서 듣고 온 이야기를 소곤거렸다. 지미 시마조가 조제너를 해고한 이유는 고기 저장고에서 몰래 마약을 하려던 그녀를 직접 목격했기 때문이었다. 그는 그런 문제에 대해서라면 어림도 없었다. 당분간은 그가 직접 요리를 하면서 캘리포니아에서 진짜 일본인 요리사를 구해 올 생각이라고 했다.

"여기 사람들에게 필요한 게 바로 그거지."

저스틴이 말했다. 요즘 와이오밍주의 남서부 지역은, 정유소건 큰 중공업이건 전부 다 일본인들의 소유라는 이야기가 많이 돌았다.

그때 어떤 일이 일어났다. 그리고 그 소란 때문에 나는 그들, 조제너와 엘크, 팔마, 루스 그리고 그녀가 바에서 만난 베리라는 이름의 (양손에 위스키를 가득 들고 있던) 남자가 밖으로 나가는 것을 미처 보지 못했다. 어쩌면 그 불덩이가 기습을 하기 전에 나갔는지도 모르겠다. 골드버클은 유리로 된 커다란 창문이 길가 쪽으로 나 있었는데, 그 바깥에 꽤 넓은 나무 선반이 설치되어 있어서 위에 맥주병들을 올려놓을 수 있었다. 바의 주인 톰슨 씨는 그곳에 자신의 수집품을 전시해 놓았는데, 박차라든가 둘둘 감은 밧줄, 낡은 부츠, 안장 두어 개, 잔뜩 좀이 슬어 마치 봄에 역공을 당한 눈보라 같은 낡은 모직 카우보이 바지 등이 그것이었다. 그밖에 창 안쪽으로도 다른 잡동사니들이 놓여 있어서, 그 창은 마치 무대와도 같았다. 그런데 갑자기 펑펑 터지는 소리와 함께 끔찍한 불덩이가 그 선반으로 날아들어 먼지가 가득 쌓인 카우보이 장비들에 옮겨붙었다. 비는 아직도 내리고 있었다. 불덩이가 지지직 소리를 내며 타오르면서, 유리창 표면에 시커먼 숯검정이 깔때기 모양을 그리며 퍼져 나갔다. 내리는 빗방울 때문에 얼룩덜룩한 무늬가 덧입혀졌다. 저스틴을 비롯한 열댓 명의 사람들이 대체 무슨 일인가 구경하러 밖으로 나갔다. 저스틴이 그 불덩이를 선반에서 떨어뜨리려고 시도해 보았지만 불은 달라붙어 계속 타올랐다. 그는 안으로 뛰어 들어왔다.

　　"주전자에 물 좀 담아 줘!"

　　앞에 있던 사람들이 일제히 웃음을 터뜨렸다. 누군가가 '그 위에 오줌을 갈기는 건 어때, 저스틴!' 하고 소리쳤다. 불덩이는 그가 물을 세 주전자나 부은 후에야 가까스로 진화됐고, 정체 모를 누군가가 투척한 불덩이는 검은 덩어리로 남겨졌다. 그때 총성 같은 소리가 나며 유리창이 위에서부터 아래로 쩍 갈라졌다. 나중에 저스틴은 그게 열 때문에 난 소리가 아니라 총을 쏜 소리라고 했다. 그러나 그건 열 때문이었다. 총소리라면 내가 들으면 안다.

한밤중에 북쪽에서부터 차를 몰고 캐스퍼로 가다 보면 느껴지는 그 특유의 느낌이 있다. 단지 그곳뿐 아니라, 멀리서 아득히 보이는 목장 트럭들의 깜박이는 헤드라이트만을 제외하곤 아무 불빛도 없는, 구제할 수 없는 어둠 속을 몇 시간이고 계속해서 가다 보면 느껴지는 그것이다. 언덕길을 넘어 내리막길로 접어드는 순간, 저 밑으로 도시의 불빛이 반짝이며 눈앞에 활짝 펼쳐진다. 구불구불한 산등성이를 끼고 자리한 도시들, 서부에 있는 도시라면 어디라도 비슷할 것이다. 힘겹게 어둠을 떠받들고 있는, 그 불빛들은 뭉툭하고 작은 노란 빛 송이들처럼 동쪽으로 잦아든다. 외딴 해변에 가 본 사람이라면, 검은 물속으로 빠져드는 바닷가 바위들과 그 끝에 어려 있는 최후의 불빛을 본 적이 있을 것이다. 그 너머로는 영겁의 시간을 지나온 오래된 파도들이 넘실거리며 밀려들어 온다. 이곳의 밤이 딱 그런 느낌이다. 다만 파도의 자리에 바람을 대입하면 된다. 그러나 이곳에도 한때는 물이 있었다. 수억 년 전 이곳을 덮고 있던 바다와, 또한 진흙이 서서히 증발하며 돌로 변해 가는 과정을 머릿속으로 상상해 보라. 그 상상 속에 고요한 것은 아무것도 없다. 그건 끝나지 않았다. 아직도 계속해서 완전히 부숴 버릴 수 있다. 끝난 것은 아무것도 없다. 아니라고 할 수 있는가.

어쩌면 그들도 그런 생각을 했는지 모른다. 불빛을 향해 달려가면서, 대마초를 돌려 피우고 맥주를 마시며, 엘크는 약에 취한 채로 운전을 하고, 아무도 별말 하지 않은 채, 그저 캐스퍼만을 향해 간 것이다. 이것이 바로 팔마가 전한 말이다. 루스의 말은 좀 다르다. 조제너와 엘크가 가는 내내 심하게 싸웠으며 팔마가 그 가운데 있었다고 했다. 베리의 말에 따르면, 적당히 취한 그와 달리 다른 사람은 모두 다 맛이 갈 대로 가 있었다고 했다.

　그해 봄, 라일리와 나는 소의 분만 작업을 하느라 정신이 없었다. 이웃 목장에서 키우는 집채만 한 세일러 황소들이 우리 목초지로 넘어와 출산 경험이 없는 암소들을 잔뜩 임신시키고 간 것이다. 우리는 그 사실을 분만이 시작될 때까지도 모르고 있었다. 라일리가 한 번인가 두 번 정도 지나가는 말로 암소들 배가 너무 크게 부풀어 오른 것 같다고 언급한 적이 있긴 했으나, 우리는 쌍둥이가 들어앉았나 보다, 하고 생각했을 뿐이다. 첫 번째 새끼가 태어나고서야 우리는 비로소 깨달았다. 게다가 그 암소는 특별히 더 훌륭한 놈이었다. 기다란 몸통에 살집도 적당히 잡히고 날렵하며 근육도 훌륭하게 많이 붙어 있었다. 울퉁불퉁한 이중 근육이 아닌 매끈하고 여성적인 근육으로, 새끼를 낳는 어미소에게 더 이상 바랄게 없을 만큼 모든 것을 갖춘 소였다. 그런데 그 소가 이제껏 우리 부부로서는 본 적이 없는 커다란 새끼를 낳느라고 완전히 절단이 날 뻔했다. 크기가 어미 소의 삼분의 일이나 되는 괴물 새끼였다.
　"콜드페퍼 이 나쁜 자식. 저 송아지를 좀 봐. 탱크만 한 그 망할 놈의 황소 새끼들이 아니고서는 저렇게 될 수가 없지. 모르긴 몰라도, 작년 사월에 들어왔을 거야. 그리고 그 자식은 알면서도 아무 말 안 했겠지. 몇 마리나 싸질러 놓고 갔는지 앞으로 볼 만하겠군."
　봄 폭풍에 온갖 형태의 강수에, 그 즈음은 날씨도 최악이었다. 처음 열흘 동안 우리는 잠도 한숨 못 자고, 춥고 젖은 상태로 죽도록 일만 했다. 우리 목장에서 9년 동안이나 함께 일해 온 피티 플러리가는 얼어붙을 것 같은 빗속에서 말을 타고 암소들을 분만 구역으로 모는 일을 했다. 그러니 그가 폐렴에 걸린 것도 놀랄 일은 아니었다. 결국 우리가 그를 가장 필요로 할 때, 그는 병원으로 실려 갔다. 그의 아내는 일손을 도우라며 열다섯 살 난 딸을 보냈다. 목장에서 태어나 평생 동물 옆에서 자란 그녀는 일을 곧잘 해냈다. 가늘고 작지만 제법 힘센 손을 암소 안에 집어넣어 새끼의 발을 잡을 수도 있었다. 우리는 셋 다 모두 지쳐서 죽을 둥 살 둥했다.

어느 날 정오, 나는 상태가 안 좋은 암소를 남겨 두고 분만 축사를 나와 집으로 갔다. 한 시간 정도만 눈을 붙일 참이었다. 그러나 너무 피곤한 나머지 신경이 곤두서 잠이 오지 않았고, 결국은 십 분쯤 버티다가 그냥 일어나 커피포트에 커피를 올리고 냉동실에서 쿠키 반죽을 꺼냈다. 얼마 안 있어 뜨거운 김이 모락모락 나는 커피와 방금 구운 아몬드 쿠키가 완성되었다. 나는 커피를 세 잔에 나누어 따라 두꺼운 종이 박스에 넣고 쿠키는 밀폐 봉투에 담아 분만 축사로 돌아갔다.

커피와 쿠키가 든 박스를 손에 든 채, 나는 살며시 문을 열고 안으로 들어갔다. 그는 막 거사를 끝낸 상태로, 그 아이에게서 막 몸을 떼고 두 발로 서 있었다. 그 아이는 아직도 건초 더미 위에 어린아이 같은 가느다란 다리를 벌린 채 누워 있었다. 나는 그를 보았고, 아이는 일어나 앉았다. 불빛이 꽤 어두웠지만, 그가 허둥대며 바지를 입으려 하는 사이 난 그에게 묻은 피를 보고 말았다. 커피의 온기가 종이 박스를 뚫고 전해졌고, 나는 그 박스를 송아지를 꺼내는 기구와 밧줄과 연고와 봉합 재료들이 어지러이 놓여 있는 낡은 책상 위에 내려놓았다. 그들이 옷을 끌어당겨 입는 동안, 나는 그 자리에 그대로 서 있었다. 아이는 훌쩍거렸다. 물론, 이로써 저 아이는 난잡한 작은 걸레가 되는 가도에 올랐다

하겠지만, 그러나 아무튼 열다섯밖에 안 된 아이였고, 또한 첫 경험이 었고, 이 짓을 한 남자는 그 아이 아버지의 고용주였다.

그가 아이를 보고 말했다.

"일어나, 집에 데려다줄게."

그러자 아이는 '싫어요.'라고 답했고, 둘은 밖으로 나갔다. 둘 다 나에게는 아무 말도 하지 않았다. 그는 그 길로 다음 날 오후까지 돌아오지 않았고, 돌아와서도 몇 마디 자기 할 말만 했으며, 나도 내 할 말만 하고는 그다음 날로 집을 나왔다. 망할 놈의 그 암소는 죽은 송아지를 배 속에 밴 채 죽어 버렸다.

무슨 일이 일어났는지, 왜 그런 일이 일어났는지 알 수 없는 일이 대부분이다. 그 자리에 있던 팔마나 루스나 베리도 어쩌다 그런 결말로 치닫게 되었는지 속 시원히 말하지 못했다. 그나마 그들에게 남아 있는 조금의 기억과 신문 기사에 따르면, 그들은 차와 트럭으로 꽉 막힌 도로에 있었고 엘크가 송아지를 가득 실은 화물 트럭을 추월하려고 했던 것 같다. 포플라에 접어들기 전까지는 차가 한 대도 없던 고속도로가 출구 경사로를 빠져나가는 순간부터 앞뒤로 빡빡하게 막혔다고 했다. 주위에 지나다니는 차가 많다는 이야기는 즉 문제가 발생할 확률이 높다는 뜻이다. 그가 한참 화물 트럭을 추월하려고 하고 있을 때, 파란 픽업트럭 한 대가 갑자기 뒤에서 치고 나와 그를 추월하며 반대 방향에서 차들이 오고 있는 데도 중앙선을 넘어갔다고 한다. 그러고는 소가 잔뜩 실린 화물 트럭 바로 앞으로 끼어들었다. 그러자 화물 트럭 운전사가 급브레이크를 밟았고, 그 바람에 엘크는 화물 트럭을 박아 버렸다. 팔마에 따르면, 코피가 날 정도였으니 그 충격이 꽤 컸다고 한다. 조제너는 자기 트럭이 망가진 것을 보고 고함을 질러 댔고, 보닛을 묶고 있던 철사가 풀리면서 그 뚜껑이 마치 맛있는 먹이를 입에 문 악어처럼 10센티미터 정도 위아래로 덜렁덜렁 움직였다. 그럼에도 엘크는 화가 날 대로 나서 그대로 끝낼 생각이 없었고, 화물 트럭을 앞지른 후 계속해서 파란 픽업트럭의 뒤를 바짝 쫓아 20-26도로로 꺾어 서쪽 출구로 나갔다. 화가 나서 방방 뛰는 엘크에게 조제너는 소리를 질러 댔고, 루스에 따르면 그의 눈에서는 핏발이 곤두서다 못해 피가 솟구쳐 나올 것만 같았다고 한다. 엘크 바로 뒤에서는 또 화물 트럭이 빵빵거리며 불빛을 깜빡이면서 쫓아 왔다.

13킬로미터 정도 더 가서야 엘크는 그 파란 픽업트럭을 따라잡았고, 픽업트럭을 갓길로 밀어 넣은 후 그 앞에 차를 세워 가로막았다. 멀리 뒤에서는 송아지 화물 트럭의 헤드라이트가 일정한 속도로 빠르게 다가오고 있었다. 엘크는 차 밖으로 튀어 나가 파란 픽업트럭으로 돌진했다. 그 운전자는 약에 절어 있었다. 조수석에 타고 있던 옅은 색 원피스를 입은 마른 여자가 밖으로 나와 소리를 지르며, 조제너의 트럭에 돌을 집어 던졌다. 엘크와 파란 픽업트럭 운전사는 끙끙거리며 몸싸움을 벌이다가 고속도로 위로 넘어졌고, 베리와 루스와 팔마는 비틀거리면서 그 둘을 갈라놓으려 했다. 그러던 중, 송아지 화물 트럭 운전사인 오르넬러스가 갑자기 소리를 지르며 다가왔다.

오르넬러스는 월요일부터 금요일까지는 내트로나 전력 회사에서 일했고, 밤에는 안장을 수리하는 아르바이트를 했고, 주말에는 어머니에게서 물려받은 작은 목장을 꾸려가기 위해 일했다. 엘크가 그의 심기를 건드렸던 그때, 그는 이틀 동안 잠 한숨 못 잔 데다가, 마침 여덟 개째 맥주를 다 마시고 아홉 개째를 딴 상황이었다. 이 주에서는 술을 마시며 운전대를 잡는 것이 불법이 아니다. 거기에 대한 판단은 알아서 하길 바란다.

나중에 경찰의 말에 따르면 사건의 촉매제는 오르넬러스였다고 했다. 그가 먼저 트럭에서 소총을 들고 나와 엘크와 픽업트럭 운전사인 파운트 슬링카드를 향해 겨누었기 때문이다. 첫 번째 총알은 슬링카드 트럭의 뒤 창문을 뚫고 들어갔다. 슬링카드는 동승했던 여자에게 큰 소리로 선반에 있는 자기의 22구경 권총을 가져오라고 외쳤지만, 그녀는 앞바퀴 옆에서 손으로 머리를 감싼 채 웅크리고 있었다. 베리가 '조심해, 카우보이!' 하고 외치면서 고속도로 건너편으로 뛰어 도망갔다. 오가는 차는 하나도 없었다. 슬링카드 혹은 슬링카드의 동승자가 22구경 권총을 손에 넣은 듯하다가 땅에 떨어뜨렸다. 오르넬러스는 다시 한 번 총을 쏘았고, 순간적 두려움과 굉음에 아무도 사건의 원인과 결과를 파악하지 못했다. 누군가가 슬링카드가 떨어뜨린 22구경 권총을 집어 들었다. 베리는 자신이 취한 상태였고 또 건너편 도로가에 숨어 있어서 아무것도 보지 못했지만 적어도 일곱 발의 총성이 들렸다고 증언했다. 여자 한 명이 소리를 질러 댔고, 누군가는 경적을 울려 댔다. 송아지들은 큰 소리로 울면서 화물칸 가장자리로 몰렸고, 그중 한 마리가 총에 맞아 피 냄새를 풍겼다.

경찰이 도착했을 때, 총알은 오르넬러스의 목을 관통해 나가 있었고, 그는 죽는 것은 면했지만 평생 요들송은 부를 수 없게 되었다. 엘크는 이미 죽은 상태였다. 조제너도 죽어 있었고, 블랙호크 총이 그녀 아래에 있었다.

이 일에 대해 내 생각을 말해 볼까? 라일리가 한 말처럼, 조제너는 기회가 온 것을 보았고, 그것을 잡았다. 친구여, 어두운 충동에 굴복하는 것은 생각보다 쉽다.

와이오밍의
주지사들

웨이드 월스

천둥 번개를 동반한 폭우가 빠르게 훑고 지나간 뒤, 젖은 길과 자욱한 구름 사이사이로 얼얼한 파란 하늘이 이따금 얼굴을 비추었다. 그들은 트럭 안에서 기다리고 있었다. 로애니는 신문 가판대 가까이에 차를 세웠다. 덴버에서 오는 버스가 서는 자리였다. 주사위만큼이나 굵은 마지막 빗방울이 후드득 소리를 내며 쏟아져 내렸다. 다섯 시 반, 예정된 버스가 한숨 쉬듯 고약한 냄새를 풍기고 들어섰다. 안에서 내린 승객은 모두 열한 명으로, 웨이드 월스는 마지막 승객이었다. 로애니가 창문을 내리고 그의 이름을 불렀지만, 그는 고개를 돌리지도 않고 그들을 곁눈질로 한 번 휙 쳐다보고는 곧장 건너편에 있는 레인저 바 안으로 들어갔다.

"저 사람 맞아? 지금 어딜 가는 거야?"

렌티가 껌을 딱딱 씹으면서 말했다. 작고 통통한 체격의 그녀는 검은

색 팬티스타킹에 현장 일꾼들이 신는 부츠를 신고 있었다. 팔꿈치에는 묵은 때가 끼어 있었고, 예쁘다기보다는 잘 생겼다고 해야 할 얼굴에 참을성이 없어 보였다. 그녀의 시선은 물도랑을 번쩍 뛰어넘어 길을 건너는 남자 뒤에 머물러 있었다.

그녀의 기혼자 여동생 로애니 햄프가 어깨를 으쓱했다. 위로 꼬아 올린 그녀의 머리는 장미유를 발라 윤이 자르르 흘렀다. 트럭 앞 유리창에 선명한 와이퍼 자국이 만든, 두 개의 쌍둥이 아치 안에 두 자매의 얼굴이 각각 비쳤다.

"맥주 한잔 먼저 하고 싶은 건가?"

렌티가 라디오 버튼을 누르며 말했다.

"저 사람 술 안 마셔. 그게 아니라, 한 대 맞고 싶은 모양인데."

로애니가 라디오 채널을 돌리자, 지역 아나운서의 훈계 조 목소리가 흘러나왔다. 아나운서는 자기 이름을 마치, 자기 콧구멍에서 다이아몬드라도 발견한 사람처럼 발음했다.

"여기서 계속 기다려, 아니면 저 안으로 따라가 봐야 해?"

"여기 앉아서 조금 더 기다린다고 해가 될 건 없겠지, 뭐."

그녀는 가방에서 연고처럼 생긴 크림을 꺼내 손바닥 위에 짰다. 핏빛의 젤리 같은 연고가 강한 향을 풍기며 흘러나왔다.

"검은 모자, 검은 모자, 블루스……"

"자기가 무슨 스파이라도 되는 것처럼 행동하는데."

그들은 바를 드나드는 사람들을 계속해서 주시하고 있었다. 문이 한 번 휙 열렸다 닫혔고, 또 한 번 휙 열렸다 닫혔다.

"그 낡고 때 묻은 검은 모자 블루스……"

"그러게. 술도 안 마시고 운전도 안 하는데, 마음만 먹으면 댐도 폭파시킬 사람이야. 저자가 어떻게 하다가 샤이를 이런 일에 끌어들이가 된 건지, 정말 알다가도 모르겠다니까. 그땐 내가 그이를 알기 전이었으니까. 샤이만 보면 전혀 저럴……"

그때 차 문 걸쇠에서 딸깍 소리가 나며 웨이드 월스가 뒷좌석에 올라탔다.

"침대 위에 그걸 올려놓지 마오……"

"앗, 깜짝이야. 그쪽 때문에 심장마비 걸릴 뻔했잖아요. 그런 식으로 몰래 기어들다니."

로애니가 말하며 라디오를 껐다.

"바 뒷문으로 나와서 골목으로 돌아 나왔습니다."

그가 말했다. 트럭 안은 과일 향 껌과 장미유 향으로 가득했다.

"이쪽은 우리 언니 렌티예요. 우리 집에서 2주 정도 같이 지내고 있어요. 원래 집은 타오스에 있고요. 그런데 꼭 이렇게까지 비밀스럽게 할 필요가 있나요? 무슨, 영화 찍는 것도 아니고. 설마 누가 그쪽 뒤를 쫓고 있다고 생각하는 건 아니죠?"

그녀는 차에 시동을 걸고 도로 위로 들어섰다. 앞차는 구스넥 트레일러를 뒤에 매단 픽업트럭이었다. 개가 헐떡거리는 듯한 그의 숨소리가 앞자리까지 크게 들렸다. 지금 이게 영화의 한 장면이었다면, 배경음악으로 헉헉대고 침을 튀기며 연주하는 하모니카 음악이 깔리면 딱 맞을 터였다.

"내가 이 일을 해 온 지 이제 17년째입니다. 처음에 나랑 같이 시작했던 사람이 열댓 명이었는데, 그중에 지금까지 남은 사람은 나 하나뿐이에요. 그 이유가 뭔지 아나요? 그건 바로, 내가 이렇게 조심스럽게 행동하기 때문입니다."

"레인저 바에는 대체 왜 들어간 거예요?"

"물 한 병 사려고 들어갔습니다. 비행기에서 작은 병으로 세 병을 마셨고, 버스에서도 두 병을 더 마셨죠."

그 이후로는 서로 할 말이 없었고, 그들은 침묵 속에서 갈 길을 갔다. 웨이드 월스는 혼수상태에 빠진 것처럼 비몽사몽이더니, 시골길에 접어들자 정신을 차렸는지 한마디 했다.

"가물군요."

그는 여전히 반쯤 몽롱한 상태였지만, 겉으로는 애써 멀쩡한 체하고 있었다. 아직까지도 주 경계선을 넘어오던 그 버스에 타고 있다고 생각하는지, 이곳에 대한 악몽 비슷한 것에 사로잡혀 있는 듯했다. 도로 옆에 줄줄이 계속되는 대형 광고판, 싸구려 주유소, 담배와 불꽃놀이, 폭죽을 파는 가게 그리고 이따금씩 보이는 바람에 휩쓸린 마을들, 거친 땅에 삽으로 흩뿌려 놓은 자갈더미 같은 목장들.

"와이오밍에 오신 걸 환영해요. 천국 같은 이곳에."

로애니가 무미건조한 목소리로 말했다.

사실 웨이드는 이미 이곳에 대해 속속들이 알고 있었다. 광활한 고물 폐기장 가운데서 불기둥처럼 솟아오르던 케이브굴치 화재 사건이며 정유 공장들, 파헤쳐진 부지들, 우라늄 광산, 석탄 광산, 트로나 광산, 석유 펌프와 굴착기, 개벌지伐地, 석유 탱크 집합 지역, 오염된 강물들, 석유 수송관, 메탄올 제조 공장, 폐허가 된 댐, 아모코 기업이 남긴 끝칫덩이, 철도 등등, 겉보기에는 아무것도 없이 텅 빈 것 같은 풍경 뒤에 숨은 이 모든 것들에 대해서 말이다. 이 주를 방문한 건 처음이 아니었다. 그는 이 주에서 벌어들이는 '느긋이 앉아 있어도 알아서 절로 들어오는' 수입원에 대해서도 잘 알고 있었다. 연방 정부로부터 받는 광물채취 로열티, 천연자원 채취세와 종가세*, 있지도 않은 카우보이 풍경 안에서 열연이라도 하는 듯이 갖은 억만장자들과 옛날 목장들을

---

* 從價稅, 과세 물건의 가격을 표준으로 하여 일정 비율로 부과하는 세금.

들이는 컨트리 음악 가수들, 재능 있는 인재들의 흡출 현상 그리고 또 그 베일 뒤에서 일자리를 못 구해 전전하는 보통 사람들과 트레일러 주택에서 살아가는 그들의 삶에 대해서도 잘 알고 있었다. 이곳은 외부 착취자들과 공화당 지지자들인 목장주들, 그밖에 자연 풍경으로 뒤죽박죽된 25만 평방킬로미터의 개판이었다. 목장주들은 자기들 판이 이미 끝났다는 사실을 아직 자각하지 못하고 있었다. 그들에게는 따끔한 가르침이 필요했다. 그리고 그 가르침을 주기 위해 그는 이곳에 왔다.

"맞아요, 가물어요. 심한 가뭄이 계속되고 있거든요."

핸들을 잡은 로애니가 말했다. 언니 렌티는 아무 말도 하지 않았다.

"가뭄이라."

로애니의 정교하게 올린 머리와 크림색 목덜미 뒤에서, 그는 마치 새로 배운 단어를 처음 발음하는 것처럼 읊조렸다.

"여기는 아니지만, 버스가 도착하기 전에 소나기가 잠깐 내렸어요. 시내에는 말이죠. 여기는 한 방울도 안 내린 것 같지만."

목장은 슬로프에서 35킬로미터 정도 떨어진 (고대 설치류 때문인지 동결 작용에 의해서인지는 아무도 잘 모르지만, 평야 위에 흙더미가 낮은 돔처럼 쌓여 있어서 노인들이 '비스킷 랜드'라고 부르는) 미마마운드 지역에 자리 잡고 있었다. 목장 서쪽으로는 금방이라도 그들을 덮칠 것 같아 보이는 언덕이 송곳처럼 불쑥 솟아 있었다. 유난히 건조하고 더웠던 올해 날씨로 풀은 일찌감치 황동색으로 변했고, 먼지 자욱한 땅은 칙칙한 황갈색 머리와 몸통을 하고 찌르륵찌르륵 소리를 내며 날아다니는 메뚜기 떼로 인해 부르르 떨고 있었다. 토종 풀 번치그라스를 밀어내고 자리 잡은 말귀리 풀을 비롯해 해로운 잡초들도 극성이었다. 로애니가 방향을 틀기도 전에 그는 그녀가 뒷길로 돌아갈 거라고 예상했고, 트럭은 메트로놈처럼 규칙적으로 나타나는 전신주 그림자들을 밟고 가다가 마지막으로 그들이 '드렁크 로드'라고 부르는 유실된 자갈길로 접어들었다.

1882년 주니퍼 햄프는 이곳에 여섯 아들을 데려와 연한 사암을 캐내 네모난 이층집을 지었다. 맨사드 지붕 위로 네 개의 귀퉁이에는 우뚝 솟은 굴뚝을 올렸고, 기다란 창문과 높은 현관도 갖추었다. 헛간과 육류 저장소마저 돌로 다 짓고 집 뒤쪽의 네모난 뜰도 전부 돌로 깔고 나니 작은 채석장에 있던 돌은 바닥이 났는데, 돌만 계속 충당할 수 있었다면 아버지는 가축 울타리까지 돌로 지으려 했을 거라는 농담을 하며 아들들은 안도의 한숨을 내쉬었다. 로애니는 그 집에서 오래된 칸막이를 걷어 내고 천장을 갈고 부엌도 완전히 뜯어내 고쳤다. 이제 초기 모습대로 남아 있는 곳은, 유리문이 달린 진열장과 초록 벨벳 소파가 있는 응접실이 유일했다.

부엌에서 렌티는 웨이드 월스의 외모를 훑어보았다. 살결이 빡빡한 것처럼 두꺼운 얼굴, 농어 주둥이마냥 툭 튀어나온 아랫입술, 예의상 웃어 보일 때마다 드러나는 전부 같은 크기의 누런 치아, 멀리서 얼핏 보이는 그의 모습은 마치 인조가죽 서류 가방을 들고 다니는 용수권用水權 변호사를 연상시켰다. 가까이서 보면 그는 거친 원단에 바늘땀이 삐뚤빼뚤한 이상한 정장을 입고, 당장이라도 뛰쳐나갈 듯이 다리에 힘을 잔뜩 주고 있는 매우 기괴한 모습을 하고 있었다.

그는 집안 가득한 여성적인 기운을 감지하고 물었다.

"샤이는 어디 갔습니까?"

그가 말할 때마다 딱딱한 얼굴이 마치 갈고리와 철사로 작동하는 것처럼 부자연스럽게 움직였다.

"나도 좀 알고 싶네요. 화요일에 일찍 집을 나간 뒤로 깜깜무소식이에요. 어디 간다는 말도 없이."

"그게 무슨 말입니까?"

그들은 부엌에 서서, 꼭 만화 속 캐릭터처럼 입만 뻥긋거리고 있었다.

"내 생각에는 아마도 몬태나에 간 것 같아요. 몬태나에 대해서 뭐라고 말한 것 같거든요. 거기서 사람들이 들소를 죽이고 있다나 뭐라나."

그녀는 그게 뜰의 잔디를 깎는 일이나 다름없는 일이라는 투로 말했다.

"그건 2년 전 일입니다. 그 후로 살아남은 들소들은 아직까지 잘 살아 있고요. 적어도 겨울까지는."

"글쎄요, 그럼 나도 몰라요. 그이가 하는 게 이것저것 하도 많아서요. 매일 부지 교환이다, 수색이다, 그런 오만 가지 것들을 떠들어 대는지라……. 게다가 그런 쓸데없는 일 말고도 진짜로 하는 일이 있잖아요, 말 보험 일 말이에요. 나도 내 일이 있고요. 그이는 밖에 나갈 때마다 시시콜콜 알리고 나가는 사람이 아니에요. 어떨 때는 일주일에 한 번밖에 얼굴을 못 볼 때도 있는걸요, 뭐."

말끝에서 그녀의 말투가 한풀 꺾였다.

"엄청 재미있는 일을 하나 봐요?"

렌티가 머리카락을 비비 꼬면서 말했다. 그녀는 타오의 고조된 밤이 그리웠다. 도처에 널린 은 장신구를 쳐다보느라 반쯤 눈이 먼 채, 대개 쌍쌍으로 짝지어 다니는 노인 관광객들까지도 그리웠다. 관광을 다니는 남자들은 모든 게 훤히 보이는 앞자리에 앉았고, 여자들은 개처럼 가드레일이나 길가에 버려진 쓰레기 같이 낮은 풍경만 보이는 뒷좌석에 앉아 있었다.

그녀는 여러 일자리를 거쳤다. 고속도로 건설 현장에서 깃발을 들고 안내하는 일도 해 봤고, 양초 포장 기계 돌리는 일, 이름 없는 화랑의

미술품 판매, 스테인드글라스 디자이너의 보조, 여름 극장의 무대 담당으로도 일했다. 그러다가 멀슈 화랑에서 일자리를 얻었는데, 거기서 빛바랜 지도 뒤에 모슬린 천을 붙이는 일을 하거나 오래된 두루마리의 스프링롤러와 막대 가는 일도 하다가, 어느 한가한 날 오후, 화랑의 매니저인 팬과 지도 테이블 위에 올라가 관계를 가졌다. 그럭저럭 죽이 맞은 그들은 그런 관계를 계속 유지해 나갔고, 그렇게 한 달 정도 지난 어느 날, 차가운 술 두 병와 칠레 레예노 한 접시를 선물로 들고 가던 팬은 문득, 이 상태라면 둘이 사귀는 사이라고 보는 게 맞지 않을까, 하고 자문하게 되었다. 그녀는 생전 꾸미지도 않고 아름답다고 할 수도 없었지만, 가슴이 깊게 파이고 몸에 달라붙은 붉은 롱드레스를 입은 모습 하나만은 눈을 뗄 수 없게 만드는 뭔가가 있었다. 엔젤파이어 쪽으로 32킬로미터 떨어진 곳에, 그들은 북쪽 벽에 트레일러가 붙어 있는 방 하나짜리 흙벽돌집을 구했다. 그는 집 뒤쪽 테라스에 커다란 오렌지색 화분을 가져다 놓았고 그녀는 허브를 키웠으며, 버려진 알자스산 울프하운드종 개도 한 마리 데려와 키웠다. 그 개는 순종적이며 온순했고, 자동차 뒷좌석용 개로 완벽했다. 그렇게 모든 것이 순조롭게 잘 흘러갔지만, 1년 정도 지나 렌티는 갑자기 짐을 꾸렸다. 그리고 동생을 보러 와이오밍에 가는 길이라며 그에게 몇 주 있다가 돌아오겠다고 통보했다. 그다음 날 밤, 그녀는 밤새 끔찍한 악몽에 시달렸다. 그녀는 펄펄 끓는 수프에 치와와 한 마리를 그대로 집어넣었는데, 수프를 국자로 떠서 그릇에 담으려던 순간 바짝 탄 그 개가 공손한 태도로 '오후에 시간이 되시면, 병원에 데려다주실 수 있으세요?' 하고 묻는 꿈이었다.

처음 며칠 동안은 모든 것이 좋았다. 혈육 간의 정이며 오랜만에 재회한 기쁨이며, 그러나 둘 사이의 이야깃거리가 곧 떨어졌다. 그들은 피차간에 왜 서로 다른 길을 가게 되었는지 다시 한 번 깨닫게 되는 계기를 거쳐 결국은 친밀함이 공유되지 않은 피상적인 대화밖에 기대할 수 없는 단계에 다다랐다. 렌티는 팬하고의 관계가 점점 질척거린다고 말했다. 모든 게 자신의 잘못이라고, 그렇지만 이미 마음은 차갑게 식었고 현재 생활에 싫증이 나 버렸다고 했다. 로애니는 샤이가 바보와 호형호제할 정도지만 다정한 사람이고, 비록 모든 면에서 거치적거리긴 하지만 이혼의 고통을 감내할 정도는 아니라고, 또한 그가 빌어먹게 잘생겨서 잃고 싶지 않다고 말했다. 일주일이 지나자, 그들은 어린 시절에 치고받았던 식으로 그리고 그때와 똑같은 주제를 놓고 싸우기 시작했다. 그 주제는 부모가 누구를 더 편애했는지 그리고 렌티가 왜 꼭 그런 차림새로 다니는지에 대한 불만이었다.

"언니는 꼭 기름기 줄줄 흐르는 늙은 까마귀 같아. 만날 검은 옷만 입고 다니고 말이야. 조금만 꾸미면 예쁠 텐데……."

로애니가 이렇게 말하면, 렌티는 자신을 바꾸려 들지 말라고 대꾸했다. 사실, 어떤 면에서 보면 단정치 못하기는 둘 다 마찬가지였다. 로애니는 자신을 꾸미거나 가게를 꾸미는 일에서는 안 그랬지만, 집안일에는 영 관심이 없었다. 반대로 그녀의 남편 샤이 햄프는 목장에서 자란 여느 다른 사람들처럼 결벽증적인 깔끔을 떨었다. 기름때가 덕지덕지 낀 싱크대하며, 수북이 쌓인 먼지하며! 그는 로애니가 가게로 출근할 때를 기다렸다가, 말 보험 일은 뒤로 제낀 채 오염물을 공격하느라 진땀을 뺐다. 그런데 지금은 두 자매가 함께 지내고 있으니, 괴물 같은 벌레를 짓이겨 죽인 것처럼 보이는 오렌지 잼이 더럽게 말라붙은 나이프며, 욕조 가장자리에 죽은 채 들러붙은 파리들이며, 새가 창문에 줄무늬처럼 남겨 놓은 배설물이며, 이 모든 것이 그에게는 자신의 은밀한 열망이 나타내는 불결한 증거로 보였다.

*　　*　　*

웨이드 월스가 오기 전 렌티는 나무처럼 단단한 팔과 위협적인 눈빛을 지닌 남자를 상상하며 내심 그의 방문을 기대했다. 그러나 막상 만나 보니 그는 구부정한 어깨에 아무 데도 아닌 데서 왔고, 아무에게도 속할 것 같지 않은 그런 부류의 남자였다.

"이 일은 재미로 하는 일이 아닙니다."

그는 의자에 앉아 양손을 배 위에 포개 얹고 있었다. 그 부엌은 잡지에 나온 것을 그대로 본떠 만든 곳이었는데, 들보에는 구리 냄비들이 주르르 걸려 있었고, 번드르르한 오일 병이며 식초 용기들이 숲의 나무처럼 늘어서 있었다.

로애니는 냉장고에서 반쯤 빈 샤르도네 병을 꺼내 와인 잔 두 개에 조금씩 따랐다.

"그쪽이 여기 와 있는 거 그이가 아니까, 오늘은 돌아오겠죠. 이따 밤에라도. 아무튼 오늘 안에는 돌아올 거예요, 그렇지 않겠어요? 난 그쪽이 무슨 일을 하는지 전혀 모르고, 알고 싶지도 않아요. 나는 망할 운전수 역할만 한 거예요."

그녀는 와인을 한 모금 홀짝이고, 그를 향해 다시 툭 내뱉었다.

"방은 전에 썼던 데 쓰면 돼요. 그 카우보이 방 알죠?"

그는 서류 가방을 들고 위층으로 올라갔다. 그가 쓸 방은 소의 두개골이며 때 묻은 올가미 밧줄, 가축 도둑이 현장에서 붙잡히는 장면이 찍힌 다색 석판화의 디지털 복제품 같은 것으로 장식되어 있었다. 가구는 거의가 뭉툭한 자연림 원목이었다. 롱혼종 소 떼가 행진하는 그림이

상판에 그려진 몰스워스 서랍장도 하나 있었다. 누군가 롱혼종 소 한 마리를 끌로 긁어내리려고 했는지, 상판에 까끌까끌한 상처가 남아 있었다.

렌티와 로애니의 귀에 변기 물 내려가는 소리가 들렸다.

"작은 물병들로 마신 물이 아직도 나오고 있나 봐."

렌티가 말했다.

그는 뒤편 계단으로 내려와서는 목청을 가다듬었다.

"저기, 정말이지 숙녀분들을 귀찮게 하고 싶지는 않지만, 혹시 먹을 것 좀 있을까요?"

"비행기에서 아무것도 안 먹었어요?"

"난 기내식은 먹지 않습니다."

그는 짜증을 감추려고 애쓰며 어색하게 웃었다. 두 자매는 앉아서 와인만 홀짝거릴 뿐, 저녁을 준비할 생각은 전혀 하지 않았다.

"토마토 수프랑 달걀, 자몽 주스하고 빵이 있어요."

로애니는 여기까지 말하고는 잠깐 뜸을 들였다. 그녀 안에 살고 있는 악마가 꿈틀거렸다.

"그리고 냉동실에 스테이크가 좀 있는데."

이 말은 그를 약 오르게 할 것이었다.

"나는 고기를 먹지 않습니다. 알잖습니까, 내가 고기를 안 먹는다는 사실. 지금 목축업자들과 싸우는 중이면서 소고기를 먹어서 그들을 도와주다니, 그게 말이 되는 얘깁니까?"

"누가 목축업자들하고 싸우고 있대요? 그건 당신이랑 샤이에게 해당되는 말이죠."

로애니가 말했다.

"고기는 냉동실에 있어요. 아무도 안 먹으면 과냉동으로 고기 조직이 상해 버릴 텐데."

렌티가 거들면서 끼어들었다. 그녀는 그가 '숙녀분들'이라고 말하던 순간, 그에 대한 적개심을 품게 되었다.

"그러면 다 괜찮다는 겁니까?"

"이봐요, 웨이드. 사실 그건 소고기가 아니고 버펄로 고기에요. 이 집에서 소고기는 아무도 먹지 않아요. 아무튼, 우리가 여기서 무엇을 먹든 말든 그건, 무슨 일을 하는지는 잘 모르지만, 그쪽하고 샤이가 하는 일과 아무 상관이 없다고요."

로애니가 말했다.

"모든 게 다 상관있는 일입니다. 정부의 지원을 받는 목장주들과 그들이 기르는 가스 주머니를 단 소들, 그게 다 공유지와 강가의 생태계를 파괴하고, 희귀 식물들을 쓸어 버리고 강기슭의 방죽을 짓밟고, 오존층을 파괴하는 메탄가스를 내뿜고, 시민들 그러니까 우리 모두에게 속한 국유림을 망가뜨리고, 악취를 풍기고, 공기를 오염시키고, 멍청하기 짝이 없는 소가 세계를 파괴하고 있단 말입니다. 그런데 왜 이대로 방치되는지 아십니까? 이 와이오밍주 총수입의 고작 3퍼센트밖에 해당되지 않는 알량한 돈을 위해서랍니다. 그거랑, 19세기 생활 방식을 유지하고 싶어 하는 일부 사람들을 위해서 말이죠."

일종의 절망감을 느끼며 그는 말을 멈췄다. 다른 곳도 아닌 이곳에서 이런 설명을 해야 하다니. 그는 발밑으로 고개를 숙였다. 둘 중 빼빼 마른, 까무잡잡한 여자가 가죽 부츠를 신고 있었다. 그제야 그는 그들에게서 나는 고기 냄새를 맡았다. 집 전체가 고기 냄새로 진동했다. 그는 과장된 몸짓으로 냉장고 문을 열었다. 거무스름해진 당근 두 개, 누튼

게 시들어 가는 브로콜리, 토닉워터와 와인, 맥주, 쪼글쪼글해진 고추 한 바구니 그리고 육류 칸에 정육점 종이에 싸여 갈색 핏자국이 밴 덩어리 하나가 보였다.

"오늘은 요리할 기분이 아니에요. 각자 알아서 챙겨 먹는 걸로 해요."

로애니가 말했다.

그는 수프가 데워지길 기다리면서 물을 한 잔 마셨다. 그러고는 다정하게 들리는 목소리로 로애니에게 말을 꺼냈다.

"전 아직도 기억하고 있습니다. 그 아티초크 요리 말이에요. 작년이었나요? 그때, 로애니가 그 커다란 캘리포니아산 아티초크를 그릴에 구워 줬었잖아요. 아티초크를 그렇게 요리할 수 있다는 걸 저는 그때 처음 알았습니다. 정말 끝내줬죠. 그리고 그날 모두 다 같이 테라스에 앉아 달이 뜨는 것을 지켜보았던가요?"

그는 당시에 그녀가 취했다는 사실을 알고 있었다. 사람들이 그를 좋아하는 유일한 때가 바로 취했을 때다.

"맞아요. 그런데 그런 아티초크를 더 이상은 구할 수가 없네요. 왜 그런지 모르겠어요."

로애니가 심드렁하게 답했다. 부엌 안에 말로 형용할 수 없는 무거운 공기가 내려앉았다. 1년 전 그날, 아티초크를 먹으며 그는 로애니에게 자기가 입고 있는 정장이 뉴질랜드산 삼베로 자신이 직접 바느질하여 지은 옷이라고 말했다. 평생 소장할 수 있는 그런 옷이라고. 그녀는 그날 와인을 너무도 많이 마신 나머지, 그 정장이 꽤 멋있어 보였고, 웨이드 월스가 무슨 영웅이라도 된 것처럼 잔뜩 추켜세워 주었다. 그리고 두통과 함께 찾아온 다음 날 아침, 그는 한낱 구겨진 재킷을 입은 남자에 불과해 보였다.

"그러니까, 샤이가 다시 고기를 먹기 시작했다는 겁니까."

그가 작은 소리로 중얼거렸다. 한때, 꼬맹이였던 샤이 햄프가 슬픔과 좌절에 잠겨 소를 몰던 시절, 웨이드가 그를 바로잡아 주었다. 그러나 그것은 매우 오래 전 일이었다.

"'다시 먹다'니요? 그이는 고기를 끊은 적이 없었어요. 소고기만 끊었죠. 그리고 그이 말로는, 버펄로 고기는 다르대요. 그건 괜찮다고 했어요."

"괜찮지 않습니다."

그는 목소리에서 새어 나오는 공격적 어조를 굳이 감추려 하지 않고 계속 말했다.

"가축을 사육하는 것은 단연코 인류가 자행한 가장 끔찍한 행위입니다. 그로 인해 살아 있는 모든 것들이 파괴되고 있어요. 우리가 이 행태를 그만두지 않으면, 지구의 미래는 탈출구도 없이 뼈만 나뒹굴고 물 한 방울 없는 사막 같은 혹독한 곳이 되고 말 겁……"

"웨이드, 수프 끓어요."

로애니가 말했다. 그녀는 입을 굳게 다물고 그에게서 어정쩡하게 등을 반쯤 돌리고는, 선결 조건이 계속해서 바뀌는 문제를 해결하려 애쓰느니, 그냥 포기하고 말겠다는 투로 자신과 언니의 와인 잔에 와인을 따랐다. 그리고 바깥 테라스로 와인을 들고 나가 천을 씌운 간이 의자에 앉아 담뱃불을 붙였다. 열린 문 사이로 그녀가 레드 와인 잔을 손에 들고 코로 담배 연기를 뿜어내는 모습이 보였다.

"웨이드 씨, 당신 혹시 부동산 개발 업체 쪽에 종사하나요?"

렌티가 물었다.

"맙소사, 아닙니다. 어쩌다 그런 생각을 한 겁니까?"

"그쪽이 하는 일이 소를 없애려고 하는 거잖아요? 그러니까 내 말은,

결국 그런 거 아닌가요? 소 사육을 하는 게 아니라면 토지를 개발하는 것. 그러니까, 가축이 없어진 목장이 결국 뭐가 되겠어요? 개발되는 거 아닌가요? 그밖에 다른 건 할 게 없잖아요? 그러니까, 난 그쪽이 정말로 하려는 것이 뭔지 궁금하다는 거예요."

소방 호수에서 뿜어져 나오는 물처럼, 그녀의 입에서 경멸조의 말이 콸콸 쏟아져 나왔다.

"난 옛날로 되돌려 놓고 싶은 겁니다."

이렇게 답하는 그의 목소리가 전문가적 열정으로 부풀어 올랐다.

"울타리도, 사육되는 소도 없는 그 자연스러웠던 옛날 그대로요. 난 풀밭에서 토종 풀과 야생화들이 다시 자라나기를 바랍니다. 말라붙은 시냇물이 다시 흐르고, 온천물이 다시 솟아나고, 큰 강들이 다시 흘러 넘치길 바랍니다. 지하수가 복원되기를 바랍니다. 영양과 엘크와 들소와 산양과 늑대가 이 자연을 다시 되찾기를 바랍니다. 목장주들과 가축 사육장 운영자들과 육류 가공업자와 유통업자들이 전부 쫄딱 망해서 지옥에 떨어지기를 바랍니다. 서부 지역을 내가 내 맘대로 좌지우지 할 수 있다면, 나는 그런 것들을 몽땅 쓸어버리고 신들의 손에 바람과 풀을 맡길 겁니다. 그냥 비어 있도록 놔둘 거예요."

"그래요? 그렇담 목장주들을 못살게 구는 대신 정육업자들을 날려버리지 그래요? 플로리다 목장주들은 왜 박살 내지 않는 거죠? 서부보다 플로리다에서 생산되는 소고기가 더 많은 걸로 아는데요."

그는 서부의 소고기가 모든 것이 시작된 구심점이라고, 그래서 의당 민들에게 속하는, 더럽혀진 이 땅이 전투장이 되어야 한다고, 말할 이었으나 그녀는 그가 입을 열기도 전에 획 하고 부엌을 빠져나갔다.

나쁜 소고기

그들 자매는 투손에서 '슬링어 & 슬링어' 사무소를 운영하는 부부 변호사의 딸로 태어나 부족할 것 없이 자랐다. 렌티는 캘리포니아의 한 학교에서 미술을 전공했고, 로애니는 와이오밍에서 경영학을 전공했는데 바로 그곳에서 샤이 햄프를 만났다. 그에게는 남다른 면이 있었는데, 그녀의 실수는 바로 그 점이 모든 면에 적용될 거라고 믿었던 것이었다.

로애니는 자신에게 사업적 감각과 탁월한 안목이 있다는 사실을 잘 알고 있었다.

"여기 사람들은 뭘 몰라."

그녀가 네 개들이 십자드라이버를 사러 동네 철물점에 갔을 때, 철물점 주인 들롱 텔레거가 그녀에게 진열대로 돌아가 가격을 다시 확인해달라고 하자, 그녀는 드라이버를 그 자리에 던져두고 가게를 나와 말했다.

"저 주인은 이 동네에 철물점이 자기 가게밖에 없으니까 사람들이 다 여기로 올 거라고 믿는 모양이지? 저래 놓고서 이제 사람들이 전부 덴버나 빌링스, 솔트레이크시티에 있는 가게로 가면 엄청 징징대겠지."

"글쎄, 들롱 씨는 엉덩이가 안 좋대. 내 생각에는 당신이 진열대에 가서 확인을 하고 오는 게, 자기가 직접 갔다 오는 것보다 훨씬 빠를 거라 생각해서 그런 게 아닐까? 그리고 그렇게 생각했겠지, 설마 누가 드라이버를 사러 덴버까지 가겠어?"

"그럴 거면 가격을 기억하고 있든가, 아니면 컴퓨터에 저장을 해 놨어야지. 그 사람은 아직도 모든 것을 수첩에다 적고 있더라고. 묵…에다 대고서."

300

"너무 그렇게 빡빡하게 굴지 마, 로애니. 그럴 수도 있지, 하고 그냥 넘어가면 안 될까?"

그 후, 그녀는 쇼핑몰에 있는 한 체인점으로 가서 질은 떨어지지만 가격표가 붙어 있고 투명 플라스틱 통에 들어 있는 드라이버를 샀다.

그녀는 그들에게 장사란 어떻게 하는 건지 보여 주기로 마음먹었다. 약국에서 파는 라벤더 및 코르도바 머리 염색약에 코웃음 치는 여행객들에게는, 삼나무 포푸리, 세이지 아로마 목욕 오일, 유카 비누, 야생 매발톱꽃 향기가 나는 씨앗, 말린 타래난초꽃 같은, 서부 특산품이 틀림없이 먹힐 것이다. 거기에 말 털을 엮어 만든 팔찌나 열쇠고리, 소가죽이나 코요테 생가죽 같은 것도 곁들여 팔면 좋겠다고 생각했다. 주력 사업은, 능직물로 짠 워킹 스커트나 카우보이 조끼, 맞춤 제작 로데오 셔츠 등, 옛날 서부 의상을 개조해서 파는 일이 어떨까 싶었다. 바느질할 사람 두세 명만 최저 임금으로 밑에 두면 되니까. 그리고 가게 한쪽에는 재미로 진열장을 두고 카우보이컬즈표 말갈기 빗, 샤이엔 인디언들이 애마에게 좋은 향이 나도록 발라 주던 야생 베르가못 뭉치, 통에는 허브 캔디 같은, 누구도 필요로 하지 않지만 왠지 폼이 난다는 이유로 살 만한 물건들로 채워 둘 생각이었다. 그녀가 샤이 햄프를 택한 것은 바로 그와 같은 이치에서였다. 그는 딱히 어떤 것에도 뛰어나지 않지만, 말의 땀 냄새나 잔모래 같은 것이 배지 않은, 카우보이 같지 않은 카우보이였다. 그녀가 사랑한 것은 그런 그의 달콤한 느긋함이었다.

"돈이 될 만한 일은 이런 거야. 그런데도 당신이 구태여 목장 일을 할 수 없다고 한다면, 내가 장부 정리나 사료 가게에 전화하는 일 따위를 맡아 주리란 기대도 하지 말아 줘. 나는 나대로 하고 싶은 일이 있으니까!"

로애니는 샤이에게 딱 잘라 도전적으로 말했다. 그러나 얼마 후에는 풀 죽고 감상적인 모습이 되어서, 참을성 없이 길길이 화를 냈던 자기 자신이 싫다며 말했다.

"나한테 뭐가 잘못된 건지 모르겠어. 그렇게까지 펄펄 뛰다니, 난 정말……"

그러면 그는 '괜찮아.'라며 그녀를 다독였다. 그러고는 마치 다른 이야기를 하고 있던 것처럼, '걱정 마, 다 큰 우리 예쁜 아가씨. 나는 언제나 다시 집으로 돌아올 테니까.' 하고 말했다. 어디 멀리 벨링스하우젠 해로 항해를 나갈 준비라도 하고 있는 듯이 말이다. 그는 '이리 와, 내 작고 성격 급한 다 큰 소녀.' 하고 소곤거렸다. 그러나 그 순간, 그의 마음은 이미 집에서 멀리 떨어진 곳에 가 있었다. 오랜 옛날로 돌아가 다른 누군가와 함께 상상 속의 순종 말을 타고 달리고 있었다. 그건 그 자신도 통제할 수 없는 성질의 것이었다.

샤이 햄프는 목장 일을 하는 대신 대학에 가고 싶어 했다. 반면, 활동적인 기질의 형 데니스는 카우보이가 되길 택했고 그 상황을 아쉬워하지도 않았다. 이는 가족들을 어리둥절하게 만들기에 충분했다. 둘 중 똑똑한 쪽은 단연 데니스였기 때문이다. 샤이는 학창 시절 내내 힘겹게 간신히 학업을 마쳤으면서도 계속 공부를 하고 싶다고 떼쓰고 있었다.

"이 한심한 녀석 같으니, 아무리 그래도 진흙에 못을 박을 수는 없는 일이지. 그래, 원한다면 가서 경영학 공부를 해도 좋다. 그렇지만 넌 머지않아 목장으로 다시 돌아오겠다고 할 거다."

그의 아버지가 말했다.

가족들은 그에 대해 잘 몰랐다. 예전부터 죽 그랬다. 아주 어렸을 적부터도 그는 땅이나 가축 같은 문제에는 아무래도 관심이 생기지 않고, 그 사실에 창피해하는 한편 늘 다른 가족들로부터 거리감을 느꼈다.

그는 공부를 잘하지 못했지만 그럼에도 포기하지 않고 끝까지 버텼다. 그러다가 로애니 슬링어와 약혼을 하고 졸업을 한 학기 앞둔 어느 날, 치명적인 폭설이 찾아와 모든 것을 무너뜨렸다. 그 눈은 그를 굴복시켜 다시 목장으로 돌아갈 수밖에 없게끔 만들었다.

장례식 다음 날 아침, 그는 건초 포대를 트럭 짐칸에 던져 싣고 있었다. 자신밖에는 아무도 그 일을 할 사람이 없었다. 그는 사나운 하늘을 올려다보았다. 구름이 제트기류 근처에 맞닿아 있는지 가늘고 긴 띠 모양으로, 파도처럼 규칙적이고 곱슬곱슬하게 깔려 있었다. 매우 높은 곳에 거대한 난기류가 흐르고 있다는 표식이었다. 목장은 바람이 불어닥치는 쪽 산등성이에 위치해 있어 하루 종일 난폭한 바람이 몰아쳤다. 만약 지난 토요일에도 날씨가 이와 비슷했다면, 그의 가족들은 그냥 집 안에서 카드놀이를 했을 것이고 그랬다면 모두가 아직 살아 있었을 것이다. 모든 것을 끝장내 버리는 건 오히려 더없이 좋은 날들이다. 그 쨍쨍한 밝은 햇빛이 모든 것을 산 채로 태워 버리는 법이다.

가족을 잃은 슬픔과 산더미처럼 쌓인 일 사이를 갈팡질팡하며 목장에서 몇 주를 보낸 후 그는 대학 사무실로 가서 등록금 환불을 요청했다. 뻥 뚫렸던 심장 한 부분이 먹먹해져 왔다. 두 눈 사이에 사마귀가 난 여자 직원이 그에게 말하길, 돈을 돌려받을 방법은 없다고 했다.

"전부 돌아가셨어요. 내 가족이요. 이제 나 혼자 남았다고요. 파산 직전인데, 어떻게 학교를 다니라는 거예요."

그가 말하자, 그녀는 이렇게 대꾸했다.

"얼마나 많은 학생들이 목장에서 일을 하며 수업도 듣고 좋은 성적을 받는지 알면, 학생도 정말 놀랄 거예요. 얼마나 많은 학생들이 그렇게 노력해서 하버드나 예일에 들어가는지 알면 정말 놀랄걸요."

어릴 때 신 우유를 먹고 자랐나, 어쩜 말하는 본새가 저 모양이지.

"네, 정말 놀라지 않을 수 없겠네요."

그는 쾅 하고 일부러 세게 문을 닫고 밖으로 나왔다.

먼 길을 운전해 아무도 없는 썰렁한 목장으로 다시 돌아갈 일이 까마득하게 느껴졌다. 바스락거리며 마른 눈을 휩쓸고 돌아다니는 바람에 쓸리듯 그는 이리저리 서성이다가, '나쁜 소고기'라는 도발적인 이름을 내건 공개 강연을 듣고 있는 인파에 섞여 들었다. 그때 초청 강사가 바로 웨이드 월스였다. 군중들은 끊임없이 야유와 조롱을 퍼부으며 그의 말을 끊었다. 샤이는 고개를 돌려 옆에 서 있는 남자에게 한마디 했다. 그는 때가 낀 모자를 쓰고 씹는담배 덩어리를 볼에 잔뜩 물고 있는 우람한 어깨의 목장주였다.

"저 사람 말도 일리가 있는데요."

그 남자는 아무 대꾸도 없이 가만히 일어나 자리를 옮겨 갔다. 파업 방해꾼 같은, 변절자 옆에 있다가 전염이라도 될까 봐 두려운 모양이었다.

그 자리에 있던 사람들 중, 강연이 끝난 후 연단 앞에까지 나가 저자가 직접 사인한 저서를 사고 래리엇에 가서 함께 한잔하지 않겠냐고 제안한 사람은 오직 샤이뿐이었다.

"술은 안 마십니다만, 커피를 마시도록 하지요."

월스는 긴장한 모습이었다. 샤이는 맥주를 두 잔 마신 후, 위스키로 바꿔 마셨다. 월스의 확고한 목소리에 있는 무언가가, 자신에게 가까이 기대앉은 방식에 있는 무언가가, 그에게 샤이 자신의 문제를 전부 털어 놓고 싶게 만들었다.

"가족들 일로 정말 괴롭습니다. 2월 3일이었어요. 데니스 형은 새로운 기계를 샀다고 좋아했고, 날씨도 정말 좋았어요. 춥기는 했지만 바람이 없는 날이었지요. 구름도 한 점 없었어요. 아마 그보다 좋은 날씨를 바랄 수는 없을 겁니다. 그런데 그들이 지나가던 길에서 20, 아니 25미터 거리에 있던 비스듬한 기슭에서 눈사태가 일어났고, 눈 더미가 몰려와 그들을 사시나무 숲으로 밀어 버렸답니다. 눈이 시멘트만큼이나 딱딱하게 쌓여 버렸대요. 그렇게 난 가족을 전부 잃고, 학교도 다닐 수 없게 되었고, 오래된 목장에서 혼자 소 떼를 모는 신세가 되어 버렸습니다. 돈은 쪼들리는데, 초산을 앞둔 암소들이 백쉰 마리나 대기하고 있어요. 도움을 얻을 데도 마땅치 않고요. 이런 엿같은 상황에서 내가 대체 뭘 어떻게 해야 하는 겁니까? 네?"

"목장 일을 그만두십시오. 아이들을 생각해서래도요. 자기 아버지가 서부의 자연환경을 파괴하는 목장주라는 것을 아이들이 알게 되면, 나중에 그 아이들이 샤이 씨를 원망할 겁니다."

월스가 말했다.

"전 아직 결혼도 하지 않았는걸요. 아이들도 없고요. 적어도 제가 알기로는 말이죠."

웨이드 월스는 샤이에게 자기는 추호의 망설임도 없이 나무에 대못을 박을 수 있을 만큼 확고한 환경 운동가라고 소개했다.

"애비*가 소에 대해 어떻게 묘사했는지 들어 봤을 겁니다. '고약한 냄새를 풍기며 파리가 득실거리고 똥을 묻히고 다니며 질병을 퍼뜨리는 짐승'이라고 했지 않았습니까? 그렇지만 소들이 그렇다는 게 문제가 아닙니다. 소들이 환경에 미치는 악영향 때문에 문제인 것이죠. 소들

---

* 미국 생태주의 작가.

때문에 서부가 완전히 망가졌고, 나아가 세계가 망가지고 있습니다. 아르헨티나, 인도의 경우를 생각해 봐요. 아마존은 또 어떻습니까?"

그는 소에 대해 온갖 안 좋은 점을 한동안 이야기했다. 그리고 커피를 벌컥벌컥 마시고는 강한 어조로 덧붙였다.

"내 말을 들어 봐요. 친절함이 통하지 않고 설득이 가능하지 않게 되면, 그때는 불에 불로 맞서는 수밖에 없는 겁니다. 이 사람들이 알아듣는 것은 오직 그것뿐이에요. 바로 힘 말입니다. 내 말 들어요. 우리에게는 바로 당신 같은 사람이 필요해요."

'우리'라는 단어는 복잡한 뜻을 담은 일종의 상징적인 단어다. 아니, 사실상 이 경우에는 상징적인 단어라고 할 수 없겠다. 그는 복수에 굶주린 고독한 전사였고, 바로 그 점이 샤이가 그에게 이끌린 이유일지도 모르겠다.

"함께하겠습니다. 저도 참여하게 해 주세요. 그 빌어먹을 소들, 저도 같이 쓸어버리겠습니다."

샤이가 말했다. 그는 바닥에 고꾸라질 정도로 만취한 상태였다.

생활

사고가 있던 이듬해 여름, 그는 로애니 슬링어와 결혼했다.

샤이엔에 있는 히칭포스트 모텔에서의 피로연이 뒤따른 서부식 예식이었다. 로애니는 수제 실크 드레스에 시들어 가는 들장미 부케를 들었고, 샤이는 무릎까지 내려오는 모직 프록코트를 차려 입었다. 그 모습을 보고 사촌 휴이가 '셔먼 장군님 같아 보이십니다, 경례!' 하고 놀렸다. 그들은 밧줄 문양 글씨로 '샤이랜드 & 로애니'라고 새긴 잔에 삼

페인을 마셨다. 양가 가족들은 각자 다른 테이블에 따로 모여 앉아 끼리끼리만 어울렸다. 휴이와 헐스 버치 형제는 술을 사납게 들이켜다가, 쓰레기봉투에 모텔의 포크와 나이프를 잔뜩 넣은 다음 그 봉투를 웨딩카 밑에 매달아 두었다.

헐스 버치는 샤이의 초등학교 저학년 시절 친구였다. 그들은 여름이 오면 버치네 집 목장 뒤쪽으로 말을 타고 나가 핀헤드크리크에서 내려온 물이 연못을 이룬 곳에서 송어와 반쯤 구워진 감자를 먹으며 사나흘 간 야영을 하곤 했다. 열한 살이었을 때는 함께 석회암 광맥의 노두露頭 지역에 갔다가 동굴 서너 개를 발견하기도 했다. 그중 한 동굴에서는 먼지가 뿌옇게 앉고 가죽이 딱딱하게 말려 올라간 말안장 세 개와 굴레가 그들을 기다리고 있었다.

그것을 보고 늘 기차 강도가 되고 싶다던 헐스가 말했다.

"기차 강도들 물건일 거야. 여기에 안장을 숨겨 놓을 사람은 그들밖에 없어. 근처에서 말을 훔쳐서는 여기로 돌아와 이 안장을 얹고 도망가려 했겠지. 틀림없이 우리 집 말들을 훔치려다가, 우리 아빠나 할아버지가 쏜 총에 맞아 죽었을 거야."

그들은 그 강도들이 숨겨 놨을지 모를 은행 수표나 금괴를 찾아 동굴을 헤맸다. 헐스의 아버지는 그 안장들 중 하나가 옛날 샤이엔의 골동품인, 미니아가 만든 안장이라는 사실을 알고는 매우 흥분했다. 안장에는 '와이오밍주'라고 도장이 찍혀 있었으며, 펜더 한쪽 끝에는 송곳으로 B. W.라고 비뚤어진 이니셜이 새겨져 있었다. 셰리든에 있는 승마 용품점 킹로프스에서 제법 큰돈을 제시하며 사들이겠다고 했으나, 헐스는 제발 팔지 말라고 애원했다. 그 일 이후로 그들은 줄곧 동굴만 찾아 헤맸다. 결국 샤이가 박쥐 똥으로 뒤덮인 동굴들에 진절머리를 낼 때까지.

쓰레기봉투는 80번 주간고속도로에서 뻥 하고 터졌다. 그 소리가 어찌나 대단했던지 샤이는 엔진이 터진 줄로 착각했다. 그는 길게 기른 콧수염 끝을 왁스로 뾰족하게 다듬었는데, 그 위에 케이크 크림이 묻어 있었다. 그가 고속도로 갓길에 서서 길게 구불구불한 자취를 만들며 떨어져 있는 식기들을 쳐다보고 있자니, 로애니가 그 하얀 크림이 묻은 콧수염을 보고 자지러지게 웃어 댔다.

"꼭 새똥이 묻은 것 같잖아!"

그녀가 숨넘어가는 목소리로 말했다.

결혼식 일주일 후 그는 콧수염을 말끔히 밀었고, 동시에 소를 먹이는 일을 포기하고 죽이는 일을 시작했다.

"적어도 이렇게 해서 우리가 먹고살 순 있잖아."

그가 로애니에게 말했다. 그는 가축을 팔고 받은 돈 일부는 경영학 학위를 마저 따는 데 쓰고, 일부는 로애니가 가게를 차리는 데 보냈다. 그는 졸업한 후, 콜로라도에서 두 달짜리 말 보험업 코스를 이수했다. 그의 명함에는 다음과 같이 쓰여 있었다.

샤이 W. 햄프

목장 및 농장을 위한

빅호스 말 보험

와이오밍주 슬로프 소재

그의 사무실에 전화를 걸면, 자동 응답 메시지로 말이 히힝거리는 소리에 이어 그가 긴장된 목소리로 녹음한 '빅호스 보험은 죽음과 불임 외양간의 화재, 지진, 번개 등으로부터 여러분의 말을 지켜 드리기 위해 최선을 다하고 있습니다. 여러분의 말을 건강하게 지키기 위한 다

책, 저희에게 맡기세요.'라는 메시지가 흘러나왔다.

"소들은 팔아 치울 수 있지만, 목장만큼은 절대 팔지 않을 거야. 우리가 여기서 살아온 지 벌써 75년이나 되었거든. 소를 치지 않아도 여기에서 끝내주게 살 수 있을 거야. 대신 세를 놓을까 해. 소 말고, 양을 치는 곳으로. 그리고 말들은 몇 마리 계속 기르자. 내가 목장에서 유일하게 좋아하는 게 바로 말들이 있다는 거야."

샤이는 로애니에게 이렇게 말했다. 하지만 지성Head과 정신Heart과 노동Hands과 건강Health의 번영을 신조로 하는 4-H 농촌 조직을 통해 그가 나서게 된 일은 결국 농촌 파괴 행위인 셈이었다. 웨이드 월스는 1년에 한두 번씩 그를 찾아왔고, 그들은 함께 월스가 가장 효과가 클 것 같다고 찍은 곳을 파괴하는 일에 힘썼다.

땅을 세놓는 일은 수월했다. 에드먼드 솅크스라는 약삭빠른 노인이 맡기로 했기 때문이다. 목장을 임대해서 운영하는 편이 세금을 덜 내는데 굳이 왜 소유하겠느냐는 그의 철학은 잘 알려져 있었다.

말 보험 사업은 영 진척이 없었다. 집안 살림을 꾸려 가는 건 순전히 로애니의 사업 덕분이었다. 그는 물약이나 말가죽 조끼 같은 것을 사는데 돈을 아낌없이 퍼붓는 여자들이 그토록 많다는 사실에 놀랐고, 삼백 달러짜리 셔츠를 필요로 하는 카우보이들이 그렇게나 많다는 사실에 또 한 번 놀랐다. 맞춤 제작 셔츠의 주문이 시도 때도 없이 밀려들어 주문량을 맞출 수 없을 정도였다. 한 유명 로데오 선수는 매달 새 셔츠를 주문했지만, 자기 말에 보험을 드는 일에는 땡전 한 푼 쓰지 않았다.

샤이는 내심 그녀의 가게가 망하기를 바랐다. 그래서 그녀가 빅호스 보험 일을 도와 장부 정리나 전화를 받거나 서류 처리 업무를 해 주길 바랐다. 그러나 상황은 정반대로 흘러가고 있었다. 새 트럭을 사거나 목장 집을 개조하는 일은 모두 그녀가 번 돈에서 나왔고, 이제는 마당에 수영장을 놓을까, 하는 이야기마저 나오고 있었다. 반면에 말 보험 일로 그가 할 수 있는 일은 별로 없었다. 그는 말의 건강 상태건 혈통이건 가치와 기량이건, 고객들이 하는 말을 곧이곧대로 받아들였고, 그로 인해 연속해서 적자를 보았다. 사기꾼들과 거짓말쟁이들로 가득한 세상에서 그는 사람과 사람 사이에 선의의 악수를 나누는 일이 가능하다고 믿었다. 실상은 그 자신부터가 야비한 범죄자 기질을 가진 고도의 위선자임에도 불구하고 말이다.

한번은 로애니에게 이런 말을 했다.

"정말, 뭐가 뭔지 모르겠어. 아무것도."

그녀는 그가 무슨 뜻으로 그런 말을 하는지 전혀 이해하지 못했지만 목으로 달래는 소리를 냈다.

포르투기 필립스

한번 자리 잡힌 버릇이 있으면 숨이 붙어 있는 한 결코 떨쳐 내지 못하는 사람들이 있다. 샤이 햄프에게도 그런 버릇이 하나 있는데, 그것은 니콜 앵거밀러의 할아버지가 운전하는 낡은 세단 뒷좌석에 타고 있던 때로 거슬러 올라간다. 그는 평생, 그때 느꼈던 미묘한 촉각 전부와 따끔거리던 벨루어 시트의 감촉, 조롱하듯 비웃으며 지나쳐 가던 창문 옆 풍경을 언제라도 생생하게 떠올릴 수 있었다. 그가 열두 살이던 1973년의 일이었다. 니콜 앵거밀러는 열세 살이었고, 둘 다 중학교 1학년이었다. 그들은 역사 수업 과제를 함께하게 되었는데, 그 주제는 1866년 페터맨과 그가 이끄는 여든 명의 부하들이 그의 잘못된 전술로 전멸당했을 때, 그 소식을 알리기 위해 말을 타고 포트필커니부터 포트

래러미까지 쉬지 않고 달려온 포르투기 필립스라는 인물에 관한 것이었다.

"우리 할아버지가 그러는데, 그건 불가능한 일이래. 그러니까, 포르투기 필립스가 강철 궁둥이와 마법 말을 가진 게 아니라면. 380킬로미터를 이틀 안에 주파했다는 말이거든. 그것도 눈보라를 뚫고서 말이지."

니콜은 시내에서 친할아버지 친할머니와 함께 살았다. 그들의 외아들이었던 니콜의 아빠는 1963년 베트남 까마우 반도에서 죽었고, 엄마는 텍사스주 오스틴에서 어떻게 발음하는지도 모르는 이름을 가진 시타르 연주자와 산다고 했다.

"그러니까 말이 죽은 거 아냐. 죽기까지 달린 거야. 정말 훌륭한 순종 말이었던 거지."

그는 그 이야기가 진실이기를, 정말로 포르투기 필립스가 그 영웅적인 여정을 완주했기를 바랐다.

니콜 앵거밀러는 어두운 올리브색 피부에 붉은 뺨과 입술을 가진, 예쁘지만 인기 없는 아이였다. 막대기 같은 팔에 남자만큼 큰 발을 가진 자루 같은 여자아이들은 그녀의 외모를 시기해서 미워했고, 사마귀로 뒤덮인 손을 가진 남자아이들은 그녀 앞에서 긴장했다. 니콜의 할아버지 로버트 앵거밀러는 약사로, 쾌활하고 유쾌한 성격의 소유자였다. 니콜의 할머니와 할아버지는 그녀를 어디든 데려갔고, 포트콜린스나 덴버까지 가서 옷을 사 입혀 그녀의 버릇을 버려 놓았으며, 할아버지는 그녀의 머리까지 손수 잘라 주었다. 그녀는 모든 것이 군더더기 없이 깔끔했다. 허락을 받아 투명 매니큐어를 바르고 뾰족하게 손질한 그녀의 손톱은 양철 표면처럼 반들반들했다. 왼쪽 손목에는 건강을 지켜 주는 구리 팔찌도 세 개나 차고 다녔다.

니콜의 할아버지가 샤이에게 말했다.

"애야, 어쩜 그렇게 쑥쑥 자라는지, 그러다 곧 네 머리통이 머리카락을 뚫고 나올 기세구나. 너희 가족은 어떻게 지내시니? 그런데 너희 집에 있는 것들을 생각하면, 네가 다른 주제를 맡지 않았다는 사실이 놀랍구나."

할아버지의 입안에서 금니가 번쩍 빛났다.

"뭐가요? 우리 집에 뭐가 있는데요?"

"와이오밍 주지사들 사진이 있잖니. 너희 할아버지가 돌아가시기 전까지 주지사를 지낸 모든 사람들의 사진 말이야. 너도 알다시피, 너희 할아버지하고 나는 친한 사이였단다. 그 벽에 걸린 것들은 보물이야. 너희 할아버지는 그다지 신경 쓰지 않았지만."

"그게요, 과제를 선생님이 다 정해 줬거든요. 와이오밍에 관한 과제를 받은 사람은 우리랑 다른 두 팀 정도밖에 안 돼요. 다른 아이들은 전부 좋은 걸 받았는데 말이죠. '남극에서 죽어가는 스콧'이나 '상어의 공격' 같은 거요. 그런데 우리는 포르투기 필립스를 받은 거예요."

그 전에는 그 사진들이 샤이의 눈에 거의 들어오지 않았다. 할아버지가 돌아가신 건 그가 여덟 살인가 아홉 살 때의 일이었고, 그 후에도 사진들은 죽 그곳에 걸려 있었지만, 그저 반쯤 내리깐 눈과 굳게 다문 입술이 나열된 흑백 벽지처럼 느껴졌을 뿐이다. 아직도 서재의 서랍 속에는 할아버지의 틀니가 남아 있었고, 담배 냄새 밴 재킷도 현관 복도에 걸려 있었다. 할아버지는 그와 데니스 형을 붙들고, 목장에서 죽은 마지막 늑대 이야기라든가 눈이 얼어붙어 앞이 안 보이게 된 이웃 여자가 들불에 타 죽었다는 이야기, 냇물가에서 우연히 발견했다는 버펄로 뿔 화약통 이야기, 가족 중 브라질로 가서 목장을 하고 있는 사람의 이야기, 찍찍이와 딸랑이라고 부르는 것을 먹은 이야기 등을 늘어놓았다.

그럴 때마다 그와 형은 빨리 벗어나고 싶어서 어쩔 줄을 몰랐다.

"그런데 그게 와이오밍에 관한 주제라서 별로 재미없다는 거냐?"

니콜의 할아버지가 웃 안주머니에서 병을 하나 꺼내 뚜껑을 돌려 따며 물었다.

"네, 그런 것 같아요."

어디나 똑같이 널린 칙칙한 초원, 늘 부는 긴 바람, 끝없이 이어지는 울타리.

"애야, 내가 확실히 말하는데, 이곳에서는 엄청나게 중요한 일들이 많이 벌어졌단다."

꿀꺽 하고 술이 넘어가는 소리.

프로젝트의 훌륭한 완수를 위해 니콜의 할아버지는 일요일 하루 날을 잡아, 그 유명한 여정의 양쪽 끝에 있는 역사적 장소인, 포트래러미의 순종 말 기념비가 있는 곳과 돌기둥에 새겨 놓은 포르투기 필립스 기념패가 있는 포트커니 근처에 둘을 데려가 주었다. 그는 엄마의 카메라를 들고 가서 사진을 찍었지만, 쓸 만한 건 건지지 못했다.

"말 같은 걸 위해 기념비를 세운 건 좀 멍청한 일 같아요."

니콜이 말했다.

"저런, 세상에 온갖 종류의 기념비가 얼마나 많은데 그러니. 평화의 담뱃대, 관광 목장, 바위, 석탄 광산, 해시계, 죽은 목장주, 자경단원의 교수형, 프리메이슨 지부, 인디언들, 타이핵들,* 소방관, 목욕탕, 짹짹거리는 작은 박새. 거기다, 거 있잖니, 왜, 그 세계에서 가장 오래된 말 '평원의 작은 귀염둥이'라고 불리던 베이브도 있고. 쉰 살이 다 되어야 죽었지. 아, 또 있다. 와이오밍 최초의 여자 주지사였던 말 궁둥이

---

* 와이오밍 개척기에 대륙을 관통하는 철도 건설을 위해 메디신바우나 래러미에서 무를 해서 팔던 사람들.

여사 기념비도 있지."

"로버트."

니콜의 할머니는 그 마지막 사례에 가시가 선 것을 알아채고 말했다. 할머니는 1924년에 주지사의 미망인으로서, 기사도적인 이유로 주지사로 선출된 넬리 테일러 로스 여사를 기리는 한 여성 모임에 가끔씩 참석하곤 했다. 비록 로스 여사가 민주당원이었다는 사실이 꺼림칙하기는 했지만 말이다.

포르투기 필립스 기념비를 보고 집으로 돌아오는 길에, 햇살은 뒷좌석 창을 뚫고 들어와 니콜 할머니와 할아버지의 뒷머리를 야생 카나리아의 가슴 색깔처럼 샛노랗게 물들였고, 그들이 탄 승용차는 불타는 듯 보이는 산쑥 덤불과 줄무늬 모양으로 늘어선 절벽을 스쳐 달렸다. 동쪽으로는 체리빛 붉은 구름이 벽처럼 드리웠고, 해가 저물면서 부드러운 황혼이 차 안을 어둑어둑하게 만들었다. 할아버지는 이따금씩 작은 병을 꺼내 들고 위스키 냄새를 풍기며 홀짝홀짝 마셨고, 그러다가 옆에 앉은 할머니에게 건네주면 그녀는 고개를 저었다. 샤이는 긴 하루를 보낸 멍한 기분으로 좌석 등받이에 기대앉아 있었다. 라디오에서는 '나는 보안관을 쏘았네'라는 노래가 흘러나왔고, 어둠이 서서히 모두를 감싸안았다.

잠이 든 것도, 깨어 있는 것도 아닌 상태에 있던 그는 문득 손가락의 뜨거운 열기를 느꼈다. 그녀의 손이 그에게 닿기도 전이었다. 그녀의 움직임 없는 뜨거운 손이 그의 가랑이 부분에 놓였다. 이제까지 한번도 느껴 본 적 없는 경이로운 흥분감이 그를 사로잡았다. 그의 즉각적인 발기에 응하듯 그녀가 손을 움직였는데, 매우 극미한 움직임이지만 그에게 생애 첫 오르가즘을 가져다주기에 충분했다. 그런데도 여전히 그녀는 손을 떼지 않았고, 그러자 얼마 안 있어 그 일이 다시 반복되었다. 그는 그녀에게 손을 댈 생각은 물론 자세를 바꿀 생각도 하지 못했다. 그녀의 손이 아무런 의도 없이 순수하다고 믿었기 때문이었다. 속옷 안의 끈적거리는 난장판, 청바지를 통해 느껴지는 손의 열기, 자동차 엔진의 윙윙거리는 소리, 할아버지 담배에서 뿜어져 나오는 희뿌연 연기, 이 모든 것들이 뒷좌석을 비밀스럽고 음흉한 동굴로 만들었다. 포르투기 필립스와 순종 말을 향한 압도적 감정이 그를 꼼짝달싹 못하게 했다. 목장에 도착하자마자 그는 그녀를 보지도 않고 차에서 후다닥 뛰어나가, 무른 총알처럼 그를 공격해 오는 나방 떼를 향해 손을 투닥거리며 불이 켜진 현관문을 향해 뛰어들었다.

세월이 한참 지나 서른일곱 살이 되어서야 그는, 순진했던 쪽은 그녀의 손이 우연이었다고 믿은 열두 살의 자신이라면 모를까 그녀가 아니었다는 사실을 깨달았고, 그녀가 그런 걸 어떻게 알고 있었을까, 하는 의문을 품게 되었다. 그녀는 그를 타락으로 내몰았다. 그렇다면 그녀를 그 어두운 구렁텅이로 밀어 넣은 사람은 대체 누구였단 말인가?

피들앤드바우 목장

해가 떠오른 무렵, 피들앤드바우 목장에서 버치 노부인은 등받이가 곧은 나무 의자에 앉아 있었다. 그 옆에서 자기도 하얗게 센 머리로 같이 늙어 가는 처지의 아들 스키퍼가 그녀의 숱 없는 흰머리를 부드럽게 빗겨 주고 있었는데, 머리는 길다 못해 장판에 닿을락 말락 했다. 그는 및 손잡이를 밑으로 해 검은 통에 세워 놓고, 첫 가닥을 땋아 내리기 시작했다.

"오늘 아침에 힐스는 어디 간 거니?"

그녀는 아침을 빨리 먹고 치우고 싶었지만, 집안에는 모두가 함께 모여 식사를 한다는 규율이 있었다.

"아침에 일찍 일꾼들을 데리고 나갔어요, 어머니."

"정말 힘든 일이지 않니? 세상을 구한다는 건 말이야."

이제는 그를 기다리는 수밖에 없었다. 울타리 바깥쪽에서 누군가가 움직이는 것이 그녀의 눈에 띄었지만, 땅딸막한 체격으로 보아 힐스는 아니었다. 그녀가 계속 이어 말했다.

"이건 버치가家가 목장을 운영하는 방식이 아니야. 너희가 울타리를 그런 식으로 삐딱하게 만들어 놓고 정부 사람들하고 시간 낭비하는 걸 너희 아버지가 봤다면 무척이나 원통해하셨을 거다."

"점점 결과가 나오고 있어요. 저번에 건초를 모아서 더미를 만들어 놓았던 땅이 이제 부드럽고 말랑말랑해지고 있으니까요. 버치가가 이곳에 터를 잡고 나서 알칼리성으로 딱딱하게 굳고 오랫동안 헐벗었던 바로 그 땅에서 곧 풀도 나올 거예요. 어머니, 이제까지 이곳의 땅과 물이 얼마나 고갈되었는지 알고 싶으세요? 금세기 초반에 작성된 지역 농업 환경 보고서를 보면요, 그때만 해도 온갖 종류의 풀이 이곳에서 자라고 물줄기도 넘쳐 났어요. 그런데 지금은 보세요. 이제는 보잘것없잖아요. 험하고 빈약하죠. 흙도 완전히 굳어 버렸고요. 힐스와 저는 장기적인 안목을 가지고 일하고 있는 거예요. 좋은 풀들이 왕성하게 자라서 저장해 놓는다고 생각해 보세요."

"스키퍼, 애야, 아무리 네가 그런 훌륭한 일들을 다한다 해도 내가 아는 한, 목장주들이란 그저 자기 좋을 대로 한다는 거야. 바로 너의 이웃들처럼 말이다. 그리고 그들에겐 장기적인 안목 같은 건 안중에도 없어. 장기적 안목이란 사치야. 내가 그거 하나만은 확실히 알지."

"헐스와 저는 장기적인 안목을 가지는 것만이 유일한 방법이라는 걸 깨달았어요. 시대는 변하는 거예요. 이 일이 얼마나 힘든 일인지, 손톱만 한 이윤을 내면서 이런 식으로 일한다는 게 뭔지, 어머니가 누구보다 잘 아시잖아요. 우리 땅이 망가지도록 더 이상 두고 볼 순 없어요. 뭔가 조치를 취해야 한다고요. 연방 방목지 개혁 사업이 진행된다는데, 그렇게 되면 우리 할당 지역은 줄어들 것이고, 관개 문제도 있잖아요. 그게 다 돈과 직결되는 거 아닌가요? 아버지에 대해서 왈가왈부하고 싶지 않지만, 아버지와 할아버지들 시기에 썼던 방식 때문에 저와 헐스가 이 고생을 하고 있는 거라고요."

"저기 오는 사람, 보니 맞니?"

"네, 그러네요."

첫 가락이 매끈하고 짱짱하게 땋아지자, 그는 끝을 빨간 고무 밴드로 감았다. 그는 보니가 집 안으로 향해 오는 모습을 보면서, 빠르게 손을 놀렸다.

"지금 들어오고 있네요. 제수씨가 오면 뭔가를 하겠죠. 아무튼 신선한 커피쯤은 마실 수 있을지도."

"나는 그거면 된다. 그거랑 검은 호밀 빵만 있으면 돼. 계속 이렇게 앉아서 헐스를 기다리고만 있어야 하는 건 아니면 좋겠구나."

"우리 먼저 먹으면 되죠. 헐스도 괘념치 않을 거예요."

"글쎄, 내가 그러고 싶지 않은걸. 기다려 보자꾸나. 헐스가 그만한 대우를 받을 자격은 되잖니?"

그러나 그들은 기다리지 않았다. 여섯 시 반에 스키퍼는 프라이팬에서 얇게 썬 햄을 꺼내 검은 호밀 빵 조각 위에 계란프라이와 함께 올리고, '앨버타' 로고가 찍힌 작은 숟가락으로 살사베르데 소스도 약간 떠

엎은 후, 그의 책이 펼쳐져 있는 테이블로 가서 앉았다. 그리고 부드러운 목소리로 책을 읽어 나갔다.

> *"나의 주여, 나는 물에 빠졌습니다.*
> *그런데 제가 있는 여기는 어디입니까?*
> *장미수를 품은 꿀벌입니까,*
> *아니면 독한 술로 배가 휘청이는 바다입니까?"*

몇 년 전까지만 해도 스키퍼는 아내와 두 아들을 둔 가장이었지만, 두 아이는 새로 산 승용차의 열린 트렁크에서 놀다가, 부모가 장 본 것을 집에 가져다 두는 사이에 문을 닫고 그 안에 갇혀 버렸다. 그해 가을, 소 값이 오른 덕에, 그가 아내 지오나를 위해 현금을 주고 산 승용차였다.

"아이들이 어디로 갔지?"

그녀가 물었다. 그들은 아이들이 트렁크 안에서 질식해 가는 동안 아이들의 이름을 부르며 사방을 뛰어다니다가 목장 주변을 운전하며 아이들을 소리쳐 찾아다녔다. 그날은 그해에 가장 더운 날이었다. 훗날 그는 속으로 아이들이 일찌감치 정신을 잃었기를, 그래서 바로 주위에서 자기들의 이름을 목 놓아 부르는 소리를 들을 수 없었기를 하고 바랐다. 그때, 초원에서 무언가가(그것은 도망치려고 발작적으로 발길질을 해 대던 곤경에 처한 새의 몸짓이었을까?) 그를 갑자기 멈춰 세웠고 트렁크를 열어 보게 만들었다. 진공 상태의 뜨거운 오븐 같은 트렁크 안에서 아이들은 시퍼렇게 축 늘어져 있었다. 누군가를 잃은 슬픔에 대해 여태까지 사람들이 하던 말은 모두 거짓이었다. 이미 마음에 구멍이 뚫릴 대로 뚫렸다 해도 그 내면의 슬픔은 끝없이 또 새로운 구멍을 뚫어 댄다. 지오나는 이제 재혼을 하여 샌디에이고에서 다른 아이들을 낳아 살고 있지만, 그는 여전히 매일매일 아이들이 있던 곳을 바라보며 살아가고 있다. 마을의 목사가—초등학교 졸업 이래, 시라곤 한 편도 읽어 볼 생각을 한 적 없는—그에게 예상치 못한 책 한 권을 선물로 주었다. 17세기 형이상학적 칼뱅주의자가 매사추세츠 황야에서 지내며 쓴 명상집이었다. 공교롭게도 첫 줄은, 그가 트렁크 문을 열었던 순간부터 언제나 마음속에 불타오르고 있던 마음속 의문을 그대로 담고 있었다.

> 당신의 회초리 아래, 나의 주여, 당신의 쓰라린 회초리 아래,
> 나의 달맞이꽃 야고보가 부서져 버렸습니다. 왜인가요?

비탄에 젖어 그 앞에 아픈 무릎을 꿇은 300년 된 성직자의 고백은, 꿇고 있는 무릎을 파고드는 자갈 같은 그의 슬픔은, 스키퍼에게 자신이 혼자가 아니라는 묘한 위안과 함께 마음의 안정을 주었고, 그렇게 신과 자연이 하나라고 모호하게 생각하던 그의 마음은 믿음과 일체가 되었다. 그 후로 수년 동안 그는 그 명상집을 여러 차례 읽었고, 그로부터 혼돈에 찬 우주 안에 신의 질서가 역사함을 믿게 되었다. 그것 외에는 달리 설명할 도리가 없었다.

버치 노부인이 블랙커피를 한 모금씩 홀짝이며 문을 바라보다가 말했다.

"저기 온다. 헐스가 이제 오네. 보니, 네 남편에게 줄 커피를 준비하렴. 저 아이는 커피를 뜨겁게 마시는 걸 좋아하잖니."

깨끗하게 면도해 가죽 턱을 한 헐스가 아내를 위해 꺾은 야생 차이브 한 움큼을 쥐고 들어오더니 말했다.

"이런, 왜 다들 나를 기다리지 않은 거야?"

그가 모자를 뒤로 젖히자 박박 깎은 둥근 머리통이 드러났다. 그의 두꺼운 목은 넓은 어깨를 향해 경사져 있고, 팔은 몸통에 똑바로 붙일 수 없을 만큼 근육이 발달해 있었다. 단단한 두 뺨과 뭉뚝한 코가 두드 러져 보이는 얼굴은 굳은 미소와 함께 그가 심각한 남자라는 인상을 풍 겼다. 그의 적들 사이에서는 인정사정없는 고수머리 개새끼로 알려져 있었다.

포장 박스에서 막 튀어나온 듯 조립이 필요해 보이는 릭 피슬러와 오 른쪽 얼굴이 흉터로 울퉁불퉁한 노이스 헤어가 헐스의 뒤를 따라 들어 와 부엌 싱크대에서 손을 씻었다. 두 사람은 목장 운영 방식을 바꾸기 로 결정한 뒤에 스키퍼가 채용한 카우보이들이었다. 그들이 추구하는 새로운 방식은 가축들을 계속 이동시켜 목초지가 피폐해지지 않도록 하고, 물가나 그늘에서 수주간 방목하지 않는 것을 골자로 하여, 할당 된 국유림에 한꺼번에 가축을 모는 대신 작은 무리로 쪼개 다니는 것이 었다. 그로 인해 카우보이가 필요했던 그들은 카우보이를 찾는 일이 의 상 외로 힘들다는 사실을 알고서 놀랐다.

"망할, 이럴 거면 사람을 데려다 훈련을 시키는 게 낫겠어."

스키퍼는 이렇게 말하고 그 지역 고등학교의 '취업 박람회'에 참가하 여 부스를 열고 아래와 같은 간판을 내걸었다.

말을 타고 밧줄을 던지는 카우보이가 되는 법
피들앤드바우 목장에서 배우자
절대 장난 아님

낮 근무 혹은 숙소 제공

28평방미터 규모에 다수의 말

개인용 안장 제공

목장 유경험자 우대

그는 큰 웃음거리가 되었지만, 광산 근처 트레일러 빈민촌 지역에 사는 삐쩍 마른 릭 피슬러가 이 간판에 걸려들었다.

"말 탈 줄 아나?"

"아니요. 원래는 해군에 지원하려고 했는데, 이걸 보고 차라리 이게 낫지 않을까 싶어서요. 목장에서 자라지 않으면 좀체 말을 탈 기회가 없잖아요."

그가 간판을 가리키며 말했다.

스키퍼는 그의 이름을 적어 넣고 토요일 아침에 목장으로 오라고 말은 했지만, 솔직히 그가 나타나리라는 예상은 하지 않았다. 그날 아침, 피슬러는 핸들에 알록달록한 술이 달린 어린이용 자전거를 타고서 메뚜기처럼 밖으로 뺀 무릎을 굴리며 나타났다. 스키퍼는 우선 아침을 먹으라며 부엌으로 보냈다.

"릭이라는 아이, 딱하게도 완전히 굶주렸나 봐. 오늘 아침에 음식을 주는 족족 다 먹어 치우는 거 있지. 토스트를 일고여덟 쪽을 먹고도 모자라 달걀 세 개에 베이컨, 감자튀김까지, 거기다가 우유를 1리터도 넘게 마셨어. 그러고도 오늘 저녁때는 감자를 자그마치 6인분이나 먹었다니까."

저녁 식사를 마친 새 일꾼이 숙소로 돌아간 후, 보니가 말했다.

"게다가 말에서도 빌어먹을 여섯 번이나 떨어졌지. 녀석을 쓸 만한 일꾼으로 만들려면 시간이 꽤 걸리겠어."

헐스가 말했다. 그는 자신을 굴복시키고 좁은 창틀에 밀어 넣으려는 외압에 맞서 수천 명의 서부 남자 몫을 맡아 우뚝 서 있었다. 그는 마음이 급했다. 건조한 기후와 난폭한 날씨, 정부의 규율과 빡빡한 은행, 외래종 잡초나 비현실적인 소고기 시장, 물 문제, 고집 센 이웃 목장주들, 이 모든 것들을 상대로 고군분투하고 있었다. 그는 사정을 돌아볼 여력이 없었다. 우선 방해가 되는 것들을 정리하고 나야 할 수 있는 것이었다.

"오늘 아침에는 뭐 본 것 없니, 헐스? 산언덕에 또 독수리가 둥지를 틀지는 않았는지 살펴봤니?"

그의 어머니가 물었다.

"못 봤어요. 그렇지만 양이 그 위에 있는 걸로 보아 의심스럽긴 해요. 오리건주에서 불이 나 연기가 뿌옇게 올라왔어요. 게다가 빌어먹을 아침 내내 샷 마츠케의 얘기를 들어 주느라, 오늘은 다른 걸 별로 못 했어요. 타이사이딩에 산다는 그의 매부가 최근 한 회사에 목장을 250만 달러를 받고 팔았대요. 큰돈이긴 하지만, 목장이 어땠는지 생각하면 제값을 받은 거라고 할 순 없죠. 해적 같은 그 망할 놈들이 땅을 제멋대로 나눠서 공유지에 길들인 엘크를 방목하고 있어요. 요즘 목장을 사는 사람들 중에 절반은 손가락 하나 까딱 안 하고 집에 들어앉아서 일하는 재택근무자라니까요. 그게 바로 새로운 서부랍니다. 난장맞을, 외지 목장주보다 더 심하다니까요. 가축을 직접 기르지도 않고 가만히 앉아서 우리는 평생 생각도 못할 돈을 벌어들이고 있어요. 엘크 떼를 보면서 카푸치노나 마시고 있는 게 다죠. 샷이 그러는데, 작년에 그의 매부네 목장이 일회용 기저귀 때문에 몇 번이나 큰 고초를 겪었대요. 몹쓸 놈들이 울타리 안으로 기저귀들을 던져 놓고 가면, 그걸 소들이 모르고 먹었던 거죠. 그 바람에 소가 열일곱 마리나 죽었대요. 이러니 목장

팔게 만들려고 그 회사에서 일부러 폭력배를 동원시켰다고 해도 믿을 수 있을 것 같아요. 아이고, 커피 한 잔 더 마셔야겠다. 릭, 노이스, 자네들도 커피 한잔할래?"

그러나 노이스는 자몽 주스를, 릭은 얼음 넣은 콜라를 달라고 했다. 둘은 탁자의 남쪽 끝에 나란히 앉아 있었다.

"너를 보고 그 누런 이를 드러내며 웃었겠구나, 그 샷 마츠케 놈이. 있잖니, 나는 이 뒤에 뭔가 음모가 도사리고 있다는 생각이 점점 드는 구나. 목장주들과 농부들을 제멋대로 통제하려고 하는 힘 있는 국제 조직이 세계의 식량 공급량을 마음대로 조종하려는 거지. 궁극적으로 누가 살고 누가 죽는지는 그들이 결정하게 될 거야."

버치 노부인이 이렇게 말하자, 보니가 비스킷이 구워진 뜨거운 프라이팬을 건네며 대꾸했다.

"정말 그렇게 믿는 건 아니시죠?"

"아이들은 아직 안 일어났어?"

헐스가 세 개의 오트밀 죽 그릇을 보며 말했다.

"위에서 옥신각신 실랑이를 벌이고 있어요."

보니가 그에게 달걀이 담긴 접시를 밀어 주며 대답했다.

"어서 아래로 내려와라 다들! 오늘도 할 일이 많아!"

헐스가 천장을 향해 큰 소리로 외쳤다.

스키퍼가 비스킷 두 개를 자기 접시에 올려놓으며 '하늘의 밀로 빚은 천사의 빵……' 하고 중얼거렸다.

"저기 있는 저 딱한 사슴 있잖아, 총으로 쏴서 보내 줘야 할 것 같아. 귀가 축 처진 걸 봐서는 분명히 유충이 낀 걸 거야. 사시나무 뒤에서 계속 떠나지를 못하고 있네."

"아, 그 사슴 저도 알아요. 오늘 아침에 봤거든요. 그러다 천천히 죽을 거 같더라고요."

노이스가 말했다.

"참 나, 목장을 하면서 소 뒤치다꺼리로도 모자라 이제는 야생동물까지 신경 써야 하다니. 있지, 목장을 꾸릴 때 중요한 건 말이야, 버틸 수 있을 때까지 버티면서 계속 뭔가를 생산해 내는 거야. 그래서 죽어서 땅에 묻힐 때가 되었을 때, 목장이 여전히 자기 것으로 남아 있을 수 있도록. 그게 바로 목장 일에 대한 내 생각이야."

말은 그렇게 했으나 헐스는 정작 나이가 들어 자기 목장에서 마지막을 맞는 목장주들을 거의 본 적이 없는 것 같았다. 다들 중간에 목장을 팔아 버리고, 산타모니카나 투손 같은 시내로 이사를 가서 생을 마치는 일이 흔했다. 그러느니 울타리를 넘다가 총에 맞아 죽는 편이 낫지.

"아멘."

버치 노부인이 맞장구를 쳤다.

그때 계단 위쪽에서 키득거리고 웃는 소리가 들렸다.

"뭐가 그렇게 웃겨서 그러니?"

보니가 물었다.

"셰릴 좀 봐요, 몸에 뭘 둘렀는지."

두 짝의 맨발과 맨다리가 몇 계단 밑으로 내려왔다. 이어서, 보니가 목욕탕 샤워 봉에 걸어서 말려 둔 핑크색 브래지어와 하얀 팬티를 걸친 막내딸의 모습이 나타났다. 기괴한 천 쪼가리가 몸에 대롱대롱 매달려 있었다. 릭 피슬러가 보니를 흘끔 쳐다보며 얼굴을 붉혔다.

"너, 그 안을 채우려면 갈 길이 빌어먹게도 한참 멀었다. 그거 벗고어서 서둘러."

헐스가 말했다.

"있지, 여기라고 해서 그런 일들이 일어나지 말란 법은 없어. 일회용

기저귀까지는 아닐지라도 누군가가 문을 열어 놓을 수도 있고. 작년 여름에 있었던 일 기억 나? 밤에 문이 열댓 개나 열려 있었잖아. 그건 우연일 수가 없어. 그리고 캐스퍼에서는 누가 와서 울타리를 잘라 놓았대. 놈들이 필시 여기까지 손을 뻗칠 거라고."

스키퍼가 헐스의 컵에 이어 자기 컵에 커피를 따르며 말했다.

"맞아, 그러니까 요즘처럼 좋은 밤에는 별빛 아래서 불침번을 서는 것도 좋은 생각이 아닐까 싶어. 총하고 침낭을 들고 나가서 자는 거지. 교대로 한 명씩. 밑져야 본전이잖아. 그 자식들도 어차피 겨울에는 활동을 안 하더라."

헐스는 컵에 담긴 커피에서 모락모락 피어오르는 뜨거운 김을 바라보며 말했다.

버치 노부인은 자리에서 일어나 읽다 만 '오늘날의 크리스천 목장 여성'이라는 잡지를 찾아 다녔다. 보니는 아이들의 오트밀 죽을 저으며 창가에서 쪼글쪼글 말라비틀어지고 있는 파파야를 쳐다보았다. 내가 저걸 대체 왜 샀더라? 그녀는 속이 씨로 꽉 찬 자궁 모양의 그 과일을 좋아하지 않았다.

와이오밍의 주지사들

웨이드 월스는 낡은 소파에 앉아 무릎을 손가락으로 두드리면서 벽에 걸린 죽은 정치가들 얼굴을 흘끔흘끔 올려다보았다. 그 사진들은 한데 모여 있으니 왠지 억압적인 정취를 풍겼다. 다수의 사진에는 '나의 오랜 짝패 몬티 헴프에게'라든가 '같은 개새끼들끼리만 알아볼 수 있음' 같은 감상을 담은 증정사가 적혀 있었다. 거실에서는 타고 남은 재와

염색 가죽의 알싸한 냄새가 풍겼다.

로애니가 치즈와 크래커가 담긴 접시를 내려놓자, 렌티가 크래커를 하나 집어 자신의 와인에 살짝 담가 적셨다.

"여기 음식은 어쩜 그렇게 밍밍한지 모르겠어."

"슬로프에 가면 멕시코 음식을 구할 수 있을 거야. 그런 게 먹고 싶은 거지?"

로애니가 말했다.

"병에 포장되어 나오는 그런 거? 아니. 내가 원하는 건 포솔레 로호하고 신선한 노팔선인장 샐러드야. 구운 피망을 곁들인 칠면조 다리도 먹고 싶다. 돌겠군."

아홉 시가 조금 지나 샤이가 집에 돌아왔다.

월스는 샤이가 입은 셔츠처럼 기괴한 건 처음 본다고 생각했다. 일부러 엇댄 체크무늬 천 위에 초록색과 주황색 실로 사선 바늘땀을 넣은 서부 스타일 셔츠였다.

렌티는 제부의 고전적 서부 미남형 얼굴에 다시 한 번 감탄을 금치 못했다. 긴 다리, 날카로운 콧날에 잘생긴 얼굴, 불그스름한 수염 자국. 반면 샤이는 그녀에게 눈길 한번 제대로 주지 않았다. 그녀는 그가 좋아하지 않는 여자의 전형이었다.

"어디 갔다 온 거야, 샤이? 웨이드 씨가 오늘 오후부터 와서 계속 기다렸는데. 우리가 시내로 마중 나가서 태워 왔어."

로애니가 말했다.

"있잖아, 로애니, 당신이 그래 줄 거라고 믿었어. 난 노스다코타에 갔다 와야 했거든. 그놈의 들개를 쏴 죽이는 데 반대 집회를 하러. 당신도 그 광경을 봤어야 했어. 서른 명쯤 되는 남자들은 총을 쏴 대고, 동시에 서른 명쯤 되는 무서운 보안관들이 우리를 막아섰거든."

그 말은 거짓이었다. 그는 이틀 밤을 인디언 보호구역 출신의 매우 어린 쇼숀족 여자아이와 함께 윈드리버스에 있는 오두막에서 보내고 오는 길이었다. 그들은 녹아내리는 눈 더미 아래 노란 알프스 백합꽃이 피어난 길을 따라 그 오두막을 향해 걸어갔다. 눈 녹은 투명한 물은 계단 같이 층층이 난 작은 폭포를 따라 졸졸 흘러내렸고, 눈부신 다발을 이루고 있는 카스틸레야꽃들이 흔들리며 그 위에 앉아 있던 모기와 각다귀 떼가 구름같이 일어나 달려들었다. 그는 온몸이 모기 물린 자국으로 뒤덮였다. 아이는 별말 없이 팔과 다리를 찰싹찰싹 때렸다. 그는 로애니를 위해 가지고 다니는 고형 방충제가 재킷 주머니에 들어 있는 게 생각났다. 그는 그것을 꺼내 소녀에게 건넸으나, 그녀는 말없이 고개를 저었다. 그녀에게서 그를 떼어 낼 수 있는 방충제 같은 건 없었다. 그는 지금 그 일에 대해 생각하고 있어서는 안 되었다. 수치심이 밀려듦과 동시에, 다시 하고 싶은 충동이 일었다.

"오는 길은 좀 어땠어요?"

샤이가 웨이드 월스에게 물었다.

"난기류 때문에 애를 좀 먹었어. 산을 넘는 도중에 완전히 심한 난기류를 만나는 바람에 반시간 정도는 국방부 정보국을 계속 선회하고 있었는데, 그때가 최악이었지."

점토로 빚은 듯한 얼굴은 전혀 표정의 변화 없이 거스름돈을 뱉어 내는 공중전화처럼 말을 마디마디 툭툭 뱉어 냈다.

"정말 그런 거였다면 좋겠네요."

샤이는 그렇게 말하고 부엌으로 갔다. 로애니가 새 와인을 찾아 냉장고를 뒤지고 있었다.

"혹시 먹을 것 좀 있어?"

그는 그녀를 쳐다보지도 않고 말했다.

"토마토 수프, 통조림에 든 걸로. 그리고 냉동실에 버펄로 고기가 있어. 안 그래도 조금 전까지 버펄로 스테이크에 대한 열띤 논쟁을 벌였는데."

"뭐, 웨이드 씨하고?"

"그럼, 누구겠어."

"젠장. 당신, 뭐라고 했는데?"

그는 그녀에게서 와인 병을 가져다 코르크스크루를 마개 가운데 찔러 넣고 돌렸다. 합성 코르크 마개가 삐걱 소리를 내며 빠졌다. 지금까지 16년 동안 그녀를 위해 따 준 코르크 마개만도 천 개, 아니 2천 개는 족히 넘을 것이다.

"당신이 버펄로는 다르다고 말했다고 했어. 소고기하고는 다르다고."

그녀는 양손을 싱크대에 대고 몸을 기댔다. 그 자세로 서 있으니 그녀의 펑퍼짐한 엉덩이가 더욱더 두드러져 보였다. 그녀의 손톱은 프렌치 스타일로 중간에 선을 그어 밀키로즈색으로 칠해져 있었다.

"그랬더니 웨이드 씨가 뭐래?"

"아, 매우 단호하던데. 뭐라고 했더라…… '한번 목장주는 영원한 육식가'라나, 그런 말을 했을걸. 꼭 자기가 선생이나 된 듯이 늘 당신 행동을 지켜보면서 지적질만 해 대잖아. 정말이지, 참는 것도 이번이 마지막이야. 당신이 이런 바보 같은 일을 계속 할 계획이라면, 그 사람 보고 모텔에 가서 묵으라고 해. 세상에, 난 할 만큼 했어."

"내가 잘 말해 볼게. 조금 피곤한 스타일이긴 하지. 토스트 좀 있으면, 그 수프랑 같이 좀 줘. 있는 거 아무거나 괜찮아. 밤에 웨이드 씨 데리고 같이 나갈까 해. 당신도 술 한잔할래?"

위스키라면 이런 골치 아픈 상황을 타개하는 데 도움이 될지 몰랐다

"아니. 나는 마시던 와인이나 계속 마실래. 당신은 당신 원하는 대로 해. 밥도 알아서 챙겨 먹고. 나는 그만 자러 갈래."

그녀는 양손을 위로 올려 머리를 고정시켰던 핀을 뺐다. 그러자 검은 폭포수 같은 머리카락이 흘러내리며 장미 향이 사방으로 퍼졌는데, 그가 몹시 싫어하는 향이었다. 그녀는 와인 잔을 가득 채웠다. 그녀는 어둠을 무서워해서 불을 켜 놓고 잠들었다. 와인을 마시면 잠드는 데 도움이 된다고 그녀는 말했다.

그 어린 소녀와 함께 지내는 이틀 밤 동안 안 좋은 점이 있었다면, 그건 바로 어둠이었다. 깊고 진한 어둠은 줄곧 그에게 발각되어 처벌받는 상상을 불러일으켰다.

복도 끝에 있는 큰 방에서 렌티가 무선전화로 장거리 통화를 하는 소리가 들려왔다. 희미하지만 확실히 신경을 거슬리게 하는 소리였다. 그러고는 개 짖는 소리를 내며 크게 웃어 댔다.

"무슨 명목으로 당신를 기소하던가요?"

거실에서 웨이드 월스가 물었다. 그는 위층에 올라가 삼베 정장을 검정 바지와 헐렁한 후드 티로 갈아입고 내려와 있었다.

"네, 뭐라고요?"

수프를 컵에다 넣고 마시는 건 딱 질색인데, 하고 샤이는 생각하고 있었다.

"현장에서 아무도 체포되지 않았어요? 같이 있던 단체가 뭐라고요, 들개보호단?"

"아니에요. 사실은 다른 데 있었어요. 엿같은 들개하고는 아무 상관 없는 일이예요. 개인적인 일이 있어서 누구랑 좀 같이 있었어요."

"이봐요……."

웨이드 월스가 말을 하려는데 샤이가 가로막았다.

"그 일에 대해서는 얘기하고 싶지 않아요. 개인적인 일이라니까요. 그냥 저한테 개인적으로, 그냥 옛날에 있던 일로 눈물짓는 일이에요."

그는 다시 열두 살로 돌아가 있었다. 흥분되지만 동시에 무기력한, 일이 일어나는 대로 몸을 내버려 두는, 그것은 간단히 말로 할 수 있는 것이 아니었다. 그는 아이가 되었고, 그 아이는 어른이 되어 있었다. 크게는 흥분과 역겨움이 서로 교차하는 그런 감정이었다. 웨이드 월스와 함께 하는 이 일은, 좋은 일이라고 믿는 것밖에는 달리 생각해 본 적도 가늠해 본 적도 없이, 그저 마음속 회계장부에 쌓인 악을 상쇄하는 역할을 했다. 그는 애당초 목장 일에 소질이 있던 것도 아니었기 때문에 특별히 잃은 것도 없었다. 그가 하는 전복 행위도 결국은, 목장 문을 열어 놓거나 가축들을 고속도로에 배회하게 놔두거나 당밀 묻힌 기저귀를 던져 놓는 것들로, 별 어려울 것 없는 단순한 일이었다.

웨이드 월스가 배낭에서 노란색 작은 카드 한 뭉치와 마커를 꺼낸 뒤, 거실에 있는 작은 탁자 앞에 앉아 카드 위에 굵은 글씨를 써 나가기 시작했다. 목장주에 대한 연방 지원을 끊어라. 이제는 목장주들이 공유지를 잠식하는 악습을 끝내야 할 때. 공유지에 소 사육이 웬 말이냐. 카우보이 복지를 없애자. 그는 완성된 카드를 하나하나 차례로 배낭에 집어넣었다.

"저 사진들 말이에요,"

그가 카드를 계속 써 나가면서 말했다.

"여기 와서 볼 때마다 늘 물어보고 싶었는데, 뭐랄까, 여태껏 저런 사진은 본 적이 없어요. 뭐랄까…… 저건 누구죠?"

그가 사진 액자를 하나 손으로 가리켰다. 초점이 맞지 않은 얼굴 면에 누군가가 휘갈겨 쓴 서명이 헤엄치고 있었다. 그의 손이 액자 유리에 비쳐 보였다.

"주지사들이요. 와이오밍의 주지사들이에요. 처음에 결혼했을 때 로애니가 떼어 버리자고 했는데, 어쩌다 보니 계속 같은 자리에 붙어 있네요. 할아버지께서 생전에 주 의회에 계셨는데, 기회가 될 때마다 주지사들의 뒤를 쫓아다니셨거든요. 정육점에 풀어 놓은 눈 먼 개처럼 말예요."

"그러니까 일종의 정치 사기꾼들 갤러리군요."

"그렇게 볼 수 있죠. 저 사람은 최초의 민주당 출신 주지사인 닥 오스본인데요, 1870년대에 큰 코라는 별명을 가진 조지 패럿이라는 사람이 성난 군중에게 목매달려 죽은 적이 있었거든요. 근데 이 주지사가 그 사람 시체를 손에 넣어서 피부 가죽을 벗겨 내고 무두질한 다음에 자기가 쓸 구급용 가방하고 신발 한 켤레를 만들었대요. 그러고는 그 신발을 취임식 당일 날 신고 나타났다나 뭐라나. 이젠 더 이상 그런 민주당원들을 보기 힘들죠."

"맙소사, 그러면 이 사람은요?"

웨이드 월스가 물었다. 그가 가리킨 사진에는 지나치게 점잖을 빼는 표정을 한 달걀형 얼굴이 있었는데, 얼굴 한쪽이 방사형으로 찢어져 일그러져 있었다.

"수도 법안을 놓고 다른 의원하고 싸움이 벌어졌대요. 망할, 다 옛날이죠. 그런데 한 사람이 다른 사람 머리에다 대고 그 사진을 세게 내치면서 이 바보 같은 자식하고는 같은 벽에 걸려 있지 않겠다고 소리쳤대요."

다음에 그가 가리킨 사진에는 덥수룩한 수염으로 덮인 한 남자의 얼굴에 총알구멍이 뚫려 있었다.

"저 사람은 그로버 클리블랜드*가 지명한 캔자스 민주당원이었어요. 웨이드 씨도 아마 이 문라이트 주지사는 좋아했을지 모르겠네요. 이 주지사는 대형 목장 일단의 무리들을 싫어했고, 1886년 겨울에 파산한 목장주들을 보며 고소해했거든요. 그리고 강이나 시냇가 주변 땅의 토지 문서에 기반을 둔 소형 목장들을 지지했어요. 쥐꼬리만 한 160에이커 땅으로 뭘 하라는 건지는 모르겠지만, 동부 사람들의 멍청한 머릿속에 박혀 있는 생각이 다 그렇죠, 뭐."

"저기, 저 바보 같은 놈은요. 담요 위에 떠 있는?"

월스가 한 사진을 가리키며 고개를 까닥였다. 커다란 담요를 붙잡고 헹가래를 올린, 육십 명 남짓 되는 카우보이모자를 쓴 남자들이 고개를 뒤로 젖히고 입을 벌린 채 공중에 떠 있는 남자를 쳐다보고 있고, 머리를 땅으로 향하고 날아오른 남자는 구겨진 검은 정장을 입고 광낸 구두는 햇빛에 반짝이고 있었다.

"에머슨 주지사예요."

"대체 왜 저러고 있죠? 옛날 와이오밍에서는 표를 얻으려면 저렇게 해야 했던 건가요? 광대 노릇까지 하면서?"

"저 사람들이 유권자이긴 할 거에요. 왜 저러는지는 알긴 한데, 어떻게 설명해야 할지는 모르겠네요."

"설명이랄 게 뭐 있겠어요. 정치적 이득을 위해 광대 노릇을 하는 거겠죠. 난 로애니 편이에요. 저런 사진들은 전부 다 쓸어버리는 편이 나아요."

"아시잖아요, 저기 있는 사람들이 다 바보는 아니에요. 전부 나쁜 사람은 아니라고요."

그 말에 웨이드 월스가 코웃음을 치며 대꾸했다.

---

* 미국 22, 24대 대통령.

"그렇다고 치죠. 그건 그렇고 냉동실에 있는 고기에 대해서는 어떻게 설명할 작정인가요?"

"설명할 생각 없는데요. 우리가 뭘 먹는지는 웨이드 씨가 관여할 바가 아니잖아요."

드디어 올 것이 왔군.

"당신의 사랑스러운 아내에게도 이미 설명했지만, 그건 제 일과 무척 상관이 많습니다. 우리는 지금 소를 사육하는 목장을 없애는 일을 하고 있어요. 당신도 그 운동의 일부고요. 그런데 만약 용맹한 우리 투사 중에 육식주의자가 있다는 사실이 사람들에게 알려지기라도 하면 그들의 눈에 우리가 대체 어떻게 보이겠어요?"

"어휴, 그 얘기는 그만하죠. 우리가 이번에 할 일이 뭔지, 그냥 그것에 집중하면 안 될까요?"

월스가 지도를 펼쳤다. 그가 손으로 직접 그린 지도였다. 목장의 울타리 경계 및 토지 문서를 가진 개인 사유지의 경계선, 토지관리국 소속 부지, 주정부 소유지 등이 정교하게 표시되어 있었다. 샤이가 일 분도 살펴보고 말했다.

"웨이드 씨, 이건 바로 여기 근처잖아요!"

"알고 있어요. 일종의 원칙을 시험하는 거라 칩시다. 원한다면 언제든 싫다고 해도 됩니다."

"싫어요. 내 이웃의 울타리를 절단하는 일은 하지 않을 거예요. 난 들이 늑대를 기르든 잡초를 기르든 전혀 상관하지 않는다고요."

그의 마음속 회계장부 안의 '선한 일' 칸에 뿌연 장막 같은 의심이 드리워지고 있었다.

웨이드 월스는 아무런 대꾸도 없이 가만히 몸을 뒤로 기댔다.

"그나저나, 공유지에 인접한 울타리를 자른다고 해서 무슨 이점이 있는 거죠? 빌어먹을 가축들이 그냥 공유지로 들어가 버릴 텐데요. 아니면 반대로 공유지에서 빠져나와 버리던가요. 원래 있던 곳이 어디냐에 따라서 말이죠."

"중요한 것은 행동의 논리가 아니에요. 그보다는 행동 그 자체, 우리 의견을 확실히 밝힌다는 것이 중요한 거죠."

그는 순순히 타이르듯 말했다. 맙소사, 늘 이렇게 굳이 설명을 해야 했다.

"아무래도 그런 엿같은 일을 이해하기엔 제가 똑똑하지 못한 것 같군요. 전 정말로 이 울타리 절단 일은 싫습니다."

샤이가 말했다.

"당신은 충분히 똑똑합니다."

웨이드 월스가 검정 재킷의 소매 안에 양팔을 밀어 넣으며 말했다.

무성한 풀숲에서

그가 처음 본 건 무성한 풀 사이에서 휘청거리는 그 여자아이의 오빠였다. 차를 몰고 인디언 보호구역을 거쳐 뒤부아로 가는 길에, 거센 바람에 모래가 흩날리는 날씨 속에서, 길가의 허리까지 자란 풀숲 사이에 끼여 엉거주춤한 자세로 움직이는 누군가의 모습이 그의 눈에 보였는데, 머리카락이 어깨까지 내려오는 인디언 청년이 축 늘어진 걸음으로 힘겹게 절뚝거리며 차도에서 멀찌감치 떨어져 걷고 있었다. 풀이 파도처럼 흔들릴 정도로 급하게 차를 몰면서도 샤이는 사이드미러로 청년의 그 힘겨워 보이는 움직임을 주시했다. 몇 시간 후, 그는 일을 마치고 서쪽에서 출발해 다시 보호구역으로 접근해 들어갔다.

트와샤키가 16킬로미터 남짓 남은 지점에서 그는 반대쪽 방향에서 휘청거리며 걸어오고 있는 그 청년의 모습을 보고 깜짝 놀랐다. 이번에는 차도에 더욱 가까이 붙은 채 걷고 있어서 샤이는 땀에 젖은 그의 무표정하고 넓적한 얼굴을 또렷이 볼 수 있었다. 그 인디언 청년은 왼쪽에서 오른쪽으로, 오른쪽에서 왼쪽으로 고꾸라지듯 터벅터벅 걷고 있었다. 그 청년 옆을 다시 지나친 샤이는 갑자기 무슨 생각이 들었는지 차를 돌렸고, 그 청년 옆으로 다가가 차를 세웠다. 청년은 멈추지 않고 계속 걸었다. 샤이는 천천히 차를 몰며 창문을 내렸다.

"이봐, 자네, 태워 줄까?"

유타 주의 정유 공장 지대로부터 서남쪽 지평선을 따라 물들어 가는 하늘 위로 선명한 구름 한 점이 생채기를 내고 있었다.

그 청년은 아무 말 없이 뒤꿈치를 대고 빙 돌더니 차 문을 열고 안으로 올라탔다. 풀 냄새, 짓이긴 나뭇잎 냄새, 더러운 옷에서 나는 쉰내가 차 안으로 함께 들어왔다.

"어디까지 가나?"

"아무 데도 안 가요. 그냥 걸었을 뿐이에요. 아니, 모르겠어요. 어딘가 갈까요? 아저씨는 어디 가는데요?"

"글쎄, 나는 슬로프로 가는 중이었는데, 좀 돌아가더라도 너를 태워다 줘야겠다고 생각했어. 오늘 아침에 서쪽으로 갈 때도 너를 봤거든."

"저도 아저씨 봤어요. 저는 아무 데도 안 가요."

그의 차는 그릇된 방향을 향한 채 도로 가장자리에서 서성이고 있었다. 그 청년은 아무 데도 가고 싶어 하지 않았다. 어색한 상황이었다. 그냥 이렇게 앉아서 얘기를 나누자는 건가?

"그래? 그럼 난 다시 돌아서 집으로 가야겠군. 네가 아무 데도 안 간다면 말이야."

"네."

그러나 청년은 차에서 내릴 생각이 없다는 듯 꼼짝도 하지 않았다.

"그럼 여기서 각자 자기 길로 가면 되겠지?"

"잠깐만요."

청년이 갑자기 그의 얼굴을 똑바로 응시했다. 그는 근육질에 건장한 체격을 가진 남자였으나, 힘없이 커다란 두 손을 무릎에 포개고 있어서 그런지 위협적인 느낌은 전혀 없었다.

"차를 왜 세운 건가요?"

"젠장, 태워 줘야 할 것 같다고 생각했어. 계속 걷고 있었으니까."

"뭔가 원하는 게 있잖아요. 원하는 게 뭐죠? 나한테서 원하는 게 있지 않나요?"

"도대체, 원하는 게 뭐가 있다는 거야? 그냥 차를 태워 주려던 것뿐이야."

차는 시동이 걸린 채 움직이지 않고 있었다.

순간, 눈 깜짝할 사이에 청년의 손이 자동차 열쇠를 뽑아냈다. 청년은 두터운 인디언 손가락 사이로 열쇠를 움켜쥐었다.

"아니요. 원하는 게 있잖아요. 누구에게도 절대 말한 적 없겠지만. 하지만 그만큼 너무도 절실히 원하는 일이라 여기까지 왔고 저한테로 차를 돌린 거 아닌가요? 저한테 물어보고 싶은 게 있으니까요."

그 말에 그는 불쑥 내뱉고 말았다. 여자. 열세 살. 섹스. 돈은 지불하겠다. 청년에게도 그리고 여자에게도.

맙소사, 그는 왜 끝까지 입을 닥치고 있지 못한 것인가? 아니면 아예 태어나지를 말거나.

바위에 맞고 튀어나온 총알

녹색 달빛에 건조했던 그날 밤은 하늘에 무너진 기둥 모양의 구름이 간간이 떠다니고 있었다. 그들은 울퉁불퉁한 길을 한참 달려갔다. 길게 이어진 울퉁불퉁한 도로 위에서 바퀴는 돌멩이를 튕기며 끊임없이 덜걱덜걱 소리를 냈고, 차 안으로 먼지를 덮어씌워, 입에서는 텁텁한 흙 맛이 느껴졌다. 좁은 샛길을 벗어나 언덕길을 달리는데, 군데군데 물웅덩이가 패어 있거나 더치오븐만 한 커다란 돌들이 굴러다녔다. 헤드라이트가 바위 턱을 비췄고, 트럭은 삐걱 소리에 맞춰 앞으로 나아갔다. 지도 위로 흔들리는 손전등 불빛, 웨이드가 '여기에요.' 하고 말하는 소리, 그들은 차에서 내려 보드라운 어둠 속에서 울타리를 절단했다. 윌스는 메시지가 적힌 카드를 바위 밑에 밀어 넣거나 철사로 꼬아 묶은 곳에 끼워 넣었다. 절단이 끝나면 그들은 신속히 다음 지점으로 옮겨 갔다.

밤의 고요함이 깊어지면서 웨이드 윌스의 숨소리도 더욱 더 크게 들렸다. 그는 파괴 행위가 주는 흥분에 도취해 의기양양해져 있었다. 숨어 있던 그의 자아, 복수심에 불타는 정육 공장 도살자의 아들, 웨이드 윌러시에비치가 수면 위로 드러났다. 백치 같았던 그의 아버지는 뻣뻣한 혀에서 멍이 들고 상태가 엉망인 정맥을 잘라내고, 머리통을 쪼개 뇌와 뇌하수체를 제거하거나 뿔을 깎던 칼로 충치가 있는 입에 들이밀었고, 그러다가 어떤 악성 감염으로 마흔두 살에 죽었다.

* * *

샤이는 처음엔 반항하듯 빡빡하게 굴다가 이내 핑 하고 끊어지며 느슨해지는 철사를 느끼며 절단기를 꾹 쥐어 눌렀다. 그들은 벌써 몇 시간째 작업을 하고 있었다. 지금 있는 곳은 가파른 경사로, 여기에 울타리를 세우는 건 아마도 만만치 않은 일이었을 것이다. 동쪽 하늘이 희미하게 옅은 색을 띠기 시작했다.

"삼십 분만 더 합시다."

월스가 헐떡거리며 말했다. 그는 며칠, 몇 주라도 계속하라면 계속할 수 있을 것 같았다.

소나무나 바위 덩어리는 아직 컴컴했지만 사방의 지형을 알아보기에는 충분한 빛이 있었다. 거침없이 짧아지는 겨울날을 실감케 하는, 건조하고 알싸한 공기의 무게는 한낮 오후의 거짓 온기를 끌어 내리기에 충분했다.

샤이는 몸을 쭉 펴고, 잘록한 등 뒤에 한 손을 대고서 쑤시는 부분 쪽 허리를 구부렸다. 지평선은 마치 밝은 물이 차올라 그의 눈앞에서 수위가 점점 높아져 가는 듯이 보였다. 이름 모를 새의 지저귐 소리와 함께 멀리서 코요테의 울음소리가 들려왔다. 갓 바뀐 신선한 아침 공기가 그의 감각을 날카롭게 곤두서게 했다. 북쪽으로 절벽 하나가 어둠을 뚫고 불쑥 솟아올랐다. 그는 그 위의 검은 동굴 구멍들을 알아볼 수 있을 것 같았다. 쓱싹거리는 칼날 소리, 파삭거리며 그의 부츠에 스치는 산쑥 덤불 소리가 그에게 불안함을 안기며 귀를 쫑긋 서게 만들었다. 그는 아주 오랜 옛날, 언젠가 이곳에서 말을 타고 달렸던 적이 있는 것 같다고 생각했다.

총성을 처음 들었을 때 가장 먼저 든 생각은, 좀 전에 자신이 이상한 낌새를 느낀 게 헛된 착각이 아니었다는 일종의 뿌듯함이었다. 날아든 총알은 절벽에 맞고 튀어나왔다. 마치 북극 얼음물로 떨어지는 남자의 탄식 소리처럼, 그 자신도 모르게 터져 나온 팔세토의 신음 소리와 탄환이 윙 하는 소리는 거의 동시에 울렸다. 엉덩이에 불이 붙어 타오르는 것만 같은, 얼얼한 통증이 느껴졌다. 그는 그대로 바닥에 쓰러졌고, 멀쩡한 다른 쪽 발이 철 기둥을 걷어차면서 절단된 철사 끝이 덜거덕거렸다.

누군가가 밑에서 소리쳤다.

"이 개새끼들아, 손 머리로 올리고 밑으로 내려오지 못해? 지금 당장, 그 엿같은 철사 절단기도 가지고 내려와. 여기서 한 시간 동안 지켜보고 있었으니까. 서두르지 않으면, 내가 그쪽으로 간다."

금속성의 그 목소리는 분노로 이성을 잃은 듯했다.

웨이드 월스가 샤이 옆에 쭈그리고 앉아 속삭였다.

"당신, 총에 맞았어. 총에 맞았다고!"

호통치는 목소리가 다시 들려왔다.

"이 개새끼들아, 내가 올라가야만 말을 들어 처먹겠냐? 내가 올라가면 넌 철사 넥타이를 매고 끌려오는 수가 있어."

'잠깐 있어 봐.' 하는 다른 목소리도 들렸다.

샤이는 철사 절단기가 아직도 손에 들려 있다는 사실을 그제야 인식했다. 아래쪽에서 상하로 움직이던 손전등 빛은 가차 없는 아침 햇빛에 의해 점점 약해지고 있었다. 그의 다리는 꼭 골판지로 만들어 붙인 듯 너덜거렸다. 그는 절단기를 땅에 떨어뜨리고 손을 더듬거려 엉덩이를 짚어 보았다. 손끝에 끈적끈적하고 뜨끈한 피와 고관절에 깊숙이 박힌 거칠고 날카로운 어떤 물체가 느껴졌다. 그것을 건드리자 쓰라린 고통이 밀려들었다. 아래서 올라오는 사람들은 도랑에 있는지 아직 시야에 들어오지 않았다. 웨이드 월스가 그를 떠나 움직이기 시작했다.

태양의 오렌지빛이 지상에 와 닿자 그의 눈앞 풀 줄기에 앉은 나방이 눈부신 빛을 뿜어냈다.

"웨이드, 이거 바위 파편 조각인 거 같아요. 난 총에 맞은 게 아니에요."

그러나 웨이드는 이미 저 멀리 국유림 입구를 향해 허둥지둥 도망치고 있었다. 그는 이내 사라지고 보이지 않았다.

"웨이드."

샤이가 읊조렸다.

태양 빛이 순식간에 그리고 강렬하게 퍼졌다. 그의 눈에 눈물이 고였다. 그는 토끼풀 덤불 사이에 푹 고꾸라져 있었고, 사방에서 빛이 들어오던 그 옛날 승용차 뒷좌석으로 돌아가 앉아 있는 듯한 느낌이 들었다. 천장이 뚫리고 샤이에게 그 너머가 보였다. 거기에는 공중에 띄워졌다가 절정을 지나 비스듬한 각도와 어색한 자세로 떨어지고 있는 에머슨 주지사가 있었다. 그 광경이 어찌나 선명한지 너무도 놀라울 따름이었다. 당신은 던져져서 헹가래를 타고 담요 위로 번쩍 떠오른 거였군요. 그렇게 공중 위에 붕 떴고, 다른 얼굴들은 당신을 비웃거나 노려보았고, 당신은 아래로 떨어져서 담요에 닿았고……, 바로 그거였군요.

그는 유권자들을 향해 미소를 지어 보일 준비를 마쳤다.

다음 주유소까지
앞으로 90km

목장지기 크룸, 수제 부츠와 꼬질꼬질한 모자를 쓰고 다니는 외사시 눈의 소치기, 머리카락은 꼬부라진 바이올린 줄 끝처럼 사방으로 떠돌고, 열이 많은 손에, 거품이 화환처럼 보글거리고 뿌옇고 이스트 냄새가 진동하는, 직접 만든 맛이 이상한 맥주병이 늘어선 지하 저장고로 향하는 계단에서 혹은 갈라진 나무판자 위에서 잰 걸음을 하는 춤꾼인 목장지기 크룸이 술에 취해 말을 타고 한밤중의 캄캄한 평원을 내달리다가 문득 아는 지점에 이르러 길을 벗어나 절벽 끄트머리에 서서는, 말에서 내려 까마득한 저 아래에 생긴 돌무더기를 내려다보며 조금 지체하다가, 이내 최후의 함성과 함께 공기를 가르며 발을 앞으로 내디디니, 양팔의 소매는 바람개비처럼 펄럭대며 위로 솟구치고, 청바지는 부츠 위로 추어올려졌으나, 바닥을 치기 전 그는 통 안에 담긴 우유 위로 떠오르는 코르크 마개처럼 절벽 위로 다시 솟구쳐 오른다.

톱을 들고 지붕 위에 오른 크룸 부인, 크룸 영감이 자물쇠를 걸어 두고 경고를 해 댄 덕분에 12년간 한 번도 발을 들여 보지 못한 다락방을 향해 구멍을 내며 허기진 욕망에 불을 지피니, 땀을 비 오듯 흘리며 톱질을 끝내고 끌과 망치를 사용해 꼭대기의 해진 나무판자를 들어내는 순간, 한눈에 들어오는 다락방 안의 광경은 모든 게 생각했던 바로 그대로였는데, 시체가 되어 널브러져 있는―신문의 '실종자를 찾습니다!' 지면에 실린 사진에서 본 적 있는―크룸 영감의 옛 정부들이 일부는 바싹 말라 색깔도 질감도 딱 육포 같이 굳어 있고, 일부는 물 새는 지붕 아래에서 곰팡이가 피어 있고, 모두가 하나같이 손을 많이 탔는지 타르 묻은 손자국과 부츠 뒷굽 자국으로 뒤덮여 있고, 일부는 몇 년 전에 덧문에 칠한 밝은 파란색 페인트가 묻어 있고, 하나는 젖꼭지부터 무릎까지 신문지에 돌돌 말려 있다.

　너무 외딴 곳에 떨어져 살면, 각자 알아서 재밌거리를 찾아야 하는 법이다.

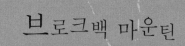

브로크백 마운틴

다섯 시도 채 되지 않은 새벽 녘, 에니스 델 마가 잠에서 깬다. 세찬 바람이 트레일러를 들썩이고 알루미늄 문과 창틀 주위를 쉭쉭거리며 배회한다. 그 외풍 때문에 못에 걸린 셔츠가 부르르 떨린다. 그는 자리에서 일어나 아랫배와 음부의 회색 털을 긁적이며 가스레인지 쪽으로 발을 질질 끌고 걸어가 먹다 남은 커피를 금이 간 법랑 냄비에 붓는다. 곧 가스 불꽃이 냄비를 파란 빛으로 감싼다. 그는 수도꼭지를 틀고 싱크대에 대고 오줌을 눈 다음, 셔츠와 청바지를 대충 걸친 후 낡은 부츠를 신고 발꿈치를 바닥에 탕탕 쳐서 부츠 안에 발을 끝까지 밀어 넣는다. 바람이 트레일러를 찍어 누를 기세로 거세게 불어 대고, 그 포효하는 바람 아래 자잘한 돌과 모래에 트레일러가 긁히는 소리가 들린다. 트레일러를 달고 고속도로를 타기에는 좋지 않은 날일지도 모르겠다. 그는 그날 아침 나절까지는 짐을 싸서 그곳을 떠나야 한다. 이번 목장도 결국 부동산 시장에 내놓게 되면서 있던 말들을 실어 내보냈으며 금 지불도 그저께 다 끝났다. 목장 주인은 에니스의 손에 열쇠를 건네며 '부동산 업자 놈들한테 주게. 난 이대로 떠나야겠네.' 하고 말했다. 다른 일자리를 찾기까지 그는 당분간 결혼한 딸아이네 집에 가서 지내 야 할지도 모른다. 그런데도 뭐가 그리 좋은지 싱글벙글한 얼굴이다. 잭 트위스트가 꿈에 나왔기 때문이다.

묵은 커피가 보글보글 끓어오른다. 거품이 옆으로 넘쳐흐르기 전에 그는 잽싸게 손잡이를 낚아채 얼룩진 컵에 따르고, 그 검은 액체를 호 호 불어 식히며 꿈의 한 장면 한 장면을 앞으로 되돌려 본다. 그렇게 억 지로라도 주의를 집중시키지 않으면, 하루 종일 들뜬 기분에 사로잡혀, 세상을 다 가진 것 같고 아무것도 잘못될 일 없을 것 같았던 오래 전 그 추운 산에서의 시간을 다시 소환해 내 불을 지필 것만 같다. 덤프트럭 에 실린 흙더미가 쏟아져 내리듯 몰려온 세찬 바람이 트레일러를 뒤흔 들더니 잠잠해지며 잠시 고요함을 남긴다.

* * *

둘은 각각 와이오밍주의 반대쪽 귀퉁이에 있는 소규모 영세 목장에 서 자랐다. 잭 트위스트는 몬태나주 경계선에 있는 라이트닝플랫에서, 에니스 델 마는 유타주 경계선에 있는 세이지 근처에서, 둘 다 고등학 교 중퇴에 고된 일과 궁핍 속에서 자라나 성격도 거칠고 입도 거칠며 금욕적인 생활에 단련된 별 전망 없는 시골 청년들이었다. 에니스의 부 모는 현금 24달러와 이중 저당이 잡힌 목장만을 남긴 채, 대드호스로드 의 단 하나밖에 없는 커브 길에서 교통사고로 세상을 떠났고, 그 뒤로 형과 누나의 손에서 자란 에니스는 목장에서 학교까지 한 시간이나 되 는 통학 길을 직접 운전해 가기 위해 열네 살에 조기 운전면허를 신청 해 취득했다. 그 픽업트럭은 오래되어 낡았고 히터도 없었으며 와이퍼는 한쪽밖에 없고 타이어 상태도 형편없었다. 게다가 변속기가 나갔을 때도 돈이 없어 고치지 못했다. 그는 '소포모어²학년생'라는 단어가 주는 왠지 특별한 어감 때문에 2학년으로 꼭 진급하고 싶었지만, 트럭이 완전히 퍼져 버리는 바람에 그 길로 곧장 목장 일에 투입될 수밖에 없었다.

1963년 그가 잭 트위스트를 처음 만났을 때, 그는 앨마 비어스와 약혼한 상태였다. 잭과 에니스는 둘 다 작은 목장을 마련하기 위해 돈을 모으고 있다고 떠벌렸는데, 사실상 에니스의 경우에 그 저축이라는 것은 담배통에 든 5달러짜리 지폐 두 장이 전부였다. 그해 봄, 무엇이 됐든 일자리를 구해야겠다는 생각으로 농축산 분야 고용 프로그램에 지원한 두 사람의 이름은, 시그널 북쪽에 있는 한 목양 회사의 양치기 및 야영지 관리인 서류에 나란히 오르게 되었다. 그들이 일할 여름철 방목지는 브로크백 마운틴에 있는 산림청 소유 부지의 수목한계선 위쪽에 위치해 있었다. 그 산에서 여름철을 보내는 것이 잭 트위스트에게는 올해로 두 번째였고, 에니스에게는 처음이었다. 둘 다 스무 살이 채 되지 않은 때였다.

숨 막히게 비좁은 트레일러 사무실에서, 온갖 서류와 담배꽁초로 그득한 베이클라이트 재떨이가 놓인 탁자를 앞에 두고, 둘은 서로 악수를 나누었다. 삐딱하게 걸린 베네치아식 블라인드 한쪽 귀퉁이를 통해 하얀 빛이 들어와 삼각형 모양으로 빛났고, 목장 감독의 손 그림자가 그 안으로 움직여 들어왔다. 조 아귀레, 담뱃재 색깔의 구불구불한 머리카락에 가운데 가르마를 탄 그는 자신의 견해를 그들에게 전했다.

"방목지에는 산림청에서 정해 놓은 야영지가 따로 있네. 그런데 문제는 이 야영지가 우리 양을 방목하는 곳으로부터 3킬로미터도 넘게 떨어져 있다는 것이지. 맹수들이 잡아먹어도 밤에 가까이에서 지킬 사람이 없으니 속수무책이야. 그래서 내가 원하는 건 이걸세. 야영지 관리를 맡는 한 사람은 산림청에서 정한 공식 야영지에 있어도 좋아. 그러나 **양치기**를 맡은 사람은 (그는 손짓으로 잭을 가리키며) 양 떼 곁에 가서 몰래 보이지 않게 미니 텐트를 치고 잠을 자야 한다네. 저녁은 캠프에서 먹고 아침도 캠프로 돌아가 먹어도 좋지만, **잠만은 양 떼 옆에서 잘것.** 100퍼센트 확실히. **불 피우기는 절대 금지고, 흔적을 남기는 것도 절대 금지**네. 산림청에서 감시하러 나올 수 있으니까 아침이 되면 매일 텐트를 접어서 철수하게. 개들을 데려가고, 30구경 공기총을 가지고서, 거기서 자는 거야. 작년 여름에는 빌어먹을 양을 4분의 1 가까이 잃어버렸어. 다시는 그런 일이 있어선 안 돼. 그리고 **자네**,"

그가 덥수룩한 머리와 칼자국 난 큰 손을 하고, 갈기갈기 찢어진 청바지와 단추 사이가 터질 것 같은 셔츠를 입은 에니스를 보며 말을 이었다.

"금요일 낮 열두 시 정각에 맞춰 다음 주에 쓸 물품 목록과 당나귀들을 데리고 다리로 내려오게. 보급품을 전달할 사람이 픽업트럭을 타고 그쪽으로 나갈 테니까."

그는 에니스에게 시계가 있는지 묻지도 않고, 높은 선반에 있는 상자를 뒤적여 꼬인 줄에 달린 둥그런 싸구려 회중시계를 꺼내서는 태엽을 감고 시간을 맞춘 후, 직접 건네줄 가치도 없다는 듯 휙 던지며 말했다.

"**내일 아침**에 트럭으로 자네들을 출발 지점에 데려다줄 걸세."

꼼짝없이 붙어 있게 된 두 사람.

그들은 술집을 찾아 들어가 오후 내내 맥주를 마셨다. 잭은 에니스에게 작년에 천둥 번개를 동반한 폭풍이 불어 양 마흔두 마리가 몰살당했을 때, 그 양에서 나던 특유의 고약한 냄새와 퉁퉁 부어오른 모습에 대해 이야기하고, 산에서는 위스키를 충분히 쟁여 둬야 한다고 말다. 그는 한번은 독수리를 쏘아 맞춘 적도 있다며, 고개를 돌려서 모자 띠에 꽂아 둔 꼬리 깃털을 보여 주었다. 곱슬머리에 잘 웃는 잭의 첫인 상은 꽤 반반해 보였으나, 작은 체격에 둔부에는 살이 꽤 붙어 있었고, 씩 웃을 때마다 앞으로 툭 튀어나온 뻐드렁니는 오목한 병에 담긴 팝콘 을 곁에서 찍어 먹을 수 있을 것 같이 심하지는 않았지만 그래도 꽤 도 드라져 보였다. 그는 로데오에 홀딱 빠져 있었고 벨트에도 마이너 로데 오 경기에서 딴 버클을 달고 있었으나, 신고 있는 부츠는 속살까지 보 일 만큼 닳을 때로 닳았고 수선이 불가능할 정도의 구멍도 나 있었다. 그는 어디라도 좋으니 고향 라이트닝플랫만 벗어날 수 있다면 좋겠다 고 안달했다.

좁다란 얼굴에 매부리코를 한 에니스는 부스스한 인상에 가슴이 약 간 안으로 굽었고, 캘리퍼스처럼 길고 곧은 다리 위에 균형 있게 자리 잡은 작은 몸통, 말을 잘 다루고 싸움을 잘할 것 같은 팽팽한 근육과 유 연한 몸매를 가지고 있었다. 그는 반사 신경이 남다르게 빨랐고, 원시 가 워낙 심해서 글자라고 하면 햄리사에서 나온 말안장 카탈로그 외 에는 읽기를 싫어했다.

말 트레일러와 양을 싣고 온 트럭이 출발 지점에 와서 짐을 내려놓았 고, O자 다리의 바스크 인은 에니스에게 당나귀에 짐을 싣는 법을 알려 주었다. 당나귀 한 마리당 꾸러미 두 개와 마구를 올리고 밧줄을 더블 다이아몬드 매듭으로 둘러 묶은 뒤 반 매듭으로 고정시켜야 한다고 했 다. 그는 또 '수프는 절대 주문하지 않는 게 좋아요. 수프는 짐 싸기가 진짜 나쁘거든요.' 하고 말했다. 블루힐러종 강아지 세 마리가 짐 바구 니에 실려 왔고, 가장 작고 약한 놈 한 마리는 작은 개를 좋아하는 잭의 코트 안으로 들어갔다. 에니스는 자기가 탈 말로 시가버트라는 이름의 커다란 밤색 말을 골랐고, 잭은 암갈색 암말을 골랐는데 알고 보니 그 말은 너무 쉽게 놀라는 습성이 있었다. 여분의 말 중 쥐색 말이 한 마리 있었는데, 에니스는 그 말의 생김새를 마음에 들어 했다. 에니스와 잭은 개와 말, 당나귀 그리고 천 마리에 달하는 암양과 그 새끼들을 몰고 정해진 길을 따라 흙탕물이 흐르는 것처럼 우거진 숲을 지나고 수목한 계선보다 위를 향해 나아가다, 마침내 끝없이 부는 세찬 바람과 꽃으로 만발한 목초지 안으로 들어섰다.

그들은 우선 산림청이 지정한 장소에 커다란 텐트를 치고 취사 시설과 식량 상자를 안전하게 챙겼다. 둘 다 야영지에서 잔 그 첫날, 잭은 벌써부터 '양 떼 옆에서 잘 것, 불 피우기는 절대 금지'라는 조 아귀레의 주문이 못마땅해 욕설을 늘어놓았지만, 다음 날 동이 트기도 전에 군말 없이 말에 안장을 얹었다. 새벽이 찾아오고 주황색 유리알 같은 태양빛 아래로 젤라틴 같은 연녹색 테가 둘러지고 있었다. 묵중한 검은 숯 덩어리 같던 산은 서서히 어스레해지다가, 이윽고 아침 식사 준비를 위해 에니스가 지핀 불에서 피어오르는 연기와 같은 색이 되었다. 싸늘했던 공기가 부드러워졌고, 줄무늬 자갈과 말랑말랑한 흙 위로 별안간 연필처럼 길쭉한 그림자가 드리웠고, 그 밑으로 우뚝 솟은 로지폴 소나무들이 거무스름한 공작석孔雀石에 한데 엉켜 큰 무리를 이루었다.

낮 동안 에니스가 광활한 초지를 가로질러 바라보고 있노라면 이따금씩, 커다란 식탁보 위를 기어가는 작은 곤충처럼, 너른 초원 위에 작은 점으로 움직이는 잭의 모습이 비쳐 보였다. 그리고 밤이 오면 잭은 캄캄한 미니 텐트 안에서 산이 만든 거대한 검은 덩어리 속에 붉은 꽃을 피우는, 밤의 등불 같은 에니스를 보았다.

어느 날 오후, 잭은 늦게까지 꾸물거리면서 텐트 옆 그늘에 둔 젖

자루 속에다 차갑게 해 둔 맥주 두 병을 마시고, 스튜 두 그릇과 에니스가 만든 돌처럼 딱딱한 비스킷 네 개, 복숭아 통조림 한 통을 먹고는 담배를 말아 물고 해가 지는 하늘을 바라보면서 볼멘소리로 말했다.

"하루에 오가는 데만 네 시간이야. 아침 먹으러 왔다가 다시 양 보러 가고, 저녁이 오면 그것들을 재우고 저녁 먹으러 왔다가 다시 양 보러 가고, 밤새 절반은 깜짝 놀라 일어나서 코요테가 왔나 확인하느라고 제대로 자지도 못해. 밤에는 여기에서 지내는 게 내 권리야. 아귀레는 나한테 이런 일을 시킬 권리가 없다고."

"그럼 나랑 바꿀래? 난 양 치는 일도 괜찮아. 밖에서 자는 것도 상관없고."

"그런 뜻이 아니야. 내 말은, 우리 두 사람 모두 야영지에서 지내야 한다는 말이야. 게다가 그 쓰레기 같은 텐트에서는 고양이 오줌 냄새보다 더 지독한 냄새가 난다고."

"난 정말 거기서 자도 괜찮은데."

"그거 알아? 나가서 자면 코요테 놈들 때문에 밤에 열두 번은 더 깨어서 일어나야 해. 나야 물론 바꾸면 좋지만. 미리 경고하는데, 나 요리 더럽게 못해. 잘하는 건 병따개 쓰는 거랄까."

"나보다 못할 순 없을걸. 여튼, 난 진짜 상관없어."

그들은 노란 등유 램프 아래서 한 시간가량 어둠을 피했다. 그리고 열 시쯤 되자, 밤길에 강한 시가버트를 타고 에니스가 길을 나섰다. 그는 오가는 수고를 덜기 위해 아예 다음 날 저녁까지 있다 오겠다며, 먹고 남은 비스킷과 잼 한 병과 커피 한 병을 챙겼고, 하얗게 내린 서리로 인해 생긴 희미한 빛을 뚫고 양 떼가 있는 곳으로 갔다.

"코요테를 한 방에 쏴서 맞췄어!"

다음 날 저녁, 에니스가 돌아와 말했다. 잭이 감자를 깎는 동안 에니스는 더운물로 철벅거리며 얼굴을 씻고, 속으로 면도날이 아직 쓸 만하기를 바라며 비누 거품을 냈다.

"그 새끼 완전히 큰 놈이었어. 불알이 사과만 했다니까. 모르긴 몰라도 그놈, 벌써 양 새끼 몇 마리는 해치웠을 거야. 낙타도 통째로 삼킬 수 있겠더라고. 이 더운물 좀 쓸래? 아직 많이 남았는데."

"그건 너 다 써."

"그래? 그렇담 손에 닿는 데는 다 씻어야겠다."

그는 이렇게 말하며 부츠와 청바지를 벗고 (잭은 에니스가 속옷을 안 입고 양말도 신지 않았다는 사실을 알아차렸다.) 초록색 목욕 수건으로 물을 철벅거리며 씻었고, 그 바람에 물이 튀어 모닥불이 치직거렸다.

그들은 모닥불 옆에 앉아 즐거운 저녁 식사를 했다. 통나무에 기대앉아 콩 통조림을 각자 하나씩 해치우고, 튀긴 감자를 먹으며 1리터가 넘는 위스키 한 병을 나눠 마셨다. 부츠 밑창과 바지의 구리 리벳이 뜨거워지는 것도 아랑곳 않고, 그들은 라벤더 빛이던 하늘이 무채색이 되고 차가운 공기가 서서히 내려앉기까지 계속해서 술병을 주고받으며 술을 마시고, 담배를 피우고, 이따금 자리에서 일어나 모닥불에 불똥을 일으키며 아치형으로 오줌을 누고, 대화가 멈추지 않도록 불 속에 연신 나뭇가지를 던져 넣으며 말과 로데오에 대해, 그중에서도 러프 스톡 경기에 대해, 끊이지 않는 사고와 부상에 대해, 두 달 전 승무원 전원과 함께 침몰된 잠수함 스레셔호와 그 최후의 순간이 어떠했을지에 대해, 각자 길러 본 혹은 알았던 개들에 대해, 징집에 대해, 잭의 아버지와 어머니가 꾸리고 있는 고향 목장에 대해, 수년 전 에니스의 부모님이 돌아가신 탓에 처분한 가족 목장과 시그널에 사는 형 그리고 캐스퍼에서 결혼해 사는 누나에 대해 이야기를 나누었다. 잭은 자기 아버지가 옛날에 꽤 이름을 날리던 로데오 선수였으나 그 비결을 혼자만 간직하고 자한테는 도움이 될 만한 팁을 한마디도 해 주지 않았으며, 자기가 꼬마였을 때는 양 등에 직접 태워 주기도 해 놓고는 자기 경기를 보러 온 적이 한 번도 없다고 했다. 그 말에 에니스는 자기는 '타는 거'라면 팔 초넘게 지속되고, 탈 만한 이유도 확실한 것에만 관심이 있다고 말했다. 잭이 돈이 충분한 이유가 될 수 있다고 대꾸하자, 에니스는 그 말에 동의할 수밖에 없었다. 둘은 줄곧 서로의 의견을 존중했으며, 전혀 기대하지 않은 곳에서 마음 맞는 동료를 만나 기쁘기 그지없었다. 그날 밤, 취기에 흔들리는 빛 아래 바람을 가르며 양 떼를 향해 말을 타고 가면서, 에니스는 살면서 이토록 좋은 시간을 보낸 건 처음이라고 생각하며 당장 손을 뻗으면 달도 딸 수 있을 것 같다고 느꼈다.

여름이 무르익어 가면서 그들은 양 떼를 새로운 목초지로 옮겼고 야영지도 바꿨다. 그러면서 양 떼와 야영지 간의 거리는 더욱 멀어졌고, 밤에 말을 타는 시간도 길어졌다. 에니스는 뜬눈으로 자면서 수월하게 그 길을 오갔지만, 그럼에도 그가 양 떼와 떨어져서 지내는 시간은 갈수록 늘어만 갔다. 잭은 툭하면 놀라는 말에서 한 번 떨어진 후로는 의기소침해져 악을 쓰듯 삑삑 소리를 내면서 열심히 하모니카를 불어 댔다. 에니스는 듣기 좋은 허스키한 목소리를 가지고 있었다. 둘은 같이 이런저런 노래를 제멋대로 부르며 며칠 밤을 보냈다. 에니스는 노래 '스트로베리 로안'의 가사를 웃기게 개사한 곡을 알고 있었고, 잭은 '왓 아이 세이-에이-에이' 하고 소리를 지르며 기를 쓰고 칼 퍼킨스의 노래를 부르기도 했지만, 그보다는 오순절교회에 다니던 어머니한테 배웠다는 '물 위를 걷는 예수'라는 슬픈 찬송가를 더 좋아해서 축 처진 톤으로 장송곡 부르듯 느리게 불렀고, 그 소리에 멀리서 코요테들이 고음으로 낑낑거리는 울음소리를 냈다.

"망할, 양 떼를 보러 가기에 너무 늦어 버렸잖아."

달이 새벽 두 시를 넘어가는 추운 밤공기 속에서, 취기로 어지러워진 에니스가 네발로 기며 말했다. 목초지의 돌들은 청백색 빛을 내며 희미하게 빛났고, 무정할 정도로 냉혹한 바람 한 줄기가 목초지를 휩쓸고 가자, 모닥불이 몸을 사리며 바짝 낮아지는 듯하다가 다시금 일어나 노란 실크 띠처럼 너풀거렸다.

"담요 남는 거 하나 있으면 줘. 여기서 둘둘 말고 잠깐 눈만 붙일게. 그리고 날이 밝는 대로 나가야겠어."

"그러다 불 꺼지면 네 엉덩짝까지 얼어붙기 십상이야. 텐트 안에서 자는 게 좋을 텐데."

"어차피 지금도 아무 감각이 없는걸."

그러나 그는 곧 텐트 안으로 비틀거리며 들어와 부츠를 벗어 던지고 바닥 깔개에 누웠다. 그렇게 코를 골며 자는 듯싶더니, 결국은 덜덜 떨며 이 부딪치는 소리로 잭을 깨웠다.

"이런 빌어먹을, 망치질 그만하고 이리로 오라니까. 이 침낭 충분히 커."

잭이 잠에 취해 짜증나는 목소리로 말했다. 이불은 충분히 컸고 충분히 따뜻했다. 그리고 이내 둘 사이의 간격은 무시할 수 없을 만큼 가까워졌다. 에니스는 안간힘을 쓰며 울타리 수리든 돈 지출이든 다른 생각에 집중하려 했지만, 잭이 그의 왼손을 잡아 자기의 발기한 성기에 가져다 댄 순간, 더 이상 그런 건 안중에도 없게 되었다. 에니스는 불에 닿기라도 한 듯 그의 손을 휙 밀치고는, 무릎을 디디고, 벨트를 풀고, 바지를 밑으로 끌어 내려서 잭을 뒤로 돌려 네발로 엎드리게 하고는 흘러나온 투명한 체액과 침의 도움을 약간 받아 그의 안으로 들어갔다. 생전 처음 해 보는 일이었지만 설명서 같은 것은 필요 없었다. 둘의 행위는 그렇게 침묵 속에서 이어졌고, 여러 차례 거칠게 숨을 들이쉬는 소리와 '쌀 것 같아.'라는 잭의 숨넘어가는 소리로 끝이 나면서 쓰러져 잠에 들었다.

붉은 새벽, 에니스는 무릎까지 내려가 있는 바지와 엄청난 두통을 느끼며 잠에서 깼다. 바로 옆에는 잭이 그에게 엉덩짝을 댄 채로 잠들어 있었다. 그 후로, 그 일에 대해 둘 중 누구도 언급하지 않았지만, 두 사람 모두 그해 남은 여름이 어떻게 흘러갈지 예감하고 있었다. 양은 될 대로 되라지.

그렇게 그대로 됐다. 섹스라는 말이 그들의 입 밖으로 나오는 일은 결코 없었지만 그 일은 자연히 일어났고, 처음에는 오직 밤에 텐트 안에서만 일어나던 일이 차츰, 뜨거운 햇볕이 내리쬐는 밝은 대낮에도, 저녁나절 모닥불 옆에서도 일어나기 시작했다. 빠르게, 거칠게, 껄껄 웃고 코웃음을 치며 온갖 소리를 내는 데 인색하지 않았지만, 뜻이 담긴 빌어먹을 말은 오직 단 한 번, 에니스가 '나 동성애자 아니야.'라고 내뱉은 것뿐이었고, 잭은 질 새라 '나도 아니거든. 이번 한 번뿐이야. 누구도 상관없는 우리 둘만의 일이야.' 하고 받아쳤다. 환희에 찬 쓸쓸한 공기 속, 그 산 위에는 오직 그 둘밖에 존재하지 않았다. 높이 나는 매의 등에 앉아 저 아래 평지를 오가는 수많은 자동차 불빛을 물끄러미 바라보듯, 평범한 일상사에서 벗어난, 캄캄한 밤에 짖어 대는 길들여진 목장 개들의 울음소리에서 멀리 떨어진, 다른 세상에 있는 느낌이었다. 그들은 자신들이 보이지 않는다고 믿었고, 어느 날 조 아귀레가 10×42 망원경으로 그들을 십 분간 계속 지켜보고 있었다는 사실도 당연히 알지 못했다. 조 아귀레는 그들이 바지에 버튼을 다 채우고 에니스가 양을 살피러 돌아가기까지 기다렸다가, 그제야 잭의 가족들이 보내 온, 해럴드 삼촌이 폐렴으로 병원에 입원해 있으며 아무래도 회복될 기미가 보이지 않는다는, 전갈을 전해 주러 왔다. 예상을 깨고 삼촌은 회복됐고, 그 소식을 전하러 아귀레가 다시 올라왔을 때, 그는 말에 앉은 채 내리려고도 하지 않고 잭을 빤히 째려보기만 했다.

밤새도록 에니스가 야영지에서 잭과 함께 지내던 팔월의 어느 날, 강풍을 동반한 우박이 내려와 양들이 놀라 서쪽으로 달아났고, 다른 목장의 양 떼와 뒤섞여 버리는 일이 발생했다. 닷새간 영어를 전혀 못하는 칠레인 양치기를 상대로 양을 골라내느라 에니스는 진땀을 빼야 했지만, 계절의 막바지인지라 페인트로 찍어 놓은 도장이 바래고 희미해져 양을 솎아 내는 일은 거의 불가능했다. 결국 그럭저럭 머릿수를 맞추기는 했지만, 양들이 뒤섞여 버린 사실은 간과할 수 없었다. 모든 게 뒤죽박죽이 된 것 같은 불안한 기운이 엄습했다.

8월 13일, 그해는 첫눈이 일찍 찾아왔지만, 내린 눈은 무릎까지 쌓였다가 금방 녹았다. 그다음 주에 조 아귀레가 태평양에서 더 큰 폭풍이 또 다가오고 있으니 그만 철수하고 내려오라는 전갈을 보내왔다. 그들은 신속히 짐을 꾸린 후, 양 떼를 몰고 산을 내려왔다. 발 뒤축에 돌멩이들이 굴러와 부딪혔고, 서쪽에서 몰려오는 자주색 구름과 폭설이 임박해 왔음을 예고하는 금속성 냄새가 그들을 무겁게 짓눌렀다. 산은 악령 같은 기운을 내뿜다가 조각구름 사이로 희미하게 비치는 빛에 계슴츠레해졌고, 바람은 풀을 샅샅이 훑고 고산 굴곡림과 바위틈을 지나가며 짐승같이 윙윙거렸다. 에니스는 산기슭을 내려오는 동안 자신이 슬로모션으로 움직이고 있는 듯한, 동시에 머리를 거꾸로 처박고 되돌릴 수 없는 나락으로 곤두박질치는 듯한 느낌에 휩싸였다.

조 아귀레는 별말 없이 그들에게 임금을 지불했다. 돌아온 양 떼를 언짢은 표정으로 훑어보며 '어째 처음에 없던 놈들이 섞여 있구먼.' 하고 말한 게 전부였다. 양의 숫자도 그가 애초에 바랐던 것에 미치지 못했다. 자고로 목장 놈들이 제대로 일하는 꼴을 못 봤다.

"내년 여름에도 이 일 할 셈이야?"

잭이 다리 한쪽을 벌써 초록색 픽업트럭에 올려놓고 에니스를 향해 물었다. 차갑고 매서운 돌풍이 갑자기 그들 쪽으로 불어닥쳤다.

"아마도 안 하게 되지 싶은데."

먼지기둥이 일어 흙먼지가 시야를 뿌옇게 가리자 그가 눈을 찌푸리고 말을 이었다.

"전에 말한 대로 십이월에 앨마와 결혼할 예정이거든. 어디든 목장에서 할 만한 일을 구해야지. 너는?"

그는 잭의 턱에서 시선을 돌렸다. 산에서 마지막 날 에니스가 휘두른 거센 주먹에 멍이 시퍼렇게 들어 있었다.

"다른 더 좋은 일거리가 없으면 집에 돌아가서 겨울 동안 목장 일을 도울까 생각하고 있는데, 그러다 봄에는 텍사스로 넘어가 볼까 해. 군대에 불려 가지만 않는다면."

"그래, 그럼. 언젠가 또 보겠지."

빈 사료 부대가 바람에 밀려 데굴데굴 굴러가다가 잭의 트럭 아래서 멈추었다.

"그래."

잭이 답했다. 둘은 악수를 나누고 서로의 어깨를 툭 치며 헤어졌다. 뒤이어 둘 사이에 10미터 남짓한 거리가 생겼고, 이제는 서로 반대 방향으로 멀어져 가는 것 외에는 아무것도 남아 있지 않았다. 1킬로미터도 채 못 가, 에니스는 누군가가 두 손을 번갈아 가며 그의 오장육부를 한 번에 1미터씩 끄집어내는 것 같은 통증을 느꼈다. 그는 도로 갓길에 멈춰 섰고, 휘몰아쳐 내리는 하얀 눈송이 속에서 뭐든 게워 내려고 했지만 아무것도 나오지 않았다. 살면서 이토록 심하게 메스꺼운 기분이 들었던 적이 또 있었을까 싶었고, 그 기분을 떨쳐 내는 데에도 한참의 시간이 필요했다.

  십이월에 에니스는 앨마 비어스와 결혼을 했고, 일월 중순에는 이미 앨마를 임신시켰다. 그는 단기간 목장 일자리를 전전하다가, 워셔키 카운티에 있는 로스트캐빈 북쪽의 오래된 엘우드하이톱 목장에서 카우보이로 일자리를 잡았다. 이듬해 구월 앨마 주니어(그가 딸에게 붙인 이름이었다.)가 태어났을 때에도 그는 여전히 같은 곳에서 일하고 있었고, 부부의 침실은 묵은 피 냄새와 젖, 아기 똥 냄새로 가득했으며, 주위에서 들리는 소리라곤 아기가 악을 쓰며 우는 소리와 젖 빠는 소리 그리고 잠을 못 자 힘들어하는 앨마의 볼멘소리가 전부였다. 가축 일을 하는 사람에게 이 모든 것은 생산력과 삶의 연속성을 재확인시켜 주는 기재였다.

  하이톱 목장이 문을 닫자, 그들은 리버턴에 있는 세탁소 위층의 작은 아파트로 이사했다. 에니스는 고속도로 건설 현장 일을 구해 그럭저럭 참으며 해 나갔고, 주말에는 그의 말을 맡겨 두는 대가로 래프터비 목장에서 일했다. 둘째 딸이 태어났고, 앨마는 병원이 가까이 있는 시내에서 살고 싶어 했다. 아이가 천식기가 있어 쌕쌕거렸기 때문이다.

  "에니스, 제발, 우리를 위해 그 거지같이 외로운 목장 일은 그만둘 안 돼? 여기 시내에서 집을 구하자, 응?"

  앨마가 그의 무릎에 앉아 주근깨로 덮인 가는 팔로 그를 감싸 안으 물었다.

  "어쩌면."

에니스의 손이 그녀의 블라우스 소매를 타고 스르륵 올라가 부드러운 겨드랑이 털을 간질였다. 그러다 그는 그녀를 바닥에 눕힌 뒤 손가락을 움직여 그녀의 갈비뼈에서 말랑말랑한 가슴으로 그리고 둥근 배와 무릎을 지나, 어느 방향으로 향하는 항해인지에 따라 적도일 수도 북극일 수도 있는 젖은 골짜기로 옮겨 가며 공을 들여 애무했고, 그녀가 몸을 부르르 떨며 그의 손을 떨쳐내려 하자 재빨리 그녀의 몸을 돌려 그녀가 싫어하는 일을 잽싸게 했다. 그들은 결국, 언제든지 떠날 수 있어 그가 선호했던 그 작은 아파트에서 계속 살았다.

브로크백 마운틴을 내려온 뒤로 네 번째 여름이 찾아왔고, 그해 유월 에니스는 잭 트위스트에게서 날아온 유치우편 한 통을 받았다. 그때 이후 처음으로 그의 생사를 확인하는 연락이었다.

'친구, 소식이 너무 늦었지? 잘 받을 수 있어야 할 텐데. 네가 리버턴에 산다는 소식 들었어. 24일에 그쪽을 지날 일이 있거든. 만나서 맥주 한 잔 사고 싶은데. 할 수 있으면 한 마디 보내 줘. 괜찮을지.'

회신지는 텍사스의 차일드리스였다. 에니스는 리버턴의 자기 주소와 함께 '물론 대환영'이라고 써서 답장했다.

그날은 오전에는 덥고 화창했으나, 정오가 지나자 서쪽에서부터 구름과 함께 후덥지근한 공기가 몰려왔다. 에니스는 가지고 있는 옷 중에 제일 좋은, 흰 바탕에 넓은 검정 줄무늬가 있는 셔츠를 꺼내 입고, 잭이 몇 시에 오는지 몰라 하루를 통째로 휴가 내고서, 흙먼지로 뿌옇게 덮인 도로를 내려다보며 초조하게 계속 앞뒤로 왔다 갔다 했다. 앨마는 날씨가 너무 더우니 집에서 요리를 하는 대신, 베이비시터를 구할 수 있다면 그 친구를 데리고 나이프앤드포크에 가자고 제안했고, 에니스는 그냥 자기 혼자서 잭을 데리고 나가 술을 마시는 편이 좋겠다며 거절했다. 그는 잭이 레스토랑 타입이 아니라고, 통나무를 식탁 삼아 아슬아슬하게 올려놓았던 차가운 콩 통조림과 통에 꽂힌 더러운 숟가락을 떠올리며 말했다.

오후 늦게 천둥소리가 으르렁거리는 가운데 예전과 똑같은 초록색 픽업트럭이 집 앞에 들어섰고, 에니스는 낡고 헤진 리지스톨 모자를 뒤로 젖히며 트럭에서 내리는 잭을 보았다. 뜨거운 동요가 들끓어 오른 에니스는 바깥 계단으로 나가서 등 뒤로 현관문을 닫았다. 잭이 두 계단씩 펄쩍 뛰어 단숨에 위로 올라왔다. 그들은 서로 어깨를 부여잡고 열렬히 껴안았고, 서로의 숨을 쥐어짜며, 이 개자식, 이 개자식, 하고 말했고 곧이어, 딱 맞는 열쇠 구멍을 만난 것처럼 너무도 자연스럽게 두 사람의 입이 맞닿았는데, 그 움직임이 어찌나 격렬했던지, 잭의 커다란 이 때문에 피가 났고, 그의 모자는 바닥으로 떨어졌고, 까칠한 수염이 뺨을 비볐고, 축축한 침이 절로 흘러나왔다. 그때 문이 열렸고, 잔뜩 힘이 들어간 에니스의 어깨가 앨마의 눈에 들어왔다. 문은 몇 초간 열려 있다가 다시 닫혔는데도, 그들은 계속해서 가슴과 사타구니와 허벅지와 다리가 맞닿도록 서로의 발끝을 밟은 채 부둥켜안고 있다가 숨이 막힐 것 같은 순간이 되어서야 비로소 서로에게서 떨어졌다. 그리고 애정 표현에는 영 소질이 없는 에니스가 그의 말과 딸들한테나 하는 말을 그를 향해 했다. 내 사랑.

다시 현관문이 빠끔하게 열리고 앨마가 그 가느다란 틈에 섰다.

그가 과연 무슨 말을 할 수 있겠는가?

"앨마, 여기는 잭 트위스트야. 잭, 이쪽은 내 아내 앨마."

그는 가슴이 벌렁거렸다. 잭의 냄새가 맡아졌다. 너무도 익숙한 ⸻ 담배 냄새, 사향 비슷한 땀 냄새, 풀 냄새 같기도 한 희미하게 달짝지⸻

한 냄새, 그것들과 함께 그 산의 차가웠던 공기가 밀려 들어왔다.

"앨마, 잭하고 나는 4년 만에 처음 만난 거야."

마치 그게 이유가 된다는 듯 그가 말했다. 바깥 계단의 조명이 어둑어둑하다는 사실이 그때만큼 반가운 적이 없었지만, 그는 그녀를 피해 등을 돌리지는 않았다.

"그러시겠지."

앨마가 낮은 목소리로 말했다. 그녀는 자신이 목격한 광경이 무엇인지 알고 있었다. 그녀의 등 뒤로, 창문 위에 하얀 시트가 흩날리는 것처럼 번개가 번쩍하고 지나갔고, 이어 아기의 울음소리가 들렸다.

"애가 있는 거야?"

잭이 물었다. 덜덜 떨고 있는 잭의 손이 에니스의 손을 스쳤고, 그들 사이에서 강력한 전류가 번쩍 일었다.

"딸 둘. 앨마 주니어와 프랜신. 세상 누구보다 사랑하는 아이들이지."

에니스의 말에 앨마가 입을 실룩거렸다.

"난 아들 하나 있어. 8개월 됐지. 아, 아직 말 안 했지? 나 차일드리스에서 귀여운 텍사스 토박이 아가씨하고 결혼했거든. 이름은 루린이고 해."

둘이 발을 대고 서 있는 마룻바닥이 부르르 떨리며 진동이 전해지자 에니스는 잭이 얼마나 몸을 심하게 떨고 있는지 알 수 있었다.

"앨마, 나 잭하고 나가서 술 한잔하고 올게. 오늘 밤에 집에 못 돌아오지도 모르겠어. 술 마시며 할 이야기가 쌓여 있거든."

"그러시겠지."

앨마는 이렇게 말하며 주머니에서 1달러짜리 지폐를 한 장 꺼냈다. 에니스는 그녀가 그를 빨리 집에 들어오게 할 구실로 담배 한 갑을 사다 달라고 부탁하려는 것이리라 짐작했다.

"만나 뵙게 되서 반갑습니다."

잭이 도망치는 말처럼 덜덜 떨면서 말했다.

"에니스……"

앨마가 처량한 목소리로 그를 불렀지만, 그는 발걸음을 늦추지 않고 곧장 계단을 내려가서 뒤를 향해 말했다.

"앨마, 담배가 필요하면 침실에 둔 내 파란 셔츠 주머니에 있으니까 그거 피워."

그들은 잭의 트럭을 타고 떠나, 위스키 한 병을 샀고, 이십 분 정도 달려가면 있는 시에스타 모텔 방에서 침대를 들썩거렸다. 우박 몇 줌이 후두두 창문을 때리더니 비가 내리기 시작했고, 세찬 비바람에 제대로 닫히지 않은 옆방 문이 밤새도록 열렸다 닫혔다 하며 쿵쿵거렸다.

방에서는 정액, 담배 연기, 땀, 위스키, 낡은 카펫, 신 건초, 안장 죽, 똥, 싸구려 비누 냄새가 진동했다. 땀에 절어 녹초가 된 에니스는 여전히 반쯤 발기한 상태로 양 날개를 쭉 편 독수리처럼 누워 깊은 숨을 내쉬었고, 잭은 고래가 물을 뿜듯 힘차게 담배 연기를 내뿜으며 말했다.

"젠장, 그동안 네가 말을 많이 타서 그런가. 어쩜 더 끝내주던걸? 우리 진지하게 이 얘기 좀 하자. 맹세코, 이번에도 우리가 이렇게 될 줄은 꿈에도 몰랐어…… 아니지, 사실은 알았어. 그 때문에 여기까지 달려온 걸. 씨발, 알고 있었다고. 사방에 빨간 선이 쳐져 있어서 어쩔 수 없었어."

"네가 어디에 붙어사는지 도대체 알 길이 없더라, 이 자식아. 4년 지났어. 이제 널 포기해야 하나 싶던 참이었다고. 내가 한 방 먹인 걸로 아직도 꽁해 있나 생각했지.”

에니스가 말했다.

“친구, 난 텍사스에서 죽 로데오를 하고 있었다네. 거기서 루린도 만났고. 저기 의자 위를 봐 봐.”

꼬질꼬질 때가 탄 주황색 의자 뒤에 반짝이는 버클이 보였다.

“로데오 경기에서 딴 거야?”

“응. 그해 번 거라곤 씨발 단돈 3천 달러였지만. 좆나게 굶어 뒈질 뻔했어. 칫솔 빼고 다른 건 전부 다른 사람들한테 빌붙어서 살았으니까. 그렇게 어슬렁거리며 텍사스를 돌았어. 그중에 반은 저 좆같은 트럭 고치느라 허비했지만. 아무튼, 그때는 진다는 건 절대 생각도 하지 않았어. 루린에 대해 한 가지 알려 줘? 어마 무시하게 큰돈이 걸린 여자야. 장인이 돈이 많거든. 농기계 사업을 해. 물론 아직까지 루린한테는 한 푼도 못 건드리게 하고 있고, 거기다 나를 뼛속까지 좆나게 미워하기 때문에 아직은 별 승산이 없지. 그렇지만 언젠가는……”

“그래, 그러다 보면 바라는 쪽으로 되겠지. 군대에선 안 데려가고?”

멀리 동쪽 하늘에서 친 천둥이 붉은 화환이 되어 그들을 향해 다가왔.

“나 같은 놈 필요 없대. 척추가 망가졌거든. 게다가 골절도 파열되, 여기 팔뼈도 안 좋아. 황소를 타면 지레질을 해 대니 늘 허벅지 안에 무리가 가는 거 알지? 그게 탈 때마다 조금씩 계속 더 심해져. 테프로 아무리 잘 감아 놔도 조금씩, 빌어먹을 계속 망가지는 거지. 그 알아? 그리고 난 다음에는 진짜 개같이 아프다. 한번은 다리도 부러, 세 군데가 동시에. 황소에서 떨어졌는데, 그놈이 원래가 웬만한 들은 다 떨어뜨리기로 유명한 엄청 큰 황소였거든. 그런데 그놈이

날 삼 초 만에 깨끗하게 떨쳐 버리고 나서 나한테 돌진하는 거야. 당연히 나보다 놈이 훨씬 빨랐지. 정말, 이만하길 다행이었지 뭐야. 내 친구하나는 소뿔에 깊숙이 박히는 바람에 피를 철철 흘리면서 골로 갔거든. 그거 말고도 한참 많아. 어디가 삐거나 아픈 거는 당연하고, 인대도 나갔지, 씨발 갈비뼈도 부러졌지. 있지, 우리 아부지 때랑은 차원이 달라. 요즘 시대에는 돈 있어 대학도 가고 운동선수로 훈련받은 애들이 선수로 뛰거든. 로데오도 돈이 있어야 하는 시대가 온 거지. 그렇지만 내가 어떻게 되든 상관없이 장인은 나한테 절대 땡전 한 푼 주지 않을 거야. 아, 단 한 가지 방법이 있긴 해. 아무튼 나도 이제는 로데오에 대해서 알 만큼 알았고, 내가 로데오로 크게 한 건 할 수 있다는 환상 같은 것도 버렸어. 그밖에 다른 이유들도 있지만, 아직 걸을 수 있을 때 그만둬야겠어.”

에니스는 잭의 손을 자신의 입으로 끌어당겨 담배를 한 모금 빨고 연기를 내뱉었다.

“내 눈에는 지극히 멀쩡해 보이기만 한걸. 그거 알아? 그동안 나 여기서 지내면서 엄청 고민했어. 내가 혹시 그……, 그건 아닐까 하고. 그런데 아니라는 건 확실해. 그러니까, 우리 둘 다 결혼도 하고 애들도 있잖아? 나는 여자랑 하는 게 좋거든, 정말이야. 그런데 이런 젠장, 망할 이걸 따라갈 만한 건 전혀 없어. 다른 남자하고 하는 건 결코 단 한 번도 생각해 본 적 없어. 너를 생각하면서 수백 번 혼자는 해 봤어도. 너는 다른 자식들이랑 해, 잭?”

“무슨 개소리야, 당연히 없지.”

사실 소 말고 다른 걸 타지 않았다고 할 수 없었지만, 잭은 사실대로 풀어놓지 않았다. 대신 그가 말했다.

“너도 알지만, 우리 그 브로크백 마운틴에 있을 때 정말 좋았잖아.

그거 아직 끝나지 않았다고 생각해. 내 말은, 앞으로 우리가 어떻게 해야 할지 방법을 제대로 찾아야 해."

"그해 여름, 우리가 돈을 받고 헤어졌을 때, 나 진짜 속이 다 넘어올 거 같이 아팠어. 그래서 멈춰 서서 무작정 토해 내려고만 했어. 뒤부아에서 먹은 게 뭐 잘못됐나 하고. 그런데 1년이 지나고서야 깨달았어. 너를 내 눈앞에서 떠나보내지 말았어야 했다는 걸. 깨달았을 때는 이미 너무, 너무 늦어 버렸지만."

"이 친구야, 우리 정말 심각한 상황이야. 어떻게 해야 할지 좋나 잘 생각해 봐야 해."

잭이 말했다.

"이제 와서 우리가 할 수 있는 게 뭐가 있겠어? 내 말은 말이지, 잭, 나한텐 지금까지 살아온 인생이 있어. 사랑하는 딸들도 있고. 앨마는 어떻고? 이건 앨마의 잘못이 아니잖아. 너도 거기, 텍사스에 부인하고 애가 있다며. 너랑 내가 둘이서 보통 사람처럼 사는 건 불가능해. 만약 우리가 그때 거기서 했던 대로……"

에니스가 그의 아파트가 있는 방향으로 고개를 휙 저으면서 말했다.

"또 했다가는…… 자칫 애먼 곳에서 그랬다가는 우리 둘 다 그대로 죽은 목숨이야. 이 문제는 우리가 원한다고 어떻게 할 수 있는 게 아니야. 그 생각만 하면 난 오줌을 지릴 만큼 무서워."

"이 얘기를 안 해 줄 수가 없군, 친구. 그해 여름, 어쩌면 우릴 본 사람이 있을지도 몰라. 사실 그다음 해 유월에 나 다시 거기에 가 봤거든. 그 일을 또 해 볼까 하고. 뭐, 결론적으로는 그 대신 텍사스로 가게 됐지만. 사무실에서 조 아귀레가 글쎄, 나한테 뭐라고 했는지 알아? 이놈 자식들 산에서 시간 때우는 법 하나는 제대로 찾았던 모양이던데, 그래?' 그러더라고. 그래서 그냥 한번 쏘아보고 나왔는데, 그 자식

차 백미러에 엉덩짝만큼 대따 큰 망원경이 걸려 있더라고."

현장 감독이 삐걱거리는 나무 의자에 등을 젖히고 앉아서는 '트위스트, 여기는 양 떼를 개들한테나 맡기고 재미나 보라고 돈 주는 그런 곳이 아니야.'라고 말하며 대놓고 그를 거절한 뒷이야기는 하지 않았다. 대신 이어서 이렇게 말했다.

"맞아, 네가 날 한 방 먹인 거, 그때 정말 깜짝 놀라긴 했어. 네가 그렇게 비열하게 주먹을 날릴 거라고는 상상도 못 했으니까."

"내 위로 케이K이E라는 형이 있는데, 나보다 세 살 많아. 그 형이 어릴 때 나를 매일 죽어라고 팼어. 그래서 내가 매일 울면서 집에 들어오니까, 아버지가 그게 꼴 보기 싫었는지, 여섯 살 땐가, 나를 앉혀 놓고 이렇게 말했어. 에니스, 문제가 있으면 고쳐야지 그렇지 않으면 네가 아흔 살이 되고 네 형이 아흔세 살이 될 때까지도 그 문제가 너를 계속 따라다닐 거다. 그래서 내가 '그렇지만 형이 나보다 큰걸요.'라고 말했거든. 그러자 아버지가 말하길, 그러니까 형이 눈치채지 못하게 해야하는 거지. 형한테는 아무 말도 하지 말고 어떻게든 한 방 크게 먹이고 빨리 도망치는 거야. 형이 알아들을 때까지 계속 그 짓을 하는 거다. 지고로 사람들에게 말귀를 알아듣게 만드는 데 아프게 하는 것만큼 효과적인 게 없는 법이거든. 그래서 나는 아버지 말대로 해 봤어. 바깥 헛간에 있을 때 형을 공격하고, 계단에서 덮치고, 밤에 자고 있을 때 머리맡으로 몰래 다가가서 쥐 잡듯이 때렸지. 그렇게 이틀 걸렸나. 그다음부터 죽 형이랑은 아무 문제없이 지냈어. 그러니까 중요한 건, 아무런 기색을 내지 말고 빠르게 해치워야 한다는 거야."

옆방에서 전화벨이 울리기 시작했다. 벨 소리는 울리고 계속 또 울리다가 큰 소리가 나던 중간에 갑자기 딱 끊겼다. 잭이 말했다.

"이제 나는 네 마음대로 안 될걸. 그건 그렇고, 나 계속 생각해 봤어데 말이지. 너랑 내가 함께 작은 목장을 해 보는 건 어때? 젖소랑 송아지도 좀 기르고 네 말들도 키우고. 생각만 해도 좋지 않아? 아까 말했지만, 로데오는 이제 그만둘 거야. 아직 완전히 망가진 건 아니지만, 지금 슬럼프에 빠진 걸 극복할 만한 의욕도 없고, 계속해서 부상당하는 것도 몸이 감당을 못하거든. 내가 다 생각해 놨어. 에니스, 나한테 계획이 있다고. 너랑 나, 우리가 같이할 수 있는 계획 말이야. 내가 꺼져 준다고만 하면 루린의 아버지, 장인이 나한테 한몫 떼어 줄 거야. 벌써부터 그런 식으로 얘기한 거나 다름……"

"워, 워, 워. 그렇게는 안 돼지. 그건 안 돼. 내 상황이라는 것도 있어. 지금 내가 처해 있는 처지가 그렇게 간단히 벗어날 수 있는 게 아니라고. 잭, 주위에서 그런 남자들 가끔 본 적 있는데, 난 그런 남자들처럼은 되고 싶지 않아. 그리고 아직 죽고 싶지도 않아. 옛날 우리 고향에 얼하고 리치라는 남자 둘이 목장을 하며 같이 살았거든. 우리 아버지가 그 둘을 볼 때마다 늘 한마디씩 하곤 했어. 그 두 사람은 나이도 꽤 있는 데다 터프했는데도 사람들 뒷말이 끊이지 않았어. 그러다가 내가 아홉 살 때였나, 얼이 용수로에서 죽은 채로 발견되었어. 사람들이, 타이어를 떼어 내는 지렛대 있지? 그걸 가져다가 두들겨 팬 다음에 거시기가 빠질 때까지 그걸 꽂아서 질질 끌고 다녔어. 그냥 피범벅 죽사발이었지. 온몸에는 불탄 토마토 같은 지렛대 자국으로 가득한 데다, 코는 떨어져서 자갈밭에 나뒹굴었어."

"그걸 직접 봤단 말이야?"

"응, 아버지 때문에. 나를 일부러 데려다 똑똑히 보라고 했어. 나랑 케이이 형이랑. 아버지는 그걸 보면서 막 웃더라고, 젠장. 어쩌면 아버지도 그 일에 가담했을 거야. 만약 우리 아버지가 지금 살아 있어서 지금 저 문으로 여길 들여다보기라도 한다면, 분명히 그 길로 지렛대를 가지러 갈걸. 남자 둘이서 같이 산다고? 안 돼. 내가 생각하는 최선은, 가끔씩 만나서 아무도 모르는 어디 깊숙한 구석에 들어……"

"가끔씩? 얼마나 가끔? 씨발 4년 만에 한 번씩?"

"아니."

에니스는 그게 누구 잘못이었는지 따져 묻고 싶은 마음을 억누르며 계속 말했다.

"이제 아침이면 넌 여기를 떠나고 나는 다시 일하러 가야 한다는 사실이 나도 좆같이 싫어. 그렇지만 고칠 수 없는 일이라면 견뎌야지 어떡해. 빌어먹을, 난 길거리의 사람들을 보다가 가끔 생각하곤 해, 이런 일이 다른 사람들한테도 일어나나? 그러면 대체 다들 어떻게 하는 걸까?"

"와이오밍에서는 일어나지 않을걸. 그리고 만에 하나 일어난대도 나도 몰라. 덴버 같은 데로 옮겨 가거나 하겠지."

잭이 일어나 앉아 에니스에게서 등을 돌린 채 계속 말했다.

"그리고 난 다른 사람들은 좆도 상관 안 해. 에니스, 이 개자식아, 그렇담 이틀 휴가라도 내. 지금 당장. 여기서 나가자. 네 짐 내 트럭에 대충 싣고 산으로 올라가자. 이틀만이라도. 앨마한테 당장 전화해서 간다고 말해. 어서, 에니스, 너 방금 내 꿈을 개박살 냈거든. 그러니까 이거 하나라도 양보해. 여기 우리 사이에 벌어지는 이거, 그냥 무시할 일 아니야."

공허한 전화벨 소리가 옆방에서 다시금 울리기 시작했다. 그 벨소리에 응답하듯 에니스는 침대 옆 테이블에 있는 수화기를 들고 집 번호를 돌렸다.

에니스와 앨마의 사이는 조금씩 부식되어 가기 시작했다. 손에 잡히는 실질적 문제는 없었지만, 그저 물이 스며들어 퍼져 나가듯이 그렇게. 그녀는 에니스 혼자 버는 것으로 살림을 꾸려 나가기 버겁다는 사실을 직시했고, 식료품 가게에서 점원으로 일하기 시작했다. 앨마는 또 임신하기가 두렵다는 이유로 에니스에게 콘돔을 쓰라고 요구했다. 그는 싫다고 거부하며, 그녀가 더 이상 자기 아이를 원하지 않는다면 기꺼이 그녀를 건드리지 않겠다고 말했다. 그 말에 그녀는 들릴락 말락한 작은 소리로 '당신이 부양할 자신이 있다면 낳을게.'라고 답했다. 그러면서 속으로는 '하긴, 당신이 좋아하는 쪽으로는 애를 만들 일이 별로 없겠지.' 하고 생각했다.

그녀의 울분은 매해 조금씩 그 강도가 높아져 갔다. 언뜻 보았던 그 진한 포옹, 잭 트위스트와는 1년에 꼭 한두 번씩 낚시 여행을 가면서 처자식을 데리고는 결코 휴가 한 번 가지 않는 것, 밖에 놀러 나가기도 꺼리는 것, 하루 종일 일하면서 쥐꼬리만 한 급료를 받는 목장 일만 골라서 하는 것, 침대에 들어 툭하면 벽으로 돌아누워 곧장 곯아떨어지는 것, 관청이나 전기 회사 같은 곳에서 괜찮은 정규직 일을 찾지 못하는 것, 이런 것이 모두 합세해 앨마를 서서히 나락으로 빠뜨렸다. 결국 앨마 주니어가 아홉 살, 프랜신이 일곱 살이 되던 해, 그녀는 '내가 당신 옆에서 계속 얼쩡대면서 뭘 하고 있는 건지 대체 모르겠다.'고 말하며 에니스와 이혼하고 그녀의 직장, 리버턴 식료품 가게 주인과 결혼했다.

에니스는 다시 목장으로 돌아가 여기저기 일자리가 있는 대로 일했고, 딱히 잘나가지는 못해도 다시 가축을 돌보는 일을 하며, 쉬고 싶을 때 쉬고 그만두고 싶을 때는 그만두는, 언제든 쉽게 산으로 올라갈 수 있는 삶에 만족하며 살았다. 잘은 모르지만 왠지 당한 것 같다는 막연한 기분이 드는 것 외에는 별 악감정도 없었고, 모든 게 다 괜찮다는 사실을 보여 주기 위해 추수감사절에는 앨마와 식료품점 주인 남편과 아이들과 함께하는 저녁 식사 자리에 참석하기도 했다. 그 자리에서 그는 아이들 사이에 앉아 말에 대한 이야기나 웃긴 농담을 하며 처량한 아빠로 보이지 않으려 노력했다. 파이를 먹은 후 앨마는 그를 부엌으로 불러내 접시를 닦으면서 그가 걱정된다고, 또 그도 어서 재혼하면 좋겠다고 말했다. 그는 그녀가 임신했다는 것을 알아보았다. 한 네다섯 달쯤 되었을까, 하고 그는 추측했다.

"한 번 데인 걸로 족해."

그는 자기 몸집이 부엌에 비해 너무 크다고 느끼며 싱크대에 몸을 기댔다.

"아직도 그 잭 트위스트랑 낚시하러 다녀?"

"가끔."

저렇게 박박 닦아 대다가는 접시 문양이 다 벗겨질 것 같다고 생각하며 그가 답했다.

"그거 알아?"

그녀가 말을 꺼낸 그 말투에서 그는 뭔가 올 것이 오고 있다고 직감했다.

"나, 당신이 왜 한 번도 잡은 송어를 집에 안 가져오는 걸까, 하고 궁금했거든. 말로는 늘 많이 잡았다고 하면서. 그래서 한번은 당신이 그 여행을 떠나기 전날 밤에 낚시 가방을 열어봤어. 그런데 5년이 지나도록 가격표가 그대로 붙어 있더라. 아무튼 그래서 그때, 내가 낚싯줄 끝에 쪽지를 붙여 놨거든. '안녕, 에니스, 잡은 물고기 집에도 좀 가져와 사랑해, 앨마가.'라고 써서. 그리고 당신이 집에 돌아왔는데, 글쎄, 송어를 많이 잡았는데 다 먹었다고 하는 거야. 기억 나? 그래서 다음에 기회가 있을 때 가방을 열어 봤거든. 그랬더니 내가 쓴 쪽지가 그대로 매달려 있는 거 있지. 그 낚싯줄은 한 번도 물에 들어간 적이 없었어."

'물'이라는 말에 문득 떠오른 듯, 그녀는 수돗물을 틀고 흐르는 물에 접시를 헹구기 시작했다.

"그건 아무 의미 없는 거야."

"시치미 떼지 마, 에니스, 날 바보 취급 하지 말라고. 나도 그 정도는 알아. 잭 트위스트? 잭, 그 역겨운 자식. 당신하고 그 자식……"

그녀가 그만 선을 넘어 버렸다. 그는 그녀의 손목을 부여잡았다. 눈물이 솟구쳐 흘렀고, 접시가 쨍그랑 소리를 내며 떨어졌다.

"입 닥쳐. 그리고 내 일에 신경 꺼. 아무것도 모르면서."

"빌한테 소리칠 거야."

"그래, 어디 소리쳐 보시지. 씨발, 어서 소리쳐 보라고. 그랬다간 그 자식을 이 엿같은 마룻바닥에 바짝 눕혀 줄 테니까, 당신도."

그는 잡은 손목을 한 번 더 확 비틀어 벌건 자국을 남기고는 모자를 뒤로 푹 눌러쓰고, 문을 쾅 닫고 밖으로 나갔다. 그리고 그날 밤 블랙 앤드블루이글 바에 가서 취하도록 마시고 추잡한 싸움에 잠시 휘말렸다가 집으로 돌아갔다. 그 뒤로 오랫동안 그는 딸들마저도 보러 가지 않았다. 그들이 언젠가 앨마의 입김에서 벗어나 알 만큼 알 때가 되면, 알아서 찾아오겠거니 하고 생각했다.

그들은 더 이상 세상 모든 걸 다 가진 젊은이가 아니었다. 잭은 어깨부터 허벅지 부위까지 군살이 붙었고, 에니스는 여전히 빨랫줄 기둥처럼 마른 몸에 낡은 부츠를 신고 다녔다. 여름이고 겨울이고 할 것 없이 셔츠와 청바지 차림으로 다니다가, 날씨가 추워지면 그 위에 외투 하나 걸치는 것이 다였다. 그의 한쪽 눈꺼풀에는 물사마귀가 나서 축 늘어진 인상을 풍기게 되었고, 부러졌던 코는 휜 채로 굳어 버렸다.

한 해, 한 해가 갈수록 그들이 말에 짐을 싣고 다니며 거쳐 간 고원 목초지 및 산지의 목록도 차곡차곡 쌓여 갔다. 빅혼, 메디신바우, 갤러 틴산맥의 남쪽 끝자락, 애브사로카, 그래니트, 울크릭, 브리저티턴 국 유림, 프리즈아우트와 셜리 일대, 페리스와 래틀스네이크, 솔트리버산 맥, 여러 번에 걸쳐 방문한 윈드리버, 시에라마드레, 그로스벤트레, 워 셔키, 래러미. 그러나 그들은 브로크백으로는 한 번도 돌아가지 않았 다.

텍사스에서는 잭의 장인이 세상을 뜨고 루린이 농기계 사업을 이어 받았다. 경영 및 거래 방면에 있어 그녀는 숨겨졌던 능력을 발휘했고, 잭은 경영 쪽에 애매한 직함을 달고 농축산 기계 박람회 같은 행사에 참석하러 다녔다. 그는 이제 돈도 제법 만지게 되었고, 출장을 다니면 서 그 돈을 쓸 만한 곳도 여럿 찾아냈다. 입에는 텍사스 억양이 조금 붙 어, '카우'를 '캬우'라고 꼬아서 발음하거나 '와이프'를 '와프'로 말하기도 했고, 앞니를 갈고 크라운을 씌웠는데 하나도 아프지 않았다고 말했고, 마무리 작업으로 진한 콧수염도 길렀다.

추위가 아직 기승을 부리던 1983년 오월, 그들은 이름 모를 고원의 얼어붙은 호수 근처에서 며칠을 지내다가 헤일스트루강 유역으로 옮겨 갔다.

날씨는 화창했지만 올라가는 그 길에는 눈 더미가 아직도 수북이 쌓 여 있었고, 길 가장자리는 녹은 눈으로 철벅거렸다. 그들은 그 길 대신 수풀을 뚫고 가기로 하고 말을 앞세워 파삭파삭 마른 나뭇가지들 사이 로 들어갔다. 아직도 그 독수리 깃털을 꽂은 옛날 모자를 쓰고 다니던 잭이 한낮의 태양 위로 머리를 치켜들고 공기를 한껏 들이마셨다. 소나무 송진과 마른 솔잎, 뜨거운 바위, 말굽에 밟혀 짓이겨진 쌉쌀한 향나무 냄새 등이 한데 얽혀 향긋했다. 기상을 읽는 눈을 가진 에니스는 그런 날 전형적으로 잘 나타나는 가열된 뭉게구름을 찾아 서쪽 하늘을 살폈고, 잭은 티끌 한 점 없는 파란 하늘이 너무도 깊어 올려다보고 있자니 마치 빠져들 것만 같다고 말했다.

세 시경, 그들은 비좁은 오솔길을 지나 동남쪽 경사면을 향해 가고 있었다. 그곳만큼은 강렬한 봄 햇빛이 제 할 일을 다할 수 있었는지 눈 녹은 맨땅을 드러내고 있었다. 귓가에 들리는 강물의 재잘거리는 소리 너머로 멀리 기차 소리가 한 차례 뚫고 지나갔다. 이십 분 정도 더 갔을 때, 머리 위쪽으로 강둑에서 먹을 것을 찾아 통나무를 굴리고 있던 곰이 그들의 인기척에 놀라 반응했다. 잭의 말이 겁을 먹고 앞발을 높이 치켜세우자 잭은 '워, 워!' 하고 말을 안정시켰고, 에니스의 말은 헛발질을 하며 콧김을 뿜었으나 크게 동요하지는 않았다. 잭이 사냥총을 향해 손을 뻗었지만, 그럴 필요는 금세 사라졌다. 놀란 곰이 넘어질 것 같은 둔한 걸음걸이로 허우적거리며 급속히 숲속으로 도망쳐 갔기 때문이다.

홍차색의 강물이 눈 녹은 물을 만나 급속도로 흐르며, 중간중간에 솟아오른 바위와 물웅덩이, 물이 역류되는 곳에서 보글보글 거품 목도리를 둘렀고, 버드나무의 황토색 가지들은 뻣뻣하게 흔들리며 노란 엄지손가락 지문 같이 생긴 화수가 수분하는 일을 도왔다. 말들이 멈춰서 물을 마시기 시작하자 잭은 말에서 내려 얼음 같이 차가운 물을 두 손 가득 채워 들었다. 손가락 사이로 수정 물방울이 떨어져 내렸고, 물에 젖은 입가와 턱은 반사된 빛으로 반짝거렸다.

"그러다가 기생충에 감염되면 어쩌려고."

에니스가 말했다. 그리고 옛날에 누군가가 사냥을 왔었는지, 야영을 하며 불 피운 흔적이 남아 있는 강 위쪽의 평평한 곳을 바라보며 말했다.

"여기 꽤 괜찮겠는걸."

그 평지는 뒤쪽으로 비스듬히 경사진 목초지가 이어져 있었고, 주위는 로지폴 소나무들에 둘러싸여 있었다. 땔감으로 쓸 마른 나무도 넉넉해 보였다. 그들은 별 말 없이 묵묵하게 텐트를 치고 말을 목초지에 맸다. 잭이 새 위스키 병의 마개를 열고 뜨거운 한 모금을 길게 죽 들이킨 다음 힘차게 숨을 내쉬며 말했다.

"이게 지금 나한테 절실했던 두 가지 중에 하나야."

그리고 뚜껑을 닫은 병을 에니스에게 던졌다.

사흘째 날 아침, 에니스의 예상대로 서쪽 하늘로부터 검은 구름이 빠르게 몰려들기 시작했다. 띠 같이 길게 늘어진 그 구름은 바람과 작은 눈꽃 송이를 함께 몰고 왔다. 한 시간 정도 지나자 부드럽던 봄눈이 축축하고 무겁게 쌓여 갔다. 해질 녘이 되자 추위도 기승을 부렸다. 잭과 에니스는 마리화나를 서로 주고받으면서 늦게까지 불을 피웠다. 잭은 가만히 있지 못하고 연신 들썩거리며 춥다고 투덜거렸고, 막대기로 불꽃을 쑤셔 가며 건전지가 다 닳아 꺼질 때까지 트랜지스터라디오의 다이얼을 돌렸다.

최근 시그널에 있는 스타우터마이어의 암소와 송아지 목장에서 근무하는 에니스는 요즘 시내에 있는 울프이어 바에서 시간제로 일하는 여자와 만나고 있는데, 그 관계에 전혀 진척이 없고 그 여자에게는 자신이 얽히고 싶지 않은 문젯거리가 있다는 말을 했다. 잭은 차일드리스에서 길 아래 있는 목장주 아내와 그렇고 그런 관계를 맺고 있는데, 루린이나 그 여자 남편 중 한 명한테 발각되어 총에 맞는 건 아닐까 두려워서 벌써 몇 달 동안 살금살금 피해 다니고 있다고 했다. 에니스가 피식 웃으며 잭에게 '그럴 만한 짓을 했네.' 하고 말하자, 잭은 그런대로 잘 지내고 있지만 가끔은 에니스가 너무 그리워서 참기 어려울 때가 있다고 했다.

모닥불의 둥그런 불빛 너머로 어둠 속에서 말들이 히힝 하고 울었다. 에니스가 잭의 어깨에 팔을 둘러 그를 옆으로 바짝 끌어당겼다. 그는 딸들을 한 달에 한 번 정도 만나고 있다는 말을 꺼내며, 앨마 주니어는 수줍은 열일곱 살에 자기처럼 삐쩍 마르고 길쭉한 체형을 닮았고, 프랜신은 활달한 성격이라고 말했다. 잭은 차가운 손을 에니스의 다리 사이에 슬쩍 밀어 넣으며, 그는 아들 때문에 걱정이라고, 그가 보기에도 확실히 난독증 같은 증상이 있고 아무것도 제대로 하는 게 없다고 말했다. 열다섯 살이 되어 글자도 제대로 못 읽는데, 빌어먹을 루린이 그 빤히 보이는 사실을 인정하지 않고, 아이가 괜찮다고 마냥 우기면서 전혀 도움을 못 받게 막고 있다는 거였다. 그는 어떻게 하는 게 좋을지 도통 모르겠다고 탄식했다. 그의 집에서 돈줄을 잡고 상황을 통제하는 사람은 루린이었다.

"난 원래 아들을 갖고 싶었는데, 어쩌다 보니 딸만 둘이야."

에니스가 단추를 풀며 말했다.

"난 아들이건 딸이건 갖고 싶지 않았어. 그런데 내가 원한다고 해서 그대로 된 게, 씨발 뭐 하나라도 있어야 말이지. 어떤 것도 내 손에는 제대로 들어온 게 없어."

그는 앉은 자세 그대로 나무토막을 불 속에 던져 넣었다. 그들의 진과 거짓말을 안고 불똥이 후드득 튀어 올랐다. 뜨거운 불꽃은 그들의 굴과 손에도 날아들었고, 여느 때처럼 둘은 이내 서로를 부둥켜안고 바닥 위를 굴렀다. 그 둘 사이에 변하지 않은 단 한 가지가 있다면 그

거였다. 잦지 않은 만남으로 인한 흥분과 감동에 쏜살같이 지나가는 시간에 대한 인식이 늘 짙은 어두움을 드리운다는 것. 둘 사이에 시간이 넉넉했던 적은 한 번도 없었다. 단 한 번도.

그로부터 하루인지 이틀인지 모를 시간이 지난 후, 둘은 길머리에 있는 주차장에서 말을 트레일러에 싣고, 에니스는 시그널로 돌아갈 채비를, 잭은 라이트닝플랫에 있는 본가로 향할 채비를 마쳤다. 에니스는 잭의 트럭 창문에 기대서서 일주일 내내 미루고 또 미뤄 왔던 이야기를 꺼냈다. 다음 번 만날 약속은 목장에서 가축을 실어 보내고 겨울 사육이 시작되기 전인 십일월이나 돼야 가능할 것 같다는 이야기였다.

"뭐, 십일월이라고? 팔월로 얘기한 건 대체 어떻게 된 거야? 그때 말했잖아, 팔월에 아흐레나 열흘을 내자고. 씨발, 에니스! 이런 얘기를 왜 진작 하지 않은 거야? 일주일이나 있었는데, 미리 귀띔해 줄 수 있는 거잖아? 왜 이렇게 만날 꽁꽁 얼어붙게 추운 때밖에 만날 수 없는 거지? 우리 이거 진짜 어떻게든 해야 해. 남쪽으로 내려가든가 해야 한다고. 언젠가 멕시코로 가든지."

"멕시코라고? 잭, 너 나 알잖아. 내가 지금까지 한 여행이라곤 손집이 찾아 커피포트 둘레를 도는 정도가 다라는 거. 팔월은 한 달 내내 ス 초기 돌리는 일로 정신이 없을 때야. 팔월이 문제가 되는 건 바로 그 ㄸ 문이라고. 너무 안 좋게만 생각하지는 마, 잭. 십일월이면 같이 사냥을 하기에 좋잖아? 엘크 큰 놈으로 한 마리 잡자. 돈 로이네 오두막, 내ㄱ 다시 빌릴 수 있는지 한번 알아볼게. 우리 거기서 지냈을 때 정말 좋잖아."

"그거 알아, 이 친구야? 나한테 이건 좆같이 불만족스러운 상황이 이전에는 그래도 쉽게 볼 수 있더니, 이제는 무슨 교황님 알현하는 거 아."

"잭, 난 일을 해야 해. 예전에야 그때그때 일을 그만두고 나오는 게 가능했지. 넌 돈 많은 마누라에 좋은 직업도 있으니까 돈 없이 늘 굶주리는 게 어떤 건지 잊어버렸겠지만, 혹시 양육비라는 거 들어 본 적 있어? 몇 년째 계속해서 내고 있는 중인데, 아직도 끝이 안 났어. 있지, 나 이번 일은 그만둘 수가 없어. 원한다고 아무 때나 시간을 낼 수도 없고. 이번 휴가도 내느라 얼마나 힘들었는지 몰라. 실은 지금 암소들 몇 마리가 시기가 늦어져서 아직도 출산이 안 끝났거든. 이럴 때 자리를 비우는 거, 사실 안 되는 일이야. 진짜 안 돼. 우리 주인 스타우터마이어가 안 그래도 엄청나게 시끄러운 사람이거든. 그런데 내가 이번에 일주일을 쉬겠다고 했을 때 어땠는지 말도 마. 사실 그 사람보고 뭐라고 할 수도 없어. 아마 내가 없어져서 그동안 하룻밤도 제대로 못 잤을 걸. 그 교환 조건이 바로 팔월이었어. 그래, 너한테 이보다 더 나은 방안이 있기라도 해?"

"있었지, 예전에."

다분히 씁쓸함과 비난이 담긴 말투였다.

에니스는 아무런 대꾸 없이 천천히 등을 펴고 일어나 이마를 문질렀다. 트레일러 안에서 말이 발을 굴렀다. 그는 자기 트럭으로 걸어갔다. 그리고 트레일러에 손을 대고 말들만 들을 수 있을 만한 말을 몇 마디 웅얼거리더니, 몸을 돌려 뭔가 찬찬히 생각하는 포즈로 되돌아왔다.

"잭, 너 혹시 멕시코에 가 본 적 있는 거야?"

멕시코는 그런 곳이었다. 그도 들어 본 적이 있었다. 그는 지금 막 경선에 있는 울타리를 끊고 살상 구역으로 발을 들여놓으려 하고 있었다.

"그래, 가 봤다. 그래서 씨발 무슨 문제 있어?"

최근 수년 동안 마음 졸이고 있던 운명의 시간, 드디어 올 것이 오고 말았다. 뒤늦게, 예상치도 못한 순간에.

"나 이번 딱 한 번만 말로 할 거니까 잘 들어, 잭. 절대 그냥 하는 말 아니다. 내가 모르고 있는 게 뭔지 잘 모르겠지만, 내가 모르는 모든 그것들, 그걸 내가 알게 되는 날엔 네가 죽게 될 수도 있어."

에니스가 말했다.

"그래? 그럼 이건 어때? 나도 이번 딱 한 번만 말로 할 테니까 잘 들어. 너도 알잖아. 우리 함께 잘 살 수 있었어. 진짜 좆나게 끝내주는 인생을 함께 살 수 있었다고. 그런데 에니스, 그거 네가 거절했잖아. 그후에 우리한테 남은 건 브로크백 마운틴, 그게 다야. 모든 게 다 그곳에 멈춰 있다고. 우리한테 남은 건 그것뿐이야. 젠장, 빌어먹을, 그러니까 난 네가 다른 건 다 모른다고 해도 그것만은 똑똑히 알았으면 좋겠어. 20년 동안 우리가 함께 지낸 날이 며칠인지 세어 본 적 있어? 네가 나한테 매어 놓은 그 좆같은 목줄이 얼마나 짧았는지 한번 잘 생각해 보라고. 그런 다음에나 나한테 멕시코에 대해서 물어보는 게 어때? 그러고서나 날 죽이겠다고 협박하는 게 어때? 내가 그토록 원하는 그걸, 자의 가질 수 없다는 이유로. 씨발 넌 개뼉다구만큼도 몰라. 나한테 그거 얼마나 힘든 일인지. 난 너랑은 다르거든. 1년에 고작 한두 번 산 위에서 몇 번 하는 걸로는 버틸 수가 없어. 넌 나한테 너무 버거워, 에니스 이 빌어먹을 개자식아, 어떡하면 널 끊을 수 있는지 좀 알았으면 좋겠어."

겨울철 뜨거운 온천 위로 모락모락 피어오르는 증기 구름처럼, 여러 해가 가도록 미처 말하지 못한 것들 그리고 이제는 차마 말할 수 있는 것들—인정, 고백, 수치심, 죄책감, 두려움—이 그 둘 주위를 둘러싸고 피어올랐다. 에니스는 마치 심장에 총이라도 맞은 것처럼 얼굴이 잿빛이 되어 주름살이 깊게 패이도록 찡그리고 눈을 꼭 감고 주먹을 쥐고 서 있더니, 이내 다리에 힘이 풀린 듯 땅으로 무너져 내리며 무릎을 꿇고 주저앉았다.

"맙소사, 에니스?"

잭이 외쳤다. 심장마비라도 온 건가, 아니면 불같은 분노에 넘쳐 졸도라도 한 건가. 잭이 깜짝 놀라며 트럭에서 내리려던 순간, 에니스가 두 발을 딛고 일어섰다. 그리고 그렇게, 잠긴 자동차 문을 따기 위해 옷걸이를 꼿꼿하게 폈다가 다시 구부려 원래 형태로 돌려놓는 것처럼, 그들도 거의 예전과 같은 상태로 다시 되돌아갔다. 그도 그럴 것이, 둘 사이에 오고간 말 가운데 새로울 건 하나도 없었기 때문이다. 결국, 아무것도 없었다. 끝난 것도, 새로 시작된 것도, 해결된 것도.

잭에게 그 자신도 이해할 수 없는 방식으로 굳게 자리 잡은, 너무도 갈망하는 기억이 하나 있다면, 까마득한 그해 여름 브로크백 마운틴에서 에니스가 가만히 등 뒤로 다가와 그를 끌어안던 그 순간이었다. 욕망을 초월해 서로 간에 공유된, 허기짐을 채워 주었던 그 침묵 속 포옹.

그들은 그 상태로 모닥불 앞에서 꽤 오랫동안을 서 있었다. 붉은 파편을 내뿜으며 타오르는 불빛을 받은 그들의 그림자가 바위 표면 위에 하나의 기둥으로 비추었다. 에니스의 주머니 안에 있는 회중시계에 그리고 불에 타 숯이 되어 가는 장작개비에서 시간은 째깍째깍 흘러다. 별들은 모닥불 위에서 넘실대는 불줄기 사이를 비집고 반짝거렸. 에니스의 숨결이 천천히 조용하게 다가왔다. 그는 콧노래를 흥얼거리며 불꽃의 장단에 맞추어 몸을 좌우로 가볍게 흔들었고, 잭은 그 규적인 심장박동 소리와 희미한 전기 같은 콧노래의 진동에 취해, 선로 잠은 아니지만 일종의 몽환적이고 나른한 가수면 상태에 빠져들었다. 그러다가 에니스가 옛날 어머니가 돌아가시기 전, 그가 어린아이였을 때 자주 들었던, 녹슬었지만 아직 쓸 만한 구절을 들먹이며 그를 깨웠다.

"이젠 잠자리에 들 시간이야, 카우보이. 난 슬슬 가야겠다. 자 어서, 말처럼 이렇게 서서 자면 안 되어요."

그는 잭을 가볍게 흔들어 앞으로 살짝 밀어내고 어둠 속으로 사라져 갔다. 잭의 귀로 에니스가 말에 오르며 박차가 흔들리는 소리가, 그리고 '내일 보자' 하고 말하는 목소리가 들렸다. 이어서 말이 몸을 털며 코를 힝힝거리는 소리, 발굽이 돌에 갈리는 소리.

훗날 따로 헤어져 고된 삶을 살아가는 동안 그때의 그 몽환적인 포옹은 그의 기억 속에서 마법 같은 행복의 결정체로 굳게 자리 잡았다. 그 기억만은 감히 어떤 것도 해칠 수 없었다. 에니스가 자신의 얼굴을 마주 보고 포옹하지 못한 이유가 그가 안고 있는 상대가 잭이라는 사실을 보거나 느끼고 싶지 않아서였을 거란 사실을 알면서도. 그리고 그는 어쩌면, 그들 사이가 그 이상 크게 발전하지 않을 거라 생각했는지도 모른다. 허나, 그렇다 할지라도 뭐 어쩌랴. 그렇다 할지라도.

'아무래도 여전히 십일월이나 되어야 만날 수 있을 것 같다.'고 써 보낸 엽서가 '수취인 사망'이라는 소인이 찍혀 반송된 후에야, 에니스는 두 달 전 잭에게 일어난 사고에 대해 알게 되었다. 그는 차일드리스의 잭의 전화번호로 전화를 걸었다. 이혼하며 앨마가 그를 떠났을 때 했던 전화 이후로 처음이었다. 그때 잭은 그가 전화한 이유를 잘못 오해하여 받아들이고 2천 킬로미터나 되는 거리를 한달음에 헛되이 달려왔다. 아무 일도 아닐 거야. 잭이 전화를 받겠지, 받아야 해. 그러나 그

전화를 받지 않았다. 받은 쪽은 루린이었다. 누구세요? 네, 누구시죠? 그가 이름을 재차 밝히고 나서야 그녀가 침착한 목소리로 말했다. 맞아요, 잭이 뒷길에서 플랫 타이어에 바람을 넣고 있을 때 그만 타이어가 터져 버렸어요. 어찌된 일인지 비드*에 하자가 있었나 봐요. 폭발 강도가 얼마나 셌던지 림이 그의 얼굴을 강타하면서 코와 턱이 부러지고 쓰러져서 의식을 잃고 말았대요. 누군가 그를 발견했을 때는 이미 자기 피에 질식해 죽고 난 후였어요.

아니야. 그는 생각했다. 타이어 지렛대에 당한 거겠지.

"잭이 전에 그쪽 얘기를 한 적 있어요. 낚시 친구인가 사냥 친구인가 하는, 맞죠? 진작 알려 드렸을 거예요, 이름하고 주소를 확실히 알았다면. 잭은 대부분의 친구들 주소를 자기 머릿속에만 저장해 놨어요. 정말 끔찍한 사고였죠. 나이도 겨우 서른아홉밖에 안 됐는데."

북쪽 평원 같은 거대한 슬픔이 그를 지그시 짓눌렀다. 피가 목을 막고 흘러들어 가는 동안 잭의 몸을 뒤집어 줄 사람이 단 한 명도 없었다니, 타이어 지렛대였을지 아니면 진짜 사고였을지, 어느 쪽이 진짜일지 확실히 감이 오지 않았다. 귀에 들리는 것 같았다. 윙윙거리는 바람 소리 아래로 뼈가 날아갈 정도로 쇠뭉치가 세차게 날아드는 소리 그리고 땅에 떨어진 타이어 림의 공허한 울림.

"시신은 그곳에 묻혔나요?"

잭을 길바닥에서 그렇게 죽게 놔 두다니, 그는 그녀를 향해 욕을 퍼붓고 싶었다.

텍사스 억양의 작은 목소리가 미끄러지듯 전화선을 타고 들어왔다.

"여기엔 비석만 세웠어요. 그이는 늘 자기가 죽으면 화장을 해서 재 브로크백 마운틴에 뿌려 달라고 말했는데, 그게 어디인지 전 잘 몰

고무 타이어를 링에 고정시키는 보강 부분.

라서요. 그래서 그가 원했던 대로 화장을 한 다음에, 제 생각으로 반은 여기에 묻고 나머지 반은 그의 부모님 댁으로 보내는 게 좋겠다고 했어요. 브로크백 마운틴이라는 데가 그이의 고향 근처가 아닐까 생각했거든요. 하지만 또 모르죠. 잭의 성격상, 그 산이라는 데가 그냥 파랑새가 노래하고 위스키가 샘솟는 상상의 장소였을 가능성도 다분하니까요."

"언젠 여름에 브로크백에서 같이 양을 친 적이 있어요."

에니스가 말했다. 목이 메어 말을 잇기가 힘들었다.

"그런가요? 그이는 그곳이 자기의 장소라고 했어요. 전 그래서 거기가 무슨 술 마시는 덴가 했지요. 거기 가서 위스키를 마신다거나 하는, 그이가 술을 좀 많이 마셨거든요."

"잭 부모님은 여전히 라이트닝플랫에 사시나요?"

"그럼요. 죽을 때까지 그곳을 벗어나지 않을 분들인걸요. 저도 한 번도 만난 적이 없어요. 장례식 때도 안 오셨거든요. 그분들한테 한번 연락해 보세요. 그이의 소원이 성사될 수 있다면, 그분들도 고마워하시지 않겠어요?"

그녀의 태도는 확실히 정중하고 예의 발랐지만, 그 작은 목소리는 눈처럼 차가웠다.

* * *

라이트닝플랫으로 가는 길은 황량한 시골 풍경의 연속이었다. 성한 잡초 위로 불 꺼진 캄캄한 집, 무너진 울타리 담장, 평지를 따라 12~16킬로미터마다 보이는 버려진 목장들 열몇 곳을 지나 마침내 도착한 그 집의 우편함에는 '존 C. 트위스트'라고 쓰여 있었다. 웃자란 들풀로 뒤덮인 목장은 작고 변변찮아 보였으며, 목장 가축들은 멀리 떨어져

진 곳에 모여 있어 품종이 블랙볼디종이라는 것밖에는 상태를 잘 알아볼 수가 없었다. 아래층에 방 두 개, 위층에 방 두 개, 총 방 네 개짜리의 작은 밤색 회벽 집 앞으로 현관이 이어져 있었다.

에니스는 잭의 아버지와 함께 부엌 테이블에 앉았다. 잭의 어머니는 통통한 체격에 몸놀림이 마치 수술을 받고 회복 중인 사람처럼 조심스러웠다.

"커피 괜찮나요, 어때요? 체리 케이크 좀 줄까요?"

잭의 어머니가 물었다.

"감사합니다. 커피면 됩니다. 케이크는 지금 못 먹을 것 같아요."

잭의 아버지는 아무 말 없이 비닐 식탁보 위에 깍지 낀 손을 올려놓고 앉아서 뭔가 알고 있다는 못마땅한 얼굴로 에니스를 뚫어져라 쳐다보았다. 에니스는 그가 우물 안 대장 노릇하기를 좋아하는, 별로 드물 것 없는 유형의 인물임을 알아보았다. 아버지에게서도 어머니에게서도 그는 잭의 모습을 별로 발견할 수 없었다. 그는 숨을 들이쉬었다.

"잭에게 일어난 일은 참으로 유감입니다. 제가 얼마나 애통한 심정인지 말로 다할 수 없어요. 저는 잭과 오랫동안 알고 지냈습니다. 잭의 아버지한테서 잭이 자기 유해를 브로크백에 뿌려 달라고 했다는 얘기를 들었습니다. 원하신다면 제가 기꺼이 그 일을 맡아 하고 싶다는 말씀을 드리려 여기까지 왔습니다만."

정적이 흘렀다. 에니스는 목청을 가다듬고 더는 아무 말도 하지 않았다.

잭의 아버지가 입을 열었다.

"그런가. 나도 브로크백 마운틴이 어디 있는지 알고 있다네. 그 자식 지가 뭐가 그리 특별하다고 가족묘에 묻히는 것도 마다하고 그 모양 지."

잭의 어머니가 못 들은 척 끼어들었다.

"해마다 한 번은 꼭 집에 왔던 아이였어요. 텍사스에서 결혼을 하고 나서도 한 번도 잊지 않고 매해 찾아와서, 일주일씩 목장에서 아버지 일을 도와주고 문을 고치거나 풀을 깎아 주던 아이였죠. 그 아이가 쓰던 방을 내가 어렸을 적 그대로 남겨 두었는데, 그게 맘에 들었나 봐요. 원한다면 위에 올라가서 둘러봐도 좋아요."

그러자 잭의 아버지가 성난 말투로 말했다.

"이제는 여기 일을 도와줄 사람도 없어. 잭이 전에 그쪽에 대해 말을 꺼내곤 했소. '에니스 델 마라고, 내가 조만간 그 친구를 여기 데려와서 이 목장을 제대로 손볼 거예요.'라고. 어쩌다 그런 생각을 하게 된 건지는 모르지만, 그쪽하고 둘이 여기에 와서 통나무집을 짓고 나를 도와 이 목장을 재건하고 키워 나가겠다고 큰소리를 칩디다. 그러더니 올해 봄에는 또 다른 놈을 데리고 올 거라고 말을 바꾸던데, 텍사스 자기 집 근처에서 목장을 하는 이웃이라나, 아무튼 그 사람을 데리고 와서 집을 짓고 목장 운영을 도울 거라고 했소. 집사람하고는 헤어지고 다시 여기로 돌아올 거라고. 그렇게 말은 잘하더니만. 뭐, 잭이 하는 게 늘 그렇지. 어느 것 하나 제대로 실현된 게 없었어."

그렇게 그는 잭의 사인이 타이어 지렛대임을 알았다. 그는 자리에서 일어나서 '네, 괜찮다면 잭의 방에 가 보고 싶습니다.'라고 말하며, 잭이 자기 아버지에 대해 예전에 했던 이야기를 떠올렸다. 잭은 자기는 포경 수술을 받았고 아버지는 아니었는데, 극한 상황에서 그 해부학적 불일치를 알게 되고부터 늘 그게 마음에 걸렸다고 했다. 그건 잭이 세 살 혹은 네 살 때의 일이었다. 잭에 따르면, 그는 늘 다 늦어서야 화장실에 가서 단추를 따고 시트를 젖히고 변기 높이를 맞추는 실랑이를 벌이느라 종종 주변에 오줌을 흘리곤 했는데, 그러던 중 하루는 아버지가

386

전히 열에 받혀 미친 듯이 화를 냈다고 했다.

"맙소사, 그렇다고 완전 역정을 내며 나를 패는 거야. 욕실 바닥에다가 나를 밀어뜨리고 허리띠를 풀어서 막 때렸어. 정말 죽이려고 작정한 줄 알았다니까. 그러고서는 '사방팔방에 오줌을 흘리고 다니는 게 어떤 건지 알고 싶은 거냐? 그럼 내가 확실히 알게 해 주지.'라고 말하면서 나한테 대고 오줌을 갈기는 거야. 그 바람에 나는 완전 흠뻑 젖었고. 그러고는 타월을 던져 주면서 바닥을 닦으라고 했어. 옷은 욕조에 넣어 타월하고 같이 빨게 하고, 나는 눈이 퉁퉁 붓도록 엉엉 울면서 시키는 대로 했어. 그런데 아버지가 나한테 대고 오줌을 갈기던 그때, 나한테는 없는 게 아버지한테는 있다는 사실을 발견한 거야. 가축에 낙인을 찍거나 귀를 자르는 것처럼 그런 식으로 나한테만 다르게 표식을 남겨 둔 거지. 그리고 그 후로는 뭘 해도 아버지랑은 잘 지낼 수가 없었어."

에니스는 삐거덕거리는 가파른 계단을 올라 잭의 방으로 들어갔다. 방은 작고 후텁지근했다. 서쪽 창문을 통해 사정없이 들이닥친 오후 해가 벽에 붙어 있는 좁은 아동용 침대와 잉크 얼룩이 묻은 책상, 나무 의자 그리고 침대 위의 손으로 만든 선반에 놓인 비비 총을 뜨겁게 달구고 있었다. 창문 밖으로는 남쪽으로 향한 자갈길이 내려다보였고, 에니스는 그 길을 바라보면서 '저 길이 잭이 보고 자란 유일한 길이었겠구나.' 하고 생각했다. 침대 옆쪽 벽에는 언제 적인지도 모를 옛날 잡지에서 뜯어낸 검은 머리 영화배우의 사진이 테이프로 고정되어 있었다. 그 배우의 피부색은 오랜 세월 햇빛에 바래 붉게 변색되어 있었다. 아래층에서 잭의 어머니가 수돗물을 틀고 주전자를 채워 가스레인지에 다시 올려놓고 남편에게 뭔가를 묻는 소리가 어렴풋이 들렸다.

벽면의 움푹 들어간 곳에 나무 막대를 가로질러 쳐놓은 옷장이 보였다. 색이 바랜 크레톤 직물의 커튼이 한 줄로 매달려 옷장과 방 사이를 구분 짓는 역할을 하고 있었다. 옷장 안에는 주름을 잡아 다림질한 청바지 두 벌이 가지런히 접혀서 철사로 만든 옷걸이에 걸려 있었고, 바닥에는 언젠가 본 적이 있는 것 같은 헤진 부츠 한 쌍이 놓여 있었다. 옷장의 북쪽 끝에는 벽이 약간 돌출된 부분이 있고 그 안에 뭔가를 살짝 숨길 수 있는 공간이 있었는데, 그곳에 오랫동안 못에 걸린 상태로 있었던 듯한 셔츠가 하나 보였다. 그는 그 셔츠를 들어올렸다. 브로크백 마운틴에서 지낼 때 잭이 입었던 낡은 셔츠였다. 그 셔츠 소매 깃에 묻은 마른 피는, 산에서 보냈던 마지막 날 오후, 온갖 자세로 몸을 비틀며 서로 부둥켜안고 뒹굴던 도중에 잭이 무릎으로 에니스의 코를 세게 치는 바람에 코피가 터져 생긴 에니스 자신의 피였다. 피는 두 사람의 몸 전체와 사방으로 튀었고, 잭은 셔츠 소매를 대고 지혈을 해 주느라 정신이 없었다. 그러나 그 지혈은 오래가지 못했다. 누워 있던 에니스가 갑자기 팔을 휘둘러 그 백의의 천사의 날개를 꺾어 매발톱꽃밭으로 내동댕이쳤기 때문이다.

셔츠에 왠지 묵직한 감이 있었다. 자세히 살펴보니, 셔츠 안에 다른 셔츠가 겹쳐져 있었다. 소매에 맞춰 가지런히 포개져 있었던 모양이다. 그건, 잃어버린 줄로만 알았던 에니스 자신의 체크무늬 셔츠였다. 주머니는 뜯겨 나가고 단추도 떨어져 나간 낡고 때 묻은 셔츠, 오래 전 언젠가 세탁을 하다가 잃어버린 줄로만 알고 있었는데, 언제 이렇게 훔쳐 가서 자기 셔츠 안에 숨겨 놓은 걸까. 한 쌍의 피부처럼, 나란히 포개져, 둘이 하나된 것처럼. 모닥불 연기와 산쑥 향 그리고 달콤 짭짜름한 잭의 체취를 조금이나마 느낄 수 있을까 기대하며 그는 옷에 얼굴을 박고 코와 입으로 동시에 천천히 숨을 들이쉬었다. 그러나 실재하는 냄새는 더 이상 없었다. 남은 건 오로지 그 냄새의 기억뿐이었다. 그가 지금 손에 쥔 것 외에는 아무것도 남지 않은 브로크백 마운틴의 기억뿐이었다.

＊　＊　＊

'우물 안 대장'은 결국 잭의 재를 내주지 않겠다고 거절했다.

"그게 말이요, 엄연히 우리 가족묘가 있으니 잭을 거기에 묻을 거요."

잭의 어머니는 테이블에 앉아 날카로운 톱니 모양 도구로 사과의 가운데 씨 부분을 도려내며 말했다.

"다음에 또 와요."

덜컹덜컹 빨래판 같은 도로를 뚫고 돌아가는 에니스의 눈에, 축 늘어진 철사 담장에 둘러싸인 시골 묘지가 들어왔다. 봉곳 솟은 초원의 작은 언덕에 자리 잡은 사각형 모양의 묘지로, 밝은 원색의 조화가 놓인 묘 몇 개가 눈에 띄었다. 잭이 가게 될 곳이 저곳이라니, 저런 비통한 벌판에 묻히게 될 거라니. 에니스는 생각도 하고 싶지 않았다.

그로부터 몇 주가 지난 토요일, 에니스는 스타우터마이어의 더러운 말 덮개를 모두 모아 픽업트럭 뒤에 신고 퀵스톱 세차장으로 가서 분무기계를 고압으로 틀어 놓고 통과해 나왔다. 깨끗해진 젖은 덮개들을 트럭 짐칸에 차곡차곡 실은 후, 그는 히긴스 선물 가게 안으로 들어가 엽서 진열대 앞에 서서 분주히 뭔가를 찾았다.

"에니스, 무슨 엽서를 찾기에 진열대를 그렇게 계속 돌아다니는 거야?"

젖은 갈색 커피 필터를 쓰레기통에 던지며 린다 히긴스가 물었다.

"브로크백 마운틴이 나온 거 있나 해서."

"프레몬트 카운티에 있는 거?"

"아니, 여기 북쪽에 있는 거."

"아, 그건 주문해 놓은 게 없어. 다음 주문서에 넣어 줄게. 원한다면 백 장이라도 구해 줄 수 있어. 어차피 엽서 주문을 좀 하려고 했으니까."

"한 장이면 충분해."

에니스가 말했다.

엽서가 도착하자 에니스는 30센트에 한 장을 산 후, 각각 네 귀퉁이를 압정으로 박아 트레일러 벽에 붙였다. 그리고 엽서 밑에는 못을 하나 박고서 두 개의 낡은 셔츠를 철사 옷걸이에 걸어 늘어뜨려 놓았다. 그는 한 걸음 뒤로 물러서서 그 모양새를 바라보았다. 찌르는 듯한 통증과 함께 눈물 몇 방울이 흘러내렸다.

"잭, 맹세할게……"

에니스가 말했다. 잭은 그에게 어떤 것도 맹세하라고 요구한 적 없고, 또 그 자신도 그다지 맹세를 믿는 부류가 아니었다.

그 즈음하여 잭이 꿈속에 등장하기 시작했다. 잭은 처음에 봤던 모습 그대로 곱슬머리에 뻐드렁니를 드러내고 씩 웃으면서, 엉덩이를 바짝 올리고 앉아 소 등에 꼭 붙어 있는 얘기를 했다. 그러는 한편, 콩 통조림이 숟가락 손잡이가 툭 튀어나온 채로 통나무 위에 아슬아슬하게 놓여 있었고, 생생한 색감에 만화의 한 장면 같은 그 광경은 왠지 우스꽝스러우면서도 음란한 분위기를 풍겼다. 그 숟가락 손잡이는 타이어 지렛대로도 쓰일 수 있는 그런 종류였다. 에니스는 때로는 슬픔에 젖어, 때로는 기쁨을 발산하던 예전의 그 감각에 고취되어, 때로는 베개를 적시기도 하고 때로는 시트를 적시기도 하며 잠에서 깨어났다.

그가 알고 있는 것과 믿으려 하는 것 사이에는 약간의 간극이 있었다. 그러나 그것에 대해 할 수 있는 건 아무것도 없었다. 그리고 고칠 수 없는 일이라면 견디는 수밖에 없는 법이다.

현실로 가늠할 수 없는 별개의 세계

—와이오밍의 민낯을 그린 열한 편의 이야기

    끝을 가늠할 수 없이 멀리 펼쳐진 광활한 초원, 경이감을 자아내는 거대하고 웅장한 산마루, 오싹할 정도로 높게 치솟은 붉은 바위 절벽, 키 큰 나무들이 빽빽하게 들어선 숲, 정체 모를 무언가가 도처에 숨어 있을 것 같은 미지의 분위기, 이런 풍경을 머릿속에 그려 보자. 가장 먼저 떠오르는 감정은 무엇인가? 아름다움, 고독감, 공포, 경이로움. 모르긴 몰라도, 도시 생활과 기계의 편리함에 익숙해진 현대인에게는 막연함과 두려움이 먼저 떠오르지 않을까 싶다. 비록 엽서에 나올 만한 아름다운 풍경이라 해도 막상 그 환경에 처한다면, 엄청난 자연의 힘에 압도되어 주눅이 먼저 들지 않을까.

    본 작품에 그려져 있는 이러한 와이오밍의 자연환경은 확실히 녹록 지 않다. 혹한에 목숨을 잃는 사람도 있는가 하면, 갑자기 나타난 곰에 놀을 먹은 말이 발작을 일으켜 그 위에 타고 있던 사람이 죽기도 하고, 심각한 가뭄과 예기치 않은 폭설과 돌풍을 동반한 강한 호우로 여럿이 목숨을 잃거나 다치고, 살아남은 사람들 또한 많은 고통과 괴로움을 겪는다.

반대로 이처럼 무시무시한 면만 있는 것은 아니다. 누군가에게는, 예를 들어 「브로크백 마운틴」의 두 주인공 잭과 에니스 같은 이들에게 와이오밍의 자연은 그들이 자유를 누릴 수 있는 유일한 공간이다. 세상 사람들 사이에선 진짜 속마음을 꽁꽁 숨겨야 하는 이들에게, 비참한 죽음을 피하려면 하루하루 가면을 쓰고 살아가야 하는 이들에게, 와이오밍의 자연은 그들이 진정한 자아를 드러낼 수 있는 단 하나의 공간이며, 그로써 지친 몸과 영혼을 누일 수 있는 포근한 안식처이다.

애니 프루의 작품에서 와이오밍이라는 배경은 이토록 특이하고도 특별한 장소다. 그의 작품에서는 와이오밍이라는 환경이기에 발생할 수 있는 사건과 사고가 주를 이룬다. 자연뿐만이 아니다. 거친 본능과 여과되지 않은 본성이 판을 치는 와이오밍의 인간 세계도 그러하다. 다른 곳이라면 도무지 납득할 수 없을 만한 일도 와이오밍에서는 어쩌다 보니 '있을 수 있는 일'이 된다. 즉, 와이오밍은 일반 상식으로서는 재단할 수 없는, 혹은 재단해서는 안 되는 별개의 현실이 존재하는 곳이라고 말하는 듯하다.

실제 와이오밍은 어떤 곳인가?

인디언어로 '대초원'이라는 뜻의 와이오밍주는 미국 서부 로키산맥과 대평원 사이에 위치해 있다. 세계적으로 유명한 옐로스톤 국립공원이 있는 곳으로 북쪽으로는 몬태나주, 남쪽으로는 콜로라도주에 접하고 있다. 주도는 남동쪽 구석의 콜로라도주 경계선 가까이에 있는 샤이언

(Cheyenne)이다. 주도라고는 하지만 인구가 6만 명도 채 되지 않는 작은 도시이다.

와이오밍은 도심 지역에 사는 인구가 주 전체 인구의 30퍼센트 정도로, 약 10만 명에 불과하다. 미연방 50개 주 중에서 가장 낮은 비율이다. 또 면적으로는 열 번째로 큰 주이지만, 그 안에 사는 인구는 50개 주 중 가장 적다. 인구 구성은 히스패닉과 아메리카 인디언을 합해 10퍼센트 정도이고 그 외에는 백인으로 이루어져 있어, 열 명중 아홉이 백인이다.

서부 개척 시대, 와이오밍은 카우보이들이 길도 없는 초원을 달려 서로 이동하는 동안 거쳐 가야 했던 서부의 관문 같은 곳이었다. 인생의 새로운 기회를 찾아 헤매던 개척자들이 하나둘 정착하여 생겨난 곳이었다. 억센 이미지의 그 카우보이들은 척박한 환경을 일구어 자신의 왕국인 목장을 건설했고, 가축 사육을 하거나 광산에서 자원을 채굴해 경제를 일으켰으며, 자연과 싸워 이기는 상징적 의미를 가진 로데오를 즐기며 살았다. 그렇게 로데오, 목장, 카우보이로 대표되는 와이오밍의 이미지는 점차 굳어졌고, 'Forever West(영원한 서부)'라는 표어에서 엿볼 수 있듯 그들의 자부심으로 차츰 자리 잡았다.

전반적으로는 이토록 남성적 이미지가 지배적이지만, 의외로 와이오밍은 여권 신장 역사에 있어서도 의미가 깊은 곳이다. 이곳은 미국 역사상 최초 여성 판사인 에스더 모리스(Esther Morris)의 투쟁에 힘입어 미국 내에서 여성이 처음으로 참정권을 획득한 주이며, 「와이오밍의 주민들」에서도 언급되었듯이 실제로 미국 역사상 최초의 여성 주지사를 배출한 주이기도 하다.

숨 막히게 아름답지만 그만큼 가혹하고 혹독한 자연환경, 도시에 모여 살지 않고 뿔뿔이 흩어져 사는 억세고 거친 카우보이들, 여전히 개척 시대 서부의 전통과 문화를 이어 나가려 하는 높은 자부심, 와이오밍의 전반적 분위기를 짧게 요약한다면 이 정도면 될까.

현 시대의 거장에게 포착된 와이오밍

작품 속을 관통하는 와이오밍의 모습 또한 이와 일맥상통한다. 이 책의 원제인 『Close Range: Wyoming Stories 1』이 말해 주듯 각 단편에는 미사여구 없이 와이오밍의 자연과 인간의 삶이 연속되는 스냅사진처럼 펼쳐진다. 어쩌다가 차 한 대가 지나갈까 말까 한 인적 드문 초원에 길을 한번 잘못 들어섰다가는 다시 원점으로 돌아가기도 힘든 («가죽 벗긴 소»), 사람의 체취를 느낄 방도라고는 도청기로 다른 이들의 대화를 엿듣는 것밖에 없는, 누구도 또 아무것도 없는 외딴 세상에 간힌 느낌에 괴로워하는 소수의 젊은이들이 살고(«세상 끝자락의 레드월 목장»), 카우보이 못지않게 거칠고 터프한 여자들을 마주치는 것이 전혀 어색하지 않으며(«어느 박차 한 쌍»), 어떻게든 조상으로부터 물려받은 목장을 끝까지 지켜 나가려고 목장주들이 고군분투하는 가운데(«와이오밍의 주지사들»), 미국에서 가장 큰 로데오 경기가 열리고 어린 카우보이들이 로데오 스타가 되는 꿈을 가지고 살아가는(«진흙탕 인생»), 이런 와이오밍의 모습 말이다.

그러니 자연과 인간관계에 대한 깊은 성찰과 탐구로 유명한 작애니 프루가 와이오밍에 매료된 것은 어찌 보면 당연한 일인지 모르겠다. 애니 프루는 1988년 등단하여 1992년에 발표한 『포스트카드 Postcards)』로 1993년에 펜/포크너 상(PEN/Faulkner Award)을 수상했고, 같은 해에 발표한 『시핑 뉴스(The Shipping News)』로 〈시카고트리뷴〉의 하트랜드 상, 〈아이리시타임스〉의 인터내셔널 픽션 상, 내셔널 북어워드, 퓰리처 상 등을 받으며 최고 유명 작가의 반열로 들어섰다.

케빈 스페이시, 줄리앤 무어, 케이트 블란쳇 주연으로 영화화되기도 한 프루의 대표작 『시핑 뉴스』 역시 와이오밍과 묘하게 닮아 있는 곳을 무대로 한다. 삶의 나락으로 떨어진 남자가 새로운 곳에서 아픔을 치유하고 희망을 찾아 홀로 서는 여정을 그린 이 소설은, 심한 폭설과 눈보라로 악명 높은 캐나다 최동단에 위치한 뉴펀들랜드의 척박한 자연환경이 큰 부분을 차지한다.

1994년 와이오밍으로 이주한 프루는 1997년부터 와이오밍에 대한 단편들을 쓰기 시작했다. 그 단편들을 모은 단편집 중 첫 번째가 바로 『브로크백 마운틴』(1999)이다. 이 책에 실린 주옥같은 단편들은 그녀에게 귀중한 상을 다수 안겨 주었는데, 존 업다이크에 의해 '금세기 최고 단편'으로 선정된 「가죽 벗긴 소」를 비롯해, 「지옥에선 모두 한 잔의 물을 구할 뿐」과 「세상 끝자락의 레드월 농장」은 연속으로 '최고의 미국 단편소설'에 이름을 올렸고, 「브로크백 마운틴」과 「진흙탕 인생」은 오헨리 단편소설 상을 수상했다. 특히, 가장 유명한 작품일 「브로크백 마운틴」은 리안 감독과 히스 레저, 제이크 질런홀, 앤 해서웨이, 미셸 윌리엄스 등 쟁쟁한 배우들이 참여해 영화로 만들어져 아카데미 감독상, 각

색상 등을 수상하기도 했다. 참고로 'Wyoming Stories(와이오밍 이야기)'라는 부재를 단 프루의 단편집은 『Bad Dirt: Wyoming Stories 2』(2004)와 『Find Just the Way It Is: Wyoming Stories 3』(2008)를 포함해 총 세 권이다.

단편소설이라는 장르가 가진 함축성과 소재의 생소함도 한몫했겠지만, (유수의 문학상을 수상한 작품에 대한 고정관념에 부합하게도) 프루의 본 단편집은 결코 읽기에 편한 책이 아니다. 가볍게 읽었다가는 작품을 다 읽은 후에도 무엇을 읽은 건지 애매하고, 시간과 공간을 시때때로 넘나드는 서술 방식으로 인해 이야기의 줄거리를 잡는 것마저 난해하게 느껴질 때가 많다. 그러나 혼란을 느낄지라도 의미를 직조해 내는 내러티브를 읽는 즐거움을 아는 이라면, 또 뻔한 이야기나 가벼운 문체에 질려 심오한 문학의 세계를 접하고 싶은 이라면, 이 작품만큼 적합한 책도 없을 것이다.

단 하나의 단어도 철저한 사전 계산 없이는 쓰이지 않은 듯한 문체, 구석의 작은 단서 하나도 그냥 지나치고 넘어가는 법이 없는 치밀한 구성, 군데군데 감탄을 자아내는 재치와 돋보이는 통찰력, 인간 본성을 꿰뚫는 냉철한 묘사, 시적 상징과 회화적 이미지로 나타나는 극적 효과 등, 어느 한 가지도 문학적 성취를 이루지 못한 것이 없다고 하면 과언일까. 비록 가볍게 읽고 넘어갈 수는 없지만, 읽으면 읽을수록 그 진가가 드러나며 곳곳에 숨겨진 보물을 발견하는 기쁨을 주는 작품이라 감히 말하고 싶다.

사족이지만, 그만큼 역자로서 작품을 번역하는 일 또한 만만치 않은 일이었다. 같은 분량의 다른 작품들에 비해 기간만 두 배가 걸렸는데, 여기에는 와이오밍의 지리적 특성과 목장 경영에 대한 이해, 가축에 대한 용어나 목축업에 대한 전반적 지식, 로데오 경기의 유래나 규칙 등에 대한 면밀한 사전 조사가 수반된 것은 물론, 언어적으로 되도록 어떻게 하면 영어를 모국어로 하는 독자가 작품에서 받는 느낌 그대로 국내 독자도 느낄 수 있도록 할 수 있을까, 하고 고심했던 궁리의 시간도 들어가 있다.

　무엇보다 번역을 하는 내내 잊지 않으려고 일관적으로 노력했던 점이 한 가지 있다면, 내용 못지않게 문장 자체가 뛰어난 작품인 만큼 내용의 깊이와 행간의 의미, 작가의 의도를 파악해 나가는 지적 유희의 시간을 독자에게서 빼앗고 싶지 않았다는 점이다. 원서에서도 이해하기 까다로운 부분은 까다로운 대로, 애매한 부분은 애매한 대로, 낯선 부분은 낯선 대로, 최대한 있는 그대로의 매력을 전하고 싶었다. 부디 그 노력에 결실이 있어 이 작품을 읽는 모든 이가 그 즐거움을 만끽할 수 있기를 바란다.

　　　　　　　　　　　　　　　　　　　　　　－전하림(번역문학가)

브로크백 마운틴

펴낸날 초판 발행 2017년 9월 15일
지은이 애니 프루 | **옮긴이** 전하림
펴낸이 신형건 | **펴낸곳** (주)푸른책들 | **등록** 제321-2008-00155호
주소 서울특별시 서초구 양재천로7길 16 푸르니빌딩 (우)06754
전화 02-581-0334~5 | **팩스** 02-582-0648
이메일 prooni@prooni.com | **홈페이지** www.prooni.com
카페 cafe.naver.com/prbm | **블로그** blog.naver.com/proonibook
ISBN 978-89-6170-619-3 03840

이 도서의 국립중앙도서관 출판시도서목록(CIP)은 서지정보유통지원시스템 홈페이지
(http://seoji.nl.go.kr)와 국가자료공동목록시스템(http://www.nl.go.kr/kolisnet)에서 이용하실 수
있습니다.(CIP제어번호: CIP2017016682)

f 에프 블로그 blog.naver.com/f_books